Le Dragon Noir

Du même auteur
aux Éditions J'ai lu

L'homme qui venait de nulle part, *J'ai lu* 4700
Sur les ailes du désir, *J'ai lu* 5081
Au cœur de l'Ouest, *J'ai lu* 5185
La rançon du désir, *J'ai lu* 5231
La passion d'Emma, *J'ai lu* 5353
Traîtrises, *J'ai lu* 5568
Péchés de chair, *J'ai lu* 6190
Traîtries, *J'ai lu* 5568

Penelope Williamson

Le Dragon Noir

Traduit de l'américain
par Catherine Plasait

J'AI LU

Titre original :

KEEPER OF THE DREAM
Published by Dell Publishing,
a division of Bantam Doubleday Dell Publishing Group, Inc., N.Y.

1

Pays de Galles, 1157

Le vent charriait la puanteur du chaume brûlé, une femme hurlait.

Indifférent, le chevalier menait calmement sa monture à travers la ville dévastée. Un lambeau de soie rouge flotta vers lui au-dessus de la route boueuse. Le tissu s'accrocha un instant à une roue de charrette brisée avant de se libérer dans une bourrasque, et le destrier le piétina sans y prendre garde. Cependant, lorsqu'une bande de rats piaillants jaillit d'une meule de foin embrasée, l'immense animal de combat se cabra soudain, affolé. Son cavalier le maîtrisa sans peine.

Comme il passait devant une maison en feu, les flammes se reflétèrent sur son visage luisant de sueur, dans ses yeux gris acier. Un homme brandissant une torche se dressa tout à coup devant lui et cria son nom en éclatant d'un rire dément avant de mettre le feu à une toiture de chaume qui flamba aussitôt dans un ruissellement d'étincelles. Des hurlements de terreur s'élevèrent de l'intérieur, mais le chevalier poursuivit sa route.

Un peu plus loin, la porte d'un cottage s'ouvrit à la volée sur un archer titubant qui s'écroula le nez dans une flaque, une faucille plantée dans le dos. Du sang dégoulinait sur son corps, et une jeune femme gémissante rampa jusqu'à lui. Le chevalier passa devant eux sans leur accorder plus d'importance qu'aux jarres brisées et aux sacs de grain éventrés qui jonchaient le sol.

En proie à son idée fixe, il franchit les portes de la ville avant de s'arrêter enfin dans l'ombre des murailles.

Le regard sombre, il se tourna vers la route qui longeait la rivière jusqu'au château. A la lueur du crépuscule, la lourde bâtisse de grès prenait la couleur du sang séché sous les nuages menaçants. Tout en haut, une lumière solitaire brillait dans le donjon.

— Rhuddlan...

Le chevalier prononça ce nom d'une voix sans timbre. Sous son heaume, son visage était de marbre. Aussi mortellement impassible que celui d'un gisant maculé du sang d'autres hommes.

Il demeura longtemps immobile à observer le château fort. Quand il se détourna enfin, ce fut sur une promesse ardente :

Tu seras à moi, Rhuddlan...

Derrière la fenêtre aux volets clos, la jeune femme serrait entre ses mains un bol en or cerclé d'une rangée de perles. Un instant, elle eut l'impression qu'il prenait vie sous ses doigts. Mais bien qu'elle se concentrât en plongeant dans ses profondeurs lumineuses, elle ne vit rien de plus que l'eau qu'il contenait et où se mirait la lumière dansante des torchères.

— Alors ? aboya une voix à côté d'elle.

Arianna sursauta et quelques gouttes d'eau se renversèrent sur la soie rose de sa tunique. Elle posa le bol sur un coffre d'un geste sec, rejeta sa lourde natte brune dans son dos et lança un regard noir à son frère.

— Par le sang du Christ ! Il ne se passera rien tant que tu seras derrière moi, nerveux comme un prêtre dans l'officine d'un alchimiste ! On dirait que tu t'attends à voir du soufre me sortir des oreilles !

— J'attends surtout que tu me dises ce que j'ai besoin de savoir !

Il se détourna, puis revint vers elle, un doigt menaçant pointé sur son visage.

— Tu portes le torque du prophète, et pourtant tu es incapable de *voir*.

Machinalement, Arianna effleura l'antique collier qui ornait sa gorge. Deux serpents de bronze doré dont les têtes aux langues dardées, aux yeux émeraude, se rejoignaient au milieu. Un instant, elle eut l'impression qu'ils l'étranglaient, pourtant elle releva le menton, aussi agressive que son frère.

— Et toi, Ceidro ? Tu portes une épée au côté, pourtant tu ne te conduis guère en homme, ce soir.

Ceidro rougit, et Arianna regretta aussitôt sa méchanceté. Elle posa une main apaisante sur les épaules raidies de son frère.

— J'ai essayé, dit-elle. Mais tu sais bien que ça ne marche pas comme ça, les visions ne se produisent pas sur commande.

Ceidro se taisait, et elle lutta conte son envie de le secouer. C'était seulement la frustration qui les poussait à se disputer ainsi, songea-t-elle, en s'exhortant au calme. La frustration et la peur. Ceidro n'ignorait pas que les visions arrivaient spontanément, et quand c'était le cas, Arianna en sortait malade, terrifiée. Mais ce soir, c'était au tour de son frère d'être terrifié. Voilà des heures qu'il la harcelait pour savoir s'il avait une chance de gagner la bataille qu'il aurait à livrer le lendemain.

Elle l'obligea à lui faire face et tenta un sourire.

— Encore le satané mauvais caractère des Gwynedd ! Cessons de nous quereller. Surtout en ce moment.

Ceidro prit le bol et le lui tendit.

— Alors, essaie encore.

Elle le fixa sans y toucher.

Un beau jour, deux ans auparavant, un étrange barde était arrivé au château de son père. Il prétendait avoir entendu parler de la fille du prince de Gwynedd qui possédait le torque du prophète et le don de deviner l'avenir. Il avait remis à Arianna ce bol qui, disait-il, avait appartenu à Myrddin, le plus grand magicien et prophète qui eût jamais existé. Mais bien qu'elle ne s'en séparât jamais et que des visions continuassent de lui apparaître, intermittentes et jamais suscitées, au hasard des étendues d'eau — son bain, une flaque après l'orage —, Arianna n'avait jamais été capable d'apercevoir la moindre image dans le bol soi-disant magique du barde.

La jeune fille faillit répéter à son frère que c'était peine perdue, mais elle s'en abstint, touchée par la pathétique jeunesse de son visage imberbe. Il possédait, comme elle, le menton pointu des Gwynedd, leurs pommettes hautes et leurs yeux vert pâle, couleur d'écume. Un regard où vacillaient aujourd'hui la peur et la détresse. Son épouse était morte en couches un mois auparavant, et il avait à peine eu le temps de la pleurer avant d'être obligé de défendre leur fief contre un ennemi deux fois supérieur en nombre et en puissance. Pourtant il n'avait que vingt ans, un an de plus qu'Arianna...

Ceidro insistait, tendant toujours le bol.

— Es-tu disposée à m'aider, ou non ?

Réprimant un soupir, elle allait se saisir du récipient quand une bourrasque souleva le mince loquet qui fermait la fenêtre, envoyant le volet claquer violemment contre le mur. Ceidro fit volte-face, la main sur son épée.

Avec un sourire un peu penaud, il posa le bol et traversa la pièce pour aller refermer le volet. Mais il blêmit en atteignant la fenêtre.

— Dieu...

— Quoi ? Que se passe-t-il ?

Le matin, des sentinelles avaient rapporté que l'ennemi était en marche, mais se trouvait encore à des kilomètres du château. Par la fenêtre ouverte, Arianna sentait pourtant l'odeur de fumée, entendait les cloches du village sonner à la volée.

— Ceidro ?

— Que le Christ ait pitié de nous ! souffla le jeune homme.

La gorge sèche, Arianna vint le rejoindre. Les flammes qui s'élevaient du village doraient les nuages bas, donnaient à la mer, au loin, un reflet iridescent. Elles se reflétaient sur les innombrables armes qui dansaient comme autant de lucioles dans le ciel nocturne. Ils virent une femme se précipiter vers la route qui menait au château, poursuivie par un chevalier sur un destrier blanc. Arianna retint son souffle. Elle s'attendait à voir la malheureuse pourfendue d'un coup d'épée, mais le guerrier se pencha pour la saisir et la jeter sans ménagement en travers de sa selle.

— Dieu maudisse les Anglais et leurs maîtres normands ! gronda Arianna, d'une voix étranglée de rage.

Son frère renchérit :

— Oui, que Dieu les maudisse, tous ! Et qu'il accorde la victoire à Cymru, ajouta-t-il avec ferveur.

Si les étrangers appelaient cette contrée le pays de Galles, ceux qui vivaient dans ses sombres forêts et dans ses montagnes brumeuses le nommaient Cymru, et ses habitants les Cymry. Aussi loin qu'ils s'en souviennent, les Cymry avaient toujours été en guerre, luttant désespérément, comme leurs pères et leurs grands-pères avant eux, pour gagner leur indépendance contre les Saxons, puis les envahisseurs normands qui avaient détrôné ces derniers à la tête de l'Angleterre. Cependant ils rêvaient encore de liberté et les bardes chantaient le moment béni où le grand roi Arthur se lèverait de l'île d'Avalon, où il reposait, pour mener leur peuple vers la victoire finale.

Dans ces ballades, les bardes évoquaient souvent la famille d'Arianna, la Maison des Cunedda, seigneurs de Gwynedd. Descendants en droite ligne des plus grands héros de Cymru, les fils et filles de Gwynedd étaient à la fois l'incarnation d'un passé glorieux et les dépositaires de l'avenir. Ils régnaient sur un quart du pays de Galles, et il leur incombait de perpétuer ce rêve de liberté.

Pourtant, songeait Arianna en contemplant le village en flammes, il était parfois bien difficile de continuer d'espérer.

La porte s'ouvrit à la volée sur leur cousin, Madog, qui se tint un instant sur le seuil, la pointe de son casque effleurant la voûte de pierre. L'arc à la main, il semblait énorme, dans sa tunique de cuir rembourrée.

— Ces chiens galeux ont envoyé un messager demander notre reddition, annonça-t-il, un mauvais rictus sous sa moustache tombante. Ils ont promis que les serfs et les fermiers seraient relâchés... sains et saufs, ont-ils dit, mais nous connaissons leurs mensonges. Quant aux hommes libres, ils seront rançonnés, évidemment. Et ils exigent une réponse avant une heure.

Ceidro était blême, mais il garda le silence, et Madog attendit, faisant jouer sa main droite autour de la poignée de l'arc. *Nous ne nous rendrons jamais!* pensait Arianna. Cependant, c'était à son frère de répondre à l'insulte. Mais Ceidro se taisait toujours.

Par-delà les gémissements du vent, on entendait les trompes, les cris, les cavalcades des hommes qui se précipitaient sur les remparts. Arianna ne put y tenir plus longtemps.

— Dis à ces canailles que nous refusons, suggéra-t-elle d'un ton clément à son frère. Que nous nous battrons jusqu'à notre dernier souffle. Tu es bien de cet avis, Ceidro?

Le jeune homme sursauta, comme s'il sortait d'un état de transe.

— Oui... Réponds-leur que nous préférons brûler en enfer plutôt que de nous rendre, Madog. Ou mieux, coupe simplement la tête de leur messager et jette-la du haut des murailles.

Avec un large sourire, Madog s'apprêtait à sortir quand Ceidro le rappela.

— Attends, il y a autre chose. Je... Comment ont-ils fait pour arriver si vite? L'armée de père était supposée se trouver entre nous et la frontière anglaise.

Madog haussa ses massives épaules.

— Ils sont venus par la mer, et avec tout l'équipement nécessaire: catapultes, échelles... Je crois qu'ils ont l'intention d'assiéger le château.

Il eut de nouveau ce grand sourire qui dévoilait des dents éclatantes.

— Mais nous nous en sortirons si nous les tenons en respect le temps que votre père et vos frères anéantissent la piètre armée du roi Henry.

Ceidro acquiesça, et Arianna se sentit soudain en sécurité au sein du donjon. La tour de pierre et de mortier était ceinte de hautes murailles, elles-mêmes entourées de remparts érigés au sommet d'une butte aux pentes abruptes. Et l'ensemble était encore cerné de larges remparts de pierre à créneaux et meurtrières. La seule façon de s'emparer d'une telle forteresse était d'affamer ses occupants. Or les réserves de nourriture pouvaient durer six bons mois.

— Oui, déclara Ceidro, tout ira bien.

Madog, sur le point de se retirer, hésita.

— As-tu vu la bannière des Normands ? demanda-t-il.

Ceidro se tourna vers la fenêtre.

— Il fait sombre, et je ne suis pas sûr de...

— C'est un dragon noir sur champ de gueules.

— Un dragon noir... répéta Arianna dans un murmure.

Le Dragon Noir... Sir Robert le Bâtard... L'homme que toutes les mères jusqu'en Terre sainte évoquaient pour faire peur aux enfants turbulents. Fils naturel du très puissant comte de Chester et d'une servante, c'était un chevalier errant, sans terres, qui gagnait sa vie en rançonnant des prisonniers faits à la guerre et lors de tournois, ou en se louant avec son armée au plus offrant. Il se montrait brutal au combat, impitoyable à la victoire, et on racontait qu'il avait vendu son âme au diable contre une surnaturelle habileté au maniement des armes.

On le disait aussi invincible.

Ceidro fixa longtemps la lourde porte bardée de fer après le départ de son cousin. Seuls le sifflement du charbon de bois dans le brasier et le grondement du vent troublaient le silence. Arianna espérait que l'orage éclaterait cette nuit, et que des trombes d'eau s'abattraient sur le Dragon Noir — dont le corps était certainement humain, même si son âme appartenait à Lucifer.

Elle suivit des yeux Ceidro qui s'était mis à arpenter la chambre, de l'imposant lit à baldaquin au brasier de cuivre, son ombre mouvante projetée contre les murs aux tapisseries bleu et or.

De tous ses frères, bagarreurs et téméraires, Ceidro était le plus calme et le moins doué pour la guerre. Sur un champ de bataille, le Dragon Noir n'en aurait fait qu'une bouchée, il le savait, et Arianna souffrait de la peur, de l'incertitude qu'il devait ressentir à affronter un tel adversaire, fût-ce à l'abri de remparts.

— Par la croix du Christ! explosa-t-il soudain en envoyant d'un coup de pied un tabouret heurter le montant du lit. Comment pourrais-je sauver le château avec seulement une poignée d'hommes?

— Père ne t'aurait pas confié Rhuddlan s'il ne t'en croyait pas capable, fit doucement remarquer Arianna.

Il s'arrêta près d'elle, lui caressa la joue.

— Pauvre petite sœur! Tu devrais être tranquillement à la maison, au lieu de te trouver prise avec moi dans cette souricière. Jamais je n'aurais dû te demander de...

Sa voix s'étrangla tandis que tous deux se souvenaient qu'elle était venue pour assister l'épouse de Ceidro lors de l'accouchement, et qu'elle était restée afin de le consoler après l'issue tragique.

Arianna noua les bras autour de la taille de son frère et se serra bien fort contre lui, cherchant du réconfort autant qu'elle en donnait.

— Tu sais bien que j'avais envie de me battre contre ces sales Normands, dit-elle. Le Dragon Noir ne s'était encore jamais attaqué à la Maison de Gwynedd, et dès demain il s'en mordra les doigts, comme un voleur de miel au milieu d'un essaim d'abeilles.

Ceidro eut un petit rire mal assuré.

— Oui, tu as raison, acquiesça-t-il en se dégageant. Et à présent, je ferais mieux d'aller vérifier l'état de mes troupes. Arianna...

Il hésita un instant avant de poursuivre :

— Si le château était pris d'assaut...

— Il ne le sera pas.

— Mais si c'était le cas, je serai peut-être trop occupé pour veiller sur toi. Ou bien si je...

Il s'interrompit, mais Arianna avait compris. S'il mourait...

— Je sais me défendre, affirma-t-elle bravement, quoique son cœur se fût serré.

Une étincelle s'alluma dans les yeux de Ceidro.

— Ça, j'en suis sûr ! En combat rapproché, tu es probablement plus dangereuse que moi.

Ils eurent un sourire complice en se rappelant les ennuis qu'Arianna s'était attirés, enfant, lorsqu'elle essayait de rivaliser d'intrépidité avec ses neuf frères.

L'instant d'après, le visage de la jeune fille redevint grave.

— Je connais mon devoir, Ceidro, et je ne l'oublierai jamais.

Elle était la fille du prince Owain de Gwynedd. Si elle était capturée, sa famille serait ruinée par la demande de rançon. Et si elle était violée, ce serait le déshonneur pour tous.

Le frère et la sœur se regardaient, perdus dans leurs sombres pensées. Soudain, Arianna sourit et lança un solide coup de poing dans l'épaule de Ceidro.

— Maintenant, allez donc rejoindre votre armée, monseigneur, avant que la bataille ne soit gagnée sans vous !

Une fois la porte refermée sur Ceidro, Arianna se sentit nettement moins vaillante. Elle ne cessait de se rendre à la fenêtre, mais à part quelques gerbes d'étincelles et des flammes intermittentes, il faisait à présent trop sombre pour distinguer quoi que ce fût. Par moments, son regard se posait sur le bol qui semblait l'appeler. Sans doute cette impression était-elle due à la nervosité, à la peur. De toute façon, elle ne voulait pas connaître l'avenir, s'il était noir ; elle ne le voulait pas.

Mais d'elles-mêmes, ses mains se refermèrent sur le bol.

Le métal lui parut chaud, entre ses paumes, et un instant elle crut le voir palpiter. C'était sûrement une illusion, le reflet des torchères accrochées au mur.

Malgré elle, elle plongea le regard au fond du bol… et elle fut certaine, cette fois, que la vision viendrait.

Dans un dernier effort désespéré, elle se détourna, cependant la vision, issue du fond des âges, était plus forte qu'elle. Elle revint aux profondeurs dorées.

L'eau se mit à tourbillonner, se transforma en mare de sang.

Et cette mare s'agitait de plus en plus vite, l'absorbait. Les mains crispées sur le bol, elle fut aveuglée par une lumière éblouissante, et un gémissement lui échappa tandis que des sons métalliques l'assourdissaient… et des cris d'agonie portés par la tempête. Elle sentait l'odeur des lames chauffées à blanc par le combat, celle de la sueur, de la peur. Et brusquement, elle vit…

Un chevalier en armure sortit du brouillard. Son destrier se cabra et se profila un instant, énorme, menaçant, contre le ciel d'ardoise. Il brandit sa lance, et une brusque rafale déplia sa bannière — un dragon noir sur champ de gueules. Poussant un cri de guerre triomphant, il chargea.

Les sabots de son étalon noir martelaient le sol ; il approchait ; il était assez près pour qu'elle pût voir la fureur qui brûlait dans ses yeux d'acier, la détermination sur ses traits rudes. Il pointa la lance en direction de son cœur, et elle ouvrit la bouche sur un cri silencieux, comme si elle sentait déjà la pointe acérée la déchirer.

Le tonnerre éclata, un violent éclair sillonna le ciel, s'abattit sur la lance, et une seconde avant que la pointe la transperce…

Un parfum de romarin. Quelque chose lui chatouillait la joue… Ouvrant les yeux, Arianna reconnut la paille du sol, les trois pieds du tabouret. Encore désorientée, elle tenta maladroitement de se relever, mais la tête lui tournait et elle attendit un peu avant de s'agripper au tabouret, les yeux douloureux, en proie à une subite nausée.

Elle eut juste le temps de se rendre au cabinet de toilette, où elle fut si malade qu'elle crut s'évanouir de nouveau. Jamais le malaise qui suivait ses visions n'avait eu cette intensité. L'image du chevalier qui chargeait lui revenait par saccades et, les mains aux tempes, elle alla s'écrouler sur le lit.

Les motifs de la tenture murale se mirent à prendre vie, les fleurs, les vrilles de la vigne ondulaient, se déroulaient, venaient à elle. Avec un gémissement, elle s'obligea à fixer le baldaquin, luttant contre une nouvelle vague de nausées.

Quand elle fut certaine de pouvoir tenir debout, elle alla se préparer un cataplasme à base de racine de pivoine et d'essence de rose qu'elle appliqua sur son front. La douleur s'atténua peu à peu.

Elle revint s'allonger sur le lit et resta immobile à écouter la corne de la sentinelle relayée par la trompette des gardes. Tout allait bien. Aussi bien que possible quand l'armée ennemie campait sous les murailles. Pourtant, Arianna ne voulait pas fermer les yeux, de peur que l'image du chevalier ne revienne la tourmenter.

Cette vision... jamais encore elle n'en avait connu de semblable. D'habitude, elles étaient vagues, de lointaines silhouettes reflétées dans l'eau, parfois si floues qu'elle avait été incapable ensuite de leur donner un sens. Mais celle-ci... Elle en faisait partie intégrante. Elle avait senti le métal chaud, entendu les galopades, vu la pointe de la lance s'approcher d'elle... Ô Dieu, tout cela avait été si réel !

Elle se tourna vers la haute chandelle de cire, près du lit, qui devait brûler toute la nuit pour éloigner les esprits malins et un sourire sans joie se dessina sur ses lèvres. Imaginer le Dragon Noir, ce suppôt de Satan, tenu à l'écart par une malheureuse bougie ! Cependant, bien que la lumière lui fît mal aux yeux, elle ne tira pas les rideaux.

Le vent qui avait battu les murailles du château toute

la soirée tomba soudain. L'orage ne se déclencherait pas, finalement, et c'était bien dommage.

Arianna se demanda si elle devait parler de la vision à Ceidro, mais ce dernier était déjà bien assez anxieux : cela ne ferait sans doute qu'ajouter à son angoisse. En outre, la menace la concernait elle, pas son frère... Elle pressa la main sur son cœur, comme si elle sentait la lance la transpercer.

Avec un gémissement, elle se tourna d'un bond et enfouit le visage dans l'oreiller mais, sous ses paupières closes, elle voyait toujours le chevalier en armure noire charger, lance brandie.

Et quand elle trouva enfin le sommeil, beaucoup plus tard, ce fut pour rêver d'un dragon noir aux yeux d'acier.

Elle s'éveilla au son d'une cornemuse, dans la pâle lumière de l'aube. Les notes mélancoliques montaient de la pièce commune où les hommes se restauraient en chantant les gloires passées.

Un bourdonnement sourd résonnait dans sa tête et elle se dressa avec peine. Tout étourdie, elle pressa les mains sur ses paupières, puis elle se rendit compte que ce n'était pas la migraine qui lui martelait le crâne mais un son extérieur, comme un lointain et incessant roulement de tonnerre. L'ennemi avait commencé le siège. Les machines de guerre lançaient sans relâche d'énormes boulets contre les remparts.

Il n'y avait pas de temps à perdre.

Arianna, qui avait dormi tout habillée sur la courtepointe, se leva rapidement pour se débarrasser de ses riches vêtements de femme noble. La veille, elle avait emprunté à une servante de la métairie une tunique grossière et des bottes. Si par malheur les Normands parvenaient à pénétrer dans le château, mieux valait qu'elle passe pour une paysanne. En tant que fille du prince de Gwynedd, elle valait trois fois son poids en pièces d'argent.

Vite, elle enfila l'informe tunique sur ses fins sous-vêtements, la laça soigneusement au cou afin de dissimuler le torque, et la ceintura par un simple lien de cuir brut. Elle chaussa ensuite les bottes éculées et défit sa natte.

A sa ceinture de fortune, elle attacha un petit fourreau pour son poignard à quillon. Ce n'était certes pas l'arme d'une fille de ferme, mais il était important qu'elle l'eût sur elle. Le poignard était long, en forme d'épée miniature, et sa lame était du meilleur métal. Elle passa le doigt sur le fil acéré. Elle s'en servirait, si elle le devait, pour défendre son honneur, car aucun homme ne voudrait d'une épouse flétrie. La perte de sa virginité serait un déshonneur non seulement pour elle mais pour toute sa famille.

— Plutôt la mort, murmura-t-elle en serrant plus fort la poignée d'argent.

Aurait-elle les traits du chevalier ?

Son image la hantait. Le cheval noir cabré, le regard dur, la bouche brutale, la lance... pointée sur son cœur.

Son regard chercha le bol d'or et elle le contempla longuement. Il semblait bien inoffensif, à la lumière du jour, pourtant il l'effrayait. Du reste, il la gênerait si elle devait s'enfuir rapidement. Elle allait le laisser ici.

Non. C'était impossible. Elle avait beau redouter la force des visions qu'il suscitait en elle, elle ne pourrait jamais s'en séparer. Elle ne supportait pas l'idée qu'il pût tomber entre les mains d'un Normand. Surtout s'il avait réellement appartenu au grand magicien Myrddin.

Elle l'effleura et fut soulagée de sentir le métal froid sous ses doigts. Elle le fixa alors à sa ceinture par une des anses, puis elle se couvrit d'une cape doublée de vulgaires peaux de lapin.

En même temps, elle plissa le nez, un peu dégoûtée. Les vêtements d'emprunt n'étaient guère propres, mais leur odeur d'écurie ajouterait de l'authenticité au déguisement. Pour faire bonne mesure, elle se macula le visage avec des cendres du brasier.

L'escalier du donjon était sombre, car les torchères

étaient épuisées, et elle le descendit en se guidant au mur de la main. Quand elle sortit de la tour, un garde cria, du haut des remparts, mais elle n'y fit pas attention et se dirigea vers les marches de bois qui menaient au bas de la butte. Elle franchit ensuite le pont-levis au-dessus d'un fossé à sec et pénétra dans les basses-cours.

L'atmosphère était lourde, humide, de gros nuages menaçants roulaient dans le ciel de plomb. Malgré les peaux mouillées que l'on avait déployées sur les toits de chaume, une flèche enflammée avait réussi à mettre le feu à la grange à foin. L'incendie se propageait, et l'odeur de cuir brûlé était à retourner le cœur.

Une couple de corbeaux tournoyaient au-dessus du brasier. Arianna se signa aussitôt. Ces charognards, elle les détestait. Ils étaient présages de mort.

Leurs croassements se mêlaient aux roucoulements des colombes du pigeonnier, aux cris aigus des faucons dans les écuries et ajoutaient à la cacophonie qui résonnait dans la cour : meuglements des vaches que personne ne songeait à traire, masse du forgeron sur les pointes de flèches, aboiements excités des chiens... Et le martèlement régulier des projectiles lancés par les catapultes contre les murailles.

Elle trouva son frère sur le rempart est, en compagnie de Madog. Protégés par un créneau, ils discutaient de la stratégie de l'ennemi, lequel avait abandonné la ville dévastée pour se diriger vers l'orée de la grande forêt à l'est du château. L'arrivée d'Arianna dérangea un pigeon qui s'envola à tire-d'aile. Les deux hommes se retournèrent d'un même geste.

— Au nom du Ciel, que fais-tu là ? s'écria Ceidro, furieux. Ta place est dans le donjon, où...

Il fronça les sourcils, se pinça le nez.

— Bonté divine, que t'arrive-t-il ? Tu sens plus mauvais qu'un tas de fumier !

Arianna ouvrait la bouche pour s'expliquer, mais il la fit taire d'un geste autoritaire.

— Peu importe ! Rentre immédiatement à l'abri !

Elle haussa les épaules. Les hommes de la famille ne

cessaient de lui donner des ordres, qu'elle n'écoutait jamais. Quand comprendraient-ils enfin que c'était inutile !

Ceidro avait dû surmonter sa peur au cours de la nuit, car ses yeux brillaient d'excitation. Une expression qu'elle connaissait bien pour l'avoir souvent vue sur le visage de son père et de ses frères quand ils partaient à la guerre. Ceidro portait à la taille son bouclier et son épée.

— Arianna... gronda-t-il.

Tranquillement, elle le contourna afin de regarder où en était l'armée ennemie, mais Ceidro la saisit par le bras pour l'éloigner du bord.

— Bon sang, est-ce que tu veux vraiment te faire...

Il s'interrompit net, et Arianna mit un moment à comprendre ce qui se passait : les catapultes s'étaient tues.

Ceidro la lâcha, s'approcha du parapet, et elle le suivit afin de jeter un coup d'œil par-dessus son épaule. Cavaliers et arbalétriers s'étaient alignés à la lisière de la forêt, hors de portée des flèches. Ils formaient un spectacle splendide et coloré, avec les étendards qui flottaient au vent au bout des lances au métal bleuté, les boucliers décorés de couleurs vives, les armures et les casques rutilants. C'était presque éblouissant, sur fond de forêt sombre et de nuages chargés de pluie.

— Ne sont-ils pas jolis tout plein ? dit Ceidro, méprisant.

Les Gallois considéraient comme une lâcheté de se battre en armure.

Le silence était presque plus angoissant que le vacarme qui avait précédé. Même les chiens s'étaient tus. Arianna distingua le coassement d'une grenouille dans les douves boueuses, et la bouffée de fumée qui montait de la grange brûlée fit tousser Madog. A part cela, rien, un silence absolu.

— Ils vont attaquer ? demanda Arianna dans un murmure.

— Par le sang du Christ ! s'écria doucement Madog. On dirait qu'ils battent en retraite !

En effet, ils virent d'abord les hommes d'armes, puis les chevaliers, faire demi-tour et disparaître en direction de la frontière anglaise toute proche, abandonnant derrière eux leurs machines de guerre.

Les Gallois poussèrent des hurlements de joie, et une grêle de flèches et de javelots s'abattit des remparts. Quelques ennemis ripostèrent avec des injures mais l'armée normande fondait comme neige au soleil.

Seul un chevalier restait.

Il se tenait au pied d'un grand pin sombre, dont il se distinguait à peine car son armure était ternie, presque noire, et il était monté sur un immense destrier, noir également.

Lentement, l'homme et sa monture se détachèrent de l'arbre pour avancer en terrain découvert, jusque sous les murailles du château.

Il y eut un éclair, suivi aussitôt d'un énorme roulement de tonnerre. L'étalon se cabra, tandis qu'une bourrasque déployait la bannière au bout de la lance du chevalier — un dragon noir sur champ de gueules.

La peur saisit Arianna à la gorge, aussi brutale que le coup de vent.

— Ô Dieu, non !

Mais le chevalier ne chargea pas. Il reprit le contrôle de son fantasque destrier et resta là, immobile sous les premières gouttes de pluie. Comme s'il attendait quelque chose.

— Ne bouge pas, canaille. Ne bouge pas, marmonna Madog en s'emparant de son arc.

Il prit une flèche dans son carquois, le renversant dans sa hâte.

Rapide, il banda son arc, les yeux plissés.

— *Non !* cria Arianna.

Ceidro se tourna vers elle, bouche bée. Mais Madog visait toujours le chevalier. La flèche siffla dans les airs pour se ficher au sol, à quelques pouces des sabots du destrier.

Le chevalier demeura encore une seconde sans bouger, puis il fit faire volte-face à sa monture et s'éloigna au galop vers la forêt.

— Bon sang, Arianna, pesta Ceidro, qu'est-ce qui t'a pris de hurler comme un mouton qu'on égorge ? Tu lui as fait rater sa cible !

Arianna se contentait de fixer l'endroit où s'était tenu le chevalier, essayant en vain de comprendre pourquoi elle avait agi ainsi quand elle ne souhaitait que la mort de cet homme.

— J'ai cru...

Elle s'étrangla, prit une profonde inspiration.

— De toute façon, il était hors d'atteinte, acheva-t-elle, mal à l'aise.

C'était faux. Pas pour un archer de la classe de Madog. Et elle le savait très bien.

— Ce n'est pas sa faute, intervint celui-ci d'un ton conciliant. Je l'ai raté, voilà tout. N'oublie pas que ce bâtard a le diable pour ange gardien.

— Fais sonner de la trompe ! cria Ceidro. Nous allons le poursuivre et lui faire avaler ses tripes avant la fin du jour !

Il passa en trombe devant Arianna.

— Attends ! C'est peut-être un piège ! le rappela Madog.

Mais Ceidro disparaissait déjà dans l'escalier.

— Dépêche-toi, Madog, sinon ces chiens galeux seront déjà à mi-chemin de l'Angleterre quand nous les rattraperons !

Madog hésita un instant puis, avec un juron, il saisit son arc, ses flèches et se précipita à la suite du jeune homme.

— Pour l'amour du Ciel, Ceidro, risqua-t-il encore, réfléchissons. Je n'aime pas l'attitude de ce...

Arianna regardait en direction de la forêt. Un nouvel éclair troua les nuages, suivi d'un coup de tonnerre. Un corbeau traversa le ciel gris.

Elle se retourna soudain, criant le nom de son frère, mais déjà le son du cor déchirait l'air. La pluie martelait le sol de la cour, le vent hurlait. Une rafale rabattit la cape d'Arianna sur son visage.

Quand elle se dégagea, la petite troupe de Ceidro franchissait la poterne, à grand renfort de cris de guerre.

Autrefois, leurs ancêtres se battaient nus, seulement vêtus de leur casque et d'un torque. Aujourd'hui, les hommes de Gwynedd portaient des broignes, longues cuirasses, des arcs et des masses d'armes. Néanmoins, beaucoup peignaient encore leur visage de bleu, et ils partaient à la bataille en riant et en chantant. Ils étaient forts, courageux, vaillants, ces hommes de Cymru. Le cœur d'Arianna se gonfla de fierté.

Une fierté qui se mua aussitôt en horreur.

Les ennemis jaillirent de la forêt, comme si chaque arbre, chaque buisson s'était soudain métamorphosé en guerrier. En quelques secondes, ils eurent encerclé la misérable troupe de Ceidro. La pluie redoublait, le tonnerre grondait de plus belle tandis qu'Arianna, accrochée au parapet à se faire saigner les mains, clignait des yeux sous les trombes d'eau. A la faveur d'un éclair, elle aperçut le miroitement des lames. L'atmosphère était remplie de hurlements, du heurt des épées, des hennissements des chevaux.

Bien vite, l'olifant sonna la retraite.

Elle courut aussitôt le long du chemin de ronde, glissant sur les pierres dégoulinantes, et se précipita dans l'escalier pour déboucher dans la cour juste au moment où la herse se soulevait, tandis que le pont-levis s'abaissait dans un grincement de chaînes.

Son frère et les hommes n'avaient pas le temps de rentrer dans le château par la poterne. Il leur fallait passer par le pont-levis et bien vite le fermer derrière eux. Au moins la pluie, qui avait d'abord fait le jeu des Normands, serait-elle à présent leur alliée.

Mais à peine Arianna avait-elle conçu cet espoir que le déluge s'arrêta, aussi vite qu'il avait commencé.

Tétanisée, Arianna vit son frère et ce qui restait de son armée traverser le champ ouvert, poursuivis par des cavaliers en cottes de mailles qui pourfendaient les traînards. A leur tête se trouvait un homme à l'armure ternie monté sur un destrier noir.

Malgré tout, ils avaient encore une petite chance d'y arriver.

— Sainte Marie, mère de Dieu, sauvez-les, pria

Arianna tandis que les premiers Gallois franchissaient le pont-levis.

Les sabots faisaient un bruit d'enfer sur les planches, des centaines de flèches s'écrasaient contre la muraille, la porte, le pont, comme une averse de grêle.

Ceidro se posta à côté du pont pour laisser passer ses hommes, et Arianna songea que leur père aurait été fier de lui.

Enfin il entra à son tour, et les lourdes portes commencèrent à se fermer tandis qu'il se tenait à l'intérieur, faisant face à l'ennemi. Un garde entreprit de relever le pont.

— Ceidro ! hurla Arianna en voyant le chevalier en armure noire sauter avec aisance la fosse entre le sol et le pont qui remontait.

La lance atteignit Ceidro en pleine poitrine. Il s'effondra. Profitant du désarroi des Gallois, les Normands s'engouffrèrent alors par le pont-levis.

Les chevaux passèrent devant Arianna, qui resta pétrifiée d'horreur durant quelques secondes. Enfin, sans se soucier des épées dégainées ni des chevaux effrayés, elle courut vers son frère qui gisait, inanimé, près de la porte.

Couché sur le dos, il fixait le ciel de ses yeux sans vie. Elle s'écroula à genoux près de lui, prit son visage entre ses mains.

— Ceidro, je t'en prie.

Elle le saisit aux épaules, le secoua de toutes ses forces.

— Ceidro, je t'en supplie, ne meurs pas !

Elle eut soudain l'impression qu'une bête monstrueuse lui avait déchiré la poitrine, lui arrachant le cœur, les poumons. Le souffle coupé, elle crut qu'elle allait mourir.

Elle n'entendit pas le cor qui sonnait la victoire des Normands ni, dans le silence qui suivit, les cris d'agonie des mourants. Elle ne vit pas non plus les chevaux qui piétinaient des bannières tachées de sang, des boucliers cabossés, des lances brisées. Mais quand un corbeau se posa près d'elle, elle retrouva enfin son souffle pour lui hurler de s'envoler.

Une paire de bottes apparut dans son champ de vision. De la boue éclaboussa le visage de Ceidro, et elle l'essuya doucement du bord de sa tunique.

— Prenez garde, dit-elle. Eloignez-vous de lui.

Mais les bottes, munies d'éperons acérés, ne bougèrent pas d'un pouce. Le regard d'Arianna remonta le long d'une cuirasse jusqu'à un heaume ruisselant et la pointe d'une lance ensanglantée.

Elle vit sous le casque de métal un visage sombre auquel le protège-nez donnait l'allure d'un oiseau de proie. Elle aperçut une bouche dure, cruelle, et quand l'homme défit l'attache de son heaume, puis repoussa le capuchon de mailles de son haubert, elle vit sa chevelure aile de corbeau trempée de sueur se soulever dans le vent. Elle le fixa mais il ne lui accorda même pas un regard.

Ses yeux étaient fixés au loin, gris, froids. Aussi durs et tranchants qu'une épée.

Les yeux de l'homme de sa vision.

2

Sir Robert contemplait les murs rouge sang de la tour. La pluie s'était arrêtée, et un brouillard gris venu de la rivière enveloppait le donjon d'un halo mystérieux.

Le château était sien désormais. Sien. Il avait réussi. Lorsqu'il était jeune et plein d'espoir, il s'était juré qu'un jour il obtiendrait un titre, une terre. Lui, le bâtard, il fonderait sa propre dynastie. Et quel meilleur endroit pour cela que Rhuddlan, lieu de la trahison du comte de Chester ?

Un titre, une terre, le pouvoir.

Tout cela, il allait enfin l'avoir.

Robert rengaina son épée. Il faisait demi-tour quand

son regard tomba sur une fille qui le fixait avec rage, agenouillée près du cadavre d'un jeune homme.

De longs cheveux en désordre encadraient un petit visage fin dont les yeux immenses avaient la couleur de la mer un jour d'hiver. Des yeux qui lui firent inexplicablement penser à ces femmes mi-fées mi-magiciennes qui, autrefois, hantaient, dit-on, les landes galloises. Un instant, il eut l'envie absurde de faire un signe de croix pour conjurer le sort. Sottises !

Il s'ébroua. Et il commençait à s'éloigner quand un corbeau se posa sur la poitrine ensanglantée du gisant. La fille se leva d'un bond en hurlant. Il crut qu'elle allait lui sauter dessus, toutes griffes dehors. Mais c'était après le corbeau qu'elle en avait, et l'oiseau s'envola dans un claquement d'ailes au moment même où une voix familière criait le nom de Robert.

Un chevalier en armure étincelante franchissait la porte au galop, monté sur un palefroi blanc harnaché d'une selle argentée et d'un caparaçon orné de clochettes. Derrière lui chevauchait son écuyer, un faucon au poing. Une vingtaine d'autres chevaliers les suivaient.

Robert plissa les yeux. Ce scintillant chevalier était son cadet et terriblement légitime demi-frère, Hugh, actuel comte de Chester, qui régnait sur une bonne partie de l'Angleterre. L'homme qui possédait tout ce que désirait Robert.

Il se pencha pour cracher la bile de l'envie qui lui montait à la bouche...

Et, ce faisant, il aperçut du coin de l'œil l'éclat d'une lame. Comme il se retournait en sursaut, le poignard dérapa sur les mailles de son haubert. Robert ne vit que des mèches de cheveux sombres et d'immenses yeux verts. La fille leva de nouveau le bras, mais cette fois il était prévenu, et il la saisit au poignet. Elle n'émit pas un son bien qu'il serrât à lui briser les os. Quand le poignard tomba, Robert la lâcha.

A tort...

Elle se rua sur lui à mains nues. Elle visait les yeux, mais il rejeta la tête en arrière, et ses ongles lui griffèrent le cou. Les coups s'abattaient sur le haubert. La fille frappait en silence, sans se soucier de s'écorcher sur les mailles de métal.

De nouveau, elle chercha ses yeux, mais cette fois, il lui saisit les deux poignets. Elle se mit alors à le cribler de coups de pied. Bon sang, l'armée de Robert comportait trente chevaliers et plus de cent cinquante hommes d'armes, comment ne s'en trouvait-il pas un pour le libérer de cette folle ?

Elle lui envoya dans le menton un coup de tête si violent qu'il faillit avoir la langue coupée en deux.

— Pour l'amour du Ciel, qu'on me débarrasse de cette furie ! gronda-t-il.

Il aperçut son sénéchal devant lui, un sourire niais sur son visage tavelé. L'instant d'après, Robert propulsait la jeune fille dans les bras d'un Sir Odo stupéfait qui la serra machinalement entre ses énormes pattes. Elle se débattit encore un instant avant de se tenir tranquille, mais ses yeux lançaient des éclairs.

— Assassin !

Robert essuya le sang qui lui coulait dans le cou et s'adressa à elle en gallois, la langue qu'elle avait utilisée.

— Qu'est-ce qui vous prend, femme ? Et qui êtes-vous ?

Pas de réponse.

— Je vous ai posé une question ! aboya-t-il. Qui êtes-vous ?

Elle eut un rictus de haine.

— Je suis celle qui va vous tuer, sale Normand.

Un instant déconcerté par sa véhémence, Robert finit par éclater de rire.

— La route de l'Enfer est jonchée des cadavres de ceux qui s'y sont essayés.

— C'étaient des lâches, et sûrement pas des Gallois, sinon vous seriez en train de brûler avec le diable !

Le rire de Robert s'éteignit quand il aperçut le poignard à terre. Depuis le jour où il avait vu un enfant de cinq ans trancher la gorge d'un homme, il avait cessé de considérer un être comme inoffensif en fonction de son âge ou de son sexe. Cette fille avait peut-être une douzaine de poignards sur elle.

— Déshabille-la ! ordonna-t-il à Odo.

La fille sursauta.

Le sénéchal sourit.

— Inutile, sire, elle n'a que la peau sur les os. Si vous avez envie d'elle, pourquoi ne pas simplement retrousser sa jupe ?

La fille écarquilla les yeux, puis elle explosa. Elle se cambra, rejeta la tête en arrière, heurtant la mâchoire du gros chevalier avec une rare violence, puis elle lui lança un coude pointu dans l'estomac.

Avec un chapelet de jurons, il la secoua de toutes ses forces, à lui rompre le cou.

— Je t'ai dit de la déshabiller, pas de la tuer ! intervint Robert sans pour autant venir en aide à son sénéchal.

— Je n'ai pas l'impression qu'elle soit d'humeur polissonne, grinça Sir Odo, le souffle court.

La fille se raidit, puis elle émit un petit son étranglé et se laissa aller entre les bras du colossal chevalier.

— Je vous en prie, non...

Une soudaine tendresse se peignit sur les traits rudes de Sir Odo.

— Pauvre petite...

Les yeux de la fille étaient à présent pleins de terreur, tandis qu'elle fixait le cadavre étendu devant la porte, et un sanglot lui déchira la gorge. Elle était pathétique, en effet, mais Odo avait de toute façon la manie de s'attendrir dès qu'une femme se mettait à pleurer. Bien que Robert s'attendît toujours que l'une de ses protégées le dépouillât de son dernier sou et lui laissât en cadeau la syphilis, rien de la sorte ne s'était encore jamais produit.

— Si vous êtes en manque, sire, laissez-moi vous trouver une autre fille, plaida le sénéchal.

Robert fixa encore un moment le petit visage taché de boue.

— Par le Christ... Qu'elle disparaisse de ma vue !

Il y eut un rire derrière lui, et Robert se retourna

pour découvrir son frère, à cheval, une jambe négligemment passée sur le pommeau de sa selle. Son beau visage reflétait l'amusement.

— Est-ce donc là le légendaire pouvoir de séduction du Dragon Noir avec les femmes ?

Une lueur d'humour pétillait dans les yeux de Robert quand il répondit en soupirant :

— Comme tu vois, il suffit que je leur lance un coup d'œil, et ces créatures enamourées se jettent à mon cou !

Le comte Hugh rit de nouveau de bon cœur, mais Robert fut surpris de voir le regard si bleu de son demi-frère se voiler de désir quand il se posa sur la fille.

— A la vérité, celle-ci ne semble guère entichée de toi, mon cher. Veux-tu que je te débarrasse de cette corvée ? A moins que tu ne préfères que nous nous la partagions. Un tel tempérament devrait nous valoir quelques moments intéressants !

— Un peu de pitié, Hugh ! Apparemment, cette petite vient juste de perdre son homme, dit Robert.

Que lui arrivait-il ? Il se montrait presque aussi sentimental que Sir Odo ! La « petite » en question avait bien failli lui planter la lame de son poignard dans la nuque. Maintenant encore, elle lui lançait un regard meurtrier en marmonnant ce qui était sans doute des incantations de sorcière.

Robert, parcouru d'un long frisson, se tourna vers son sénéchal.

— J'ai dit : emmène-la d'ici ! tonna-t-il.

Le brave Odo hocha sa grosse tête.

— J'ai entendu mais, pour l'amour du Ciel, que vais-je faire d'elle ?

— Un peu d'initiative ! C'est pour ça que je te paye.

Hugh s'avança.

— Tu es bien délicat, Robert, dit-il. C'est une catin, pas une enfant, et je gage qu'elle se trouvera vite un protecteur.

Robert regarda de nouveau la fille pour vérifier si Hugh disait vrai. Il détailla les bottes éculées, la tunique informe sous la mante de lapin, remonta jusqu'aux cheveux emmêlés qui tombaient sur ses épaules. Et le visage... le visage était saisissant, il fallait bien le reconnaître. Toutefois, vu son accoutrement, c'était certainement une prostituée, en effet, et il y en avait tellement qui rôdaient autour des armées que Robert se demanda quelle mouche l'avait piqué d'accorder tant d'importance à celle-ci.

Comme Sir Odo entraînait la fille vers le donjon, elle tenta de se libérer d'une secousse, faillit y parvenir. Mais l'immense chevalier, la soulevant aisément de terre, la jeta sur son épaule et elle se trouva un instant face à Robert. La même haine farouche brillait dans ses yeux verts.

— Sale Normand ! Assassin ! siffla-t-elle entre ses dents.

Robert demeura imperturbable. Trop de gens le haïssaient déjà pour qu'il se souciât des imprécations de cette fille. Quand il se tourna vers son frère, il l'avait déjà oubliée.

Le comte de Chester, qui venait de sauter à bas de son cheval dans un tintement de clochettes, lui donna l'accolade.

Robert se dégagea avec raideur. Face à la splendeur immaculée du jeune chevalier, il se sentait soudain sale, souillé par la bataille.

Hugh sourit, comme s'il avait deviné ses pensées.

— Tu es à peu près aussi appétissant que le derrière d'un cheval, cher frère, dit-il.

Robert inclina la tête, ironique.

— Merci beaucoup !

Se débarrassant de son casque, Hugh passa la main dans ses épaisses boucles dorées et regarda autour de lui en feignant une admiration excessive.

— Eh bien ! On dirait que tu as expédié pas mal de gens dans l'autre monde, aujourd'hui. Les pauvres bougres ne savaient pas qu'ils n'avaient aucune chance contre toi.

De fait, la cour était jonchée de boucliers, de lances brisées et de cadavres, mais Robert n'en tirait aucune gloire particulière. Les Gallois, à un contre dix, n'étaient en effet pas de taille contre sa propre armée. Leur chef avait été fou de s'aventurer au-dehors !

— Du moins sont-ils morts au champ d'honneur, répondit-il à Hugh, pas dans leur lit.

Son demi-frère fronça les sourcils, et Robert en conçut une joie un peu mauvaise. Il savait que Hugh se trouvait lâche parce qu'il avait peur des batailles, ignorant que presque tous les guerriers, même les plus braves, étaient morts de peur avant le combat. A la vérité, Robert lui-même aurait donné son âme pour avoir la chance de mourir dans un lit. A condition que ce fût le sien, pas celui d'une taverne mal famée... Il se tourna machinalement vers le donjon dans son halo de brouillard.

Hugh se planta soudain devant lui, lui cachant la tour.

— Au fait, je ne t'ai pas encore remercié, Robert, de m'avoir gagné ce château, dit-il, doucereux. Mais la gratitude est insuffisante, n'est-ce pas ? J'oublie toujours que tu te bats pour l'argent, pas pour l'honneur.

Robert demeura impassible. Cependant, les paroles de son frère l'avaient frappé comme un coup au plexus. Il n'avait pas envisagé un instant que Hugh pût réclamer Rhuddlan. C'était un bien si modeste, comparé au royaume sur lequel son frère régnait déjà ! *Et il est à moi, bon Dieu !* se dit-il. Il l'avait conquis, il lui appartenait.

— Dis-moi ce que tu veux en récompense, poursuivait Hugh. Un nouveau destrier ? Ou bien une nouvelle armure ? Celle-ci a vraiment fait son temps.

Robert ne bronchait pas. Hugh avait toujours deviné ce qu'il souhaitait le plus au monde et s'était invariablement arrangé pour qu'il ne l'obtînt pas. Cette fois encore, son frère réclamait Rhuddlan simplement pour l'empêcher de l'avoir.

Hugh, irrité par son manque de réaction, insista.

— Tu as entendu, Robert ? J'ai dit que j'allais demander Rhuddlan au roi.

— J'ai entendu, mais je m'interrogeais seulement

sur ce que tu ferais de ce château, répondit Robert. Tu as toujours trouvé le pays de Galles sinistre.

Il avait parlé d'un ton indifférent mais son frère ne s'y trompa pas et ouvrit les yeux tout grands de surprise feinte.

— Cher frère, tu n'as tout de même pas imaginé qu'on te permettrait de garder un fief de la valeur de Rhuddlan ?

Robert le fixa sans ciller, et ce fut Hugh qui se détourna le premier.

— Pourquoi ne pas laisser le roi décider pour nous ? suggéra finalement Robert.

Non qu'il se fît beaucoup d'illusions. Henry, il le savait, pencherait en faveur de Hugh. Le comte de Chester était un personnage trop important pour que le roi se risque à le contrarier.

Hugh, qui en était tout à fait conscient, retrouva aussitôt son éblouissant sourire.

— Absolument d'accord ! Au fait, il veut te voir, c'est d'ailleurs la raison de ma présence ici. Notre cher roi Henry compte bien en finir une bonne fois avec ces lourdauds de Gallois, et il requiert le conseil de son meilleur et plus courageux chevalier avant d'engager la bataille. La bravoure, c'est ton domaine, n'est-ce pas ? Mais ne t'inquiète pas, je prendrai soin de Rhuddlan à ta place.

Un archer surgit soudain entre eux, brandissant une torche sous le nez de Hugh. Le comte fit un bond en arrière et faillit se retrouver assis dans la boue. Comme il se passait la main sur le front, il s'aperçut, horrifié, que ses cheveux étaient roussis, au grand amusement de Robert.

— Ôte-toi de mon chemin, maraud ! gronda Hugh.

L'homme eut un rire aviné.

— On incendie le donjon ou pas, monseigneur ?

Hugh s'étranglait de fureur.

— Sers-toi un peu de ta tête, imbécile ! Où dormirai-je ce soir si tu mets le feu partout ?

Robert éclata de rire et se retourna pour héler son écuyer.

— Taliesin !

Un jeune homme roux d'environ dix-sept ans accourut, tenant le destrier de son maître par la bride.

— Sonne le rassemblement, lui ordonna Robert. Nous allons rejoindre le roi. Mais, ajouta-t-il, le regard dur, dis à Sir Odo qu'il restera ici avec une petite troupe afin d'assister le comte.

Et de veiller sur mes intérêts, conclut-il en son for intérieur.

L'écuyer regardait alternativement les deux frères. Il avait la peau aussi fine qu'une femme, et un sourire d'une candeur désarmante.

— C'est comme si c'était fait, monseigneur, répondit-il d'une voix incroyablement mélodieuse.

Pourtant il ne se précipitait pas pour obéir.

— Sire, reprit-il, qu'est devenue la fille ?

Robert, qui était en train de se demander s'il devait ou non envoyer un messager annoncer son arrivée au roi, se tourna vers son écuyer, sincèrement surpris.

— Quelle fille ?

— Celle qui, euh... qui vous a attaqué.

Taliesin semblait bizarre, préoccupé et Robert laissa échapper un soupir fataliste.

D'abord Sir Odo, puis Hugh, et maintenant son écuyer... Ah, les femmes ! Elles causaient plus de dégâts qu'une troupe de Sarrasins. Il retint un sourire.

— Suis mon conseil : ne t'approche pas d'elle, mon garçon. Tu es trop jeune pour ce genre de distraction.

Taliesin fronça les sourcils.

— Mais, sire, ce n'est pas moi...

Robert s'était déjà détourné tandis qu'un hurlement d'agonie tout proche pénétrait enfin sa conscience. Au début, il n'y avait pas prêté attention... Il en avait tant entendu, de ces cris d'hommes qui se sentaient mourir ! Soudain, il fut certain que s'il n'arrêtait pas de se battre, de tuer, ce serait bientôt lui qui hurlerait à la mort.

Il serra les dents. Hugh avait raison, il devenait aussi délicat qu'une donzelle !

— Dis à Sir Odo de quérir le prêtre et le médecin

du château. Qu'on soigne cet homme ou qu'on lui administre l'extrême-onction et qu'on l'enterre.

— Entendu, sire. Mais pour la fille...

— Je t'ai donné un ordre, Taliesin, rétorqua sèchement Robert.

On ne désobéissait pas au Dragon Noir quand il s'exprimait sur ce ton, et l'écuyer fila sans demander son reste.

Hugh prit les rênes du destrier pour le tenir pendant que Robert sautait en selle. Il recula vivement quand le fougueux étalon se cabra.

— Essaie de ne pas te faire tuer, grand frère ! dit-il.

Robert sourit.

— Je reviendrai, *petit* frère, tu peux parier Rhuddlan là-dessus.

Comme il traversait le pont-levis, il se retourna une dernière fois vers le château qu'il considérait comme une partie de son passé et tout son avenir. Bon sang, il était sien et le garderait, quoi qu'il arrive !

Une étrange euphorie s'empara de lui. Il avait enfin une raison de se battre.

Assise à même le sol, le dos appuyé à un tonneau de bière, Arianna posa le menton sur ses genoux. L'affreux chevalier l'avait enfermée dans la cave du château. Profondément enfoui, l'endroit était noir comme l'enfer. Pourtant, avec une clémence étonnante chez un Normand, le colosse lui avait laissé un morceau de bougie, et la petite flamme projetait des ombres mouvantes contre les murs de pierre.

La pièce regorgeait de barriques de vin et de bière dont l'odeur âcre, mêlée à celle du vinaigre, montait à la tête de la jeune fille. Au-dessus d'elle, elle entendait les manifestations bruyantes de la victoire des Anglais. Chansons à boire, trompettes, rires, le son d'une cornemuse. Et parfois des cris.

Arianna cligna des yeux. Elle avait l'impression qu'ils étaient pleins de sable, comme si elle avait pleuré des heures, et pourtant elle n'avait pas versé une seule larme. Sa peine allait bien au-delà.

Ceidro était mort. Son frère était mort, et elle n'avait pas été capable de le venger.

Pire encore, elle s'était laissé capturer. Elle se rappela la femme qui avait été rattrapée par le chevalier sur le destrier blanc et elle frissonna, prise d'une terreur irrépressible. Inutile d'avoir beaucoup d'imagination pour se représenter ce qui était ensuite arrivé à la malheureuse. Le viol. Arianna n'aurait plus aucune valeur pour sa famille, si un tel outrage lui était infligé ; néanmoins, par sens du devoir, son père se sentirait obligé de payer une fortune pour qu'elle lui soit rendue.

Comme elle fermait ses paupières douloureuses, l'image du chevalier noir lui apparut. Même après ce qui s'était passé, elle savait qu'elle n'en avait pas terminé avec lui. Il l'attendait quelque part, dans l'avenir, et cette seule pensée la faisait défaillir d'angoisse.

— Non !

Elle se leva d'un bond, les poings serrés. Elle ne pouvait se permettre d'avoir peur, sous peine de manquer à son devoir. Elle se mit à arpenter le sol de terre battue, sans se soucier de l'humidité qui pénétrait à travers la semelle usée de ses bottes. Bien qu'elle eût déjà essayé dix fois, elle tenta encore de soulever le loquet de la lourde porte de chêne. C'était toujours verrouillé de l'extérieur.

Il y eut un rire particulièrement retentissant qui la fit sursauter. Quand les hommes auraient bu tout le vin du cellier, ils descendraient à la cave en chercher davantage. Et alors ils la trouveraient.

Un instant, Arianna faillit céder à la panique, puis elle se reprit. Il fallait qu'elle découvre un moyen de s'enfuir. Inutile de songer à creuser le sol, elle ne disposait d'aucun outil, et même si c'était le cas, il lui faudrait au moins cent ans avant d'arriver à sortir de là !

Les sourcils froncés, elle fixa les tonneaux d'alcool. Un jour qu'il était ivre, son frère Cynan s'était ouvert la main sur le fil de son épée, et il ne s'en était même pas aperçu. Si elle buvait suffisamment, peut-être ne se rendrait-elle pas compte de ce qui lui arriverait...

Elle vit soudain dans un coin plusieurs sacs de farine, ainsi qu'une meule de pierre utilisée pour moudre le grain.

Elle prit la meule, la soupesa, se tourna vers la porte aux gonds rouillés. Peut-être pourrait-elle...

Le battant vint soudain heurter le mur comme un coup de tonnerre, et Arianna bondit en arrière dans un cri de terreur. Un homme se tenait devant elle, magnifique, en tunique de satin bleu ciel, pelisse doublée d'hermine et capuche rouge. Le bandeau d'or qui ceignait sa tête n'était pas plus brillant que sa chevelure.

Arianna recula contre la paroi de pierre.

Mais l'homme ne bougeait pas. Nonchalamment appuyé au chambranle, les bras croisés, il souriait. Elle le reconnut, bien qu'il ne portât plus son armure scintillante. C'était lui qui, monté sur un palefroi blanc, plaisantait avec le chevalier noir pendant que le colosse normand la retenait captive. Ils parlaient d'elle, elle en était sûre, quoiqu'elle n'ait pu comprendre exactement ce qu'ils se disaient. En effet, si son père les avait obligés, ses frères et elle, à apprendre l'horrible langue des Normands, elle n'avait jamais pu suivre quand on parlait trop vite.

Là, l'homme s'exprimait lentement ; il lui expliquait ce qu'il avait l'intention de faire, et elle ne le comprenait que trop bien.

— Si vous approchez de moi, vous le regretterez ! cria-t-elle en levant le menton.

Pour toute réponse, le chevalier éclata de rire et avança d'un pas. Arianna tenta de lui lancer la meule au visage, mais l'objet retomba pitoyablement à un mètre de lui.

Il haussa les sourcils.

— Tu as du tempérament, petite, j'aime ça. Mon idiote de femme est timorée comme une poule d'eau.

Il avançait encore, et Arianna se serra contre le mur, luttant contre la peur qui lui déchirait le ventre.

Il s'arrêta quand il fut proche à la toucher, et elle sentit son odeur — vin, sueur, parfum épicé. Elle vit aussi les fines rides autour de ses yeux et constata que la peau de ses joues était déjà un peu flasque.

En même temps, elle calculait la distance qui la séparait de la porte, mais il lui barrait le passage. Elle se déplaça imperceptiblement vers la gauche. Comme il ne semblait pas le remarquer, elle recommença. Si elle parvenait à distraire son attention, fût-ce un instant...

— Vous ne devriez pas vous conduire ainsi, si vous êtes marié, dit-elle. L'adultère est un péché mortel.

— C'est ça qui est amusant ! rétorqua-t-il, les yeux brillants.

Comme il levait la main, Arianna se figea, mais au lieu de la toucher, il dégrafa la broche en forme de croissant incrustée de pierres précieuses qui retenait sa capuche et la lui tendit.

— Je paie toujours d'abord. Je me suis rendu compte que cela rend les femmes beaucoup plus complaisantes.

La colère d'Arianna l'emporta sur sa peur.

— Espèce de porc immonde ! Plutôt mourir ! cria-t-elle en frappant la main tendue.

Hugh la quitta un instant des yeux pour regarder la broche qui roulait sur le sol, et Arianna en profita pour se ruer vers la porte.

Mais il la rattrapa par le bas de sa cape et la colla contre le mur, pesant sur elle de tout son poids.

— Ainsi, tu aimes jouer les vierges effarouchées, hein ?

Il écrasa ses lèvres d'un baiser. Arianna tenta de se dégager, mais il la maintenait fermement tandis qu'il glissait sa langue dans sa bouche. Elle en eut la nausée et se débattit avec plus de fureur encore quand elle sentit son membre dur contre elle. Comme il la serrait davantage, il prit soudain conscience que quelque chose lui rentrait dans la chair.

— Qu'est-ce que...

Soulevant la mante en peaux de lapin, il arracha le

bol d'or qu'Arianna portait suspendu à sa ceinture et s'écarta un peu pour le jeter à travers la cave.

C'était tout ce qu'attendait Arianna. Avec ses neuf frères, elle avait appris à se battre ! Elle lança son genou de toutes ses forces dans le bas-ventre de l'homme qui tomba à genoux, le souffle coupé, tandis qu'elle se précipitait vers la porte.

Il parvint tout de même à lui saisir la cheville et elle s'étala de tout son long, se cognant la tête contre le cerclage de fer d'un tonneau. La douleur l'étourdit quelques instants, et ils restèrent là un moment sans bouger, haletants. Puis Arianna tenta de libérer sa cheville, mais il resserra encore son étreinte. La jeune fille luttait contre l'évanouissement, des billes noires s'entrechoquaient dans sa tête... Soudain, elle aperçut le bord arrondi de la meule et elle tendit la main pour l'attraper, étirant ses doigts au maximum sans parvenir à l'atteindre...

Une lumière éblouissante emplit brusquement le seuil, devant elle, tandis qu'un brouillard pâle s'élevait en volutes.

— Non...

Arianna secoua la tête. Dieu, elle n'allait pas avoir une vision maintenant ! Il n'y avait même pas d'eau...

Mais une mince silhouette se profilait au milieu du brouillard, sorte de fantôme flottant ; des rayons de lumière irradiaient en étoile derrière sa tête comme les auréoles des saints sur les murs de la chapelle.

Le Normand ne voyait rien. Il s'était redressé sur les genoux, et sa main remontait le long de la jambe d'Arianna qui sentit un rire hystérique s'emparer d'elle. Bien sûr, il ne voyait rien. La vision n'existait que pour elle, et mieux valait ne pas compter sur cette chose impalpable pour la sauver. Elle parvint à progresser de quelques millimètres, à saisir la meule...

Le brouillard s'épaissit, prit la couleur du sang, mais un océan de lumière entourait toujours l'apparition qui leva le bras en direction du chevalier.

La lumière s'intensifiait, douloureuse. Arianna ne voyait plus que du blanc éblouissant. Les doigts du chevalier se refermaient sur son sein. Avec ce qui lui restait de conscience, elle lança la meule vers l'endroit où devait se trouver sa tête, bien qu'elle fût totalement aveuglée par la lumière blanche.

Elle pensa avoir atteint son but, car il y eut un bruit mou suivi d'un juron.

— Tu me le paieras, garce !

A travers le brouillard qui lui noyait la tête, elle se rendit compte avec désespoir qu'elle avait échoué à l'assommer. Déjà, le Normand déchirait sa tunique, dénudant ses seins. Elle se crut condamnée quand une flamme bleue jaillit soudain du doigt pointé du fantôme. Un éclair fulgurant qui traversa la cave pour aller frapper le chevalier.

Une seconde avant de s'évanouir, Arianna crut entendre le Normand hurler.

3

En dix ans, jamais Robert n'était revenu aussi près de chez lui.

S'il pouvait appeler cet endroit chez lui. C'était là en tout cas qu'il était né et qu'il avait vécu les quinze premières années de sa vie. Des années passées dans l'écurie du comte de Chester à transporter du crottin et essayer d'esquiver les taloches du palefrenier.

Il n'y était retourné qu'une seule fois, ensuite. Et ce jour-là, il était tellement plein d'espoir qu'il avait l'impression que tout pouvait lui arriver, même le bonheur, même l'amour. C'était aussi au mois de juillet. Le soleil était haut dans un ciel de la couleur exacte de *ses* yeux, l'atmosphère sentait bon les fleurs sauvages et la mer, et...

Non, mieux valait ne pas se souvenir.

Le Dragon Noir chevauchait avec la moitié de ses chevaliers au train rapide de sa monture, très en avant du reste de sa troupe. La convocation de Henry ne semblait pas d'une extrême urgence, mais il était toujours de mauvaise politique de faire attendre le roi.

Ils traversèrent le Coed Euloe, une dense forêt de frênes, de pins et de chênes. La tempête s'était calmée, mais le soleil ne perçait pas le couvert des arbres et, enveloppés par une odeur de terre mouillée, les destriers galopaient sans bruit sur le tapis de feuilles mortes. Dans ce silence, le chevalier essayait de ne pas penser que de l'autre côté de ces collines se trouvait la frontière anglaise et, juste après, Chester... son foyer. Il pourrait s'y rendre, maintenant que son père était décédé.

Sybil serait là, elle l'accueillerait à la grille du château, le visage illuminé de joie. Il y avait si longtemps !

— Oh, Robert... dirait-elle.

Simplement ça. *Robert*. Mais son nom prononcé par les lèvres de la jeune femme serait plus doux que le murmure d'un ange.

Elle enverrait alors les servantes chercher une collation, puis l'accompagnerait dans le grand hall où elle jouerait et chanterait pour lui, comme quand ils étaient enfants. Lui la contemplerait avec adoration, mais seulement lorsqu'elle pencherait sa tête blonde sur son psaltérion, car il ne faudrait pas qu'elle voie la douleur dans ses yeux. Elle lui demanderait ce qu'il avait fait, les endroits qu'il avait vus, en six ans d'absence. Elle l'écouterait, rirait avec lui lorsqu'il lui conterait les moments gais, les yeux brillants de larmes aux épisodes tristes.

Et puis la soirée prendrait fin, et il verrait la jeune femme monter l'escalier sans lui, entrer dans sa chambre. Cette chambre où elle avait passé chaque nuit des six dernières années... dans le même lit que le frère de Robert.

Il jura entre ses dents. Il aurait mieux fait de rester éloigné de ce coin d'Angleterre. Peut-être n'allait-il pas demander Rhuddlan au roi, finalement. Certes, il s'agissait d'un superbe domaine et, avec un seigneur assez ambitieux à sa tête, le fief de la frontière pourrait devenir l'une des plus puissantes baronnies d'Angleterre. C'était tout ce qu'il désirait, tout ce dont il avait besoin, à un détail près : Rhuddlan était bien trop proche de Chester !

Le calme de la forêt fut soudain rompu par un martèlement puissant, et un énorme destrier sans cavalier jaillit des taillis. Robert évita de justesse l'animal paniqué qui, blessé au cou, se cabra, les yeux révulsés, les naseaux frémissants. Il était suivi d'un autre cheval, monté celui-là par un soldat en cotte de mailles, lequel passa au triple galop devant Robert et ses hommes en criant :

— Une embuscade ! Les Gallois ont attaqué. Le roi est à terre !

Robert se retourna pour demander son bouclier et son épée à son écuyer.

— Taliesin, retourne vite...

Il s'interrompit en découvrant les grands yeux effrayés du page de Sir Odo, un gamin de dix ans.

— Au nom du Ciel, que fais-tu là, et où est mon écuyer ?

L'enfant tremblait devant la colère de Robert.

— A... A Rhuddlan, sire. Il... il a dit qu'il y avait quelque chose que vous ne voudriez pas voir tomber entre les mains du comte.

Rien d'autre que le château ne comptait, dans l'esprit de Robert. Mais il se figurait assez bien pourquoi son écuyer n'était pas ici en cet instant.

Vraisemblablement, Taliesin était resté pour cette fille aux yeux verts dont il semblait s'être entiché. Les femmes seraient la perte de ce garçon. A moins que ce ne fût lui, Robert, la prochaine fois qu'il mettrait la main sur lui !

Il envoya un autre écuyer alerter le reste de son armée et s'apprêtait à éperonner son destrier vers le lieu des combats, quand il aperçut le page de Sir Odo qui essayait discrètement de se glisser parmi les chevaliers. Il lui lança un regard noir.

— Et toi, petit... tiens-toi à l'écart de la mêlée. Si je te surprends à jouer les héros, je te botte l'arrière-train d'importance. Compris ?

A sa suite, la petite troupe s'engagea rapidement sur la piste tracée par les chevaux en fuite et ils ne tardèrent pas à entendre la rumeur de la bataille — hennissements, hurlements, injures, sonneries de trompettes. Ils arrivèrent enfin à une clairière un peu en hauteur d'où Robert embrassa la scène d'un seul coup d'œil.

En dessous d'eux, le roi et une petite troupe de chevaliers étaient pris en tenaille dans un étroit défilé. Des arbres abattus les empêchaient d'avancer et, dans leur dos, des soldats ennemis leur rendaient toute retraite impossible en leur décochant trait sur trait, à l'abri des taillis. Les Anglais, empêtrés dans leurs lourdes armures, n'étaient pas de taille à se mesurer aux lestes Gallois avec leurs grands arcs aux flèches meurtrières. Déjà, le chemin était jonché de cadavres.

— Henry est mort ! cria quelqu'un.

Aussitôt, les hommes du roi se dispersèrent, cherchant un abri incertain dans la forêt.

Hurlant comme un possédé, Robert se jeta alors dans la mêlée et rassembla les fuyards de la troupe royale. Sans se soucier de la pluie de flèches qui s'abattait sur lui, il se fraya un chemin jusqu'à l'endroit où il avait aperçu le roi. Celui-ci, un genou en terre, tentait de se protéger des coups d'une hache de guerre avec son bouclier. Robert, penché sur son destrier, décapita l'assaillant d'un revers de son épée.

Puis il sauta à bas de son cheval pour relever Henry avant de récupérer l'étendard royal qui gisait dans la boue. Il le brandit, et sa voix porta, claire et forte, au-dessus du tumulte de la bataille :

— Pour le roi Henry !

Quelques instants plus tard, les Gallois sonnaient la retraite et se fondaient dans les bois.

Robert essuya son épée sanglante au bas de sa tunique en se tournant vers le jeune roi dont la lividité rendait les taches de rousseur plus visibles que jamais. Ses yeux gris un peu globuleux exprimaient une peur intense, et Robert comprit que jamais Henry n'avait vu la mort de si près.

— Vous semblez en bonne forme, sire, pour quelqu'un que l'on prétendait mort, dit-il dans un sourire. Owain de Gwynedd en sera amèrement déçu.

— Sans doute.

Le roi, dont la voix se brisait, s'éclaircit la gorge, puis il renversa la tête en arrière dans un rire tonitruant.

— Oui, j'en suis même sûr ! renchérit-il.

Son teint reprenait sa coloration habituelle, et ses larges mains saisirent Robert aux épaules.

— Vous m'avez sauvé la vie ! dit-il avec une sincère émotion. Réfléchissez à ce qui vous ferait le plus plaisir, mon brave et cher ami, car si c'est en mon pouvoir, soyez certain que je vous l'accorderai.

— Je ne demande que l'honneur de vous servir, Votre Grâce.

Le roi secoua doucement Robert.

— Vous avez sauvé plus que la vie d'un homme, aujourd'hui. Vous avez sauvé un royaume.

Robert baissa les yeux pour dissimuler l'espoir qui prenait forme en lui.

En effet. Et vous, sire, allez me donner Rhuddlan en remerciement.

— Ce n'est pas l'heure de la sieste, madame.

Arianna ouvrit les yeux sur un jeune homme à la peau la plus blanche qu'elle eût jamais vue. Des sourcils d'un roux foncé s'arquaient au-dessus de ses yeux très noirs qui brillaient d'une étrange lumière. Quand il cligna des paupières, ils reprirent un éclat normal, et son sourire espiègle était bien celui d'un gamin.

Arianna tenta de s'asseoir, mais tout se mit à tourner autour d'elle. Le garçon la soutint fermement par le bras.

— Doucement ! Ne vous redressez pas trop vite.

Elle était encore dans la cave, et le Normand qui avait essayé de la violer gisait au milieu des sacs de farine éventrés. Voyant la vilaine blessure qui lui barrait le front, Arianna le crut mort, jusqu'à ce qu'un ronflement d'ivrogne la rassure.

En proie à une brusque nausée, elle ferma les yeux un instant.

— Que s'est-il passé ?

— Vous vous êtes heurté la tête et vous avez perdu connaissance, dit le garçon.

Il parlait un gallois peu châtié, pourtant on avait presque l'impression qu'il chantait les mots.

Arianna se tourna de nouveau vers le Normand inconscient. Le garçon, dans un sourire, désigna la meule de pierre.

— On dirait que lui aussi a reçu un choc !

— Je n'ai pas...

Arianna s'interrompit. Elle se rappelait avoir lancé la pierre sur le Normand, mais elle avait manqué son but, car ensuite, en jurant, il lui avait touché les seins. Il y avait eu autre chose... La silhouette terriblement réelle de la vision. Un éclair bleu...

Les murs de pierre se mirent de nouveau à onduler, et Arianna ravala la bile qui lui montait à la bouche.

Le jeune homme se releva avec une grâce d'athlète. Il était vêtu en écuyer normand, mais il portait sur la tête un vieux casque doré, relique des Anciens. Arianna n'en avait vu qu'un seul autre, et il se trouvait entre les mains du barde qui lui avait donné le bol magique. Mais le barde était un vieil homme, alors que celui qui voulait l'aider à se mettre debout avait à peine dix-sept ans.

— Je ne voudrais pas vous bousculer, Lady Arianna, mais je pense que nous devrions nous dépêcher de sortir d'ici.

Elle le regarda sans prendre la main tendue.

— Vous me connaissez ?

— Si je vous connais, madame, alors que votre beauté, votre charme et votre intelligence sont chantés par tous ? Il n'est pas un homme digne de ce nom au pays de Galles qui ne clame vos louanges !

Son sourire était délicieux, et elle ne put s'empêcher d'y répondre.

— Quelle sottise ! rétorqua-t-elle néanmoins.

— Pas du tout.

Il tendit de nouveau la main.
— Maintenant, si vous voulez bien, madame...
Elle n'était pas encore près d'obtempérer.
— Je ne partirai pas avec vous tant que j'ignorerai qui vous êtes.
Il eut un petit geste de la tête en direction du chevalier affalé à terre.
— Vous préférez rester avec lui ?
Arianna leva le menton, têtue, et il soupira.
— Je m'appelle Taliesin, mais si vous voulez mon lignage entier, nous y passerons la nuit. Vous suffira-t-il d'apprendre que j'ai vu le jour au pied du Yr Wydda Fawr ? Je suis barde, ajouta-t-il avec une évidente fierté.
Arianna fut impressionnée, car les bardes gallois étaient presque tous de haute lignée. Cependant, elle demeurait sceptique.
— Pourquoi vous habillez-vous en écuyer normand, alors ?
— Pourquoi êtes-vous vêtue en fille de ferme ?
A cela, Arianna n'avait rien à répondre. Elle accepta enfin la main tendue et se leva, heureuse de constater qu'elle allait mieux.
— Donc, vous êtes un enfant de Gwynedd ?
— Je viens de vous le dire ! s'impatienta-t-il. Venez-vous ou non ?
— Vous connaissez mon père ? Où voulez-vous me conduire ?
Il leva les yeux au ciel en marmonnant un vague : « Que la déesse me donne la patience ! » Arianna se demanda si elle avait bien entendu.
— Je vous emmène en sécurité, madame.
Sur le seuil, il claqua soudain des doigts et lâcha un juron avant de retourner dans la cave d'où il revint le bol serré entre ses mains. Arianna fut certaine de voir le métal doré palpiter un instant, mais quand il le lui remit elle le trouva froid, normal.
Elle regarda le garçon dont les yeux de jais avaient un éclat presque surnaturel.

— Y allons-nous enfin ? demanda-t-il, irrité, comme si c'était elle qui l'avait prié d'aller chercher le bol.

Ils montèrent l'escalier de pierre et se retrouvèrent dans le grand hall. Arianna jeta un coup d'œil dans la salle où brûlait un grand feu tandis que les hommes mangeaient et buvaient autour des tables à tréteaux. Un jongleur, vêtu d'une tunique criarde, chantait une chanson vulgaire en s'accompagnant de son cistre. Arianna fut certaine qu'il regardait dans leur direction, pourtant il ne parut pas se soucier d'eux.

Ils franchirent la lourde porte du donjon, gardée par deux sentinelles qui, appuyées contre le mur, se passaient une gourde de vin en se racontant des histoires paillardes. Ils ne prirent pas garde aux deux jeunes gens.

Comme s'ils ne les *voyaient* pas, se dit Arianna, mal à l'aise.

Une seconde plus tard, elle sourit de sa frayeur, quand un chevalier qui montait les marches de la butte salua Taliesin le plus naturellement du monde. On n'avait pas sonné l'alerte parce que tous le connaissaient et pensaient qu'il était chargé d'emmener Arianna... là où il l'emmenait.

Avait-elle raison de se fier à cet étrange jeune homme ? En tout cas, il était en train de la faire sortir du château sans encombre. Une fois libre, elle pourrait toujours lui fausser compagnie. A la vérité, elle avait peur de lui. L'image de l'apparition sur le seuil de la cave la hantait. Elle avait surgi, tel un ange de la vengeance, et sa main avait foudroyé...

Assez ! se raisonna Arianna. C'était elle qui avait assommé le chevalier avec la meule de pierre. Tout le reste n'était qu'une hallucination provoquée par le coup qu'elle avait reçu sur la tête.

Elle regarda, devant elle, la silhouette frêle aux longues jambes. Ce Taliesin était bien réel. Il n'était qu'un adolescent, et effronté avec ça ! Par certains côtés, il lui faisait du reste fort penser à quelques-uns de ses frères.

Ils traversèrent le pont-levis pour se retrouver dans

un brouillard intense. Arianna avait l'impression de voir le monde à travers un drap agité par le vent. Curieusement, cette brume n'était ni humide, ni froide, et elle semblait briller comme si elle était composée de millions de cristaux de glace. Le garçon avançait rapidement et Arianna devait courir pour le suivre.

Ils ne croisèrent personne en traversant les basses-cours. Pourtant, tout en marchant, elle entendait des chevaux, des jurons, des chansons à boire. Parfois elle discernait une ombre. Elle aurait presque juré que seuls le garçon et elle étaient engloutis dans le brouillard.

Ils passèrent tranquillement sous la herse, et Taliesin accéléra encore l'allure. Arianna se retourna brièvement vers le château, et fut soulagée de voir le donjon noyé sous un lourd nuage. Il n'y avait rien de mystérieux là-dedans, se dit-elle. Elle ne devait pas laisser son imagination s'emballer !

Taliesin l'emmena rapidement jusqu'à la cité, dont les portes battaient, grinçant sur leurs gonds. Les rues étaient désertes, mais le sol était parsemé de miches de pain détrempées, de tuniques déchirées, de seaux renversés, tout ce que les Normands n'avaient pas jugé digne d'être volé.

L'odeur âcre de la fumée était entêtante. Cependant, comme ils approchaient de la place du marché, la jeune fille constata que les échoppes et les demeures des nantis avaient été épargnées. Le Dragon Noir n'était pas fou ! Le nouveau seigneur de Rhuddlan aurait besoin des impôts payés par le drapier, le meunier, le sellier et les autres commerçants.

Un porc jaillit d'une allée en couinant et vint se jeter dans les jambes d'Arianna qui ne put retenir un cri. Elle trébucha contre une pile de bois et serait tombée si Taliesin ne l'avait retenue. Malgré son apparence fragile, il la soutint fermement, et elle en fut curieusement réconfortée.

— Regardez où vous mettez les pieds, dit-il de sa voix chantante.

C'étaient les premiers mots qu'il prononçait depuis qu'ils avaient quitté la cave.

— Ne devrions-nous pas nous enfoncer dans la forêt ? demanda Arianna.

— Non, mieux vaut prendre un bateau.

Arianna acquiesça. Ils n'auraient en effet qu'à sortir de l'estuaire pour franchir les détroits et, en quelques heures, ils arriveraient à Gwynedd. Un voyage qui leur demanderait des jours s'ils allaient à pied par l'intérieur des terres.

Ils marchèrent en silence jusqu'au port où l'on n'entendait que le clapotis des vagues contre les coques. Taliesin se dirigea sans hésiter vers une petite embarcation dont il dénoua les cordes d'amarrage avant d'installer Arianna à l'avant et d'y sauter lui-même. Il hissa l'unique voile d'une main experte.

Le bateau s'élança, et Taliesin, un grand sourire aux lèvres, se débarrassa de son casque qu'il jeta négligemment au fond de l'embarcation. Comme il prenait la barre, le vent souleva sa longue crinière rousse semblable au pelage d'un renard.

Ils descendirent la Clwyd entre des rives de sable et de marécages qui s'élargissaient vers la mer. Des mouettes planaient, plongeaient au gré du vent et, malgré tout ce qui s'était passé dans la journée, Arianna se sentit soudain libre, comme si elle volait avec elles.

Ils se retrouvèrent enfin sur une mer frangée d'écume. Arianna, à la proue, regardait vers leur destination, le visage fouetté par les embruns, quand soudain elle entendit derrière elle le claquement de la voile, et le bateau vira de bord. Elle se retourna, saisie de colère, puis de peur...

Car ils ne se dirigeaient pas vers Gwynedd, mais vers l'Angleterre.

Taliesin n'était plus à la barre. Tout proche d'elle, il la fixait de ses yeux trop brillants.

Où m'emmenez-vous ? Elle n'eut pas besoin de formuler ces mots à haute voix car la réponse de Taliesin lui parvint sur-le-champ, aussi silencieuse que l'avait été sa propre question.

Pardonnez-moi, madame.

Il lui pressa une éponge détrempée sur le nez et la

bouche. Paniquée, tentant de reprendre son souffle, elle sentit les vapeurs narcotiques de la jusquiame l'envelopper.

Ce fut sa dernière sensation avant de sombrer dans le noir.

Une odeur de soupe aux haricots mijotant sur un feu de camp, des rires d'hommes, une cornemuse qui jouait un air guilleret. Emergeant peu à peu de sa torpeur, Arianna ouvrit les yeux, accueillie par la lumière d'une lampe à huile, près d'elle.

Elle voulut s'étirer mais en fut empêchée par une douleur aux jambes qui, elle s'en rendit compte aussitôt, n'avait rien à voir avec l'inconfort du lit de camp sur lequel elle était allongée, ses pieds attachés à ses poignets à l'aide de lanières de cuir. C'étaient ces entraves qui lui sciaient les chairs, et elle avait la bouche sèche comme si... mais oui, on lui avait bel et bien bourré la bouche de tissu, et un bâillon lui fermait les lèvres.

Regardant autour d'elle, elle constata qu'elle se trouvait dans une tente de campagne au brasier éteint, sommairement meublée d'une malle de fer, d'un coffre de cuir, d'un tabouret... et d'un curieux objet de paille tressée en forme de torse d'homme. Elle finit par comprendre de quoi il s'agissait : les chevaliers devaient y déposer leur cotte de mailles, le soir.

Elle était ligotée dans la tente d'un chevalier. D'un chevalier normand, à en juger par les apparences. D'ailleurs, elle saisit à l'extérieur quelques mots de la langue détestée.

Accablée, elle ferma les yeux. Elle avait fait confiance à ce soi-disant barde et il l'avait trahie en la livrant à l'ennemi. Dire qu'il avait prétendu être un enfant de Gwynedd !

Un flot brûlant jaillit entre ses paupières closes. Pourquoi cette trahison la faisait-elle pleurer, quand la mort de Ceidro lui avait laissé les yeux secs ?

Pour endiguer ses larmes, elle se mit à fixer le toit

pointu de la tente et, par le trou destiné à évacuer la fumée, elle vit passer de petits nuages dorés. C'était le matin. Elle avait dû dormir, droguée, toute la nuit. Quelqu'un — Taliesin probablement — avait procédé à sa toilette, car elle était débarbouillée et vêtue d'une tunique propre. Cependant ce traître avait gardé le bol d'or car elle ne le voyait nulle part.

Tant pis. Ce qui importait, à présent, était d'imaginer un moyen de se sauver, mais lequel ? A supposer qu'elle parvienne à se libérer de ses liens, il lui faudrait ensuite traverser un camp plein de guerriers ennemis. Elle n'avait pas la moindre chance de réussir. En outre, elle ignorait où elle se trouvait — peut-être au cœur de l'Angleterre !

Elle sursauta quand un grand rire éclata juste à l'entrée de la tente. Elle entendit les mots : *roi, bataille, maudits Gallois*. Puis les voix s'éloignèrent. Au loin, on sonna de la trompe.

Le vent fit onduler la toile de la tente. Le battant était fermé, mais une fente laissait pénétrer une brise bienvenue. Arianna aperçut une lance plantée au sol devant l'entrée. La bannière qui y était fixée se déplia soudain dans une bourrasque.

Un dragon noir sur champ de gueules.

4

Je deviens trop vieux pour ce genre de vie, songeait Robert, chaque muscle lui élançant douloureusement tandis qu'il longeait la rivière Dee à la recherche de sa tente.

Il souffrait certes de sa nuit passée en selle, mais il y avait plus, il le savait. Il avait gâché sa jeunesse en tournois, guerres, chasses, festins et beuveries, or il était las de tout ça.

Las à mourir.

Les destriers et les chevaux de trait parqués près de

l'eau avaient transformé la rive en marécage, et il dut faire un détour pour éviter une flaque de boue.

Sur sa gauche, tentes et pavillons colorés se déployaient en arc-en-ciel dans la prairie. Les hommes avaient chevauché toute la nuit et une bonne partie de la matinée pour arriver ici, au campement principal de l'armée de Henry, près de l'abbaye de Basingwerk.

Partout, ce n'était que mouvement et bruit.

Des écuyers et des sergents s'affairaient, des ménestrels chantaient des chansons d'amour, suivis par les catins de la troupe toutes prêtes à satisfaire les envies des soldats. Saltimbanques et colporteurs s'appliquaient à délester les nouvelles recrues de leur argent durement gagné. On criait beaucoup, dans l'odeur de soupe, tandis que les hommes se groupaient autour des feux de camp pour boire et jouer aux dés.

Malgré ce tumulte, Robert se sentait seul.

La nouvelle de la victoire du Dragon Noir s'était très vite répandue, et les hommes chantaient ses louanges, mais bien peu osaient l'approcher. Du reste, il ne les encourageait guère, ayant renoncé à se faire des amis longtemps auparavant. N'être attaché à personne était encore le plus sûr moyen de ne pas souffrir en recensant les morts après chaque bataille.

Le soleil brillait de tous ses feux, et Robert transpirait abondamment dans sa tunique, sous la cotte de mailles. Un chevalier qui passait près de lui lui tendit une outre de vin qu'il accepta avec un sourire de gratitude.

Il en prit une gorgée, la recracha après s'être rincé la bouche, puis il but à longs traits pendant que le chevalier lui parlait de l'embuscade galloise. De toute évidence, il était déçu de ne pas avoir participé à la bataille. Robert l'écoutait d'une oreille distraite, répondait par monosyllabes. Deux prostituées passèrent bras dessus bras dessous en gloussant. L'une d'elles avait une magnifique chevelure couleur cannelle.

Son regard accrocha celui de Robert qui lui adressa un lent sourire. Elle fit la moue, mais un instant plus tard les grands yeux de velours revenaient à lui, pleins d'une chaude invite. Il eut brusquement envie de s'enfouir en cette femme, de tout oublier dans ses bras.

Il fit un signe de tête en direction de la rivière, et elle forma en silence les mots : « plus tard ». Puis elle s'en fut, dans un éclat de rire. Robert, après avoir remercié le chevalier pour le vin, poursuivit son chemin.

Il découvrit enfin sa tente, flanquée de son étendard, à quelques mètres d'un feu où s'étaient rassemblés écuyers et fantassins. En s'approchant, il entendit quelques notes de viole qu'accompagnait une voix claire, mélodieuse, très familière.

— Taliesin ! tonna-t-il.

La chanson s'interrompit net, et les hommes se dispersèrent comme feuilles dans le vent, laissant Taliesin seul avec son instrument. L'archet sous le bras, il se dirigea vers Robert de sa démarche nonchalante.

— Je devrais te fouetter au sang ! gronda Robert. Où diable te cachais-tu ?

Taliesin baissa les paupières, mais Robert ne se laissa pas prendre un instant à cette fausse humilité.

— J'étais occupé.

— Ah oui ? Et peut-on savoir à quoi ?

Taliesin leva sur son maître de grands yeux noirs aussi innocents que ceux d'un ange.

— Mais, monseigneur, je veillais sur vos intérêts, naturellement.

— Naturellement ! Et il ne t'est pas venu à l'esprit que mon intérêt était peut-être de me rendre à la bataille avec mon écuyer à mes côtés au lieu d'un page à peine sorti du berceau !

Taliesin haussa les épaules.

— Je n'ai pu trouver mieux, en si peu de temps. De plus, ajouta-t-il avec un sourire malicieux, j'ai entendu dire que vous vous en étiez fort bien sorti sans moi. Vous avez sauvé la vie du roi ! J'ai déjà composé une ode à votre gloire. Aimeriez-vous l'entendre ?

Robert frémit à cette idée.

— Surtout pas !

Il se dirigea vers sa tente, suivi par le jeune homme. Pour la centième fois, il se demanda pourquoi il l'avait choisi comme écuyer. Taliesin était bien meilleur poète que guerrier, or Robert n'avait certes pas besoin d'un maudit chanteur dans sa vie ! Il ne savait même pas exactement d'où venait Taliesin. Un jour, après cinq ans de loyaux services, le précédent écuyer de Robert avait été tué au combat et, le lendemain, Taliesin était apparu près de lui. Il s'y trouvait toujours deux ans plus tard, bien qu'il ne se passât pas de semaine sans que Robert le menaçât de le battre à mort.

Une marmite de potage aux haricots mijotait sur un feu à l'entrée de sa tente, et Robert en avala une louchée tout en débouclant la ceinture qui supportait le fourreau de son épée. Taliesin l'aida à se débarrasser de sa lourde cotte de mailles qu'il nettoierait ensuite dans du vinaigre avant de l'astiquer pour l'empêcher de rouiller.

Robert frotta les marques rouges laissées par le métal à son cou et à ses poignets. Sa tunique était noire de transpiration, de sueur, de sang séché. Il rêvait d'un bain chaud et soupira en pensant qu'il devrait se contenter de l'eau froide de la rivière.

Il se rendit bientôt compte que Taliesin ne le quittait pas des yeux.

— Quoi encore ? aboya-t-il.

L'écuyer toussota, embarrassé.

— Il y a quelque chose, monseigneur, que je dois...

Robert l'interrompit d'un geste.

— Quoi que tu aies fait cette fois, je ne veux pas l'entendre. Je désire simplement du vin pour m'enivrer et une fille dans mon lit.

Il ne vit pas les yeux du garçon s'agrandir d'inquiétude. Il imaginait déjà la chevelure couleur cannelle entre ses doigts, sur son ventre quand elle se pencherait sur lui pour...

— Attendez !

Comme il allait lever le rabat de la tente, Taliesin vint se mettre en travers de son chemin, les bras en croix.

— Attendez ! N'entrez pas... tout de suite.

Robert haussa un sourcil interrogateur.

— C'est parce que... Vous pourriez être de meilleure humeur, messire. Une humeur différente, je veux dire.

Robert l'aurait étranglé !

— Il n'y a rien dans mon humeur qui ne puisse se soigner avec du vin, une fille et un peu de repos, rétorqua-t-il sèchement.

Le garçon ne bougeait toujours pas.

Cette fois, le fripon dépassait les bornes ! Robert disposait de trésors de patience, dus à des années d'entraînement, mais ses colères étaient terrifiantes. Or, il était sur le point de perdre son sang-froid. Sa voix se fit faussement calme, tandis que ses paupières se fermaient à demi.

— Je te donne exactement trois secondes pour te pousser de mon chemin.

Taliesin bondit de côté comme si on l'avait brûlé, mais quand la tente se referma sur le large dos du chevalier, il se mordit les lèvres, angoissé.

Robert cligna des yeux dans la pénombre, puis il dégaina son épée afin de l'huiler. Il restait des traces de sang, elle risquait de rouiller si...

Soudain il entendit du bruit, et sa main se crispa sur la poignée. Il se mit en garde, la pointe dirigée sur deux yeux verts terrifiés.

— Vous ! souffla-t-il, rassuré. Au nom du Ciel...

En trois enjambées, il fut à l'entrée de la tente dont il souleva la toile.

— Taliesin !

Evidemment, le garçon avait disparu.

L'épée à la main, il retourna vers la paillasse.

Elle était bien là, attachée, un bâillon lui déformant la bouche, les cheveux épars sur l'oreiller. De nouveau, Robert songea aux histoires qu'il avait entendu colporter sur ces femmes sauvages qui hantaient les forêts, chevelure au vent, dans des robes déchirées. Les Gallois les appelaient les Furies, et si leurs yeux brûlaient de haine comme ceux de cette fille, elles méritaient bien leur nom.

Dans ses efforts pour se libérer de ses liens, sa tunique était tendue à l'extrême sur sa poitrine, révélant la forme de ses petits seins qui palpitaient au rythme de sa respiration. Il les caressa du regard et, quand il la vit rougir, il eut un sourire carnassier. Les yeux verts s'agrandirent davantage tandis que le souffle s'accélérait.

A force de se tortiller, sa tunique était aussi remontée sur ses jambes qu'elle avait longues et fines. Délibérément, du bout de l'épée, Robert la fit glisser encore vers le haut des cuisses. La peau très blanche sembla frémir sous son regard comme un lac balayé par la brise.

Il posa la pointe de son épée contre sa gorge et la vit se contracter tandis qu'elle avalait sa salive. Il pressa juste un peu plus fort, jusqu'à ce qu'il voie ses yeux se voiler et la sueur lui monter au front.

Alors il jeta son arme sur le coffre derrière lui, sans cesser de la fixer.

Elle baissa les paupières et les muscles de sa bouche se détendirent.

— Je vais vous enlever ce bâillon si vous promettez de ne pas m'agonir d'injures, dit-il en gallois.

Elle redressa la tête, sa fureur revenue.

— Dans ce cas...

Robert fit mine de se détourner, mais elle le rappela d'un son inarticulé et hocha la tête avec vigueur.

Il vint s'asseoir au bord du lit de camp. Elle s'était lavée, heureusement, et n'exhalait plus son atroce odeur d'écurie de la veille. Toutefois, elle ne semblait guère dans de meilleures dispositions d'esprit. A l'aide de son poignard, il trancha la bande de tissu qui maintenait le bâillon en place.

Elle fit fonctionner ses mâchoires engourdies, humecta sa bouche aux lèvres pulpeuses. Robert comptait les secondes, mais il ne put aller au-delà de trois.

— Espèce de sale assassin, fils de garce...

Vif comme l'éclair, il la bâillonna de nouveau.

— On m'avait bien dit que les Gallois étaient des menteurs.

Elle se raidit tout entière. Ses joues devinrent écarlates, et Robert eut le plaisir d'apercevoir une larme dans ses yeux.

— Je vous accorde une seconde chance ? demanda-t-il avec un sourire cynique.

Elle hocha lentement la tête. Il s'était trompé ; elle avait les yeux secs.

Il la libéra enfin, devinant le combat intérieur qui se livrait en elle. Elle faisait un tel effort pour se taire qu'elle en était cramoisie.

— C'est mieux, l'encouragea-t-il. C'est un grave péché de briser une promesse.

Elle était en train de frotter ses lèvres douloureuses contre son épaule mais releva vivement la tête.

— Nous avons un dicton, au pays de Galles : « Une promesse à l'ennemi n'est faite que pour être brisée. »

Elle avait de la repartie, il fallait bien le reconnaître. Mais Robert s'en moquait. Il ne se souciait guère de l'intelligence des filles qu'il lutinait, du moment qu'elles étaient blondes, rondelettes et sensuelles. Celle-ci ne possédait aucune de ces qualités. Qu'est-ce qui avait bien pu traverser l'esprit de son écuyer, pour qu'il l'amène sous sa tente ?

— Si vous êtes venue exercer votre commerce en Angleterre, reprit-il, je dois vous avertir que nous préférons nos catins un peu plus douces.

Elle sursauta.

— Je ne suis pas une catin !

— Vraiment ? Alors expliquez-moi donc comment vous vous retrouvez là... dans mon lit.

Elle ouvrit de grands yeux.

— Dieu du Ciel, ai-je l'air d'y être venue de mon plein gré ?

Il éclata de rire ; il n'allait pas se laisser prendre à ses airs innocents ! Cette fille cherchait quelque chose — sans doute un nouveau protecteur, ou une nouvelle chance de lui planter un couteau entre les omoplates.

Or, Robert n'avait aucunement l'intention de devenir son prochain amant, ni sa prochaine victime !

Il prit dans son coffre une flasque de vin, posa un pied sur le tabouret et déboucha le flacon avec ses dents avant de boire longuement. Ensuite, il le lui tendit.

— Je ne peux pas boire les mains attachées, objecta-t-elle.

— En effet.

Mais il ne bougea pas. Il n'allait pas la libérer avant qu'elle ne l'en ait prié. Gentiment, poliment.

— Pourquoi avez-vous demandé à mon écuyer de vous ficeler de la sorte ? poursuivit-il. Si vous pensiez vous attirer ainsi ma compassion, c'est raté. Et j'aime mieux faire l'amour dans une position plus conventionnelle.

— C'est votre écuyer ? Ce traître, ce menteur... il m'a dit qu'il était barde ! Si je mets la main sur lui, je l'étripe et je donne ses entrailles aux chiens !

Elle réfléchit un instant avant d'ajouter :

— Il a dû mentir aussi sur ses origines. Un vrai Cymri n'accepterait jamais de travailler pour vous ou les vôtres.

— La fameuse fierté galloise, hein ? N'est-ce pas un sentiment un peu déplacé pour une fille qui se vend contre une chopine de bière ?

Elle serra les dents.

— Je ne... suis pas... une catin ! articula-t-elle.

Robert la regarda un moment en silence. Le désir l'envahissait, et il n'en était pas surpris. Il en allait toujours ainsi après la bataille. Et s'il la prenait, finalement ? Il lui faudrait sans doute la laisser ligotée et la bâillonner de nouveau, mais...

Elle supporta son examen sans broncher, puis elle prit une profonde inspiration.

— Voudriez-vous... Les liens sont si serrés...

Il attendit un peu, mais comprit vite qu'il n'en obtiendrait pas davantage. Çatin ou pas, cette fille avait un orgueil hors du commun.

— Je vous détacherais volontiers, dit-il, si je ne craignais que vous me sautiez à la gorge.

— Je ne le ferai pas, je vous en donne ma parole.

Le mensonge se lisait dans son regard clair. Robert connaissait bien les Gallois. Ils préféraient mourir que de manquer à la parole donnée à un ami, mais à un ennemi... Dieu, qui était forcément de leur côté, saurait leur pardonner. Du reste, ses paroles de tout à l'heure avaient été claires !

— Nous autres, Normands, avons aussi un dicton : « L'honneur d'un Gallois ne vaut pas un pet de lapin. »

Elle tressaillit comme si elle avait été piquée par une guêpe.

— Comment osez-vous mettre mon honneur en doute ? Alors que je suis...

— Que vous êtes ?

— Personne, se reprit-elle.

Las de ce petit jeu, Robert fit mine de sortir.

— Attendez !

Il se retourna.

— Sur la croix du Christ, je jure de ne pas vous attaquer.

Comme Robert restait visiblement sceptique, elle insista, presque désespérée :

— Je suis même prête à le jurer sur la relique de votre épée !

Tous les chevaliers avaient une relique enchâssée dans la garde de leur épée. Celle de Robert était une canine de saint Pierre, du moins le lui avait-on affirmé. D'après lui, et vu la taille de l'objet, il s'agissait plutôt du croc d'un loup. Quoi qu'il en soit, il n'allait certainement pas laisser cette fille s'approcher de son épée !

Il reboucha le flacon de vin qu'il rangea dans le coffre avant de venir de nouveau s'asseoir au bord du lit de camp. Elle se tortilla pour lui présenter ses liens, et sa tunique remonta encore, dévoilant la courbe d'une fesse qu'il ne put s'empêcher de caresser du bout du doigt.

— Espèce de s...

Il s'empara du bâillon.

— Vous dites ? menaça-t-il.

Elle se tut, mais si ses yeux avaient pu tuer, il se serait retrouvé en train de danser avec le diable.

Elle avait la peau plus douce qu'un nouveau-né, et il eut envie de glisser sa main sur les longues jambes, de remonter le long des cuisses fuselées...

Il coupa vivement les liens de cuir et se releva. Il n'aimait pas du tout la façon dont son corps réagissait à cette fille !

Elle se hâta de rabattre sa tunique, puis elle se redressa lentement avec une grimace de douleur, sans toutefois émettre le moindre gémissement.

Robert avait reculé jusqu'au piquet central de la tente auquel il s'appuyait, les bras croisés. Elle leva les yeux vers lui, avala sa salive.

— Que... Qu'avez-vous l'intention de faire de moi ?

— Rien. Vous laisser partir.

— Alors, vous n'allez pas...

Elle s'interrompit, rouge d'embarras. Comme si elle ne connaissait pas une bonne dizaine de mots pour traduire sa pensée !

Robert lui en proposa quelques-uns.

— Vous trousser ? Vous lutiner ? Vous faire l'amour ? Non, je ne crois pas.

Il promena sur elle un regard désabusé, comme si elle ne lui plaisait guère. Un tour de force, vu le désir qui lui démangeait les reins.

— Vous n'êtes décidément pas mon type. Pourquoi ne pas tenter votre chance ailleurs ?

Elle pâlit, rougit de nouveau.

— Bon sang, combien de fois devrai-je vous le dire ? Je ne suis pas une catin !

Ils jouaient à cache-cache, et Robert ne parvenait pas à lui faire avouer la vérité. Brusquement, il en eut assez.

— Par le Ciel, allez-y, sortez d'ici !

Elle s'humecta les lèvres, sembla sur le point de parler, puis elle se ravisa, se leva, contourna Robert en silence et soudain, se jeta vers le coffre à butin.

Il lut son intention dans ses yeux une fraction de seconde avant qu'elle ne s'empare de l'épée qu'elle balança de toutes ses forces vers lui. Il bondit juste à temps, et la lame se ficha dans le pilier. Elle avait bien failli lui trancher le cou !

Haletante, elle tentait d'arracher l'arme plantée dans le bois quand il la saisit aux hanches et la jeta par terre, les bras derrière le dos, l'écrasant de son poids.

Elle se cambra dans un vain effort pour se dégager, puis elle renonça et, pour la première fois, il vit de la peur dans ses yeux.

— Assassin ! Je vous hais ! Vous avez tué mon...

Il la fit taire d'un baiser. Un baiser brutal, cruel, une punition. Plus elle luttait, plus il écrasait ses lèvres sur les siennes, explorant sa bouche d'une langue dure en même temps qu'il lui faisait sentir toute la violence de son désir.

Quand il releva la tête, elle était très pâle, les muscles du cou tendus, et ses yeux s'étaient assombris au point d'en paraître presque noirs.

Il glissa la main dans le haut de sa tunique et tira, tandis qu'elle soufflait :

— Ô Dieu, non, je vous en prie...

Robert eut un mauvais sourire.

— Finalement, je crois que tu me plais.

Soudain, une flaque de soleil tomba sur eux. Taliesin se tenait à l'entrée de la tente, blême d'émotion.

— Messire ! Jamais je n'aurais cru ça de vous !

Robert se retourna.

— Peste, gamin, tu ne vois pas que je suis occupé ?

— Mais ce n'est pas du tout ce que j'avais imaginé ! Si vous pouviez mettre un frein à vos instincts, monseigneur...

— Fiche le camp, Taliesin !

Le garçon pénétra dans la tente.

— Non, messire. Ne m'obligez pas à faire quelque chose que nous regretterions tous les deux ensuite. Mais je ne peux pas vous laisser la déshonorer.

Robert ferma les yeux afin de se calmer, puis il regarda son écuyer.

— Alors, sapristi, pourquoi me l'as-tu amenée ici ?

— Pour que vous... appreniez à l'apprécier, pas pour que vous la violiez.

— Eh bien, il se trouve que je ne l'apprécie pas du tout, mais même si c'était le cas, cela ne m'empêcherait pas de la chevaucher, bien au contraire...

Oui, il aimait la sentir sous lui, avec ses longues jambes, ses hanches étroites, et la bouche la plus douce qu'il eût connue. Elle avait les lèvres tremblantes, la respiration courte et, comme il la contemplait, il vit une grosse larme rouler sur sa joue, se perdre dans ses cheveux.

— Je vous en prie, insistait Taliesin, presque fou d'angoisse. Vous ne vous conduisez pas bien, vous devriez d'abord la courtiser !

Robert pesta intérieurement. Cette unique larme avait eu raison de ses pulsions.

— On ne courtise pas les filles comme elle, on les prend ! gronda-t-il en se levant d'un bond, entraînant Arianna avec lui.

Il la jeta dans les bras de Taliesin avec une telle force que leurs têtes se heurtèrent.

— La prochaine fois que tu auras l'idée de me fournir une catin, assure-toi qu'elle est saine d'esprit !

Cette fois, il ne vit rien venir et, de toute façon, il n'y aurait pas cru.

Elle arma son bras et lui envoya un violent coup de poing dans le nez.

Il eut l'impression que sa tête explosait ; le sang gicla sur le devant de sa tunique, à travers ses doigts.

— Que Dieu fasse pourrir votre langue, espèce de crapaud immonde ! Je ne suis pas une catin !

Robert avait toujours mis un point d'honneur à garder son sang-froid en toutes circonstances. Ne se soucier de rien ni de personne, tel était son principe. En vingt-cinq ans de vie, il avait été blessé de nombreuses fois, il avait même failli brûler vif, mais jamais une femme ne l'avait fait saigner du nez. Son flegme légendaire n'y résista pas. Il allait étrangler cette garce !

L'écuyer la tenait fermement par le bras, et il marcha sur eux sans se soucier du sang qui lui coulait dans la bouche.

Taliesin, protecteur, se plaça devant la jeune fille.

— Vous ne tuerez pas une femme, messire, dit-il. Pas vous !

— Ah non ? gronda Robert, qui sentit toutefois sa colère s'atténuer.

Il y avait du sang partout, et il renversa la tête en arrière tout en s'essuyant le visage d'un revers de manche. Cependant, le sang continuait à jaillir.

— Alors débarrasse-moi d'elle, dit-il. Et définitivement, sans me demander ce que tu vas en faire, ajouta-t-il comme Taliesin ouvrait la bouche pour protester. Mets-la dans un sac rempli de pierres et noie-la, ou bien vends-la aux Sarrasins pour leurs maisons closes.

— Sire ! Vous n'y pensez pas ! s'indigna le jeune homme.

— En effet. Même les Infidèles ne méritent pas une garce de cet acabit. Enterre-la quelque part. Mieux encore, trouve une barque pourrie et expédie-la en pleine mer. Quoi que tu décides, arrange-toi pour que nos chemins ne se croisent plus jamais sur cette terre.

Son nez dégoulinait de plus belle. Il baissa la tête, écœuré.

— Par le Christ, d'où vient tout ce sang ?

Arianna éclata de rire.

— J'espère qu'il ne vous en restera plus une goutte dans le corps !

L'ignorant, il remit la tête en arrière et s'exprima d'une voix calme, précise.

— Pourquoi est-elle encore ici, Taliesin ?

— Il y a une chose que vous ignorez, monsieur. Elle est...

— Je ne veux pas le savoir.

— ... la fille du prince Owain de Gwynedd.

— Doux Jésus !

Dieu merci, il ne saignait plus, et il considéra la jeune fille d'un œil nouveau. Jusqu'alors, il n'avait pas vraiment remarqué la finesse aristocratique de ses traits, ni ses petites mains blanches, ou encore l'arrogant port de tête qui témoignait qu'elle était plus habituée à commander qu'à obéir. Certes, il l'avait trouvée plutôt séduisante, pour une catin. A présent seulement il s'apercevait qu'elle était belle... Mais eût-elle été laide comme les sept péchés capitaux, la révélation de Taliesin lui conférait désormais une valeur inestimable.

— La fille d'Owain...

Elle leva le menton, fière.

— Je vous ai dit que je n'étais pas une catin.

Les yeux étrécis, il se tourna vers Taliesin.

— Tu es certain...

— Oui. Mais je n'aime guère l'idée qui vous traverse l'esprit, messire.

— Dieu du Ciel! Cette harpie vaut son pesant d'or! marmonna Robert. Quand je pense que je voulais m'en débarrasser!

Elle se redressa encore davantage.

— Puisque vous savez désormais qui je suis, je m'attends, sale Normand, que vous me traitiez comme il convient.

Il rit et continua de l'ignorer pour s'adresser à son écuyer :

— A ton avis, Taliesin, à combien pourrait se monter la rançon?

— La déesse me protège! murmura Taliesin, effrayé par la lueur avide qui était apparue dans les yeux de son maître.

Mais comment en aurait-il été autrement? Robert était sans cesse à court d'argent. Il avait gagné des fortunes lors de guerres et de tournois, cependant son rang de chevalier exigeait qu'il mène un train de vie fastueux. Cadeaux, réceptions, vêtements... L'argent lui filait littéralement entre les doigts. Si le roi lui attribuait Rhuddlan... songeait-il en cet instant. Si le roi lui donnait Rhuddlan, il aurait sacrément besoin de l'or que cette fille pouvait lui rapporter...

Une petite voix tout excitée le tira de ses pensées. Le page de Sir Odo se tenait sur le seuil de la tente.

— Excusez-moi, monseigneur. Le roi souhaite vous

voir. Il est en train de prendre son bain dans le bassin sacré.

Robert se débarrassa de sa tunique couverte de sang et chercha dans son coffre des vêtements propres.

— Ne la quitte pas des yeux! ordonna-t-il à son écuyer.

— Mais...

— Je jure sur la sainte croix que si tu la laisses échapper, je te pends par les pouces!

— Il y a quelques minutes, vous vouliez que je la noie en haute mer, messire.

— Il y a quelques minutes, elle n'était qu'une catin sans intérêt, maintenant, elle représente ma fortune. Ne t'avise pas de la perdre de vue, ou c'est toi que je noierai.

— Entendu, messire, soupira Taliesin. Mais si vous vouliez bien voir un peu plus loin que cette histoire de rançon, vous vous apercevriez que...

Peine perdue; Robert avait déjà disparu.

Taliesin serra un peu plus fort le bras d'Arianna et la secoua, irrité soudain.

— Vous êtes vraiment insupportables, tous les deux! s'emporta-t-il avec une fougue un brin puérile. Ce n'est pas du tout comme ça que les choses devaient se passer!

5

Robert jeta une pièce dans le panier de l'octroi avant de se frayer un chemin parmi la foule des pèlerins massés autour de l'abbaye. Au son de la cornemuse, tous chantaient une chanson des Croisades en agitant des palmes au rythme de la musique.

L'une des branches frappa Robert au visage. Sans s'arrêter, il la repoussa d'un geste irrité, bousculant au passage un mendiant qui le retint par la manche. Il fit volte-face, la main sur l'épée... et se retrouva devant des orbites noires, vides.

— L'aumône, messire, l'aumône ! gémissait l'homme en tendant une paume rugueuse.

Robert sortit quelques pièces de sa bourse en s'efforçant d'éviter la vue du visage atrocement mutilé.

L'abbaye regorgeait de monde. Outre les habituels pèlerins, les pénitents en quête d'absolution et les infirmes venus dans l'espoir de guérir, il y avait là l'inévitable cohorte de pages, régisseurs et courtisans qui traînaient sans cesse dans le sillage du roi.

Sous un buisson de sycomores près de l'église, un geyser jaillissait d'une source chaude pour retomber dans un bassin de pierre. Les gouttelettes scintillaient comme diamants au soleil. Le bain sacré.

Le roi s'y baignait seul, mais une bonne vingtaine de nobles obséquieux se tenaient autour de lui, munis de serviettes, de nourriture, de boissons, si bruyants que leurs cris et leurs rires couvrirent presque les cloches de l'abbaye quand on sonna sexte.

Sans se soucier de son public, Henry se hissa hors du bassin à la force des bras et s'essuya vivement à l'aide du linge bordé de dentelle que lui tendait un comte. Il avait les épaules larges, mais son abdomen accusait déjà une tendance à l'embonpoint.

Observant distraitement la scène, Robert se souvenait de la première fois où il était venu à l'abbaye. A l'âge de six ans, on l'avait obligé, ainsi que les autres garçons d'écurie de Chester, à y effectuer un pèlerinage. Le chapelain du château leur avait raconté l'histoire d'une Galloise du nom de Winifred, une ravissante vierge vouée à la chasteté. Un beau jour, un prince libertin était passé par là, et il avait décidé de l'avoir. Comme elle se refusait à lui, de colère il l'avait décapitée. Quand la tête de Winifred, après avoir roulé le long de la pente, s'était arrêtée au pied de la colline, une source chaude avait jailli et, depuis lors, le bassin était réputé pour ses qualités curatives.

A l'époque, Robert avait imaginé la tête de la dame dévalant la côte comme un ballon, et il avait éclaté de rire. Le prêtre lui avait tiré les oreilles. Pourtant, Robert continuait à trouver l'idée cocasse.

— Qu'est-ce qui t'amuse, grand frère ?

Robert se retourna et son sourire s'élargit quand il vit la tête de Hugh surmontée d'un large béret doré qui ne parvenait pas à dissimuler la croûte sur sa tempe. Comment son demi-frère, qui détestait la bagarre, avait-il attrapé cette blessure ?

— Que t'est-il arrivé ? Serais-tu aussi tombé dans une embuscade ?

— En tout cas, *moi*, je n'ai pas attiré mon roi dans un guet-apens !

— Mesure tes paroles ! riposta Robert, qui fut interrompu par la voix tonitruante de Henry :

— Cessez de vous chamailler comme des garnements !

Le roi se tenait devant eux, campé sur ses jambes écartées, les poings sur les hanches.

— Par le Ciel, je vous ferai bannir tous les deux, si vous continuez à troubler ma quiétude !

Hugh rougit en balbutiant des excuses, tandis que Robert soutenait hardiment le regard de son souverain. Pourtant, il savait que si Henry décidait de se débarrasser de l'un d'eux, ce ne serait pas de Hugh. Mais les colères du roi ne duraient jamais. Souriant, il posa un bras sur les épaules de Robert et l'entraîna vers les portes de l'abbaye. L'air était parfumé par d'étranges herbes rougeâtres qui entouraient le bassin.

— On dit que ce sont les cheveux de sainte Winifred tachés de sang, expliqua Henry.

— Ça ressemble plutôt à du chiendent, Votre Grâce.

Le roi éclata d'un grand rire.

— Quel cynisme ! Vous ne croyez donc à rien ?

— A peu de choses, Dieu merci ! répliqua sincèrement Robert.

Henry lui fit face, ses larges mains posées sur les épaules du chevalier.

— J'aimerais penser que vous croyez en moi, car vous êtes diablement précieux pour garder mes arrières !

— Je suis votre féal, sire, répondit Robert, un peu tendu.

Le code de la chevalerie, selon lequel il vivait, était la seule valeur au monde qui comptât pour lui. Encore craignait-il parfois d'avoir cessé de croire même à cela des années auparavant. Il préférait ne pas se poser la question car si c'était vrai, alors il ne lui restait plus rien.

Henry lui sourit.

— Venez, j'ai besoin de vos lumières pour savoir ce que je vais faire de ces satanés Gallois.

Il entra rapidement dans l'église, laissant Robert le suivre.

— Sur ma foi, lança-t-il par-dessus son épaule, il n'y a aucun sens de l'honneur, chez ces gens.

Robert se tut. Pour lui, il n'y avait plus d'honneur nulle part.

Le roi utilisait l'abbaye comme quartier général, et la nef était pleine de lits de camp, de feux destinés à la cuisine. Des chevaux attachés aux piliers s'empiffraient d'avoine, tandis que les hommes d'armes jouaient aux dés et que les valets s'affairaient, portant des miches de pain et des pichets de bière.

Une table drapée de blanc avait été dressée pour le repas du roi, mais Henry avait horreur de s'asseoir, aussi se contenta-t-il d'arpenter la nef en mordant à belles dents dans une cuisse de chapon. Robert hésitait à aborder le sujet de Rhuddlan. Il en avait déjà parlé au roi au cours de leur longue nuit de chevauchée, et il n'avait obtenu aucune promesse définitive.

Il pesta en silence. Au diable les tergiversations ! Il allait carrément demander le fief à Henry et accepter sa décision, qu'elle fût favorable ou négative.

L'arrivée de son frère l'empêcha d'exécuter son plan. Le comte arborait un sourire suffisant, mais Robert vit au coin de son œil droit le tic familier qui trahissait sa nervosité, et il reprit espoir.

Jusqu'à ce que le roi se tourne vers lui pour annoncer :

— Votre frère le comte réclame Rhuddlan. Je regrette de vous le dire, car je sais combien vous aimez ce domaine, pourtant le droit est de son côté.

Tandis que Henry, qui avait une passion pour les lois, se mettait à expliquer avec quelque complaisance pourquoi le comte de Chester avait la priorité, Robert s'efforça de dissimuler sa colère.

Il avait beau tenter de se persuader que cela n'avait pas d'importance, qu'il existait d'autres châteaux, il mourait d'envie d'écraser son poing sur le visage satisfait de Hugh. Il ne possédait toujours que son épée quand son frère se voyait octroyer Rhuddlan sans même avoir à lever le petit doigt.

Des moines qui chantaient des cantiques couvrirent soudain la voix du roi. Au même instant, un écuyer vint s'incliner devant Henry en lui offrant une coupe de vin. Robert fronça les sourcils en reconnaissant les boucles cuivrées.

Taliesin s'apprêtait à se retirer quand il lui saisit le bras.

— Par le Christ, que fais-tu là ? souffla-t-il. Et où est la fille de Gwynedd ?

— En sécurité, messire. Ne craignez rien.

— En sécurité ? Que signifie...

Mais déjà Taliesin lui avait échappé, vif comme une ablette, et il se perdait dans la foule.

— Bon Dieu !

Les moines avaient brusquement cessé de chanter, et le juron de Robert se répercuta sous la voûte comme un coup de tonnerre.

— Robert ?

Il revint au visage perplexe du roi.

— Pardonnez-moi, Votre Grâce, je pensais à autre chose.

— Je disais qu'il est impossible de mener une guerre digne de ce nom contre un peuple qui refuse de se battre en terrain découvert. A votre avis, existe-t-il une chance que ce misérable prince gallois s'estime enfin assez châtié pour solliciter la paix ?

— Pas la moindre, Votre Grâce. Jamais il ne vous cédera le pays de Galles, répondit Robert.

Il vit Hugh lever les yeux au ciel, mais il savait que Henry appréciait la franchise, et il poursuivit :

— Cela dit, Gwynedd sait aussi qu'il ne peut nous forcer à battre en retraite. Nous sommes au point mort et il en est conscient. Il pourrait accepter d'entamer des négociations. Le mieux que vous puissiez espérer, c'est l'obliger à se déclarer votre féal en vous engageant à le laisser régner sur son pays comme il l'entend.

Henry acquiesça à contrecœur. Cela ne lui plaisait guère, mais il n'était pas stupide.

— Et s'il repousse ma proposition ?

— Il l'acceptera, affirma Robert dans un sourire. Surtout quand vous l'informerez que nous détenons sa fille.

Henry écarquilla les yeux.

— Est-ce vrai ?

Il jeta l'os de chapon dans la paille et essuya ses mains grasses l'une contre l'autre.

— Ah, Robert, Robert, mon plus brave chevalier, dis-moi que c'est vrai ?

— Comment diable aurais-tu capturé la fille de Gwynedd ? demanda Hugh, inquiet.

Du coin de l'œil, Robert vit que Taliesin était de retour et s'approchait du roi avec un plateau chargé de noix et de biscuits. Il chercha le regard de son écuyer qui le rassura d'un bref coup d'œil.

— Oui, Votre Grâce, c'est vrai, répondit Robert.

— Alors, envoyons sur-le-champ un messager à Owain ! s'exclama le roi, tout excité. Bon sang, je donnerais mon âme pour voir sa tête !

— Si je puis me permettre une humble suggestion, Votre Grâce… dit une jeune voix claire.

Henry, furieux, se tourna vers le garçon agenouillé qui s'était permis de prendre la parole sans y avoir été autorisé.

— Qui es-tu pour oser interrompre ton roi ? aboya-t-il.

Robert soupira.

— Pardonnez-lui, sire. C'est mon…

— … barde, termina Taliesin avec un grand sourire.

— Ecuyer, rectifia Robert, les dents serrées.

— Ton barde ! répéta Hugh dans un ricanement. Tu ne possèdes ni terres, ni château, mais tu t'assures les services d'un barde ! Comme tout chevalier errant qui se respecte, je présume !

Henry le fit taire d'un simple regard, et son énorme main se posa sur l'épaule de Taliesin qu'il obligea à se relever.

— Tu es gallois, mon garçon, n'est-ce pas ? Ton accent...

Robert l'avait remarqué aussi. Taliesin avait parlé un français parfait depuis deux ans, et soudain il se mettait à prononcer les « r » de façon différente, à la galloise. A quoi jouait-il ?

— On raconte que ceux de ta race ont l'habitude d'exprimer le fond de leur pensée, même devant un prince, dit Henry. Aussi vais-je t'écouter, puis Sir Robert te fera fouetter pour te punir de ton impertinence.

— Eh bien...

Taliesin lança un coup d'œil plein d'appréhension à Robert avant de revenir au roi auquel il adressa un sourire si éblouissant que Henry cligna des yeux.

— Voilà, Votre Grâce. Ne rendez pas Lady Arianna au prince Owain contre une rançon. Mieux vaut la garder en otage, comme garantie contre une éventuelle agression de son père.

Il s'interrompit mais, comme aucune réponse ne venait, il se lança de nouveau :

— En tant qu'otage, elle devient votre pupille et vous pouvez disposer d'elle comme vous l'entendez, l'envoyer au couvent, ou la marier. Je suggère que vous la donniez en épouse au nouveau seigneur de Rhuddlan. Le prince n'attaquera jamais le château qui abrite sa fille unique et chérie.

Un silence stupéfait suivit son discours.

— Mais je suis déjà marié, dit enfin Hugh.

Robert, silencieux, se contentait de fixer son écuyer, et l'étonnement se lisait sur son visage d'habitude imperturbable.

Le roi se caressait la barbe.

— Il y a un certain bon sens dans tes paroles.

Taliesin hocha la tête avec enthousiasme.

— Merci, Votre Grâce ! Et puisque Votre Seigneurie est partagée en ce qui concerne l'attribution de Rhuddlan, pourquoi ne pas organiser un tournoi, et l'accorder au vainqueur ? Ce serait aussi une occasion de célébrer votre victoire sur les Gallois.

Henry s'épanouit.

— Oui... oui...

— Mais... commença d'objecter Hugh.

Taliesin lui lança son sourire éclatant.

— Si vous gagnez, monseigneur, vous pourrez toujours récompenser un loyal vassal en lui offrant le château et l'épouse, dit-il, avant de se tourner vers Robert. Quant à vous, messire, vous n'êtes pas marié, n'est-ce pas ? Rien ne vous empêcherait de prendre Lady Arianna pour femme, le cas échéant.

— Disputer un tournoi pour Rhuddlan ! explosa Hugh. C'est bien l'idée la plus stupide...

— Par Dieu ! coupa Henry de sa voix de stentor. J'aime la façon dont ce garçon raisonne. C'est un pragmatique, tout comme moi.

— C'est un maudit fou, oui ! protesta Robert, sans se rendre compte qu'il insultait le roi.

Il appréciait certes que Rhuddlan soit l'enjeu d'un tournoi, car il n'avait aucun doute sur l'issue de la compétition, mais être obligé de prendre la fille d'Owain pour femme... Cette fois, c'était décidé, il allait étrangler son écuyer !

Heureusement pour lui, Henry, que l'idée enthousiasmait comme s'il l'avait eue lui-même, ne lui prêta aucune attention.

— Sir Robert, et vous, cher comte de Chester, vous vous affronterez en tournoi singulier avec des lances émoussées. Le vainqueur aura Rhuddlan et la fille d'Owain. J'ai dit !

— Debout, debout, madame !

Les rideaux du lit furent tirés dans un bruissement de brocart accompagné d'un nuage de poussière et la vive lumière du soleil éblouit Arianna à travers ses paupières closes.

Avec un grognement, elle roula sur le ventre et se mit l'oreiller sur la tête.

— Allez-vous-en, Edith. Laissez-moi seule.

Elle n'avait aucune raison de se lever, puisque cette journée allait en tout point ressembler à celle de la veille. Elle passerait des heures enfermée dans cette chambre pendant que le roi d'Angleterre s'entretiendrait à côté avec son père, dans le grand hall de Rhuddlan, se servant d'elle pour mettre Gwynedd à genoux. En ce moment même, ils étaient peut-être en train de s'entendre sur le montant de la rançon, et elle redoutait d'apprendre ce qu'elle allait coûter à son père, et au pays de Galles tout entier.

La servante, loin d'obtempérer, rabattit les couvertures, exposant une Arianna furieuse à l'air frais du matin.

— Que le diable t'emporte ! grommela-t-elle en saisissant le peignoir doublé de fourrure qu'on lui tendait.

La femme ne perdit pas son sourire bonasse. Elle avait un visage rond, piqué de petite vérole, de tout petits yeux très noirs et des cheveux raides qui retombaient en mèches éparses sur ses épaules osseuses. Depuis quatre jours, elle n'avait énoncé que des banalités qui donnaient à Arianna envie de hurler.

— Il fait trop beau pour traîner au lit, madame...

Et voilà ! Arianna serra les dents. Cette idiote ne voyait-elle pas qu'elle était prisonnière ? Qu'elle passe la journée au lit ou à arpenter la chambre, quelle différence cela ferait-il !

Elle se leva néanmoins et se dirigea vers la table de toilette près de la fenêtre. Pendant qu'elle se lavait la cloche de la chapelle tinta pour appeler les fidèles. Mais Arianna n'aurait le droit d'assister à la messe que l'après-midi, aux vêpres. C'était du reste le moment où elle était autorisée à quitter sa chambre, entre deux énormes gardes taillés pour la lutte à mains nues.

Edith lui apporta des tartines de miel, de la bière légère, et Arianna s'assit pour prendre son petit déjeuner.

— C'est jour de lessive, madame, annonça la servante en défaisant le lit. Ce soir, vous vous coucherez dans des draps tout propres.

— Merci, Edith, répondit Arianna en s'efforçant de sourire.

Après tout, ce n'était pas la faute de cette femme si elle était prisonnière des Normands, et elle s'en voulut de s'être laissée aller à passer sa mauvaise humeur sur elle.

Les bras chargés, la servante sortit de la pièce. Arianna se rendit à la fenêtre. C'était en effet une radieuse journée, bien que la pluie fût tombée toute la nuit, transformant la cour en cloaque. Elle ouvrit le volet et aspira une grande goulée d'air frais. Au moins, cette fois, elle n'avait pas été enfermée dans la cave ! Sa prison était une confortable chambre au premier étage du donjon.

En bas, dans la cour, tout le monde s'activait. Un cuisinier lesté d'un chaudron fumant faillit heurter le boulanger qui arrivait. Ce dernier réussit à l'éviter avec adresse malgré la panière qu'il portait sur la tête. Maintenant que les cloches s'étaient tues, on distinguait le martèlement des battoirs de bois des lavandières. Une charrette passa, chargée de joncs frais pour les sols.

A cet instant, la sentinelle sonna du cor et la herse s'ouvrit pour laisser passer une douzaine de cavaliers. A leur tête chevauchait un homme brandissant la bannière qui hantait les rêves d'Arianna : un dragon noir sur champ de gueules. Mais même sans bannière, elle l'aurait reconnu entre tous. Robert le Bâtard. Que Dieu le damne !

Des chiens de meute couraient entre les sabots des chevaux avec des aboiements excités. Et un des cavaliers brandit la tête d'ours piquée au bout de sa lance tandis qu'un autre donnait de la corne. Apparemment, la chasse avait été bonne. Robert s'arrêta devant l'entrée du château. Il devait chevaucher depuis l'aube, car son cheval écumait. Dès qu'il eut mis pied à terre, un écuyer vint prendre l'animal par la bride. A en juger par sa tête rousse, il s'agissait de ce sale petit traître de Taliesin.

Arianna reporta son attention sur Robert. Il portait de hautes bottes et une simple tunique de cuir fendue sur les côtés qui révélait des cuisses robustes moulées dans d'étroites chausses. Le vent jouait dans sa chevelure aile de corbeau, et sa chemise blanche faisait ressortir le hâle de son visage. Tout en lui était arrogant, depuis son profil aquilin et ses hautes pommettes jusqu'à sa démarche virile et assurée.

Il s'immobilisa sous la fenêtre d'Arianna. Celle-ci se renfonça instinctivement. Puis, constatant qu'il était trop absorbé par sa conversation avec l'écuyer pour songer à lever la tête, elle se remit à l'étudier.

Bien qu'elle fût sa prisonnière, elle ne l'avait croisé qu'une fois depuis leur affrontement dans la tente : la veille, dans le donjon, alors qu'elle se rendait à la chapelle. Mais le regard chargé de haine qu'elle lui avait adressé n'avait guère paru l'émouvoir. Du reste, il l'avait à peine regardée.

Elle ne représentait pour lui qu'une rançon et, en vérité, elle remerciait Dieu chaque soir qu'il n'eût pas envie d'elle. Ainsi pourrait-elle retourner vierge chez son père. Cependant, pour une raison qu'elle ne s'expliquait pas, cette indifférence blessait son orgueil. Des douzaines d'hommes l'avaient demandée en mariage, mais aucun n'avait trouvé grâce à ses yeux, et voilà que ce bâtard sans titre, sans terres, la regardait — quand il voulait bien s'en donner la peine — comme si elle n'était même pas digne de décrotter ses bottes.

Se détournant avec humeur, Arianna aperçut tout à coup la cuvette pleine d'eau savonneuse dans laquelle elle avait fait sa toilette.

Sans réfléchir, elle s'en empara et jeta son contenu par la fenêtre. Au dernier moment, elle modifia pourtant sa visée, et l'eau n'atterrit pas sur la tête du chevalier, comme elle l'avait voulu au départ, mais sur le sol, faisant gicler de la boue sur ses pieds. Il leva aussitôt la tête, et elle soutint son regard avec défi avant de se tourner vers l'écuyer, un sourire suave aux lèvres.

— Oh, pardon, Taliesin, dit-elle d'une voix mielleuse. Je ne vous avais pas vu. J'espère que je ne vous ai pas éclaboussé.

L'écuyer se tenait à quelque distance de son maître, et la boue ne l'avait pas atteint. Il sourit en retour.

— Pas du tout. Bonjour, madame.

— Bonjour, Taliesin, répondit-elle aimablement.

Arianna se détacha de la fenêtre en proie à une jubilation intense. Si le Normand n'avait que mépris pour elle, du moins lui avait-elle clairement montré qu'elle en avait autant à son service.

Quelques instants plus tard, un bruit de pas lui fit regretter son intrépidité... Mais la porte s'ouvrit sur Taliesin.

— Sir Robert veut vous voir dans la cour, madame, dit-il.

Elle crut discerner une petite étincelle d'excitation dans son regard.

La tête haute, les épaules bien droites, elle suivit le jeune homme hors de la chambre, mais ce furent les deux colosses qui l'escortèrent jusqu'à la cour.

Robert se tenait près de l'escalier extérieur, et elle s'arrêta devant lui, affrontant les yeux gris.

— Vous voulez me parler, Normand ?

Il posa un pied sur l'anneau auquel on attachait les chevaux.

— Non. Je vous ai appelée pour que vous nettoyiez mes bottes.

A son intonation, il aurait aussi bien pu parler de la pluie ou du beau temps, et son regard était indéchiffrable.

Arianna leva le menton et répliqua de sa voix la plus douce :

— Nettoyer vos bottes, chevalier bâtard ? Je préférerais encore les manger !

Il grimaça ce qui pouvait passer pour un sourire.

— Dois-je faire venir le cuisinier ?

— Vous n'oseriez pas ! s'indigna-t-elle.

Il haussa les épaules.

— Non. Ce serait gâcher une excellente paire de bottes ; or vous les avez salies. Vous avez donc trois secondes pour les nettoyer ou je vous inflige une bonne fessée du plat de mon épée.

Il y eut des ricanements parmi les hommes, bien vite étouffés par un regard du chevalier. Les lavandières avaient interrompu leur travail, et un lourd silence pesait sur la cour qui semblait soudain bourrée de spectateurs. A la pensée d'être punie comme une enfant désobéissante devant tous ces gens, Arianna frémit d'humiliation. Mais une fessée aurait été un déshonneur bien pire et elle n'avait pas le courage de chercher à savoir si le chevalier irait jusqu'au bout de sa menace.

Il ne quittait pas sa bouche des yeux, attendant la réponse, et elle s'humecta les lèvres.

— Je... je n'ai pas de chiffon.

Il fit un geste vers elle, mais pas pour la frapper, seulement pour déchirer le bas de la tunique de la jeune fille et lui tendre le lambeau de soie.

— Voilà.

Sous sa robe, Arianna portait une chemise et elle restait parfaitement décente mais ses joues n'en flambèrent pas moins, plus de colère que d'embarras.

Elle lui arracha le tissu d'un geste nerveux. En même temps, elle sentait un rire un peu hystérique monter en elle. Finalement, il la trouvait digne de décrotter ses bottes !

Les dents serrées, elle commença à essuyer la boue. Les bottes, en cuir de Cordoue, avaient connu des jours meilleurs, et l'intérieur du mollet était usé à force de frotter contre les flancs du cheval. Le père d'Arianna les aurait jetées depuis longtemps... De toute évidence, le chevalier avait bien besoin de la somme qu'elle allait lui rapporter, et elle fut furieuse à la pensée qu'elle améliorerait ses conditions de vie.

Quand elle eut terminé, elle leva les yeux vers lui,

s'attendant à le voir savourer son humiliation ; mais non, il fixait le donjon avec insistance. Etait-ce de l'envie qu'elle lisait dans son regard ?

— J'ai fini, Normand.

Il se tourna vers elle et, cette fois, elle eut l'impression qu'il la voyait pour de bon. Il reprit cependant très vite son expression distante et désigna le talon de sa botte.

— Il en reste encore un peu ici.

Arianna se remit à frotter si fort qu'elle se blessa la main sur l'éperon. Des larmes de douleur aux yeux, elle marmonna un juron.

— Vous avez dit quelque chose ?

Elle se redressa, agressive.

— J'ai dit : donnez-moi l'autre pied et allez au diable !

Un instant, elle crut qu'une ombre de sourire flottait sur ses lèvres, mais il se contenta de poser l'autre botte sur l'anneau. Arianna s'acquitta de sa tâche en silence.

— Passable, mais tout juste, dit-il après avoir examiné son travail.

Dans ses yeux brilla encore la même fugitive expression d'amusement, vite effacée.

— Si j'étais vous, je n'essaierais pas de me faire engager comme servante. Vous n'en avez pas les qualités.

Sans laisser à Arianna le temps de trouver une réplique cinglante, il commença à s'éloigner. Et elle ne savait toujours pas ce qu'il avait l'intention de faire d'elle !

— Attendez ! cria-t-elle.

Il s'arrêta, les sourcils levés.

— Avez-vous... Avez-vous parlé avec mon père ? Le montant de la rançon est-il fixé ?

— Le problème a été réglé selon les vœux de mon roi, répondit Robert.

Arianna en aurait hurlé de frustration. Elle mourait d'envie de frapper cet arrogant visage, de bourrer cette large poitrine de coups de poing, de lui faire enfin *sentir* quelque chose !

— Eh bien, mes vœux à moi ne sont pas réalisés !

Vous avez une dette de sang envers Gwynedd, Normand. Et le jour viendra, bientôt j'espère, où vous devrez la payer de votre vie !

— De quelle dette parlez-vous ? demanda-t-il, sincèrement étonné.

Ainsi, il ne connaissait même pas l'identité du jeune homme qu'il avait abattu devant les portes de Rhuddlan.

— L'homme à qui vous avez arraché ce château, celui que vous avez pourfendu de votre lance... c'était mon frère.

— Je vois... Cela explique pourquoi vous me sautez dessus chaque fois que nous nous rencontrons... Si dette de sang il y a, poursuivit Robert en haussant les épaules, ce sont votre père et le roi Henry qu'il faut blâmer. Ce sont eux les vrais responsables de la mort de votre frère, car ils n'auraient jamais dû se lancer dans cette guerre absurde. Et lui aussi est responsable pour être tombé dans un piège dont un enfant se serait méfié.

Il hésita avant de poursuivre, d'un ton très légèrement adouci :

— Ainsi va la guerre, madame. Si c'est bien ma lance qui a tué votre frère, il n'y avait là rien de personnel. Que Dieu protège son âme.

Des larmes brûlantes montaient aux yeux d'Arianna, mais pour rien au monde elle n'aurait pleuré devant cet homme. Pourtant elle devait bien s'avouer qu'il avait raison... Elle prit une profonde inspiration qui se transforma en sanglot involontaire. Humiliée, elle fit volte-face, mais il la rattrapa par le bras, l'attira contre sa poitrine et, la main enfouie dans ses cheveux, il prit sa bouche.

Elle en eut le souffle coupé. Les lèvres de l'homme, dures au début, se firent plus douces et, quand elle glissa les mains entre eux afin de se dégager, elle se surprit à s'accrocher au bord de la tunique de cuir. Elle ne sut pas qu'elle lui rendait son baiser, elle ne l'entendit pas gémir sourdement, tant elle était bouleversée par l'étrange sensation que lui procuraient ses lèvres sur les siennes.

Enfin il releva la tête, et elle le fixa, étourdie, déconcertée.

Il se pencha encore vers elle, mais cette fois ce fut pour la repousser. Puis il recula et la contempla avec, dans les yeux, une étrange expression d'étonnement et de trouble. Ce fut si fugace qu'elle crut avoir rêvé. L'instant d'après, il tournait les talons et s'éloignait à grandes enjambées.

L'après-midi était déjà bien entamé, Arianna, assise sur un tabouret, picorait distraitement quelques morceaux de veau à la sauce piquante quand la porte s'ouvrit à la volée, heurtant violemment le mur. Elle se retourna, la main sur le cœur, pour voir un jeune garçon pénétrer dans la chambre, poussé par un garde.

— Rhodri !

Elle se précipita pour serrer l'adolescent dans ses bras, mais sa joie fut de courte durée. Etait-il porteur de mauvaises nouvelles ?

— Oh, Rhodri, père est-il mort ? A-t-il été fait prisonnier ?

— Lâche-moi, Arianna, pour l'amour de Dieu ! Tu m'étouffes !

Rhodri se dégagea de l'étreinte de sa sœur. A quatorze ans, il se considérait comme bien trop vieux pour ce genre de démonstrations sentimentales. Il lissa le devant de sa tunique.

— Père va bien, mais il vient de signer une trêve avec le roi Henry, ce suppôt de Satan.

— Une trêve ? Alors il a payé ma rançon ? Tu es venu me chercher pour me ramener chez nous ?

— Eh bien, pas exactement, répondit l'adolescent, embarrassé.

— Alors parle !

Rhodri se mit à errer dans la chambre. Comme tous les enfants d'Owain, il avait les traits caractéristiques de la lignée de Gwynedd, même si ses yeux étaient plus clairs que ceux de sa sœur et ses cheveux d'un châtain strié de blond. Arianna l'avait vu un mois auparavant, mais il lui sembla qu'il avait grandi d'une bonne dizaine de centimètres.

Il s'arrêta devant le plateau du repas et enfourna une grosse bouchée de pain.

— Rhodri, soupira Arianna, impatientée, finiras-tu par me raconter...

— Oui, oui, dit-il, la bouche pleine. Père a donç signé un accord avec l'Angleterre. Il jure allégeance au roi Henry, qui s'engage en retour à respecter dorénavant notre droit à nous diriger nous-mêmes. En outre, Père abandonne Rhuddlan ainsi que tout le fief de Tegeingl et il laisse deux otages comme garants de la paix.

Il fit descendre le pain à l'aide d'une gorgée de bière.

— Nous, conclut-il.

— Nous ? Nous... allons rester otages ?

L'idée d'être condamnée à vivre parmi des Normands était si horrible qu'Arianna ne voulait même pas l'imaginer.

— Oui.

Le menton de Rhodri tremblait légèrement, et il serra les dents.

— Au moins ne serons-nous pas enfermés.

Il frissonna.

— Ça, je n'aurais pas pu le supporter. Notre sort ne sera peut-être pas si terrible, après tout. Je serai écuyer. Quant à toi...

— Oh, moi... coupa Arianna avec amertume.

Elle savait d'avance ce qui lui arriverait. Les femmes otages étaient presque toujours expédiées dans un couvent. Et elle avait beau se dire que ce serait une vie consacrée à Dieu, elle n'y trouvait guère de réconfort.

— Oh, Rhodri, murmura-t-elle d'un ton accablé, je ne me sens pas l'étoffe d'une nonne !

— Qui parle de couvent ? Au contraire, tu vas te marier. Tu dois devenir l'épouse du nouveau seigneur de Rhuddlan.

Il but encore un peu de bière directement au pichet.

— Qui est-ce ? Qui est le nouveau seigneur de Rhuddlan ? s'écria Arianna en le prenant par le bras.

— Bon sang ! Regarde ce que tu as fait !

Une tache de bière maculait la tunique de Rhodri, qui s'essuya avant de prendre un autre morceau de pain.

— Le roi Henry organise un tournoi. Une joute entre les deux concurrents qui briguent cet honneur. Le premier est le comte de Chester. Mais il possède déjà une femme et plein de châteaux, alors s'il gagne, il se désistera sans doute en faveur de l'un de ses vassaux, qui deviendra alors ton mari.

— Et l'autre ?

Arianna arracha le pain à son frère.

— Pour l'amour du Ciel, Rhodri, ne peux-tu t'arrêter un instant de manger ?

Rhodri eut l'air vexé.

— Si tu me laissais placer un mot... L'autre chevalier est le Dragon Noir.

C'était bien ce qu'Arianna redoutait. Pourtant elle refusait encore d'y croire.

— Tu mens ! Jamais Père ne m'aurait imposé cela.

Rhodri s'attendrit un peu.

— Père a expliqué qu'il agissait uniquement pour le bien de Gwynedd. Dès que la paix sera signée et ton... mariage célébré, le roi Henry se retirera, il nous laissera vivre comme nous l'entendons. Peut-être, après tout, que le Dragon Noir perdra le tournoi, ajouta-t-il avec un petit haussement d'épaules.

Arianna éclata d'un rire enroué de sanglots. Elle avait toujours su que son mariage devrait servir son pays, et qu'elle épouserait un homme qu'elle n'aurait sans doute jamais rencontré... Mais une part d'elle-même, secrète et romantique, s'était imaginé que dès qu'elle poserait les yeux sur ce fiancé inconnu, elle en tomberait amoureuse. Et que lui serait instantanément pris d'une irrésistible passion pour elle.

Au lieu de ça...

Les yeux clos, elle revit le visage de l'homme — l'expression dure, fermée, la bouche brutale, le regard gris acier d'une froideur de statue.

Le visage de celui qui allait devenir son époux.

6

— J'épouserai cette fille si c'est indispensable afin d'avoir Rhuddlan, mais qu'on ne me demande pas de m'en réjouir !

— Déesse, accordez-moi la patience ! marmonna Taliesin.

Il souffla sur la poignée du bouclier avant de l'astiquer vigoureusement.

— Elle ne semble guère vous apprécier non plus, monseigneur, fit-il remarquer à voix haute.

Robert cessa un instant d'arpenter l'espace confiné de sa tente pour pointer un doigt accusateur en direction de l'écuyer.

— Et ne te figure pas que je vais oublier qui est responsable de cette situation ! J'ai toujours la ferme intention de te punir dès que j'aurai trouvé un châtiment assez pénible. Pour l'instant, j'hésite entre te bander les yeux avant de te précipiter dans l'antre d'un ours, ou te jeter du haut du donjon dans un chaudron de poix.

Comme d'habitude, ses menaces n'eurent aucun effet sur le jeune homme qui, souriant, admirait le bel effet du bouclier qu'il avait verni de rouge avant d'y peindre un dragon noir.

La lumière du soleil pénétrait à flots sous la tente. A l'extérieur, une fanfare de trompes rivalisait avec le martèlement des écuyers qui fixaient des pointes au bout des lances et les cris des hérauts annonçant les noms des concurrents ; le tournoi n'allait pas tarder à commencer.

Taliesin plaça un tabouret au milieu de la tente et sortit les bottes de son maître. Celui-ci regardait d'un air sombre la marque laissée dans le piquet central par le coup d'épée de Lady Arianna. Il la suivit du doigt, tandis que l'écuyer lui lançait un sourire espiègle.

— Vous feriez sans doute mieux de porter votre armure, messire, quand vous dormirez avec elle.

Malgré son humeur maussade, Robert ne put s'empêcher d'éclater de rire à cette idée. A la vérité, le fait de partager la couche de cette fille était bien sa seule consolation à ce mariage. Il la voulait nue sous lui, il voulait prendre possession de sa bouche, entrer en elle avec tant de force qu'elle serait bien obligée de reconnaître qui était le maître.

Contre toute attente, une bouffée de désir le submergea et il s'en irrita. Normalement, après les vigoureux intermèdes de la semaine passée avec Maude, la fille aux cheveux couleur cannelle, même la vue d'un essaim de femmes nues aurait dû le laisser froid. Jusqu'à présent, si longue que fût sa période d'abstinence, il avait toujours su contrôler ses appétits sexuels, et voilà qu'il rêvait de cette fille comme un puceau frustré. Par Dieu, jamais il n'avait eu envie d'une femme avec une telle violence !

Il se saisit de la cotte de mailles que lui tendait Taliesin et l'enfila.

— Quoi qu'il en soit, Lady Arianna sera sûrement une plaisante compagne de lit, reprit ce dernier. Tous les bardes de Gwynedd vantent sa beauté.

Robert haussa les épaules malgré le poids de la cotte qui devait peser quinze bons kilos.

— Tu oublies qu'elle est la fille du vieil Owain. Ils chanteraient ses louanges même si elle avait le visage en lame de couteau et des verrues sur le nez. Et je ne parle même pas de son caractère !

Il s'assit pour que Taliesin puisse lui enfiler le bas de son armure et l'écuyer s'agenouilla afin de boucler les fermetures le long de la jambe.

— Vous vous entendrez mieux dès que vous serez mariés, rétorqua le jeune homme. Du moins, je l'espère, ajouta-t-il en soupirant.

Robert se leva, tapa des talons.

— C'est elle qui devra s'adapter à moi !

Taliesin acquiesça avec une moue comique.

— Sinon, vous n'aurez qu'à l'expédier dans un couvent dès qu'elle vous aura donné quelques héritiers. Dois-je prier pour qu'elle procrée rapidement et souvent ?

De nouveau, Robert ne put retenir un sourire devant les facéties du jeune homme.

En vérité, il n'avait pas l'intention de maltraiter Arianna, ni de se débarrasser d'elle quand il serait père tant qu'elle remplirait convenablement ses devoirs d'épouse et de mère. En revanche, si elle se rebellait, elle s'en mordrait les doigts.

— Je pense que vous avez mal jugé Lady Arianna depuis le début, messire, reprit soudain l'écuyer d'un ton sérieux. Serait-ce parce que vous avez écouté ces ridicules rumeurs qui l'accusent de sorcellerie ?

Robert n'avait rien entendu de tel, mais il n'était pas surpris. La moitié des Galloises se prétendaient capables de réunir les amants séparés, de jeter des sorts et de prévoir l'avenir.

— Ce ne sont qu'affreux mensonges, monseigneur, poursuivit Taliesin gravement. Lady Arianna est une vraie *filid*, une prophétesse à la manière des Anciens, et notre peuple la vénère.

— Vraiment ? Alors elle n'excelle pas dans son art, et c'est bien dommage pour elle, sinon elle aurait pu éviter d'être capturée, nous épargnant à tous deux un mariage que nous ne désirons ni l'un ni l'autre.

Taliesin soupira en attachant le baudrier à la taille de son maître. Dégainant son épée, celui-ci la fit jouer avec un geste souple du poignet. Ce n'était pas son arme de combat, mais celle qu'il utilisait en tournoi. Son bout était émoussé, tout comme celui de sa lance, laquelle était faite de bois fragile qui se brisait à l'impact. Dans la mesure du possible, les combattants s'efforçaient de ne pas tuer leur adversaire au cours d'une joute car la Sainte Eglise prétendait qu'un homme qui mourait en tournoi était condamné à brûler en enfer. Une destinée qui guettait de toute façon la plupart des chevaliers, se dit Robert, fataliste.

Sentant peser sur lui le regard de son écuyer, il l'apostropha d'un ton soupçonneux :

— Que mijotes-tu ?

Taliesin ouvrit de grands yeux innocents.

— Qui, moi ? Mais rien, messire. Seulement...

Il toussota, gratta le sol du bout du pied.

— C'est... au sujet de Lady Arianna et de vous... Vous n'avez pas l'air de bien vous entendre et... je ne voulais pas vous en parler plus tôt, mais Lady Arianna est votre destin, messire. Or vous avez tout gâché, et vous aurez désormais bien du mal à gagner son amour. Je ne comprends pas, ajouta-t-il, l'air malheureux, rien ne marche comme prévu.

Robert l'observait, stupéfait, soupçonnant brusquement tous les Gallois d'être un peu dérangés.

Il en fut tout à fait persuadé un instant plus tard quand Taliesin poursuivit :

— Alors, je me disais... Il reste un peu de temps avant le tournoi, monseigneur. Suffisamment pour que vous offriez vos hommages à Lady Arianna, que vous lui demandiez de porter ses couleurs, que vous la courtisiez.

— Non.

— Pourquoi ? Avez-vous peur qu'elle vous attaque de nouveau ? Dans ce cas, vous n'aurez qu'à l'embrasser ; ça a plutôt bien marché la dernière fois.

Robert demeura un instant silencieux, puis, la tête renversée en arrière, il éclata d'un grand rire. Simplement pour ne pas devenir fou, lui aussi ! L'espace d'un instant, il avait presque failli s'incliner devant les arguments insensés de son écuyer.

Il souriait encore en sortant de la tente, quand Taliesin le rappela :

— Parlerez-vous à Lady Arianna ?

— Non, répéta Robert. Gagner ses bonnes grâces ne m'intéresse absolument pas.

Et il le pensait sincèrement.

Quittant Taliesin, Robert longea l'allée bordée de tentes multicolores installées sur la rive de la Clwyd, à l'ombre des murs de Rhuddlan. La fumée qui montait des fosses où rôtissaient sangliers et cerfs imprégnait l'atmosphère, et les étendards bleu et or délimitant le campement claquaient à la brise qui rendait supportable la chaleur du soleil.

La route menant au château était encombrée de chevaliers sur leurs destriers, de dames montant des mules blanches, de gamins qui jouaient à la balle, d'écuyers faucon au poing. Et partout des marchands, du maquignon au colporteur en passant par les armuriers conduisant des carrioles bourrées de lances et de flèches. Un jongleur au costume rayé de couleurs vives jouait du cistre en chantant une romance, mais on l'entendait à peine dans le vacarme des trompettes et des tambourins qui résonnaient tout autour.

Le roi Henry avait envoyé des hérauts à vingt lieues à la ronde afin d'annoncer le tournoi. Nobles seigneurs et gentes dames s'étaient déplacés de fort loin pour l'événement. Depuis une semaine, les paysans s'affairaient à construire la lice et les loges sur la prairie qui s'étendait au-delà des douves.

Le long terrain où la joute aurait lieu était entouré d'une palissade de bois derrière laquelle se dressaient les gradins où prendraient place le roi et les spectateurs de qualité.

Robert avait coutume d'inspecter le terrain avant chaque tournoi mais, ce jour-là, il avait bien du mal à se concentrer sur l'état du sol ; il ne cessait de se tourner vers les loges où s'entassait déjà une foule compacte.

Les rangées de bancs étaient ombragées par un dais à rayures orné de fanions. Les invités avaient sorti leurs plus beaux atours, et l'estrade chatoyait d'or, d'argent, d'écarlate, tandis que le soleil se reflétait sur les pierres précieuses ornant broches, bandeaux et ceintures.

Au milieu de cette foule éblouissante, Robert cherchait un visage, un seul, celui qui s'était gravé à jamais dans son âme, il cherchait une chevelure d'or pâle...

Et il la vit ; elle venait à lui à travers la lice. Malgré lui, il sourit, le cœur battant.

— Robert ! s'écria-t-elle.

D'abord elle accéléra le pas, puis elle courut, courut à lui comme si elle allait se jeter dans ses bras.

Sybil ralentit. Elle ne pouvait tout de même pas se précipiter sur Robert, bien qu'elle en mourût d'envie. Elle parcourut les derniers mètres plus calmement, sans savoir comment ses jambes tremblantes parvenaient à la porter.

Elle le dévorait du regard. La dernière fois qu'elle l'avait vu, il avait dix-neuf ans. Elle avait quitté un adolescent et retrouvait un homme. Il avait désormais les épaules plus larges, la joliesse de l'adolescence n'était plus de mise sur son visage. La douceur non plus.

— Oh, Robert...

Les yeux gris s'assombrirent d'émotion.

— Vous n'avez pas changé, dit-il.

Avec un petit rire, elle porta les mains à ses joues roses d'émotion.

— Oh, si ! J'ai pris de l'embonpoint, et de l'âge. Ce matin, je me suis découvert un nouveau cheveu blanc. Je l'ai arraché, mais si je continue, j'aurai bientôt une tonsure de moine, et...

Elle s'interrompit, se rendant compte qu'elle babillait comme une sotte.

Il sourit, et elle retrouva fugitivement l'expression du très jeune homme qu'elle avait connu.

— J'espérais que vous viendriez.

Elle s'enfonça les ongles dans la paume pour résister à son envie de lui caresser le visage.

— Vous savez bien que je n'aurais pas manqué votre triomphe pour un empire !

— Oui, mon triomphe.

Sybil vit qu'il fixait le château aux murs rouges, derrière elle, et que son regard s'était durci. En cela, il était resté le même, les feux de l'ambition qui le consumaient enfant ne s'étaient pas éteints, au contraire,

Parfois, elle avait été terrifiée par l'intensité de sa volonté. Il aurait tout sacrifié pour arriver à ses fins. Tout. Même elle.

— Vous allez avoir tout ce que vous désirez. Une terre, un titre… tout.

Il revint à elle, mais elle ne lut plus rien, dans son regard. Plus de peine ni de joie, pas même de satisfaction, et elle fut triste qu'il éprouvât le besoin de lui cacher ses sentiments. Quand avait-il appris à dissimuler ?

— En effet, j'aurai tout ce que je souhaite.

Sauf vous. Elle les attendait, ces mots, mais il ne les prononça pas. Et elle sut, en contemplant ce visage dur, impénétrable, qu'il ne les dirait jamais. Elle avait définitivement perdu l'amour de Robert le jour où elle avait épousé son frère.

Mais c'était pour le sauver ! Non. C'était elle qu'elle avait voulu sauver.

Afin de faire patienter les spectateurs, un combat d'animaux avait lieu devant les gradins. Les griffes d'un ours se plantèrent dans la gorge d'un chien pelé, et la foule hurla son approbation.

Robert et Sybil se retournèrent pour voir ce qui causait cet enthousiasme. Sybil remarqua aussitôt la jeune fille assise au premier rang, près du fauteuil à haut dossier qu'occuperait le roi. Contrairement aux dames normandes qui portaient des résilles et des voiles, elle avait les cheveux libres, seulement retenus par une guirlande de chèvrefeuille, et le soleil allumait des reflets d'or dans sa chevelure sombre. Vêtue d'un simple bliaut plissé couleur pervenche, elle avait au cou un collier païen qui donnait l'impression qu'une couple de serpents lui enserraient la gorge.

Un instant, Sybil eut pitié d'elle. Elle savait combien il était pénible de devoir obéir aux caprices des nations et des rois, sans plus de liberté que feuille dans le vent. Robert regardait aussi la jeune fille, et l'expression de son regard voilé suscita chez Sybil une amère bouffée de jalousie… C'était son expression lorsqu'il désirait quelque chose.

— On ne m'a pas encore présenté la princesse que vous devez épouser. Comment est-elle ?

Elle crut qu'il ne lui répondrait pas, mais au bout d'un moment il eut un étrange sourire, bien que son visage fût tendu de colère.

— C'est soit la plus courageuse créature que je connaisse, soit la plus stupide.

Sybil savait que Robert admirait par-dessus tout le courage, le sens de l'honneur, et le sourire qu'elle lui rendit était un peu contraint.

— Je suppose que vous avez fait de votre mieux pour terroriser cette pauvre petite.

Robert eut un rire bref.

— Bien au contraire, c'est cette « pauvre petite » qui essaie de me terroriser. La première fois que je l'ai vue, elle a tenté de me poignarder dans le dos. La deuxième fois, elle a failli me décapiter avec ma propre épée. Elle m'a craché au visage, elle m'a griffé, elle m'a traité de tous les noms. Elle a même eu le front de salir mes bottes.

Le rire de Sybil sonnait un peu faux.

— Oh, Robert, j'ai l'impression que cette fois vous avez trouvé à qui parler !

Il se tourna de nouveau vers celle qui allait devenir sa femme et répondit lentement :

— Non. Et dans son propre intérêt, mieux vaut qu'elle comprenne très vite que c'est elle qui a trouvé à qui parler.

Arianna se rendait compte de la curiosité qu'elle suscitait. Ils l'observaient tous, ces beaux messieurs et dames, avec autant de cruauté et d'excitation qu'ils suivaient le combat d'animaux. Sans doute trouvaient-ils extrêmement amusant que l'on donnât la fille d'un prince gallois en récompense au vainqueur d'un tournoi.

Elle s'aperçut qu'elle se voûtait instinctivement sous le poids des regards, et elle se redressa. *Ils ne comptent pas*, se dit-elle. *Je suis la fille du prince Owain.*

Le siège royal était vide, mais de l'autre côté d'Arianna se trouvait une jeune fille blonde aux grands yeux de biche qui lui parut vaguement familière. Avec un petit effort de mémoire, elle se rappela l'avoir rencontrée au marché de Rhuddlan durant le mois qu'elle y avait passé auprès de Ceidro. Elle ne se souvenait pas de son nom, mais elle savait qu'il s'agissait de la fille unique du drapier, mort un an auparavant.

Arianna avait été impressionnée — et passablement envieuse — en apprenant que la jeune fille avait hérité de l'échoppe de son père qu'elle dirigeait désormais seule. D'après la conversation qu'elles avaient eue alors, la fille du drapier était une Saxonne de pure souche, et elle détestait les Normands presque autant qu'Arianna.

Comme Arianna lui lançait un coup d'œil amical, la jeune fille lui répondit d'un chaleureux sourire et Arianna s'apprêtait à engager la conversation lorsque son attention fut soudain distraite. Elle venait d'apercevoir Robert qui s'entretenait à l'intérieur de la lice avec une jeune femme aux cheveux couleur de lune. Blonde, pâle, fragile, elle semblait l'incarnation de la féminité ! Voyant Robert et sa compagne éclater de rire, Arianna eut brusquement le cœur serré, plein d'une tristesse, d'une impression d'échec inexplicables.

Le sang battait à ses oreilles, pourtant elle entendit derrière elle prononcer son nom accolé à celui du Dragon Noir, ainsi que le mot « épouse ». Trois femmes s'exprimaient en français, à voix haute et claire afin qu'Arianna les comprenne bien.

— Je savais que Lady Sybil ne tarderait pas à le relancer ! disait la première d'un ton fielleux.

— Moi, je m'étonne qu'elle soit venue, répondit une autre à l'intonation chantante. Comment peut-elle supporter de voir le Dragon Noir se marier ? Croyez-vous qu'ils soient encore amants ? Quelle honte ! La femme de son frère...

— Demi-frère, rectifia la troisième commère avec un petit rire. Non, je ne pense pas qu'ils le soient encore, à supposer qu'ils l'aient été un jour. Il y a six ans que Robert n'est pas allé à Chester, vous savez. Depuis le mariage. On raconte cependant qu'elle l'aime, qu'elle l'a toujours aimé, bien qu'elle ait épousé Hugh. Mais si c'est vrai... Pauvre Sybil, elle ne sera pas ravie de savoir qu'une autre jouit désormais des faveurs de Robert.

— Au moins elle n'a pas à craindre qu'il tombe amoureux de son épouse. Une Galloise, pensez donc !

— Galloise ou non, elle dormira dans son lit, ce dont Lady Sybil a toujours rêvé.

— A mon avis, elle a fait plus qu'en rêver, et c'est pourquoi elle est stérile. Dieu l'a punie pour son péché.

— Quant à moi, je plains la malheureuse qui va épouser Sir Robert. Toutes les Galloises sont rustaudes, brunes et velues. Comment voulez-vous qu'un homme comme le Dragon Noir ne fasse pas la comparaison avec la beauté de Sybil !

— Oui, la pauvre ! Elle n'aura Robert dans son lit que le temps de lui donner un héritier. Ensuite, elle ne le verra plus guère, avec Sybil à une journée de là.

Les trois femmes éclatèrent de rire, tandis qu'Arianna serrait les poings. Pas un instant elle n'avait quitté des yeux Robert qui devisait toujours avec la frêle jeune femme blonde. Elle le vit remettre une mèche de cheveux brillants en place sous la coiffe.

La femme de son frère... On raconte qu'elle l'aime, qu'elle l'a toujours aimé...

Une bouffée de colère monta en elle. Il pourrait tout de même la respecter suffisamment pour ne pas étaler ses amours illicites aux yeux de toute l'Angleterre ! Il fallait qu'elle réagisse, qu'elle montre à ces chipies qu'elle se moquait bien que son futur mari en aimât une autre. Il suffirait de reprendre à son compte leur petit jeu.

Elle se tourna vers sa voisine à qui elle s'adressa haut et fort, en français, tout en regrettant de n'avoir pas été plus assidue aux leçons de son précepteur. Elle avait un peu de mal à trouver ses mots mais l'essentiel était que les trois commères de derrière ne perdent pas un mot de ce qu'elle allait dire.

— Vous êtes la fille du drapier, n'est-ce pas ?

— Oui. Je m'appelle Christina, madame.

Arianna lui offrit son plus beau sourire.

— Christina... Vous êtes saxonne, je crois ?

Elle poussa un soupir théâtral et reprit :

— On dirait que j'ai été condamnée par le destin et par mon père à partager votre pénible sort. Vivre au milieu des Normands doit être odieux, n'est-ce pas ?

Elle se pencha davantage vers sa compagne comme pour lui faire une confidence mais en se gardant bien de baisser le ton.

— Avez-vous remarqué qu'ils ont l'air de rapaces ? Est-il vrai, comme on le raconte, qu'ils sont cupides au point de dépouiller veuves et orphelins ?

Christina réprima un sourire complice, et Arianna eut un élan de sympathie en constatant que la jeune fille entrait si volontiers dans le jeu.

— Eh bien, je constate qu'ils essaient souvent de me voler, madame, en ne m'offrant pas le bon prix pour mes tissus.

Arianna hocha la tête, consciente du silence qui s'était fait derrière elles.

— C'est ce que je craignais. Et ils ont de si mauvaises manières ! Leur façon de se curer les dents de la pointe d'un couteau et de cracher leurs os sur le sol...

— Sans doute n'ont-ils jamais rien connu de mieux, madame.

— Sans doute. Il est particulièrement triste, ajouta Arianna avec un nouveau soupir, que les hommes éprouvent le besoin de s'envelopper comme des escargots dans leurs cottes de mailles avant d'aller se battre. Mais peut-être ce manque de courage est-il une faiblesse inhérente à leur nature.

— Maintenant que vous m'y faites penser, madame, j'ai connu un Normand qui s'évanouissait à la seule vue du sang.

Arianna secoua la tête avec une compassion simulée avant de reprendre, toujours à voix forte :

— Ce sont toutefois leurs compagnes que je plains le plus. On dit que leur virilité laisse beaucoup à désirer, qu'ils sont incapables, par constitution, d'honorer une femme comme il se doit.

Elle se demanda si elle n'était pas allée trop loin, en voyant Christina pâlir soudain tandis que ses yeux écarquillés fixaient un point derrière elle. Arianna se retourna lentement.

Pour se trouver clouée sous le regard de deux yeux d'acier.

7

Debout devant elle, la dominant de toute sa taille, Robert la toisait d'un air insolent, et il y avait un tel dédain dans le pli de ses lèvres qu'elle fut certaine qu'il avait tout entendu.

Arianna sentit le sang lui monter au visage. Elle releva néanmoins le menton.

— Nous parlions des pénibles épreuves que réserve la vie parmi les Normands, dit-elle, contrariée de constater que sa voix tremblait légèrement.

— C'est ce que j'ai cru comprendre.

Il jeta un coup d'œil sévère à Christina qui tressaillit et baissa les yeux comme une coupable. De toute évidence, elle aurait voulu se trouver à cent lieues de là.

Presque au même instant, un écuyer s'approcha d'elle, porteur d'un présent de la part d'un concurrent trop timide pour déclarer lui-même sa flamme, et la jeune Anglaise se détourna, visiblement soulagée, laissant Arianna aux prises avec le Dragon Noir. Arianna ne pouvait lui en vouloir, car elle-même n'avait qu'une envie : fuir à toutes jambes cet individu méprisant.

Il eut un sourire d'une ironie tellement cinglante qu'elle faillit le frapper.

— J'ai trouvé vos remarques sur la virilité des Normands particulièrement intéressantes, dit-il. Parlez-vous d'expérience ?

Il la traitait encore de catin ! Eh bien, il allait voir !

— Prenez garde, chevalier bâtard. Vos mauvaises manières trahissent vos basses origines.

Une étincelle menaçante s'alluma dans son regard et il s'approcha jusqu'à toucher les genoux d'Arianna de ses cuisses robustes. Chaudes.

— Et votre langue acérée, Lady Arianna, un déplorable mauvais caractère, dit-il d'une voix doucereuse. Votre père aurait dû vous infliger quelques bonnes fessées pour vous apprendre l'obéissance. Heureusement, voilà une lacune qu'en tant que mari, je vais bientôt pouvoir combler...

Il se pencha sur elle, la voix profonde.

— A l'aide de ma virilité défaillante, par exemple ?

Arianna eut soudain la chair de poule. Le regard de Robert la brûlait et, à défaut de pouvoir se sauver, elle baissa les yeux pour y échapper.

Quand elle releva la tête, il arborait de nouveau son habituel air imperturbable, et elle retrouva un peu de courage.

Le silence s'étirait, lourd, tendu. Pourquoi Robert était-il venu lui parler ? Du coin de l'œil, elle vit Christina dénouer un ruban de soie de sa manche et le tendre à l'écuyer pour qu'il le remette à son timide maître. Peut-être le Dragon Noir était-il venu à elle dans le même but pour sacrifier à l'usage ? N'était-elle pas sa promise aux yeux de tous ?

Elle lui adressa un sourire condescendant.

— Vous n'espérez tout de même pas que je vais vous offrir un témoignage de mes faveurs afin que vous l'emportiez au tournoi au bout de votre lance ? Car je prie, sire, pour que votre frère vous expédie dans la poussière.

Robert eut un rire dur.

— Je ne demande rien, madame, ni vos faveurs ni vos prières. Et croyez-moi, je préférerais prendre le château sans la femme.

— Et moi, je préférerais brûler en enfer que d'épouser un bâtard normand !

— Alors vous n'allez pas tarder à découvrir que Normand est synonyme d'enfer, madame.

Sur ce, il tourna les talons. Elle le regarda s'éloigner, tellement furieuse que des larmes lui picotaient les yeux.

— Par le Christ ! C'est l'être le plus insupportable, le plus arrogant, le plus vil, le plus...

— Pauvre Robert... On dirait que son charme légendaire n'agit plus...

Arianna se retourna d'un bond pour se retrouver face à un visage d'une exceptionnelle beauté. La peur lui serra aussitôt la gorge. C'était l'homme qui avait tenté de la violer dans la cave. Elle s'exhorta au calme. Il ne lui ferait pas de mal au milieu de la foule, d'autant qu'elle était sous la protection du roi.

Son armure étincelait dans le soleil, et sa chevelure brillait presque autant que le métal. Arianna se demanda s'il s'était servi d'un fer à friser pour que ses boucles tombent si gracieusement sur ses épaules. A le voir, on l'eût pris pour l'incarnation de toutes les valeurs de la chevalerie. Et pourtant...

Le regard bleu comme un lac de montagne la dévisageait avec une ostensible admiration.

— Je crains que nous n'ayons pas été présentés dans les règles. Je suis Hugh, comte de Chester, dit-il avec un sourire charmeur. Votre autre champion.

Arianna en eut le souffle coupé. C'était le comte de Chester qui avait failli la violer ! Et si le Dragon Noir perdait le combat, c'était à lui qu'on la remettrait en récompense !

— Je n'ai pu m'empêcher de remarquer que vous n'aimiez guère mon frère, poursuivit-il. Vous est-il à ce point odieux ?

Elle retrouva enfin sa voix.

— Il l'est. Mais vous, comte, vous ne valez guère mieux.

Hugh ne sembla pas prendre ombrage de l'insulte.

— Vous faites allusion à ce petit incident, dans la cave...

Il joignit les mains comme pour implorer son pardon.

— Il faut m'absoudre, madame. Je vous avais prise pour une fille de ferme.

— Autrement dit, un bon gibier pour assouvir vos bas instincts.

Il éclata de rire, secouant ses boucles.

— A peu près. Pouvez-vous imaginer l'horrible confusion que j'ai éprouvée en apprenant qui vous étiez ?

Il se fit implorant.

— Pourrez-vous jamais me pardonner ?

— Je ne crois pas.

Il poussa un soupir à fendre l'âme.

— Alors vous faites de moi l'homme le plus malheureux de la terre, un homme qui désespère de pouvoir un jour regagner votre estime.

— Dans ce cas, comte, la perte n'est pas bien grande car vous ne l'avez jamais eue.

— Mais j'ai reçu la punition de ma mauvaise conduite ! Vous m'avez flanqué sur la tête un coup dont je garderai la cicatrice jusqu'à la fin de mes jours. Heureusement pour nous deux, vous avez échoué dans votre première attaque sur ma personne. Bien que, je l'avoue, je me sois cru un instant émasculé.

— Navrée de n'y être pas arrivée, cela aurait épargné aux femmes galloises de futurs assauts de votre part.

Elle lui adressa son plus hypocrite sourire.

— Monseigneur...

Le rire du comte couvrit un instant le bruit des conversations...

— Dieu me pardonne, j'adore votre esprit ! Dommage que mon frère soit meilleur jouteur que moi. Car bien que je ne puisse vous épouser, si je l'emportais, vous trouveriez en moi le plus charmant et généreux des suzerains, Lady Arianna. Je vous installerais auprès d'un gentil mari qui vous rendrait heureuse.

Et qui accepterait de fermer les yeux quand vous vous glisseriez dans mon lit...

Pour une fois, Arianna tint sa langue.

Une sonnerie de trompettes noya la suite du discours de Hugh. Le roi d'Angleterre se dirigeait vers eux, suivi d'un cortège de nobles et de serviteurs. Le silence se fit, troublé seulement par le bruissement des gens qui se levaient.

Henry assena dans le dos de Hugh une claque si forte que le comte vacilla.

— Qu'est-ce que vous faites là à traîner autour des femmes, comte ? Le tournoi va commencer.

Hugh haussa les épaules.

— Puisque tout le monde est persuadé que je vais perdre, je me demande pourquoi je prends la peine de me battre. Je ne retirerai de cette joute qu'une kyrielle d'ecchymoses.

— Foutaises ! gronda le roi. Ce sera une compétition loyale.

Hugh salua le roi.

— Comme il vous plaira, Votre Grâce, dit-il avant de se retirer.

Arianna avait déjà rencontré le roi, mais c'était peu après l'épisode de la tente, et la présence du Dragon Noir auprès de son souverain lui avait fait perdre tous ses moyens. Le roi lui avait demandé de sa voix tonitruante si elle était bien la fille d'Owain, et elle n'avait même pas essayé de nier. Pendant ce temps, le Dragon Noir regardait à travers elle comme si elle était transparente, et elle ne pouvait que fixer la bouche dure dont elle sentait encore la brûlure sur ses lèvres.

— J'ignorais que les Galloises pouvaient être si avenantes, dit Henry, une lueur de convoitise dans les yeux.

Bien qu'il fût marié à une femme que l'on considérait comme l'une des plus belles de la Chrétienté, le roi avait la réputation de délaisser fréquemment le lit conjugal.

Il se laissa tomber sur son siège.

— Asseyez-vous ! ordonna-t-il en saisissant la main d'Arianna pour l'obliger à prendre place près de lui. Il fit signe à un serviteur qui lui tendit aussitôt une coupe incrustée de pierreries.

Arianna l'observait entre ses cils. Il portait les riches vêtements qui convenaient à son rang et ses cheveux coupés court s'ornaient d'un bandeau d'or et de rubis. L'autorité se lisait sur son visage carré criblé de taches de rousseur. En cela, il ressemblait un peu au père d'Arianna, sûr de lui, de sa capacité à diriger, sans cesse attentif à ce qui se passait autour de lui pour mieux affermir son pouvoir.

Il la contemplait de ses yeux protubérants.

— Auquel des deux chevaliers vos préférences vont-elles ? lui demanda-t-il.

— Pour être franche, Votre Grâce, je hais l'idée d'épouser un Normand.

— Néanmoins, votre père souhaite que vous deveniez la femme du nouveau seigneur de Rhuddlan.

— Je sais où est mon devoir, Majesté.

Henry se caressa la barbe, pensif, puis il lui tapota affectueusement la main.

— Si vous voulez un avis tout paternel, mon enfant, cachez vos sentiments à cet égard. Car c'est sûrement le Dragon Noir qui gagnera, et vous aurez tout intérêt à jouer en douceur, avec lui. Cet homme a un caractère forgé dans l'airain, vous le défieriez à vos risques et périls.

Arianna leva la tête, hautaine.

— Ne vous inquiétez pas, Votre Grâce. Je servirai et respecterai mon époux, quel qu'il soit. J'ai été élevée pour cela.

Au moment même où elle parlait, Arianna se demanda si elle disait bien la vérité. Certes, on l'avait éduquée pour qu'elle prévienne les besoins de son seigneur et qu'elle se soumette à ses désirs. Pourtant, elle avait toujours en secret espéré connaître le même bonheur que ses parents, une union dans laquelle son époux l'aimerait, la respecterait, où elle serait son égale et non pas sa servante. Un souhait qui semblait désormais irréalisable. Parviendrait-elle à se montrer soumise et obéissante, alors que de toutes ses forces elle se rebellait contre le sort et contre le chevalier normand dont elle serait bientôt la propriété ?

La joute n'allait pas tarder à commencer. Déjà, le maréchal maître du tournoi approchait, muni d'un bâton blanc. Sur un signe de tête du roi, il le brandit en direction de la lice.

— Que les concurrents se présentent ! cria-t-il.

Aussitôt, les trompettes se déchaînèrent. Quatre hérauts vêtus de soie pourpre menaient la procession à pied, suivis par un baladin à cheval qui jonglait avec des poignards, puis venaient les chevaliers, au son des tambourins. Leurs armures brillaient dans le soleil, et leurs boucliers, peints de couleurs vives, ressemblaient à des fleurs sur la verte prairie.

Machinalement, Arianna chercha des yeux le Dragon Noir. Il chevauchait aux côtés de son frère, à la fin de la colonne, car tous deux combattraient en dernier.

Les chevaliers entamèrent la parade devant les gradins, tandis que rubans et jarretières pleuvaient autour d'eux. Beaucoup étaient dirigés vers le Dragon Noir, et il parvint à attraper au vol un bas rayé de jaune et de vert, provoquant un cri de joie de sa propriétaire. Il fit exécuter à son cheval une élégante courbette, et la foule exprima bruyamment son approbation.

Puis les concurrents prirent place à chaque bout du champ, et le tournoi commença.

Arianna, toute raide près du roi, s'efforçait de ne manifester aucune émotion. Les lances s'entrechoquèrent. Deux combattants furent emmenés allongés sur leurs boucliers — l'un avait une jambe cassée, l'autre le visage en sang. Et le Dragon Noir gagnait sa subsistance de cette façon... Quand il ne risquait pas sa vie dans une véritable guerre.

Deux heures passèrent. Le soleil avait largement dépassé le zénith et les assauts se succédaient toujours. Enfin, il ne resta plus que deux jouteurs, et le silence se fit sur la foule. Tous les yeux se tournèrent alors vers

Arianna qui demeura impassible, bien qu'elle serrât les poings de toutes ses forces.

À chaque extrémité de la lice, les deux frères apparurent sur leurs destriers, menés au pas par les écuyers. Contrairement aux autres assauts, celui-ci ne se terminerait pas à la troisième lance brisée, mais devait se poursuivre jusqu'à ce que l'un des adversaires soit vaincu ou demande merci.

Les deux hommes abaissèrent leurs lances, serrèrent leurs boucliers contre eux en guise de salut. Les écuyers reculèrent, le maréchal leva son bâton.

— Au nom de Dieu et de saint Maurice, patron des chevaliers, allez, et que le meilleur gagne !

Les deux puissants chevaux s'élancèrent l'un vers l'autre, faisant trembler le sol, soulevant un nuage de terre et de poussière. Le Dragon Noir semblait ne faire qu'un avec sa fougueuse monture. Sa lance heurta Hugh en plein milieu du bouclier, où elle se fracassa avec un bruit sec. Le choc fut si violent que le cheval de Hugh se cabra, tandis que la lance du comte de Chester glissait sans dommage sur l'écu de Robert.

— Bien joué ! Bravo ! hurlait la foule.

Arianna s'aperçut qu'elle avait retenu son souffle durant l'action. Malgré elle, elle suivit des yeux Robert qui retournait au bout de la lice, où Taliesin lui remit une lance neuve.

De nouveau les deux hommes chargèrent, mais cette fois, Robert feinta afin d'éviter la lance de son frère, qui échappa à ce dernier pour se planter au sol. En même temps, il frappait en plein bouclier, désarçonnant Hugh. Deux hérauts se précipitèrent sur la piste, mais Hugh se relevait déjà, dégainant son épée.

Tirant sur les rênes, Robert sauta prestement à terre. Il dégaina à son tour son épée qui flamboya sous le soleil et para sans peine le premier coup de Hugh.

Arianna se pencha en avant, les mains crispées sur le rebord du banc, la respiration coupée. Jamais elle n'avait vu un homme se battre avec une telle énergie, une telle aisance, une telle assurance. Le comte ferraillait laborieusement, quand l'épée de Robert semblait danser autour de lui. Le Dragon Noir joua un instant avec son frère avant de le désarmer d'une rapide série d'attaques. Le comte de Chester se retrouva allongé sur le dos, l'arme de son frère sur la gorge.

La foule hurla son enthousiasme, le roi se leva pour manifester son approbation.

Abandonnant Hugh à terre, Robert se dirigea alors vers les loges et s'arrêta devant le souverain.

Son heaume mettait en valeur la beauté virile de ses traits et, malgré la visière de métal, Arianna devinait l'éclat sauvage des yeux.

Il rengaina son arme d'un geste souple et se débarrassa de son casque qu'il jeta à terre avant de s'agenouiller pour poser les mains dans celles de son suzerain, le roi Henry d'Angleterre.

D'une voix forte et profonde, il fit serment de fidélité en échange du fief de Rhuddlan et de ses dépendances, ainsi que de Lady Arianna, fille de Gwynedd de Galles, qu'il allait prendre pour épouse.

Enfin il se releva, reçut l'accolade du roi, et il se tourna vers les murs rouges du château de Rhuddlan, un mince sourire aux lèvres.

Le cœur d'Arianna battait follement dans sa poitrine et, assise près du roi, elle attendait que le Dragon Noir se tourne vers elle.

Mais il n'en fit rien.

8

Le bol d'or brillait, il frémissait, il l'appelait.

— Imbécile ! pesta Arianna.

Elle s'en voulait d'être une telle nigaude. Evidemment, le bol brillait, avec le clair soleil du matin qui pénétrait par la fenêtre ouverte ! Quant à ses frémissements, ce n'était que le reflet des nuages qui couraient dans le ciel. De toute façon, elle n'avait aucun besoin d'un bol magique pour lui révéler son destin. Elle ne savait que trop ce qui l'attendait, puisque aujourd'hui était le jour de son mariage.

Le bol était posé sur un coffre, sous la fenêtre. Elle n'avait pas osé s'en approcher suffisamment pour voir s'il contenait de l'eau, mais elle était certaine que c'était le cas. Il était brusquement apparu dans sa chambre au matin. Ce traître d'écuyer avait dû le lui restituer pendant son sommeil. A moins qu'il ne se fût matérialisé par magie. Après tout, c'était le bol de Myrddin.

Effleurant le torque à son cou, elle se détourna résolument de l'objet. Comme elle arpentait nerveusement la chambre, elle écrasa quelques brins de menthe mêlés aux joncs éparpillés sur le sol et une odeur fraîche s'éleva dans la pièce.

Sur le lit à baldaquin se trouvait sa tenue de mariée, cadeau de son fiancé.

Elle effleura la chemise de linon arachnéen et, malgré sa nervosité, ses craintes, elle ne put s'empêcher d'imaginer avec plaisir la caresse du fin tissu sur sa peau. Sous sa pelisse d'apparat coquelicot bordée d'hermine, elle porterait un élégant bliaut de soie bleue brodée d'or dont les manches frôlaient le sol. N'importe quelle femme se sentirait belle, ainsi parée, se dit-elle. Et n'importe quel homme regarderait une telle épouse avec amour.

Mais pas le Normand.

Elle eut le cœur serré à la pensée de la joie qu'elle aurait dû éprouver le jour de ses épousailles. Allons, elle devait oublier les rêves de son enfance !

Elle s'efforcerait de remplir son devoir, comme son père le souhaitait. Mais comment ne pas ressentir de l'angoisse, du désespoir ? Le Dragon Noir était un homme dur, cruel, et il la méprisait parce qu'elle était galloise. Comment l'amour qu'elle avait appelé de ses vœux pourrait-il se développer un jour entre deux êtres si différents ?

Le bol magique...

Il l'attirait irrésistiblement, et elle céda enfin à son appel.

Il avait un reflet rouge, à présent ; il palpitait, il respirait. Et cette fois, ce n'était pas une illusion...

Comme dans un état second, elle se retrouva soudain près de la fenêtre, le bol entre les mains. Le métal lui brûla les paumes tandis qu'une intense chaleur se répandait dans tout son corps.

— Non, pitié, murmura-t-elle.

La peur la faisait trembler.

Mais elle ne pouvait rien contre la puissance magique, et elle plongea le regard dans les profondeurs lumineuses.

L'eau, rouge sang, tourbillonnait, l'emportant avec elle, tandis qu'une brume argentée s'élevait en spirale, s'enroulait autour de son esprit. Une flamme bleu et blanc prit vie sous ses yeux, puis disparut. Elle flottait, flottait sur une mer iridescente... Une odeur de jacinthe, de terre mouillée. Le souffle d'une brise tiède...

Elle se tenait au sommet d'une colline ventée, un bouquet de fleurs sauvages à la main. Le soleil brillait dans un ciel d'un bleu intense, et pourtant un immense chagrin lui brisait le cœur.

Elle l'avait perdu, perdu. Ô Dieu, elle l'avait perdu !

Il y eut un mouvement au loin. Un cavalier qui se dirigeait vers elle, et l'espoir jaillit comme une source vive.

Le vent redoubla, tandis que le chevalier approchait au galop. Les yeux pleins de larmes, elle tendait les bras vers lui, indifférente aux rafales qui dénudaient les fleurs de leurs pétales dans ses mains. Une bourrasque plus forte que les autres lui arracha le bouquet.

A mi-chemin du sommet, le cavalier mit pied à terre. Il leva les yeux, tendu, hésitant, comme s'il avait peur d'avancer davantage, comme s'il n'était pas sûr d'elle, de son amour, et elle sourit à cette idée, car il était son mari et elle l'aimait d'un amour indéfectible, éternel. Il fit un pas encore, doré dans le soleil, et elle éclata de rire, folle de joie, en se précipitant le long de la pente, à la rencontre de son amour.

Les bras du chevalier se refermèrent sur elle, forts, robustes, familiers. Et sa voix résonna à son oreille, chaude: «Je vous aime, Arianna. Je vous aime, je vous aime...»

Elle renversa la tête en arrière pour voir son visage, le visage de son amour, mais le soleil faisait un halo derrière lui, l'enflammait... engloutissait la vision dans un tourbillon d'eau écarlate, dans le néant...

— Non...

Arianna, crispée sur le bol, essayait désespérément de rappeler la vision, mais l'eau restait immobile. Etourdie, la jeune fille vacilla, refoulant une brusque nausée.

Lentement, elle passa une main sur sa joue humide de larmes. Une curieuse douleur lui étreignait la poitrine. L'amour... Elle n'avait jamais su jusqu'à présent ce que ce mot signifiait exactement. Certes, elle aimait ses parents, ses frères, mais pas avec cette fougue, cet abandon qu'elle avait ressentis pour l'homme de la vision... *Mon chevalier doré.*

Eclatant de rire, elle se mit à tournoyer sur elle-même. L'amour. Il y avait de l'amour dans son avenir, de l'amour et un chevalier tout auréolé d'or...

Il y avait aussi le mariage avec un homme aux cheveux noirs et aux yeux gris qui la méprisait, qui ne voulait pas d'elle. Un homme qui, selon ses propres termes, *aurait préféré prendre le château sans la femme.*

Un instant, paniquée, elle envisagea de s'enfuir. Mais elle connaissait son devoir. Sans son mariage, il n'y aurait pas de paix, le roi Henry envahirait de nouveau le pays de Galles, et cette fois il gagnerait peut-être. La patrie d'Arianna tomberait sous le joug des Normands, son peuple serait réduit en esclavage. Que valait son bonheur, face à cette terrible perspective?

Et pourtant... pourtant elle avait éprouvé un tel épanouissement dans les bras du chevalier tandis qu'il lui murmurait ces mots magnifiques: *Je vous aime!* Elle aurait presque tout donné pour vivre réellement cet instant de passion où elle avait dévalé la colline et s'était jetée dans ses bras.

La porte qui s'ouvrit en grinçant interrompit net sa rêverie. Edith apparut, munie d'un monceau de serviettes et suivie par deux valets qui trébuchaient sous le poids d'une cuve pleine d'eau chaude parfumée au citron.

— Il n'y a pas de temps à perdre, madame, dit la servante. Il nous reste à peine une heure pour vous préparer.

Arianna refoula les larmes qui lui montaient aux yeux. Elle n'allait tout de même pas s'abaisser à pleurer devant une domestique ! Elle se rendit à la fenêtre pour masquer son désarroi.

Il y avait déjà beaucoup de monde dans la cour, valets de ferme et paysans, pâtres et bourgeois — tous les habitants de la région étaient venus assister au mariage de leur nouveau seigneur.

Cependant, les gens étaient séparés en deux groupes très distincts. D'un côté les Gallois, presque tous pauvres, descendus de leurs montagnes arides, de l'autre les Anglais prospères qui vivaient dans les villes et cultivaient les plaines fertiles. De droit, ils devaient tous allégeance et service au seigneur de Rhuddlan, quelle que fût son origine. Mais dans le clan des Gallois, on sentait crépiter l'animosité et la haine.

Parmi ces derniers, deux hommes attirèrent l'attention d'Arianna. Leurs vêtements coûteux contrastaient avec les tuniques décolorées et les braies éculées de leurs compagnons. A l'écart des autres, dans l'ombre d'un mur, ils parlaient tout en jetant de furtifs coups d'œil autour d'eux, la main sur le pommeau de leur épée. L'un d'eux était grand, mince, hâlé, avec une chevelure châtain clair. L'autre était un homme d'âge mûr, grisonnant, aux épaules larges et aux cuisses robustes.

Arianna les connaissait : c'étaient ses cousins Kilydd ap Dafydd et Ivor ap Gruffyd, châtelains de Rhos et de Rhufoniog, deux fiefs qui faisaient partie de la dot qu'Arianna allait apporter à son époux. Ses cousins seraient autorisés à rester sur leurs terres à condition de jurer allégeance à son mari. Voilà qui expliquait leur présence à Rhuddlan, mais Arianna était sûre, à voir leurs visages sombres, qu'ils auraient préféré être torturés plutôt que de prêter serment à un Normand.

Au même moment, ils levèrent les yeux vers le donjon. Ils la virent certainement à sa fenêtre, mais quand elle les salua de la main, ils ne répondirent pas. Elle percevait leur fureur comme si elle était près d'eux. La rendaient-ils responsable de cette situation dont elle était pourtant victime, elle aussi ?

Elle lutta contre une nouvelle montée de chagrin. Elle se sentait seule, si seule...

— Votre bain est prêt, madame.

Arianna allait se détourner de la fenêtre quand elle remarqua qu'un pieu avait été planté sur la lice où avait eu lieu le tournoi la semaine précédente, et que les paysans qui arrivaient de partout traînaient derrière eux des taureaux, des vaches, des bœufs qu'ils parquaient dans des enclos déjà bourrés de bêtes. Groupés en cercle autour du pieu, une douzaine de chevaliers en armure surveillaient le déroulement des opérations.

— Pourquoi amènent-ils leur bétail à Rhuddlan ? se demanda-t-elle à voix haute.

— C'est l'amende qu'ils doivent payer, madame, expliqua Edith. Celle que Lord Robert a imposée à tous les Gallois, qu'ils soient serfs ou hommes libres, à cause du raid. Afin de le rembourser des bêtes qu'on lui a volées.

Trois jours auparavant, le roi Henry et son armée victorieuse avaient repris la route de l'Angleterre. A peine étaient-ils partis qu'un mystérieux groupe de cavaliers à cagoules noires avait volé le bétail de Rhuddlan. En une heure il ne restait plus une vache dans les étables.

Sur le moment, Arianna n'avait pu cacher sa joie de voir les Normands ainsi ridiculisés. Elle soupçonnait son cousin, l'intrépide Kilydd, d'être l'instigateur de ce vol. Il était parfaitement capable de jurer allégeance au Normand d'une main et de s'emparer de ses troupeaux de l'autre.

Sauf que cela devenait beaucoup moins amusant si c'étaient les paysans qui devaient en pâtir !

— Mais je croyais que tout le monde ignorait qui était le coupable ? objecta-t-elle.

Edith haussa les épaules.

— Il est à coup sûr gallois, donc les Gallois lui doivent réparation, a dit monseigneur Robert... Madame, je vous en prie, l'eau refroidit.

Arianna continuait de contempler le spectacle de ces pauvres gens qui amenaient leurs bêtes et les laissaient dans les enclos pour repartir la tête basse. L'injustice de cette punition la révoltait ! Ce Normand châtiait un peuple tout entier pour la faute d'un seul homme ! Elle serra les poings en se souvenant qu'elle s'était promis d'être pour lui une épouse soumise et obéissante. Eh bien non, c'était impossible !

Pourtant, que faire, à part le traiter ouvertement de tyran ? Son cousin avait manifesté son hostilité au nouveau seigneur en lui volant ses troupeaux. Même les hommes qui s'assemblaient dans la cour montraient leur résistance par leur attitude raide, leurs visages fermés. Et elle, Arianna de Gwynedd, se soumettrait sans rien dire ? Il fallait qu'elle imagine un moyen d'exprimer son mépris au Dragon Noir, de faire savoir à son peuple que même si elle était obligée d'épouser un maudit Normand, elle restait une Galloise, une des leurs.

Quand elle eut terminé de se baigner, elle avait trouvé la solution, et elle renvoya la servante qui lui apportait la superbe pelisse coquelicot.

— Non, Edith, ces vêtements sont déplacés.

— Déplacés, madame ?

— Oui. Ils sont faits pour une célébration, une fête. Alors que... je me sens en deuil.

Le soleil était chaud, dans la cour du château, et l'atmosphère était rendue plus étouffante encore par la fumée qui montait des innombrables feux au-dessus desquels mijotaient des ragoûts et des sauces dans de grands chaudrons de cuivre. Les garçons de cuisine, torse nu, tournaient les broches où rôtissaient cerfs et sangliers pour le festin de l'après-midi.

Les participants au cortège, qui transpiraient à grosses gouttes dans leurs bliauts de soie et leurs pelisses bordées de fourrure, s'étaient rassemblés devant le grand hall. Les cloches de la chapelle se mirent à sonner, couvrant la musique des tambourins et des cornemuses.

Selon l'usage, Lady Arianna devait aller vers son fiancé sur une mule blanche, richement harnachée d'une selle émaillée de fleurs bleues, avec un tapis de brocart écarlate et une plaque de poitrine ornée de clochettes d'argent. En l'absence du père de la mariée, ce serait le jeune Rhodri qui jouerait le rôle du prince de Gwynedd et la conduirait à l'autel.

L'adolescent se tenait près de la mule, triturant nerveusement les rênes et se balançant d'un pied sur l'autre. Il ne cessait de jeter des coups d'œil inquiets vers la porte du hall. La future épousée était en retard.

Quant au fiancé, qui étouffait dans sa tunique de soie violette, sa patience était à bout. Il savait parfaitement que le retard de son épouse n'était pas dû à une coquetterie de dernière minute, mais qu'il s'agissait d'une façon de souligner combien elle détestait l'idée de se marier avec le bâtard du comte de Chester.

Robert croisa le regard de son écuyer. Il allait envoyer Taliesin chercher Arianna, dût-il la traîner par les cheveux.

Il ouvrait la bouche pour le lui ordonner quand les ménestrels entonnèrent la marche nuptiale. Robert vit le visage de Taliesin se décomposer. Les chanteurs bafouillèrent, puis se turent tout à fait, tandis qu'un lourd silence tombait sur la cour. Le nouveau seigneur de Rhuddlan se retourna lentement.

Arianna se tenait au pied de l'escalier, non pas vêtue des ruineux atours qu'il lui avait offerts mais d'une tunique courte en toile de jute. Elle était pieds nus, le visage couvert de cendres, et sa chevelure ébouriffée tombait en désordre dans son dos.

Toile de jute et cendres.

Un instant, il n'en crut pas ses yeux, puis il perçut quelques rires étouffés dans la foule, et du côté des

Gallois monta un cri qui s'enfla en rugissement — le nom d'Arianna. Ils acclamaient Arianna.

Cependant, quand Robert se mit en marche, tout le monde se tut comme un seul homme. Taliesin tenta de se mettre en travers de son chemin, mais il fut rudement écarté. Robert cingla droit sur Arianna.

Il s'arrêta à quelques centimètres d'elle sans la toucher. S'il la touchait, il la tuerait ! Leurs regards s'affrontèrent. Celui d'Arianna était assombri par la peur, mais elle ne recula pas.

— Peuple gallois ! cria-t-elle. Je porte avec vous le deuil de votre bétail...

— Taisez-vous !

Elle s'interrompit, cligna des yeux, mais continua de soutenir son regard quand elle reprit, pour lui seul, avec tout le mépris du monde dans la voix :

— C'est un bien triste sire celui qui vole ses propres paysans au nom de ce qu'il appelle la justice...

— Ne dites plus un mot.

Le sang grondait aux oreilles de Robert comme une tempête sur l'océan. Il respira profondément plusieurs fois, puis il saisit l'encolure de la grossière tunique à deux mains. Arianna frissonna, se crispa, mais elle ne flancha pas.

Il déchira la toile de jute.

Le crissement du tissu qui se fendait résonna dans le silence. Arianna esquissa un geste pour protéger ses seins puis, avec un effort visible, elle laissa retomber ses bras le long de son corps, les poings serrés.

— Vous vous couvrez de honte, femme, dit Robert d'une voix qu'il avait du mal à contrôler. Vous allez retourner dans votre chambre, et quand vous redescendrez, vous serez habillée comme il convient à l'épouse du seigneur de Rhuddlan.

Un instant elle demeura debout devant lui, immobile, les yeux brillants, immenses. Puis elle fit lentement demi-tour et monta l'escalier qui menait au grand hall.

Arianna ferma la porte et s'adossa au lourd battant rehaussé de fer. Mais une minute plus tard, elle était projetée au milieu de la pièce sous une forte poussée.

Taliesin franchit le seuil et s'arrêta, les mains sur les hanches. Arianna s'apprêtait à le réprimander de son impudence, cependant elle recula, effrayée.

L'air autour de lui semblait vibrer comme s'il était quelque dragon en train de prendre vie. Les yeux si noirs, anormalement brillants, lançaient des étincelles, la chevelure rousse se dressait sur sa tête en un buisson ardent. Quand il ouvrit la bouche, elle s'attendait presque à le voir cracher des flammes.

— Espèce de sotte ! Si je ne vous connaissais pas mieux, je jurerais que vous avez de l'eau à la place du cerveau !

La réprimande, quoique prononcée d'une voix furieuse, ramena Arianna à la raison. Un dragon ? Par le Christ, il s'agissait d'un simple écuyer, et impertinent avec ça !

— Pour qui vous prenez-vous ?

— Je ne comprends pas comment deux personnes intelligentes comme vous et mon seigneur peuvent devenir aussi stupides quand elles se trouvent ensemble. La déesse me pardonne, mais cette affaire va de mal en pis !

Il arpentait le sol, ponctuant ses paroles de gestes courroucés.

— D'abord vous l'attaquez avec un poignard. Ensuite il tente de vous faire l'amour, alors vous lui envoyez un coup de poing dans le nez. Enfin, quand il refuse de vous courtiser, vous décidez de vous ridiculiser en jacassant comme une pie...

— Ridiculiser ? Si vous cessiez de jacasser, vous aussi, le temps d'écouter ce que...

Il pointa sur elle un index menaçant.

— Qu'est-ce qui vous a pris d'inventer une telle ânerie ?

Elle repoussa son doigt d'une tape.

— Votre insolence dépasse les bornes ! Et d'ailleurs, de quel droit me jugez-vous ? Comment pouvez-vous servir un maître de cet acabit ? Un seigneur qui prive ses propres serfs de leur bétail ! Que fera-t-il, l'hiver venu, quand ils mourront de faim... il se réjouira de leur misère ?

Taliesin leva les yeux au ciel.

— Encore une ânerie !

— Je suis incapable de supporter une telle injustice sans réagir. C'est votre peuple aussi ! Cela vous est égal ? C'est moi que vous traitez d'âne !

— Oui. Un âne qui parle sans réfléchir, qui ne prend pas le temps de se renseigner sur les faits réels, qui gâche tout. Je vais me briser la voix à essayer de remettre mon seigneur de bonne humeur. Et si vous le connaissiez un peu mieux, vous sauriez que cela ne va pas être tâche aisée.

— Les faits réels ? demanda Arianna, saisie d'une brusque angoisse. Quels faits ?

— Il a l'intention de rendre le bétail, madame. Comme présent seigneurial pour le mariage.

— Un présent de mariage...

La coutume voulait que le seigneur, pour ses noces, offre des cadeaux à tous ses gens, jusqu'au plus humble des serfs.

— Je ne comprends pas, reprit Arianna. S'il n'avait pas l'intention de garder les bêtes, pourquoi les avoir réclamées ?

De toute évidence, Taliesin la trouvait bornée, pourtant il expliqua :

— Celui qui a organisé ce raid a forcément reçu l'aide des Gallois de ce domaine, mon seigneur le sait. Il a voulu que ses gens comprennent que ceux qui le volent se volent eux-mêmes. Et il tient à montrer que s'il peut se comporter durement contre la rébellion, il sait aussi pardonner. La carotte et le bâton. C'était une simple leçon.

Il eut un sourire affecté devant l'air ahuri d'Arianna.

— Eh bien, madame, vous ne dites plus rien ? Auriez-vous perdu votre langue ?

La jeune fille dut s'éclaircir la gorge avant de répondre :

— Peut-être ai-je agi un peu vite...

— Un peu vite, elle a dit un peu vite !... Et cela de la part de la princesse qui est connue dans tout Gwynedd pour avoir glissé un couple de hérissons dans le lit de l'évêque un jour où il était en visite chez son père. Seulement, cette fois, vous ne serez pas la seule punie pour votre impulsivité, madame. Il est temps que vous envisagiez les conséquences possibles de vos actes. Quand on jette une pierre dans un lac, les ondes s'en répercutent jusqu'aux plus lointains rivages.

Arianna était étranglée par la culpabilité.

— Il ne leur rendra pas le bétail, maintenant...

— Non, vous avez vraiment tout gâché !

L'écuyer essuya une larme qui roulait sur la joue d'Arianna sans qu'elle en fût consciente.

— Allons, ne pleurez pas. Vous allez avoir le nez rouge et abîmer ces jolis traits que mon maître apprécie tant.

Arianna s'essuya d'un revers de manche.

— Je ne pleure pas, idiot ! Je ne pleure jamais.

La curieuse lumière revenue dans les yeux de Taliesin disparut vite.

— Dépêchez-vous de vous habiller, madame, ne le faites pas attendre davantage, sous peine d'exacerber sa fureur.

Elle se passait déjà un peigne dans les cheveux.

— Taliesin... ? A votre avis, en quoi va consister ma punition ?

— Oh, il ne manque pas d'imagination ! dit le jeune homme d'un ton sinistre. Je me rappelle un jour où un saltimbanque avait délesté tous ses hommes de leur paye, alors mon seigneur a...

Il s'interrompit, rougissant comme une demoiselle.

— Non, je ne devrais pas vous raconter cette anecdote. A la vérité, je doute que Lord Robert soit disposé à vous défigurer.

— Vous êtes d'un grand réconfort, Taliesin ! Vous devriez songer à vous faire prêtre.

Dire qu'Arianna était inquiète était bien au-dessous de la vérité. Pourtant, quoi que lui fît subir le Dragon

Noir, elle l'endurerait avec dignité, comme il convenait à la fille du prince Owain. Et elle tâcherait d'être la seule à pâtir de sa colère.

Elle enfila la toilette offerte par Robert et redescendit dans la cour où elle s'approcha de lui, la tête haute. Il l'observait, impassible.

— J'implore votre pardon pour mon attitude, monseigneur, dit-elle.

— Plus fort.

Elle se redressa encore pour crier, de toute sa voix :

— Je demande humblement pardon à mon seigneur pour le déshonneur que j'ai infligé à Gwynedd et à moi-même.

Un long silence suivit cette déclaration, tandis que Robert prenait Arianna par le coude pour la conduire vers Rhodri. Elle en profita pour ajouter à voix plus basse :

— Punissez-moi, monseigneur, mais ne forcez pas mon peuple à souffrir de mes agissements.

Il serra cruellement les doigts autour de son bras.

— Leur souffrance sera votre punition.

— Monseigneur, je vous supplie de...

— Ne suppliez pas. Cela ne vous sied pas.

Il la laissa avec son frère. Celui-ci, tout en l'aidant à se mettre en selle, lui adressa un clin d'œil accompagné d'un grand sourire.

— Tu as été splendide ! murmura-t-il.

Arianna ferma les yeux, frappée par l'énormité de son erreur. Non seulement elle encourageait son peuple à une rébellion qui ne lui apporterait que des ennuis, mais elle risquait de pousser son frère, condamné à partager son exil parmi les Normands, à Dieu sait quelle folie !

Ils sortirent du château, précédés par les ménestrels qui chantaient des chansons d'amour, tandis que les cloches du village sonnaient à la volée. Les paysans qui bordaient la route acclamaient Arianna sur son passage.

Elle mit pied à terre sur la place. Robert la rejoignit vers la petite église par un chemin jonché de paille et de pétales de roses. Il avançait à grandes enjambées et elle devait presque courir pour rester à sa hauteur.

Elle trébucha sur la première marche, et il la retint par le bras, fermement mais sans rudesse cette fois. Une silhouette vêtue de soie brodée les accueillit sur le porche de l'église, et Arianna eut la surprise de découvrir, au lieu du bon visage rond du curé, les traits parcheminés de l'évêque de Saint-Asaph. Mais après tout, ce mariage était célébré afin de consolider la paix entre l'Angleterre et le pays de Galles, et il ne fallait pas moins d'un évêque pour rendre ces vœux plus solennels encore.

L'homme de Dieu s'éclaircit la voix et entama son discours. Arianna n'en écouta pas un mot. Robert lui avait pris la main. Sa paume rude et calleuse semblait engloutir la sienne, et elle n'était consciente que de sa présence formidable à ses côtés. Elle risqua un coup d'œil dans sa direction et un instant leurs regards se croisèrent, mais celui de Robert était aussi impénétrable que les murs de pierre de l'église.

Elle ne se rappela pas avoir prononcé les vœux du mariage, pourtant elle avait dû le faire car elle vit un peu plus tard l'évêque bénir l'alliance. Comme Robert voulait la lui passer au doigt, l'anneau se bloqua sur l'articulation, et Arianna faillit éclater d'un rire nerveux. La légende populaire voulait en effet que la façon dont la bague glissait au doigt de l'épouse présageât de la qualité du mariage. Facilement, l'épouse serait docile. Avec peine, elle serait une mégère.

Elle regarda de nouveau Robert, et cette fois lut comme une mystérieuse promesse dans ses yeux gris.

— Par cette alliance je fais de toi ma femme, dit-il en forçant l'anneau à son doigt. Et de mon corps je t'adorerai.

9

Le son des trompes éclata brusquement. Arianna sursauta et glissa un coup d'œil rapide vers Robert assis à ses côtés. Nonchalamment appuyé au dossier sculpté de sa chaise, un bras posé sur l'accoudoir, ses grandes jambes allongées sous la table, il semblait détendu, mais la jeune femme sentait le feu couver en lui.

Ils n'avaient pas échangé un mot depuis la cérémonie.

Le festin était organisé près de la rivière, où il faisait plus frais, à l'ombre des sycomores. Des tables à tréteaux avaient été dressées le long de la rive, et un dais de soie bouton-d'or protégeait celle des jeunes mariés.

Comme les notes aiguës des trompettes s'évanouissaient, le maître de cérémonie se dirigea vers le dais, un bâton blanc à la main, suivi d'une procession de serviteurs portant des brocs, des cuvettes et des serviettes.

Taliesin posa brutalement une bassine de bronze sur la table. Il était un peu pincé, comme si une tâche aussi subalterne était indigne de lui. Impatienté, il poussa Robert du coude.

— Si vous voulez bien, monseigneur...

Arianna regarda les mains de son époux tandis qu'on lui versait de l'eau. Elles étaient certes calleuses, barrées de cicatrices, brunies par le soleil, néanmoins c'étaient des mains d'homme de qualité, longues, racées, presque gracieuses.

— Madame...

Taliesin attendait avec le pichet, et elle tendit à son tour les mains au-dessus de la cuvette pour recevoir l'eau parfumée à la rose.

L'écuyer lui présentait une serviette et, un instant, elle eut l'impression que ses yeux brillaient du même éclat surnaturel qu'un peu plus tôt. Mais il cligna des paupières et retrouva un regard normal.

— Vous feriez bien de vous essuyer, madame. Il serait dommage de faire tomber de l'eau dans la divine sauce aux épices qui accompagne la lamproie.

Arianna lui arracha la serviette, irritée par son insolence, mais il lui répondit d'un sourire espiègle.

— Vous êtes une ravissante mariée, Lady Arianna. N'est-ce pas, monseigneur ?

Le Dragon Noir se tourna vers elle pour l'observer, la tête penchée, comme s'il évaluait la qualité d'un cheval à la foire aux bestiaux, et, malgré elle, Arianna se sentit rougir. Toutefois il n'émit aucun commentaire.

— Une conquête digne d'un preux chevalier, poursuivait Taliesin. Qu'en pensez-vous ?

Robert lui lança un regard noir.

— Disparais, Taliesin.

Le garçon poussa un soupir déchirant.

— Bien, monseigneur...

Il saisit la cuvette, la souleva puis la reposa brusquement, renversant de l'eau sur la nappe.

— Mais je tiens à vous faire remarquer que les épreuves que vous aurez à traverser pour être digne de l'amour de Lady Arianna se compliquent à chaque instant. A mon avis, la déesse est tellement en colère face à votre entêtement que vous vous retrouverez dépouillé de tout orgueil avant que votre destin soit scellé selon ses vœux.

Taliesin, les poings sur les hanches, hochait la tête avec vigueur.

— Et je ne pourrai rien pour vous, poursuivit-il, mais ne venez pas me reprocher après de ne pas vous avoir prévenu.

Tout le temps du discours de son écuyer, Robert n'avait cessé de regarder Arianna qui, fascinée, vit ses yeux virer à la couleur du ciel avant l'orage.

— Ne m'aimez-vous donc pas au moins un tout petit peu, chère épouse ?

Arianna fut tellement surprise qu'elle eut un geste nerveux du bras qui envoya une cuiller à travers la table. D'un mouvement rapide, Robert l'intercepta, puis il la lui rendit, manche en avant. Ce geste rappela étrangement à la jeune femme celui d'un chevalier défait qui remet son épée au vainqueur. Leurs regards s'accrochèrent un long moment.

— Vous n'avez pas répondu à ma question, dit enfin Robert.

Arianna ne comprenait pas pourquoi elle avait la gorge si serrée. Sa main trembla légèrement quand elle prit la cuiller.

— Non, je ne vous aime pas du tout.

— Tu as entendu, mon garçon, elle ne m'aime pas du tout, aussi peux-tu cesser une bonne fois de me rebattre les oreilles avec tes fariboles romanesques.

Les sourcils roux de Taliesin se rejoignirent au-dessus de son petit nez droit, et il s'empara de la cuvette, non sans avoir lancé à Arianna un coup d'œil exaspéré. Robert, le regard voilé, s'était de nouveau tourné vers les murailles du château. Une nouvelle sonnerie de trompettes annonça le premier plat.

Arianna avait envie d'interroger son époux sur le jeune écuyer, ce Taliesin aux yeux étranges qui se prétendait barde et invoquait sans cesse une déesse comme s'il y croyait vraiment. Certes, en tant que chrétienne, Arianna n'était pas censée prêter foi à ce genre de légende mais le barde de son père chantait souvent l'histoire d'une belle déesse qui résidait dans une cité d'or au fond de l'océan. Etait-ce la même que celle de Taliesin ? On disait que lorsque la marée était favorable, un pont s'élevait des vagues pour relier la cité magique à la terre, alors la déesse franchissait ce pont afin d'aller se choisir un amant parmi les mortels. Grâce à l'amour de la déesse, ces hommes, de vaillants et beaux chevaliers, gagnaient la vie éternelle — mais seulement après avoir surmonté les plus terribles épreuves. Evidemment, il s'agissait là de croyances anciennes, disparues depuis bien longtemps, et, Taliesin excepté, Arianna n'avait jamais entendu personne invoquer la déesse.

Sauf bien sûr le vieux barde qui lui avait donné le bol d'or, rectifia-t-elle. Mais il était très âgé, avec sa peau parcheminée et ses rares cheveux blancs, si âgé qu'on avait l'impression, quand il parlait, que son esprit battait la campagne. Curieusement, il s'appelait aussi Taliesin.

— Mangez, madame, mangez.

L'écuyer venait de réapparaître à ses côtés, porteur d'un plat sur lequel reposait une volaille au milieu d'une sauce fumante.

— Vous devez vous restaurer, car vous aurez besoin de toutes vos forces, madame...

Il s'interrompit avant d'ajouter avec un petit sourire entendu :

— ... pour danser.

— Je n'ai pas faim !

Arianna lui adressa son regard le plus hautain. En fait de barde, ce n'était qu'un gamin effronté, très semblable à ses frères au même âge.

Robert ne mangeait pas non plus. A la vérité, il négligeait ses devoirs d'époux. C'était lui qui, selon l'usage, était censé servir sa femme. Ils partageaient un tranchoir à pain, un gobelet, et il devait choisir pour elle les plus beaux morceaux dans les plats que l'on poserait devant eux. Jusqu'à présent, il ne s'en était guère soucié, songea Arianna avec rancœur.

Comme s'il avait senti son regard sur lui, il leva le gobelet de bronze en forme de dragon et en avala une gorgée avant de le lui tendre en le tournant de façon qu'elle pose ses lèvres au même endroit que lui.

Arianna but ostensiblement de l'autre côté, puis elle le lui rendit.

Il se pencha vers elle.

— Vous ne cédez pas facilement, dit-il. Ce sera un plaisir de vous mater.

— Aucun Normand n'est assez fort pour cela !

Il se pencha davantage encore, l'épaule contre la sienne, cuisse contre cuisse.

— Même les juments de la meilleure race s'améliorent sous la main d'un bon cavalier.

— Les étalons également ! rétorqua Arianna.

Elle leva la tête et s'obligea à affronter son regard, bien qu'elle sentît le sang lui battre les tempes.

— Peut-être que cela ne se passera pas comme vous l'espérez, reprit-elle, hardie. C'est peut-être moi qui vous dominerai.

Il fit un geste, et elle faillit reculer. Du bout du doigt, il lui caressa la joue. Elle se raidit, le souffle court.

— Peut-être vous laisserai-je...

Il semblait sur le point d'en dire davantage, mais il renonça et se détourna. Arianna en éprouva une curieuse déception, comme si elle avait failli découvrir le fin mot d'une énigme qui l'intriguait depuis toujours.

— Quelle honte, grand frère! Tu es marié depuis quelques heures, et déjà tu négliges ta ravissante épouse!

Arianna sursauta en voyant le fort élégant comte de Chester s'asseoir près d'elle, une lueur d'admiration dans son regard d'azur.

— Par ma foi, il n'y a pas dans toute l'Angleterre une femme qui vous égale en beauté, douce Arianna. Et vous appartenez à mon frère! Quel gâchis...

— Cependant, elle est mienne, Hugh, intervint Robert, glacial. Et si jamais tu essayes de la mettre dans ton lit, je te tuerai de mes mains.

Arianna regardait droit devant elle, les poings serrés. Il parlait d'elle, son propre mari parlait d'elle comme si elle était une catin, une femme sans honneur qui accepterait de rouler dans un lit avec n'importe qui! Toutefois, c'était un problème qu'elle réglerait en privé, pas devant leurs invités.

Visiblement peu troublé par les paroles de son frère, Hugh éclata de rire et passa la main devant Arianna pour saisir le cruchon de vin, lui frôlant la poitrine. Ses mains chargées de bagues étaient blanches, douces, mais les ongles en étaient cruellement rongés.

Il fixait Robert en direction de qui il leva sa coupe. Un peu de vin se renversa sur la nappe.

— C'est un chevalier tellement brave, tellement glorieux, notre Robert... Difficile de croire qu'il ait été obligé de me suivre quand nous étions enfants pour ramasser le crottin de mon poney.

— Si tu espères me déconsidérer aux yeux de cette

gente dame, Hugh, tu perds ton temps, car je ne puis tomber plus bas dans son estime. N'est-ce pas, chère épouse ? dit-il en se tournant vers elle.

Son visage était toujours aussi inexpressif, pourtant Arianna crut discerner dans sa voix quelque chose qui ressemblait à du défi.

Puis il regarda sa bouche, descendit jusqu'à la poitrine ronde que soulignait la soie bleue du bliaut et ses yeux s'assombrirent, ses traits se durcirent encore.

Arianna, effrayée, eut soudain du mal à respirer.

Elle repoussa son siège, manquant renverser son verre.

— Je... Je vais aller voir mon cousin Kilydd. Il y a des mois que nous ne nous sommes vus.

Sa chaise faillit basculer, et ils la rattrapèrent en même temps, la main de Robert sur la sienne. Un instant, elle resta pétrifiée. Ces doigts longs et forts, si habiles à l'épée, avaient désormais le droit de se poser sur elle, sur tout son corps.

Elle s'arracha à lui pour courir vers la rivière et, parvenue au bord de l'eau, reprit péniblement son souffle. Les yeux clos, elle appela l'image du chevalier doré de sa vision, se concentrant pour sentir de nouveau le parfum de jacinthe, le vent sur son visage tandis qu'elle dévalait la colline à sa rencontre. *Je vous aime, Arianna. Je vous aime, je vous aime...*

C'était lui qui aurait dû représenter son avenir, et non le Normand. Pourtant cette nuit... cette nuit, ce serait le Dragon Noir qui poserait ses mains hâlées sur elle.

— Arianna...

Elle se retourna d'un bond pour se trouver face à deux hommes, l'un grand et mince, l'autre trapu avec des cheveux gris. Un sourire spontané lui monta aux lèvres qu'elle effaça aussitôt en se rappelant que ses cousins avaient dédaigné de lui répondre quand elle était à sa fenêtre.

— Vous acceptez donc de me saluer à présent ?

L'aîné, Ivor, la dévisagea de ses petits yeux noirs.

— Pourquoi as-tu souhaité épouser ce sale Normand, Arianna ? Je n'aurais jamais cru que tu tomberais si bas !

— Bon sang, parce que vous imaginez que je l'ai épousé de mon plein gré ? C'était pour Gwynedd, pour vous tous...

Ivor cracha par terre tandis que Kilydd éclatait de rire.

— Ivor n'a jamais rien compris aux méandres de la politique. Il est persuadé qu'il n'y a rien d'autre à faire avec un Normand que de le tuer.

— Que tous les Normands rôtissent en enfer, c'est là qu'est leur place ! rugit Ivor.

Kilydd rit de nouveau en fixant Arianna de ses yeux chaleureux couleur de miel.

— Comment vas-tu Arianna ? Ils ne t'ont pas fait de mal ?

Elle secoua la tête, et un sourire vint enfin éclairer son visage. Elle embrassa ses deux cousins aux joues rugueuses de barbe.

— C'est si bon de vous voir !

— Nous sommes venus pour te parler. Au sujet de cette nuit... commença Ivor.

— Cette nuit ?

Arianna se tourna vers le plus jeune de ses cousins.

— Oh, Kilydd, je t'en prie, ne fais pas de bêtises ! Ce fameux raid a déjà causé beaucoup plus d'ennuis qu'il ne faudrait.

— De quel raid parles-tu ? rétorqua Kilydd dans un sourire avant de lui caresser la joue. Non, ma belle, c'est pour toi que nous sommes inquiets. Tu sais comment les Normands traitent les femmes, surtout si elles ne sont pas de leur maudite race. Nous voulions juste te dire... que nous nous tiendrons dans le hall, au cas où tu aurais besoin de notre aide.

— Que... Que pensez-vous qu'il risque de me faire ?

Les deux hommes échangèrent un rapide coup d'œil, et Kilydd s'éclaircit la gorge.

— Il existe une façon décente de traiter une jeune épousée, et puis il y a ces manières barbares... Rappelle-toi de qui tu es la fille et ne le laisse pas te déshonorer avec ces dégoûtantes perversions qui viennent de France.

Arianna avait le cœur plus serré que jamais et, quand Kilydd repoussa une mèche de cheveux sur son front, elle s'aperçut qu'elle transpirait.

— Tu comprends ce que nous voulons dire, Arianna ? insista-t-il.

— Oui, les perversions...

En vérité, elle ne savait pas très bien de quoi il était question, pourtant l'angoisse diffuse qu'elle éprouvait depuis le matin se focalisait maintenant tout entière sur la nuit à venir.

Car, malgré la chevaleresque proposition de ses cousins, elle savait qu'elle ne les appellerait pas à l'aide, quoi qu'il advienne. Elle ne voulait pas qu'il leur arrive malheur. Or, dans ce château, avec tous les hommes de Robert, celui qui oserait attaquer le Dragon Noir signerait son arrêt de mort.

Lorsque la jeune femme revint vers sa place, elle fut soulagée de s'apercevoir que Robert ne se trouvait plus là. Les ménestrels jouaient, et quelques couples dansaient, dans un tourbillon de couleurs vives.

Taliesin surgit soudain à ses côtés, avec un plateau sur lequel se trouvait du blanc-manger. Comme il se penchait, le gâteau glissa sous la nappe où il s'immobilisa dans un clapotement de gelée. Arianna fronça les sourcils.

— Vous êtes vraiment l'écuyer le plus maladroit qu'il m'ait été donné de rencontrer !

Le jeune homme fit la moue.

— Je devrais être en train de jouer de la harpe, au lieu de passer les plats. D'ailleurs je l'ai dit à mon maître, mais il m'a menacé de me pendre par les pouces si je quittais mon service à table pour m'approcher d'un instrument de musique.

Son visage s'épanouit soudain dans un grand sourire.

— A mon avis, il craint que je ne chante l'ode que j'ai composée à sa gloire.

Arianna, sur le point d'éclater de rire, croisa son regard qui brûlait de nouveau comme une flamme vive. Malgré elle, elle en fut impressionnée et la question qu'elle croyait réglée s'éleva de plus belle dans son esprit.

— Qui êtes-vous vraiment, Taliesin ? demanda-t-elle dans un murmure.

Mais déjà il s'était évanoui parmi la foule de valets et de pages. Elle embrassa des yeux l'assemblée devant elle.

Les musiciens venaient de terminer leur morceau dans les cris et les rires des danseurs au milieu desquels Arianna eut la surprise d'apercevoir son époux. Toujours aussi grave, il tendait la main à une jeune femme qui y posa la sienne. Sybil, l'épouse de son frère.

Hugh, assis au bout de la table, les vit aussi et il s'empara brutalement de sa coupe de vin, une expression étrange sur le visage — comme un enfant affamé obligé de regarder les autres festoyer.

Il l'aime, songea Arianna. Hugh le blasé, le jouisseur, aimait sa femme. Un bref instant, elle eut pitié de lui.

Puis elle revint à ses soucis, à la nuit si proche, et elle fut envahie de panique. Comment parviendrait-elle à sauvegarder son honneur et sa dignité durant ces terribles heures à venir ?

Je ne le supplierai pas, se promit-elle. *Quoi qu'il me fasse, je ne me plaindrai pas, je ne pleurerai pas, je ne me dégraderai d'aucune manière.*

Au même moment, au milieu des danseurs, Sybil reprenait son souffle, toute rouge d'épuisement. Robert la consulta du regard, prêt à la raccompagner à son siège, mais elle secoua la tête.

— Attendez. Je crois que… j'ai un caillou dans ma mule.

Elle l'entraîna hors du cercle des danseurs, glissa un bras autour de sa taille et se pencha, relevant sa jupe bien au-dessus de la jarretière rose qui retenait son bas. Sa cheville était toujours aussi fine et sa peau plus blanche que neige.

Elle retourna son petit soulier de satin sans qu'en sortît le moindre grain de poussière. La mule brodée d'or et d'argent, incrustée de saphirs et de perles, devait coûter le prix d'une bonne armure de Damas.

Robert regardait son ravissant profil incliné, regrettant de ne pas voir ses cheveux couverts d'une coiffe. Quand elle était petite, elle les portait libres, cascadant sur ses épaules comme une cape de soie.

Elle s'était rechaussée, pourtant elle gardait la main sur la taille de Robert.

— Vous souvenez-vous quand nous dansions près de la rivière ? demanda-t-elle.

— Oui, je m'en souviens.

Elle chantait alors et ils tournoyaient au son de sa voix jusqu'à ce que, étourdis, ils se laissent tomber sur l'herbe. Robert n'avait que quinze ans, mais il savait déjà comment se comporter avec une jeune fille !

— Vous passiez tout votre temps...

Elle s'interrompit, rougissante.

— ... à essayer de vous caresser les seins, termina Robert.

Des fossettes se creusèrent dans les joues de la jeune femme. Elle avait toujours ces minuscules taches de rousseur sur les pommettes et le bout du nez. Un jour, Robert avait joué à les baiser toutes une par une.

— C'est un magnifique mariage, Robert, reprit Sybil.

— Vraiment ? Je n'en sais rien. Le dernier auquel j'aie assisté était le vôtre.

Les yeux lavande se brouillèrent de larmes.

— Je pensais que vous m'aviez pardonné, que nous pouvions être de nouveau amis. Or vous me haïssez toujours, n'est-ce pas ? Vous m'en voulez encore d'avoir épousé Hugh.

— Non, je ne vous hais pas. J'ai appris il y a bien longtemps que la vie est faite de quelques grandes tragédies et d'une quantité de petites déceptions. Vous, douce Sybil, faites partie de cette dernière catégorie.

Elle ferma les yeux, les lèvres pincées, ce qui la fit paraître plus âgée.

— Et votre mariage, est-ce une grande tragédie ou une petite déception ?

Le regard de Robert s'évada vers Arianna. Sous le dais jaune, le soleil allumait des reflets dans sa chevelure et soulignait ses traits aristocratiques. Elle avait bien l'air d'une princesse, elle lui appartenait, et il la désirait.

— Elle m'apporte Rhuddlan, ainsi qu'un titre, répondit-il à Sybil, sans quitter son épouse des yeux. Et elle me donnera des fils de sang noble. J'appelle ça un formidable coup de chance.

— Vous avez changé, Robert, et je n'aime guère celui que vous êtes devenu, murmura Sybil d'une voix tremblante.

La main sur la bouche, elle pivota sur ses talons et s'enfuit en courant.

Robert la suivit, mais son attention était tout entière concentrée sur Arianna, laquelle semblait n'avoir d'yeux que pour Hugh. Bon sang, qu'avait-elle à le fixer ainsi ?

— Cessez donc de regarder mon frère. Il est marié, et je vous rappelle que vous l'êtes aussi.

Arianna sursauta et pâlit devant l'air furibond de Robert. Son attaque était inattendue et imméritée !

Comme il s'asseyait à califourchon sur sa chaise et pressait le genou contre sa cuisse, Arianna serra les dents pour contrôler le tremblement qui s'emparait d'elle. Elle avait peur de lui, pourtant elle savait que si elle ne commençait pas tout de suite à résister à sa puissante personnalité, il l'écraserait jusqu'à l'anéantir tout à fait.

— Vous êtes vraiment un bâtard, grinça-t-elle à voix basse.

— Oui, et désormais vous êtes l'épouse d'un bâtard, vous feriez mieux de ne pas l'oublier. Restez à l'écart du lit de mon frère.

— Comment osez-vous sous-entendre que je puisse trahir mes vœux ? Même des vœux qui vous concernent, seigneur bâtard...

— Il suffit !

Il écrasa son poing sur la table.

— Mon nom est Robert, et, à partir de maintenant, c'est ainsi que vous m'appellerez.

— Allez au diable !

— Ne me poussez pas à bout, Arianna. Ma patience a des limites.

— La mienne aussi !

Elle s'aperçut qu'elle avait refermé la main sur un couteau qui se trouvait sur la table quand il lui saisit le poignet.

— Savez-vous qui gagne un tournoi ? Celui qui frappe le coup le plus dur, le plus cruel, celui qui ne montre pas de pitié. Je ne perds jamais une joute, insista-t-il en lui arrachant le couteau. Gardez cela à l'esprit, Arianna.

Les convives, autour d'eux, s'étaient tus pour assister, amusés, à leur première scène de ménage. Robert ne l'avait pas lâchée, et elle était sûre qu'il aurait pu lui briser le poignet d'un seul geste.

— Nos invités vont croire que nous nous disputons ; ce n'est pas ce que vous voulez, n'est-ce pas ? Souriez-moi, dit-il en accentuant légèrement la pression de ses doigts. Souriez-moi, Arianna, répéta-t-il. Et mettez-y du cœur.

Elle esquissa un sourire volontairement figé.

Taliesin se frayait un chemin vers eux, un plat débordant de galettes à la main. L'une d'elles glissa sur les genoux de Robert avant de rouler au sol.

— Bravo, monseigneur ! dit-il d'un ton de reproche. Maintenant, tout le monde est convaincu que vous vous détestez !

Robert lui lança un regard glacé.

— J'en ai plus qu'assez de toi !

— Sans doute, monseigneur, mais de nouveau vous gâchez tout, et...

— Taliesin !

L'écuyer pâlit et s'éloigna sans un mot pour revenir toutefois un peu plus tard, l'air boudeur, avec un cuissot de cerf.

Les mets continuaient de se succéder sur les tables : hure de sanglier aux herbes, viandes en gelée. Comme l'appétit des convives s'apaisait, le maître de cérémonie envoya des divertissements : jongleurs, acrobates, prestidigitateurs, montreurs d'animaux.

Enfin vinrent les danseurs traditionnels aux visages noircis de suie. Les clochettes à leurs jambes tintaient tandis qu'ils virevoltaient au son des cornemuses et des tambourins en agitant de longs rubans colorés. L'un d'entre eux brandissait une vessie remplie d'air sur laquelle était peint un phallus géant.

La foule s'esclaffa bruyamment devant le grossier symbole de virilité et les plaisanteries les plus lourdes s'ensuivirent, tandis qu'Arianna luttait contre la nausée. Elle avait déjà assisté à des mariages, aussi n'était-elle pas choquée par le spectacle, mais jamais elle n'avait été obligée de le contempler assise à côté de celui qui la prendrait dès le coucher du soleil...

Au bout d'un moment, Hugh de Chester demanda le silence et, quand il l'eut obtenu, il leva sa coupe.

— Je bois à mon frère Robert, seigneur de Rhuddlan, et à sa dame.

Les invités l'imitèrent, et les paysans, massés derrière la lice en attendant les cadeaux du seigneur, lancèrent leurs bonnets en l'air avec des cris de joie.

De nouveau, le comte imposa le silence.

— Je bois aussi à l'Angleterre et au roi Henry. Qu'ils règnent à jamais.

Les convives burent à la santé de l'Angleterre, sauf Ivor et Kilydd. Dans les rangs des vilains, il y eut des grognements côté gallois.

Robert porta à ses lèvres le calice en forme de dragon avant de le passer à Arianna.

— Buvez !

Arianna crispa les poings.

— Je m'étranglerais, si j'avalais une seule goutte à la gloire de l'Angleterre. Il est déjà bien beau que je vous écoute vous vanter d'avoir découpé mon pays en parts comme s'il s'agissait d'un gâteau.

Robert plissa les yeux et, un instant, elle crut qu'il allait la forcer à boire, mais il finit par hausser les épaules.

— C'est le prix de la défaite.

— Elle n'est pas définitive. Un jour, le roi Arthur se relèvera de son lit doré à Avalon et, armé de son épée magique, il boutera les Normands hors de cette île avant de retourner sur son trône, à Londres. Le grand prophète Myrddin a ainsi prévu notre ultime victoire.

— Ah, c'est vrai... Taliesin prétend que vous êtes un peu devineresse vous-même. N'oubliez pas de me tenir au courant de l'arrivée d'Arthur, que je m'inquiète à juste titre.

— Voici un de vos défauts, à vous autres, Normands, un parmi tant d'autres : vous n'êtes doués d'aucune imagination.

— Au contraire ! Je connais la puanteur d'un corps en décomposition, aussi n'ai-je aucun mal à imaginer l'odeur de votre roi Arthur après six cents ans passés à pourrir sur son lit doré.

Piquée, Arianna chercha l'insulte la plus blessante qu'elle pût trouver.

— Vous n'êtes pas un véritable chevalier !

Le résultat fut hélas bien loin de ce à quoi elle s'attendait. Robert éclata d'un grand rire, la tête renversée dans le soleil, et un moment elle fut fascinée par la colonne brune de son cou, sa bouche aux contours bien dessinés, ses pommettes hautes. Dieu lui pardonne, elle était troublée de façon incompréhensible, et cela ne lui plaisait pas du tout.

— Vous pouvez vous gausser, mais le jour viendra où les Normands seront vaincus, où l'on oubliera jusqu'à leur nom.

Il gardait encore au visage les traces de son amusement, et ses yeux s'étaient adoucis quand il la contempla avec intensité.

— Cela concernera votre fils aussi, Arianna. Car vous me donnerez un héritier.

Le cœur d'Arianna s'arrêta un instant, puis il battit à coups redoublés.

— Non... je ne...

— Si. Et je vais m'en assurer dès ce soir.

10

Robert s'agenouilla avec Arianna sur le sol couvert de joncs odorants, près du grand lit dont la couverture avait été repoussée et les draps fins parsemés de violettes.

L'évêque agitait un encensoir, et la fumée s'enroulait autour des rideaux brodés. La voix du vieil homme craquait comme feuilles mortes tandis qu'il psalmodiait :

— *Dominus vobiscum*...

Si jamais mariage avait eu besoin de bénédiction, se dit Robert, c'était bien celui-ci.

Arianna ne serait pas consentante, mais, consentante ou non, il la ferait sienne. Il fallait absolument que leur union fût consommée cette nuit, au cas où Owain se présenterait le lendemain à la porte du château, réclamant sa fille et sa terre. Robert avait trop lutté pour Rhuddlan pour vouloir prendre le moindre risque.

Muni de son goupillon, l'évêque aspergea le lit d'eau bénite, et les gouttelettes firent sur le satin des taches sombres, semblables à des larmes de sang. Robert voulait avoir le sang d'Arianna sur ces mêmes draps au matin, il voulait que son fils grandisse en elle avant la fin de l'été.

Une fois le prêtre parti, il tendit la main à la jeune fille pour l'aider à se mettre debout, et il sentit un long frisson la traverser. Elle levait vers lui de grands yeux pleins d'angoisse.

Il la laissa aux mains des servantes venues la préparer pour la nuit.

En bas, dans la salle commune, son frère et d'autres invités mettaient à mal un tonneau de vin de Malvoisie, et Robert dut supporter leurs plaisanteries grivoises. Il se sentait terriblement las.

Son visage était si sombre au moment de rejoindre son épouse que les hommes décidèrent de renoncer aux rites habituels du coucher des jeunes mariés.

Quand la porte s'ouvrit, Arianna remonta les draps jusqu'à son menton. La chambre n'était éclairée que par le brasier et une chandelle près du lit.

Robert cherchait en vain que lui dire. Il referma la porte et s'appuya un instant au battant tandis qu'elle le fixait, les yeux assombris.

— Arianna... commença-t-il, la voix rauque de fatigue.

Il avait envie de la rassurer, sans toutefois lui promettre qu'il ne lui ferait pas de mal, puisque c'était impossible. Mais les mots ne venaient pas.

Le silence s'étira.

Enfin elle leva le menton et elle eut ce sourire hautain qui lui donnait envie de la dominer.

— Alors, Normand, vous êtes venu me faire un enfant ?

Les dents serrées, il avança vers le lit.

— Oui.

Les mains d'Arianna se crispèrent sur la courtepointe.

— Rabattez le drap, dit-il.

— Vous pourriez au moins avoir la galanterie de...

— J'ai dit : rabattez le drap.

Elle ne bougea pas, le défiant du regard.

Robert saisit le drap à pleines mains et le jeta au pied du lit. Aussitôt, il sentit monter en lui un désir violent, irrépressible.

Elle était complètement nue, à l'exception du torque qui semblait prendre vie au moindre de ses souffles. Sa peau était si fine que Robert voyait le réseau bleuté de ses veines, et quand il effleura un de ses seins, il sentit son cœur s'accélérer.

Il se débarrassa de sa tunique et s'assit sur un coffre pour ôter ses bottes. Puis il entreprit de dénouer les liens de ses chausses, fit glisser ses sous-vêtements qu'il repoussa du pied.

Il l'entendit prendre une brève inspiration et vit qu'elle fixait sa virilité de ses yeux immenses. Son visage était écarlate lorsqu'elle croisa de nouveau le regard de Robert.

Il s'assit au bord du lit, et elle recula, en une futile tentative pour disparaître au milieu des oreillers.

— Regardez-moi, Arianna.

Elle fixait le dais au-dessus d'elle, immobile et raide comme la statue de la Vierge à la chapelle.

Tendant la main, Robert suivit du doigt le collier. Le torque lui sembla brûlant. Il eut même un instant une sorte d'étrange brouillard devant les yeux tandis qu'un grondement lui emplissait les oreilles. Il secoua la tête, et tout redevint normal. C'était sûrement un tour de son imagination.

— Pourquoi portez-vous ceci ? demanda-t-il.

— Vous ne comprendriez pas.

Il encercla son cou, appuyant là où battait son pouls.

— Quand je pose une question, j'exige une réponse.

Elle se tourna enfin vers lui. Son regard était insondable, profond comme la forêt.

— C'est le torque d'un prophète. Seuls les vrais visionnaires ont le droit de le porter.

— Et quelles visions avez-vous eues ?

Il la regarda mordiller sa lèvre inférieure.

— Je vous ai vu, vous.

Cette bouche... Il fallait qu'il la goûte. Il se pencha mais elle se détourna, et il dut se contenter de caresser sa chevelure sombre épandue sur ses épaules. Il en saisit une grosse mèche et la porta à ses lèvres.

— Vous sentez le citron, dit-il.

Puis il prit son visage entre ses mains et l'embrassa.

Comme elle sursautait avec violence, il l'immobilisa d'une main ferme.

Elle se débattait désespérément sous sa bouche.

— Arrêtez, je vous en prie, arrêtez.

Il la secoua doucement.

— Vous êtes ma femme, bon sang. Vous devez vous soumettre.

— Non. Je ne veux pas.

— Vous vous soumettrez, Arianna, insista-t-il. Vous sentirez ma semence se répandre en vous, et je saurai alors que Rhuddlan est bien à moi.

— Rhuddlan ! C'est tout ce qui vous importe. Je ne

suis qu'un instrument pour vous, un moyen d'acheter votre légitimité, alors que j'ai toujours désiré... je souhaite...

Les yeux brillants, elle luttait contre un énorme sanglot.

— Vous ne m'aurez pas, reprit-elle, pas de mon plein gré en tout cas.

Robert respira un bon coup pour apaiser sa colère.

— Vous compliquez tout, dit-il. Si vous vouliez bien cesser de me combattre, vous pourriez peut-être y trouver un certain plaisir.

Il caressait son visage, son cou...

— En tout cas, je prendrai votre virginité cette nuit, Arianna. Que ce soit de votre plein gré ou non.

Elle se raidit sur le lit.

— Alors allez-y, et qu'on en finisse !

Comme il tentait de nouveau de l'embrasser, elle tourna la tête et le baiser atterrit sur une joue d'une douceur de soie. Elle levait les mains afin de le repousser mais il lui saisit les poignets pour les plaquer contre lui, et il retint un gémissement en sentant les petits doigts sur sa peau.

Ensuite, il caressa ses lèvres du bout de la langue.

— Ouvrez la bouche.

Contre toute attente, elle obéit, probablement afin de protester... Il en profita pour approfondir son baiser.

Elle demeura un instant figée, puis elle se cabra, se libérant.

Alors il caressa ses seins, en mordilla un. Elle poussa un petit cri indigné, mais il ne céda pas et sentit le bouton durcir.

Elle se débattait à présent comme un cheval sauvage.

— Non, suppliait-elle. Ne faites pas ça, ou je vous détesterai pour le reste de mes jours.

Il releva la tête, plongea un instant dans les yeux assombris, puis il la serra davantage, et il frémit à la douceur de son corps sous lui. Avec un petit cri, elle ferma bien fort ses jambes l'une contre l'autre. Du genou, il les fit céder.

— Je vous hais ! cria-t-elle dans un sanglot.

— Je sais, Arianna. Haïssez-moi tant que vous voudrez, mais ouvrez-vous pour moi.

Il lui caressait le ventre, des mains, de la bouche, quand soudain il aperçut du coin de l'œil l'éclat d'une lame tandis qu'une violente douleur lui transperçait le bras.

Comme elle essayait de le frapper de nouveau, par réflexe il leva le bras afin de parer le coup et, sans le vouloir, la heurta durement en pleine face. Elle bascula sur l'oreiller et il en profita pour lui arracher le poignard et le jeter à travers la pièce. Puis il lui tint les mains au-dessus de la tête, l'écrasant de tout son poids. Le sang coulait de la blessure de Robert sur les seins d'Arianna, et on n'entendait plus dans la chambre que leurs respirations haletantes.

Dans le regard d'Arianna brillait toute la haine du monde.

Il s'enfonça en elle, étouffant son cri de sa bouche.

La coupure était longue mais peu profonde.

Robert se dirigea vers la table de toilette et pressa une serviette sur la blessure pour arrêter le sang.

Il jeta un coup d'œil vers le lit. Arianna était allongée sur le dos, les bras raides le long du corps, le visage tourné. Elle ne semblait pas pleurer.

Les draps étaient couverts de sang, comme s'il avait violé dix vierges !

Dieu... Il avait encore le goût de son hurlement dans la bouche.

Il humecta une serviette et revint vers le lit. Elle avait du sang sur les cuisses — celui de sa virginité —, mais le reste de son corps était maculé de celui de Robert.

Comme il entreprenait de la laver, elle lui arracha le linge mouillé.

— Ne me touchez plus !

Elle était blême, sauf à l'endroit où il l'avait frappée accidentellement. Sans doute aurait-elle un œil au beurre noir, le lendemain.

Elle se frottait avec une énergie proche du désespoir.

— C'est la chose la plus vile, la plus dégoûtante que l'on m'ait jamais faite !

— Vous feriez mieux de vous y habituer, rétorqua sèchement Robert. Parce que cela se produira de nouveau, vraisemblablement dès demain matin.

Il arracha les oreillers, sous lesquels elle avait caché le poignard, et en découvrit deux autres. Alors il se mit à fouiller la pièce et entassa les armes dans un coin : trois épées, une demi-douzaine de couteaux, une hache et même une masse d'armes. Robert était à la fois stupéfait et amusé par l'arsenal que sa femme avait réussi à cacher dans leur chambre !

Quand il fut certain d'avoir découvert tout ce qui ressemblait de près ou de loin à une arme, il alla débloquer les volets de bois.

— Que faites-vous ? Vous allez laisser entrer les mauvais esprits de la nuit ! protesta-t-elle avec une telle indignation que Robert se tourna vers elle, déconcerté.

Elle était assise en tailleur sur le lit, nue, encore tachée de sang, les cheveux en désordre, pourtant aussi calme et digne qu'une reine tenant audience. Décidément, elle n'aurait jamais fini de le stupéfier. Elle avait plus de courage que bien des hommes, et elle parlait de devoir et d'honneur comme si c'étaient des mots auxquels elle croyait sincèrement.

Courage, honneur, devoir, lui aussi y avait cru, autrefois. Quand il était plus jeune.

— Je tiens à la vie, figurez-vous, dit-il enfin. Et j'ai l'intention de m'y accrocher au moins jusqu'au lever du jour.

Tout en parlant, il jeta la masse d'armes par la fenêtre. Un cri lui répondit et, un peu à retardement, il lança un avertissement avant de faire suivre le même chemin à la hache.

— Je n'essaierai pas de vous tuer durant votre sommeil.

Il haussa les sourcils, désignant l'arsenal amassé sur le sol.

— Ah, non? Alors à quoi était destiné tout ceci? A assiéger la Tour de Londres?

Elle eut un petit geste, comme si elle congédiait une servante.

— Je n'ai jamais eu l'intention de vous tuer. Que cela me plaise ou non, vous êtes mon époux devant Dieu. Mais il fallait que je vous empêche de... de...

Sa voix se brisa.

— De faire ces choses viles, dégoûtantes?

Il revint vers le lit.

— Nous en avons déjà parlé. La Sainte Eglise appelle ça le *devoir* conjugal, Arianna, et vous êtes censée vous y soumettre.

— Je sais.

Elle le regardait bien en face, ses yeux clairs grands ouverts.

— Mais le devoir conjugal est une chose, et vos perversions de Français une autre. Je dois défendre mon honneur.

Il ne put retenir un soupir.

— Sainte Mère!

Il s'assit près d'elle, ignorant son mouvement de recul.

— Cela fait souvent mal, la première fois, Arianna, et il n'est pas déshonorant pour une femme de s'ouvrir à son mari.

— Cela, oui. Mais ce que vous avez fait avant était pervers.

Il l'observait, perplexe, puis il se rappela ce qu'il faisait quand elle l'avait frappé, et il eut un rire bref.

— Bon sang! Les Gallois n'embrassent-ils pas leurs épouses... partout?

— Non, bien sûr que non!

— Alors je plains les femmes de ce pays, et les hommes aussi, car ils ne savent pas ce qu'ils perdent!

Une lueur de doute passa dans son regard mais elle secoua la tête.

— Je ne crois pas qu'ils aimeraient ça. Ce n'est pas naturel.

Il lui releva le visage et caressa la courbe de sa joue.

— Rien de ce que je vous ferai n'est contre nature, Arianna. Quand je vous touche comme ça...

Il effleura ses seins imperceptiblement, et elle sentit leurs pointes se dresser tandis qu'un gémissement lui montait à la gorge.

— Ou quand je baise vos lèvres...

Il l'attira à lui et l'obligea tout doucement à ouvrir la bouche.

Elle se dégagea d'une secousse.

— Vous l'avez déjà fait une fois. Je ne vois pas la nécessité de recommencer.

Un instant, il fut diablement tenté de recommencer, justement, rien que pour lui prouver qui était le maître. Mais il se laissa tomber sur le lit, la tête entre les mains. Son bras le faisait souffrir, et une terrible migraine lui martelait le crâne. Il était las, si las !

Toujours assise en tailleur, Arianna le contemplait avec plus de désarroi que de peur. Sans doute était-ce une amélioration, mais pour le moment, il n'en avait cure.

— Dormez, dit-il.

L'odeur de l'amour se mêlait au parfum des violettes écrasées sur le lit. Ils étaient allongés l'un près de l'autre, sans se toucher, pourtant Arianna sentait la chaleur qui se dégageait du corps de Robert. Au bout de quelques minutes, elle bougea, et Robert s'aperçut qu'elle pleurait, la tête dans l'oreiller. Il tendit la main vers elle, puis renonça.

Elle pleura longtemps, et quand elle s'endormit enfin, épuisée, il demeura immobile à fixer le dais au-dessus de sa tête.

La faible lueur du jour levant suffit à réveiller Arianna qui avait l'habitude de dormir les volets clos. Mais quand elle voulut ouvrir les paupières, elle s'aperçut qu'un de ses yeux, douloureux et gonflé, ne réagissait pas normalement.

Elle se redressait dans le lit, quand son genou effleura une jambe robuste. Elle remonta bien vite le drap sous son menton.

Robert était étendu sur le ventre, le visage tourné de l'autre côté, le drap enroulé autour de ses mollets. Il avait un corps de guerrier, musclé, énergique, marqué de cicatrices gagnées dans les combats et les tournois, entre autres une profonde à l'épaule, et une vilaine trace rouge à la taille. Inconsciemment, elle approcha la main pour la toucher.

Il fut sur elle avant qu'elle pût crier, l'écrasant de tout son poids. Le regard gris s'adoucit un instant.

— Qu'alliez-vous faire ?

— Rien.

Ils étaient nez à nez, et elle remarqua que sa barbe avait poussé durant la nuit. Elle discerna aussi de minuscules points noirs dans ses yeux d'acier. C'était certainement ce qui les assombrissait quand il riait, ou quand il était sur le point de...

L'embrasser. Il avait l'intention de l'embrasser.

— Je regardais vos cicatrices, répondit-elle vivement.

— Elles vous répugnent ?

— Non ! dit-elle, surprise qu'il pût même l'envisager. Ce sont les glorieux trophées de la vie de guerrier.

Il sourit... et elle en eut le souffle coupé. Elle ne l'avait jamais vu vraiment sourire, jusque-là. Même ses yeux souriaient, et soudain il semblait très jeune, étrangement tendre.

— Des trophées, en effet, mais je n'en suis pas fier car ils résultent tous d'erreurs que j'ai commises. Des imprudences qui auraient pu me coûter la vie.

Il caressa doucement sa joue, sous l'œil gonflé.

— Et moi, dois-je admirer votre trophée ? Vous avez l'air d'un chiot tacheté.

Arianna se mordit la lèvre pour ne pas rire. En fait, il l'accusait d'avoir commis une maladresse ! Le drap avait glissé, et elle le remonta sur sa poitrine.

Il posa la main sur sa nuque et, du pouce, lui releva le menton.

La porte s'ouvrit soudain à la volée et Taliesin entra, chargé d'un plateau de pain d'épices et de bière légère, ainsi que d'un broc d'eau chaude.

— Votre frère et son épouse partent très tôt ce matin, monseigneur ! déclara-t-il, joyeux. Ils vous prient de les accompagner jusqu'à Offa Dyke...

Taliesin s'interrompit, horrifié devant les larges taches de sang et l'état d'Arianna. Il s'avança, lâchant le broc.

— Oh, madame ! Que la déesse vous protège !

Le plateau menaçait aussi de lui échapper, mais déjà Robert était debout pour le rattraper. Taliesin tourna un visage défait vers son maître.

— Monseigneur, qu'avez-vous... ? Oh, c'est affreux ! Cette fois, c'est pire que tout !

Robert eut un demi-sourire.

— C'est mon sang, pas le sien. Tu m'avais averti, d'ailleurs. J'aurais dû porter mon armure au lit !

— Pardon ?

Taliesin regardait alternativement Robert et Arianna.

— Ah, je comprends ! Vous l'avez frappée et elle s'est défendue.

Arianna faillit éclater de rire.

— Non, Taliesin, ça ne s'est pas passé de cette manière. Je l'ai blessé, alors il m'a frappée... enfin presque.

Taliesin pinça les lèvres.

— Ça ne devait pas se dérouler ainsi. Vous, madame, vous n'étiez pas supposée tenter de tuer votre époux. Quant à vous, monseigneur, vous...

Robert agita un doigt menaçant sous le nez de son écuyer.

— Si tu ne te mêles pas de tes affaires, Taliesin, tu ne vas pas tarder à récolter toi aussi un bel œil au beurre noir.

Taliesin se tut, la mine si déconfite qu'Arianna ne put cette fois retenir un éclat de rire qui mourut bien vite quand elle vit son mari debout, nu dans le soleil. Elle le contempla avec une curiosité inconsciente.

Sa virilité triomphante semblait grandir encore sous son regard.

— Le spectacle vous plaît ?

Arianna s'empourpra mais elle affronta sans ciller les yeux d'acier. *Mon devoir,* pensait-elle. *C'est mon devoir.* Pourtant elle tremblait au souvenir de la douleur de la nuit, et de la façon dont il avait déclaré froidement : *Vous feriez mieux de vous y habituer, parce que cela se reproduira. Et vraisemblablement dès demain matin...*

Pour un simple sourire, elle avait presque oublié qu'il ne voyait en elle qu'un moyen de contrôler Rhuddlan et une génitrice noble pour ses enfants.

Elle entendit le clapotement de l'eau que l'on versait dans la cuvette. Robert se dirigea vers la table de toilette tandis que son écuyer feignait de s'affairer dans la chambre tout en jetant des regards noirs à son maître.

Arianna se détendit. Robert n'allait pas exercer sur elle ses droits matrimoniaux. Pourtant, mieux valait attendre au lit qu'il fût parti si elle ne voulait pas être obligée de s'habiller devant lui.

— Mon cheval est-il déjà sellé ? demanda-t-il tout en se nettoyant les dents à l'aide d'une baguette de noisetier.

— Non, monseigneur, répondit Taliesin. Vous devriez baigner cet œil à l'eau de rose, madame. Je vais vous chercher...

— Ne t'inquiète pas, elle survivra, coupa Robert. Occupe-toi plutôt de mon cheval.

La porte claqua derrière l'écuyer courroucé.

— Venez ici.

Robert était torse nu, les mains sur les hanches, en une posture intimidante qui ne plaisait pas du tout à Arianna.

— Venez ici, répéta-t-il.

Elle remonta davantage le drap sur elle.

— Vous n'avez pas fini de vous habiller.

Il bomba légèrement la poitrine.

— Vous avez beaucoup à apprendre, Arianna. Et la première leçon, c'est l'obéissance. Venez ici.

— Allez au diable, Normand !

Il fit un pas vers elle, et elle bondit du lit, emportant le drap. Elle découvrit aussitôt deux choses : la première, c'est qu'elle ne pouvait courir sans que ses pieds se prennent dans le drap, la seconde c'est qu'elle avait choisi le mauvais côté, puisqu'elle se trouvait en face du mur.

Elle fit volte-face et recula jusqu'à ce que son dos nu touche la paroi.

En deux enjambées il fut sur elle. Il lui arracha sa protection improvisée.

— Espèce de bâtard...

D'une main il lui ferma la bouche tandis que de l'autre il empêchait sa tête d'aller cogner le mur.

— Vous adorez décidément ce mot, chère épouse. Mais moi je n'aime pas du tout l'entendre prononcer par vos douces lèvres.

Arianna mourait d'envie de lui dire qu'elle se moquait comme d'une guigne de son opinion, mais elle ne pouvait émettre un son.

— Maintenant, vous allez vous excuser, dit-il d'une voix claire et distincte. Et en m'appelant « seigneur mon époux ».

Toujours bâillonnée, elle mit dans son regard toute la haine et le mépris possibles. Mais il était expert à ce petit jeu, et ce fut elle qui baissa les yeux la première.

Il la libéra enfin.

— J'obtiendrai vos excuses, Arianna, dit-il sur le même ton.

Elle en était sûre... Le menton levé, elle tenta de le considérer de haut.

— Pardonnez-moi d'avoir évoqué les honteuses circonstances de vos origines, *seigneur mon époux*. Je m'efforcerai de m'en abstenir à l'avenir... même si vous persistez à me les rappeler par votre attitude.

— Par le Christ ! Vous êtes bien la seule femme à pouvoir demander pardon et insulter un homme dans la même phrase !

Il la regarda encore un moment avec une curieuse expression, comme s'il hésitait entre rire et colère. Puis, marmonnant un juron, il l'attira à lui et prit ses lèvres avec une fougue proche de la violence.

Les poings serrés, elle le repoussa de toutes ses forces, mais il ne lui lâcha pas les épaules. Elle vit un petit muscle jouer sur sa mâchoire tandis qu'il luttait pour garder son sang-froid.

Enfin il recula d'un pas, tout en la gardant prisonnière de son regard.

— Je me suis montré patient avec vous hier soir parce que c'était la première fois, mais vous êtes ma femme, Arianna, et je veux un héritier. Si je dois vous faire l'amour à longueur de jours et de nuits, croyez-moi, je le ferai jusqu'à ce que j'aie obtenu satisfaction.

Patient ?...

Arianna releva la tête.

— J'agirai selon mon devoir pour le bien de Gwynedd, mais ne vous attendez pas que j'y prenne plaisir.

— Cela m'est complètement égal !

Leurs regards s'affrontèrent en un combat silencieux, puis Robert s'éloigna et Arianna s'enroula de nouveau dans le drap.

Il finit de s'habiller sans un mot, tandis qu'elle suivait le moindre de ses mouvements.

A la porte, il se retourna et eut un geste en direction du lit :

— Vous serez là à m'attendre quand je rentrerai ce soir. Me suis-je bien fait comprendre ?

— Parfaitement...

Arianna marqua une pause avant d'ajouter :

— ... seigneur mon époux.

11

De la fenêtre de leur chambre, Arianna vit Robert traverser le marais en compagnie du comte de Chester, les chevaux soulevant des gerbes d'eau sous leurs sabots. Les deux hommes portaient des faucons au poing, et les oiseaux marins, flairant le danger, s'envolaient à tire-d'aile sur leur passage.

Avant de franchir la herse, Robert avait fait faire demi-tour à son destrier afin de regarder le château, puis il avait pris l'étendard des mains de son écuyer et l'avait brandi. Le Dragon Noir avait claqué sur le ciel nacré.

Comme pour rappeler à Arianna qui était désormais le maître.

La jeune femme se prépara rapidement, décidant qu'elle allait tout de suite s'acquitter de ses devoirs de châtelaine. Elevée pour assumer un jour cette responsabilité, elle avait hâte de s'y atteler. Robert était peut-être le seigneur de Rhuddlan, mais elle était sa dame et elle savait, pour avoir observé sa mère des années durant, qu'une femme était capable de tenir un rôle bien supérieur à la supervision des travaux domestiques. Elle pouvait même se rendre indispensable à son époux et au domaine tout entier.

Le grand hall était encore dans un désordre indescriptible, après les agapes de la veille, et le remettre en état serait son premier objectif. Elle mobilisa une armée de serviteurs pour tout nettoyer, puis elle résolut de faire le tour complet des bâtiments et de dresser une liste des tâches à effectuer.

Il faisait déjà fort chaud, malgré l'heure matinale, et aucun nuage ne venait troubler le bleu profond du ciel.

Une intense activité régnait dans la cour. Le nouveau seigneur de Rhuddlan ne perdait pas de temps! Un groupe d'hommes remettaient du chaume sur le toit des entrepôts de grain, le forgeron façonnait un soc de charrue, tandis que deux serfs blanchissaient les murs de la cuisine à la chaux.

Arianna aperçut ses cousins qui s'apprêtaient à quitter le château et elle ouvrit la bouche pour les appeler, mais elle y renonça juste à temps. S'ils voyaient son œil tuméfié, ils en tireraient aussitôt de mauvaises conclusions et la guerre serait déclarée. Afin de leur échapper, elle se glissa dans les écuries.

Il faisait un peu plus frais, à l'intérieur, et cela sentait bon le foin. Les chevaux mâchaient leur avoine du matin, toutefois les palefreniers semblaient occupés ailleurs. Arianna perçut la voix de fausset d'un adolescent qui chantait une chanson galloise relatant l'histoire d'un guerrier qui préférait l'hydromel aux femmes.

Le son la conduisit à la sellerie, et elle s'arrêta sur le seuil, souriante, en voyant son frère assis sur un chevalet en train de graisser une selle.

Il sursauta.

— Oh, Arianna, c'est toi...

Quand il leva la tête, il pâlit.

— Il t'a frappée ! Ce sale Normand t'a frappée !

— Non, répondit vivement Arianna.

Rhodri avait été nommé second écuyer du seigneur de Rhuddlan, mais il restait quand même un otage. Elle ne voulait pas qu'il se crût obligé de défendre son honneur au péril de sa vie.

— C'était un accident, reprit-elle. Tu te rappelles le jour où tu jouais à te battre avec Dafydd et où il t'a cassé le bras ? Eh bien c'est à peu près ce qui est arrivé.

— Tu as joué à te battre avec Lord Robert ?

— Ne dis pas de bêtises ! s'écria-t-elle en rougissant. C'est la selle de mon époux ?

— Oui, répondit Rhodri, boudeur. Ce misérable de Taliesin s'est débarrassé sur moi de cette corvée.

Il eut un geste vers une pile de rênes et de brides.

— Il a dit qu'il me pendrait par les pouces si je n'avais pas tout fini avant la nuit. Bon sang, il a tant d'autorité qu'on le prendrait pour le roi Henry en personne !

Par égard pour la sensibilité de l'adolescent, Arianna retint un éclat de rire.

— En tout cas, Lord Robert sera heureux de voir sa selle si bien entretenue !

— Peut-être, mais crois-moi, j'attends mon heure. Ecoute, Arianna, ajouta-t-il en baissant la voix, on ne me surveille guère. Je me serais déjà échappé si je n'avais su que tu voudrais sûrement venir avec moi. Que dirais-tu d'essayer ce soir ?

Arianna saisit son frère aux épaules et le secoua d'importance.

— Bon sang, réfléchis un peu ! Aurais-tu oublié que nous sommes otages pour l'honneur de Gwynedd ? Tiens-tu à offrir au roi Henry une excuse pour envahir de nouveau nos terres ?

Rhodri baissa les yeux.

— Non.

— Un otage n'est pas supposé s'enfuir, ce n'est pas son rôle. En outre, n'as-tu pas juré fidélité à Lord Robert en devenant son écuyer ?

Rhodri continuait de bouder.

— Un serment fait à un Normand ne compte pas... Je hais Lord Robert presque autant que l'horrible Taliesin.

Il fronça les sourcils en regardant l'œil tuméfié de sa sœur.

— Arianna ? Tu te rappelles l'histoire de ce comte normand qui a épousé une fille de Powy puis qui l'a tuée quand il s'est retrouvé en guerre contre son père ?

En bonne Galloise, Arianna connaissait ce splendide exemple de la perfidie et de la cruauté des Normands. Le comte avait tendu une embuscade au seigneur de Powy. Son épouse en avait eu vent, et elle avait prévenu son père. Le comte, rendu furieux par ce qu'il considérait comme une trahison, lui avait tranché la tête avant de l'empaler sur les remparts de son château.

Arianna ébouriffa affectueusement la chevelure châtaine de son frère et posa un bras sur ses épaules.

— Ne t'inquiète pas, je n'ai pas l'intention de fournir à Lord Robert l'occasion de planter ma tête au bout de sa lance.

Après la nuit passée, elle n'imaginait que trop bien comment le Dragon Noir la punirait si elle était obligée de le trahir, pour le bien de son peuple ou celui de son père...

Rhodri se dégagea.

— Lâche-moi un peu, Arianna, pour l'amour du Ciel, ne te pends pas sans cesse à mon cou ! Si l'immonde Taliesin nous voyait, je ne m'en remettrais pas !

Arianna s'abstint à grand-peine d'éclater de rire et elle laissa Rhodri à la sellerie, en lui conseillant seulement de veiller à ses pouces. Puis elle se remit à vaquer à ses propres tâches.

D'abord, il fallait qu'elle rencontre Sir Odo, qui avait été nommé régisseur du domaine, afin de l'informer qu'à partir de maintenant, elle prenait l'entière responsabilité de tout ce qui se passait à l'intérieur du mur d'enceinte.

Elle le trouva près des palissades érigées pour parquer le bétail confisqué. Mais il n'y restait plus qu'une vache pelée et un mouton aux jambes torses.

— Il a rendu les bêtes, dit Arianna à haute voix.

Sir Odo se retourna. La sueur dégoulinait dans les nombreuses rides et crevasses de son visage, et il s'essuya d'un revers de manche.

— Madame ?

— Lord Robert a rendu les bêtes, répéta-t-elle.

Le visage tavelé se fendit d'un grand sourire, découvrant un trou en plein milieu de sa denture.

— Vous ne vous y attendiez pas ?

— Taliesin disait...

— Taliesin ! Celui-là, il serait au bord de la tombe que sa langue continuerait de s'activer ! Quant à votre époux, madame, c'est son orgueil qui l'abandonnera en dernier. Jamais il ne s'excuse, jamais il ne donne d'explication. C'est quelquefois ennuyeux, surtout si on est celui qui doit passer derrière lui pour l'excuser et expliquer...

Arianna fixa un instant les enclos vides, pensive, et

quand elle revint à Sir Odo, elle s'aperçut qu'il fixait son œil poché avec une expression de profonde réprobation.

— Pour ça, dit-il, il faudra bien qu'il s'excuse tout seul !

— C'était un accident, s'empressa de dire Arianna, tout en se demandant pourquoi elle se sentait obligée de défendre son mari.

Sir Odo grommela et frotta sa grosse patte sur son menton râpeux de barbe.

— J'aimerais vous raconter une histoire, madame. Mais, par le sang du Christ, Lord Robert donnerait mes entrailles aux vautours s'il savait que je vous en ai parlé.

— Vous pouvez compter sur mon silence, Sir Odo, déclara solennellement Arianna.

— Bon... Eh bien, voilà. Ça s'est passé il y a quelques années, quand Lord Henry disputait l'Aquitaine à la France. Henry avait nommé un certain chevalier régisseur des châteaux que nous avions conquis, tandis que lui-même rentrait à la Cour. Mais les terres avaient été ravagées par les combats, et l'hiver fut particulièrement rude. A la Chandeleur, les serfs mangeaient de l'herbe bouillie et l'écorce des arbres. C'est le moment que choisit l'évêque pour envoyer ses émissaires prélever la dîme.

— Mais si les gens mouraient de faim, comment l'évêque aurait-il pu réclamer dix pour cent de rien du tout ?

— Il reste toujours quelque chose, même en période de disette. Pourtant, ses envoyés n'ont pas obtenu un seul grain de blé, madame, parce que le chevalier dont je vous parle a chassé ces suppôts de Satan. Il en a même pendu un qui se montrait récalcitrant. Puis il est allé voir l'évêque, un gros porc vautré dans son somptueux palais, et il l'a informé qu'il n'y aurait pas de dîme cette année-là en lui posant la pointe de l'épée sous la gorge.

Les yeux de Sir Odo brillaient à ce souvenir,. et il cracha par terre.

— Evidemment, l'évêque l'a excommunié.

Arianna en eut la chair de poule. Si un homme mourait en état d'excommunication, il brûlait en enfer pour l'éternité. Et la femme qui épousait un tel homme damnait également son âme.

— Et Ro... le chevalier dont il est question a-t-il tenu bon ?

— Ouais. Il a des c...

Sir Odo s'interrompit, rouge comme une tomate.

— Pardonnez-moi, Lady Arianna. Il y a trop longtemps que je vis seulement entouré d'hommes et de chevaux.

Arianna l'excusa d'un geste de la main.

— Avec neuf frères, j'en ai entendu de toutes les couleurs, vous savez ! Mais que s'est-il passé ensuite ? Le chevalier n'est plus excommunié, je suppose.

— Non. Henry s'est servi de son influence pour lever la punition, et il a trouvé la plaisanterie très drôle... jusqu'à ce qu'il s'aperçoive que le chevalier ne lui avait pas non plus payé sa dîme. Le chevalier dont nous parlons a été obligé de vendre tout ce qu'il possédait, y compris son épée, afin de payer Henry, non seulement pour ce qu'il n'avait pas pris en tant que régisseur, mais aussi pour tout ce qu'il avait prélevé dans les réserves des châteaux afin de le donner aux serfs durant l'hiver... Du moins est-ce ainsi qu'on raconte l'histoire, conclut Sir Odo.

Arianna fixait les enclos, le cœur léger. Elle n'avait pas dansé à ses noces, la veille, mais maintenant elle avait envie de sauter de joie.

Elle se tourna de nouveau vers le massif chevalier.

— Merci pour cette belle histoire, Sir Odo. Et à présent, je voudrais vous demander une faveur.

Elle lui expliqua son intention de prendre en main la gestion du château et de ses abords immédiats.

— J'en serai ravi, madame ! s'écria-t-il aussitôt. Rien qu'à l'idée de m'occuper des herses et des haies, des cochons et du fourrage, j'ai déjà la tête qui éclate !

Il se passa la main sur le front.

— Pour sûr, j'aimerais mieux me trouver sur un champ de bataille !

Arianna lui apporta un peu plus tard une décoction de racine de pivoine afin d'apaiser sa migraine, et elle en fut récompensée par un baiser si enthousiaste sur la joue qu'il faillit lui faire perdre l'équilibre.

Elle passa le reste de la matinée à essayer de remettre de l'ordre au château.

Les réserves de vin et de bière avaient été sérieusement mises à mal par les festivités du mariage, et elle décida de consacrer une heure, après le repas, à l'inventaire de la cave.

Elle venait d'achever de compter les tonneaux de bière quand elle aperçut quelques lettres gravées sur le mur de pierre. Elle tenta de les déchiffrer, mais elles avaient dû être tracées longtemps auparavant car elles étaient fortement encrassées. Arianna s'empara de la torche qu'elle avait accrochée au mur près de la porte.

R... O... B... E... R... T.

Elle bondit en arrière si brusquement qu'elle en laissa tomber sa torche, et elle s'affaira quelques minutes à en ranimer la flamme, avant de se pencher de nouveau vers les lettres. Elle effleura la première.

Aussitôt, une bouffée de terreur à l'état pur l'envahit tout entière. Surgie du passé, la terreur de Robert était devenue sienne. Il était enfermé dans la cave, attendant que...

Les yeux !

Une douleur la frappa aux orbites, si violente qu'elle ferma les paupières. *Ils vont m'arracher les yeux.*

— Non, gémit-elle dans un sanglot.

Une fraction de seconde, elle le vit — un jeune garçon aux cheveux noirs tassé dans un coin de la cave, ses joues sales sillonnées de larmes. Elle sentait sa douleur aussi sûrement que si elle montait en elle. Il rejeta la tête en arrière et se mit à hurler :

— *Je suis votre fils, par le Ciel ! Votre fils ! Comment pouvez-vous faire une chose pareille à votre propre fils ?*

— Oh, non, je vous en supplie ! cria Arianna.

Elle tombait dans un tourbillon de vent et de lumière blanche. Elle sentait la fumée, l'air gorgé de pluie, elle entendait le croassement des corbeaux, le rire gras d'un homme excité...

— *Après ça, le bâtard de Chester ne fera jamais de bâtards lui-même.*

La lumière prit la couleur du sang, se transforma en flammes, devint le feu d'une forge, celle de la cour du château...

Un corbeau tournoyait dans le ciel d'orage. Il faisait frais, mais c'était bon, si bon, après les semaines passées enfermé dans la cave. Puis il la vit... une forge chauffée à blanc, le feu qui sifflait sous les premières gouttes de pluie.

Il crut qu'il allait s'évanouir de peur, mais il ne tomba pas, car on le portait à moitié vers la forge. Il serra les dents pour s'empêcher de supplier. Ils prendraient peut-être de force ses yeux et sa virilité, mais lui seul était maître de son orgueil.

Un homme avec un capuchon de cuir se tourna vers lui, un long pic de fer rougi dirigé vers ses yeux. Oh, oui, il aurait supplié, finalement, mais les mots ne franchissaient pas le seuil de ses lèvres. Ses yeux. Comment pouvait-on vivre sans la vue ?

Un chevalier vêtu d'écarlate s'interposa :

— Non. Les testicules d'abord, que ce soit le dernier spectacle qu'il voie de sa vie.

Des mains brutales arrachèrent son pantalon. Une rafale de vent, des rires nerveux. Les corbeaux piaillaient, comme s'ils sentaient déjà l'odeur du sang. La lame d'un couteau, froide contre sa chair. Dieu, non, ne me faites pas ça ! priait-il. Mais il ne croyait pas en Dieu, il ne croyait pas en la compassion, aussi n'avait-il aucun espoir. Il pensa à la jeune fille qu'il aimait et il eut plus mal encore.

Le chevalier en rouge s'approcha davantage, un rictus aux lèvres.

— Tu diras à ton père le comte que c'est comme ça que nous punissons les traîtres, à travers leurs fils...

Mon père s'en fiche! eut-il envie de crier. Mon père se moque de ce que vous faites de moi.

Le chevalier attendait qu'il s'effondre, et il s'effondrait, mais à l'intérieur, là où personne ne pouvait voir.

— Bon Dieu, mon garçon, es-tu de pierre?

Non. De chair, de sang. Comment son père avait-il pu l'abandonner à un sort aussi atroce? Comment pouvait-il l'aimer si peu?

Il trouva enfin les mots qu'il cherchait et le courage de les prononcer.

— Ensuite... vous me donnerez un poignard?

Le visage du chevalier exprima clairement sa stupeur. Triomphe!

— Pour te tuer?

Je suis votre fils! Votre fils! Comment avez-vous pu me condamner à un tel sort?

— Non. Pour le tuer... mon père.

La haine le rongeait. Haine et sombre désespoir. Il se sentait indésirable, indigne... abandonné.

Les corbeaux, le vent, la pluie qui lui fouettait le visage.

Il leva les yeux vers les murs rouge sang de Rhuddlan et attendit la douleur...

La pluie tombait sur Arianna, les corbeaux criaient son nom et elle luttait contre le brouillard qui s'accrochait à son cerveau comme une toile d'araignée. Elle se débattit, mais ne toucha qu'une peau douce, tandis que les piaillements se transformaient en une jeune voix.

— Madame...

Elle avait le dos trempé et deux yeux très noirs la fixaient; on lui passait de l'eau fraîche sur les joues.

— Taliesin?

Quand elle essaya de se redresser, tout se mit à tourner autour d'elle. La nausée. Elle agrippa la tunique du jeune homme.

— Attention, madame, c'est une tunique toute neuve, et elle m'a coûté une fortune.

Arianna eut un petit rire en forme de sanglot, mais elle se sentait un peu mieux. Taliesin portait son casque doré qui brillait dans la pénombre.

— Que faites-vous là ? demanda-t-elle enfin. Lord Robert est-il de retour ?

— Non. Il ne sera pas là avant la tombée de la nuit. Mais vous tremblez, madame…

Il se pencha, proche d'elle à la toucher, et elle eut de nouveau l'impression que son regard s'éclairait de l'intérieur, d'une lumière irradiante, comme celle du clair de lune.

— Vous avez vu, dit-il. Vous avez vu ce qui est arrivé à mon maître dans ces lieux.

Il lui arrachait la vérité par la seule force de sa volonté.

— J'ai vu… acquiesça-t-elle, mais je ne comprends pas.

Elle eut soudain dans la bouche le goût âcre du sang. Elle n'avait pas seulement vu ce qui s'était passé dans la cour ce jour-là, elle l'avait vécu, elle *avait été* Robert.

— Ses yeux… Oh, Taliesin, ils allaient lui crever les yeux.

Elle se serra contre lui et il lui caressa le dos, apaisant. Ce n'était plus vraiment un adolescent, songea-t-elle confusément. Peut-être à cause de la force inhabituelle de son bras, ou des accents profonds de sa voix.

— Chut, calmez-vous. Il ne s'est rien passé, et vous savez bien que mon maître n'a pas été mutilé.

Elle se détacha de lui.

— Mais cela a failli se produire, n'est-ce pas ? Savez-vous pourquoi, Taliesin ? Pourquoi se trouvait-il là ?

Des mèches lui tombaient sur le visage, et il les repoussa doucement.

— C'était avant que votre père reprenne Rhuddlan aux Normands, à l'époque où le comte de Chester régnait sur cette partie du pays.

— Le père de Robert ?

— Oui. Le prince Stephen et la reine Mathilda se battaient alors pour le trône d'Angleterre, et les seigneurs étaient obligés de prendre parti pour l'un ou l'autre. Le vieux comte de Chester savait sentir l'odeur de la victoire et il changeait souvent de côté, mais un jour il se trompa et soutint Stephen alors qu'il aurait dû choisir Mathilda. Cette erreur lui coûta de nombreuses possessions, dont Rhuddlan.

« Le château fut occupé par l'un des favoris de Mathilda, Roger de Bessin. Le comte de Chester avait également accepté de donner son fils en otage, comme garantie de sa neutralité. Mais le vieux renard avait plus d'un tour dans son sac : au lieu de laisser Hugh, comme il l'aurait dû, il abandonna son bâtard, mon seigneur et maître Robert.

— Alors ils l'ont gardé enfermé dans la cave...

Arianna souffrait au souvenir des lettres gravées dans la pierre. Combien de temps y était-il resté ? Des jours, des mois...

— Tout l'été et tout l'automne, précisa Taliesin comme s'il avait deviné le cours de ses pensées. Roger de Bessin avait juré que si le comte ne revenait pas en personne avec Hugh, il arracherait les yeux de Robert et... pire encore.

La terreur, l'atroce terreur... De nouveau, Arianna fut dans la cour, attendant qu'on lui arrache les yeux, attendant la douleur... Les sentiments de Robert, elle les éprouvait dans sa chair.

Il avait été si blessé, si atrocement blessé que son père l'eût ainsi abandonné, trahi. Arianna en avait le cœur déchiré.

— Mais le comte de Chester n'a pas laissé faire cela, dit-elle à Taliesin. N'est-ce pas ?

L'écuyer garda le silence.

— Puisqu'il ne s'est rien passé, insista-t-elle, son père est forcément intervenu à un moment ; il devait l'aimer, finalement.

Taliesin secoua la tête, le regard empli d'une sagesse vieille comme le monde.

— Roger de Bessin a été si bouleversé par le courage de mon maître qu'il l'a épargné en fin de compte. C'est aussi simple que ça, madame. Et aussi compliqué.

La douleur s'amplifia encore.

— Son père...

— Il a ri. Quand il a appris ce qu'on voulait faire subir à Robert, il a ri. On allait crever les yeux de son fils, l'émasculer, et lui riait à gorge déployée.

Arianna guettait à la fenêtre quand les trompes annoncèrent le retour du seigneur.

Le ciel était d'un bleu sombre et un petit croissant de lune s'élevait au-dessus du corps de garde. Un valet allumait les torches au bas des marches.

Deux chevaux arrivaient dans la lumière au petit trot, et Arianna ne fut pas surprise de voir Taliesin au côté de son maître, car il avait disparu de la cave comme un esprit se fond dans le néant. Elle en arrivait à se demander si elle n'avait pas tout simplement imaginé leur conversation.

Robert leva les yeux vers la fenêtre dès qu'il mit pied à terre. Les torches soulignaient les aspérités de son visage et le vent ébouriffait ses cheveux.

Comme on l'appelait depuis le hall, il grimpa les marches quatre à quatre.

Arianna fit le tour de la chambre, pleine d'appréhension et d'excitation mêlées. Un feu brûlait dans le brasier, le bain était prêt, et sur une table on avait disposé du pudding, des fruits, du fromage, ainsi que des pichets de bière et de vin. Les joncs du sol avaient été changés, les rideaux du lit dépoussiérés.

Un quart d'heure s'écoula. Il tardait à venir. Arianna marchait nerveusement de long en large lorsqu'elle entendit enfin le bruit de son pas dans l'escalier. Elle se rendit compte qu'elle tenait les mains jointes comme une nonne en prière, et elle essuya ses paumes moites à sa jupe.

La porte s'ouvrit sur des gonds récemment huilés. Robert apportait la fraîcheur de la nuit et un parfum d'iode. Mais il n'était pas seul.

Sir Odo l'accompagnait, suivi de trois autres hommes d'armes qui se disputaient l'attention de leur seigneur. Arianna lui mit entre les mains un gobelet de bière mais, occupé à parler, il la remercia d'un simple signe de tête. Elle se sentait importune. Pourtant, lorsqu'elle se dirigea vers la porte, il la retint d'un bref :

— Restez là, Arianna.

Puis il donna ses instructions aux hommes d'un ton de calme commandement. Devant le respect évident qu'il inspirait, Arianna se dit qu'avec un titre et un domaine, même modeste, un chevalier de sa stature aurait pu devenir assez puissant pour se mesurer au roi. Or son père le comte ne lui avait rien donné. Pire, il l'avait trahi. Dans ces conditions, comment s'étonner que Robert ne voulût pas entendre parler de sa naissance ? Celle-ci ne lui avait apporté que peines.

Quand ils furent seuls, il se tourna enfin vers elle, le regard assombri, les traits tendus. Aussitôt, une étrange émotion envahit Arianna.

Comme il se taisait, ce fut elle qui prit les devants :

— Voici votre bain, monseigneur. Et une collation.

— Je crois que je vais rapidement prendre goût à la vie conjugale, dit-il avec un sourire éblouissant.

Aucun homme n'avait le droit d'être aussi beau par la simple magie d'un sourire ! pensa Arianna qui avait du mal à reprendre son souffle.

— Parlez pour vous ! rétorqua-t-elle pour cacher son trouble.

Il fixait ses lèvres, et c'était presque comme s'il l'embrassait.

— Aidez-moi à me dévêtir, dit-il d'un ton brusque.

Elle s'approcha pour le débarrasser de sa broigne, comme elle l'avait fait si souvent avec ses frères lorsqu'ils rentraient d'un raid ou d'une partie de chasse mais il la saisit par les bras pour l'attirer à lui, et ils restèrent ainsi un long moment. Arianna lisait dans ses yeux qu'il avait envie d'elle.

Il l'embrassa enfin, l'écrasant contre lui, contre sa virilité. Puis, abandonnant ses lèvres, il prit sa main et la glissa sous la tunique.

— Et ça, Arianna, arriverez-vous à y prendre goût un jour ?

Son sexe était vivant sous ses doigts, chaud, palpitant. Même si elle avait trouvé une réponse appropriée, elle aurait été incapable d'articuler un mot. Enfin il la lâcha, et elle recula, la main en feu.

Il lui tendit la broigne pour qu'elle l'accroche à une patère. Comme il enlevait la cotte de mailles, une boucle de métal frotta contre sa blessure au bras et il esquissa une grimace. Arianna vit que son pansement était noirci de sang séché. Pour la première fois, elle s'en voulut presque de l'avoir frappé. Allait-il encore la punir ?

Il s'étira avant de se resservir de la bière, et elle fut impressionnée par sa robuste musculature. Elle le connaissait un peu mieux, désormais, cependant il l'effrayait encore.

— Me battrez-vous ?

Il lui fit face, les sourcils levés.

— Je n'ai pas l'habitude de frapper une femme sans raison. Avez-vous fait aujourd'hui quelque chose qui réclame punition ?

Elle noua ses mains dans son dos, la tête bien droite.

— Ainsi, vous me battriez si vous jugiez que je le mérite.

Il posa le gobelet sur la table sans la quitter des yeux.

— Qu'avez-vous fait ? insista-t-il.

— Vous m'avez mal comprise. C'est que je ne suis pas familière de vos coutumes, et j'ai besoin de savoir... comment je me situe par rapport à vous. Au pays de Galles, un mari a le droit de battre sa femme pour trois raisons seulement : si elle dort avec un autre, si elle perd ses biens au jeu ou si elle insulte à sa virilité. S'il la frappe sous d'autres prétextes, elle peut demander l'annulation du mariage. Sauf s'il achète son honneur, évidemment.

Brusquement, elle avait la gorge serrée.

— Je ne puis vous autoriser à me frapper pour d'autres raisons, termina-t-elle avec peine.

— M'autoriser ? Vous semblez oublier que vous relevez désormais des lois anglaises, or en Angleterre un homme dispose comme il l'entend de son épouse.

— C'est-à-dire qu'il peut la battre pour le plaisir, dit-elle, amère.

En tant que princesse cymri, elle avait inspiré le respect ; à présent, mariée à Robert, elle n'était plus rien.

Il vint à elle, et elle dut faire appel à toute sa volonté pour ne pas reculer, bien qu'il n'eût pas du tout l'air de lui vouloir du mal. Pour l'instant.

Il suivit du doigt la lourde natte qui reposait sur son épaule.

— Etes-vous atteinte de la fièvre du jeu ? demanda-t-il tout en dénouant ses cheveux.

— Non, mais...

La voix de Robert était sèche, mais ses doigts, eux, se montraient tendres.

— Si je vous surprends en compagnie d'un autre, Arianna, je ne vous battrai pas, je vous tuerai. Quant à ma virilité, il est impossible de faire affront à un élément dont la réputation est si bien établie.

Une étincelle s'alluma dans ses yeux. Du rire ?

— Maintenant, reprit Robert, vous savez à quoi vous en tenir. En somme, tout dépend de vous.

Avec les mains de son mari dans ses cheveux, Arianna était incapable de réfléchir.

— Je serai une compagne loyale, souffla-t-elle.

— Nous voici enfin tombés d'accord ! dit-il avant d'aller s'asseoir pour ôter ses bottes.

Arianna s'accroupit près de lui pour l'aider, se rappelant la façon dont ses mollets musclés enserraient les flancs du cheval lors du tournoi, contrôlant entièrement l'élan de son destrier.

Il lui releva la tête.

— Je vais être doux avec vous, ce soir, et si vous ne vous débattez pas, vous aurez moins mal.

— J'aurai mal quand même.

— Un peu, sans doute.

— Est-ce parce que votre membre est si... volumineux ?

Il esquissa un sourire.

— Dois-je considérer cela comme un compliment ?

Sottement ravie qu'il la taquine, Arianna baissa les yeux. Un brusque sourire lui monta aux lèvres en même temps qu'un souvenir. C'était l'été de ses douze ans. Elle sentait encore la chaleur du soleil sur ses cheveux, la douceur du sable sous ses pieds nus, elle entendait le chuchotement des vagues sur la grève.

Etourdiment, elle évoqua l'anecdote à haute voix.

— Dieu sait pourquoi les hommes sont si fiers de leur appendice ! J'ai surpris quatre de mes frères, un jour, sur la plage. Ils se tenaient en demi-cercle au bord de l'eau, le pantalon sur les chevilles, et je n'ai d'abord pas compris ce qu'ils faisaient, puis j'ai vu : ils comparaient la taille de leurs membres.

Ils éclatèrent tous les deux de rire, celui de Robert profond, celui d'Arianna léger, cristallin.

Il reprit le premier son sérieux, et elle baissa les yeux. La chambre paraissait tellement silencieuse, à présent ! Robert caressait sa nuque, son cou, et elle fut envahie d'une douce chaleur.

Elle se releva pour aller remplir la cuvette d'eau et revint vers lui, une serviette sous le bras.

— Que faites-vous ? demanda-t-il comme elle posait la cuvette à terre.

Elle se pencha sur lui, et sa longue chevelure vint balayer son épaule. Il ferma les yeux de plaisir, mais elle ne le vit pas car elle était occupée à défaire le bandage souillé de son bras.

— Le tissu est collé à la blessure, dit-elle.

— Tirez dessus d'un coup sec.

— Ça va faire mal...

— Pas plus que maintenant.

Elle obéit. Il se crispa un moment mais n'émit aucune plainte.

Le sang se remit à couler de la plaie.

— J'espère que vous voudrez bien accepter mes excuses pour vous avoir blessé, monseigneur. J'avais mes raisons, vous le savez, mais je regrette, à présent.

— Ce n'est qu'une égratignure, dit-il en haussant les épaules.

— Vous auriez dû vous soigner tout de suite. Je crains que vous n'en gardiez la cicatrice.

Elle se mit à laver la plaie. Un peu d'eau gicla sur le

torse de Robert et descendit le long de ses muscles jusqu'à son ventre.

Arianna détourna les yeux et fixa le mur, derrière lui.

— J'attends maintenant vos excuses, seigneur mon époux.

— Mes *quoi ?*

Il la fixait, l'air ahuri, comme s'il venait de recevoir un coup sur la tête. Peut-être passait-il en revue la longue liste de ses torts envers elle.

— Vos excuses pour m'avoir fait un œil au beurre noir, expliqua-t-elle.

Il cligna des yeux.

— Pas question, grommela-t-il. C'était un accident, et de toute façon, vous le méritiez.

— Je vous ai demandé pardon, reprit-elle. D'abord pour vous avoir traité de bâtard, ce que vous êtes — non pas par votre faute, ajouta-t-elle vivement. Et je viens de m'excuser pour vous avoir blessé pendant que vous pratiquiez vos perversions sur moi...

— J'essayais simplement de vous faire l'amour !

— Alors vous pourriez au moins vous excuser de m'avoir frappée, que ce fût accidentel ou non. Ce n'est que justice.

— Par le Ciel, de quelle justice parlez-vous quand vous avez bien cherché ce qui vous est arrivé ?

Arianna se redressa d'un bond.

— Vous êtes désespérément mal élevé, monseigneur, même pour un Normand.

Elle empoigna la cuvette, mais il la retint par le bras.

— Allez-vous japper ainsi toute la nuit ?

— Je ne jappe pas, je ne suis pas un chiot.

Elle vit un muscle jouer sur sa mâchoire.

— Très bien, dit-il enfin. Je vous offre mes excuses pour vous avoir heurtée accidentellement alors que je tentais de vous empêcher de m'assassiner.

— Je ne les accepte pas.

— Vous ne...

— Non. Des excuses présentées à contrecœur n'ont aucune valeur.

— Par le Christ !

Il jaillit de son siège comme s'il était assis sur une fourmilière, renversant la cuvette sur la robe de soie d'Arianna.

La jeune femme poussa un léger cri. Trempé, le tissu lui collait au corps comme une seconde peau, soulignant ses formes, et elle vit les bouts de ses seins durcir comme deux bourgeons.

Elle leva les yeux vers Robert, le cœur battant au souvenir de ce qu'il avait fait la veille, le souffle court. Elle fixait sa bouche. Elle avait envie... envie...

Elle entrouvrit les lèvres, tandis que Robert inclinait la tête vers elle.

Ô Dieu, elle avait envie qu'il...

Son souffle la caressait, puis il l'embrassa, l'obligeant à s'ouvrir pour lui, et elle répondit, timide, hésitante.

Il mit un terme à leur baiser en murmurant contre sa bouche :

— Vos lèvres sont si douces...

Il descendit le long de son cou, et elle s'accrocha à ses bras, offerte, une étrange impatience au creux des reins.

Il l'obligea à le regarder.

— Arianna ?

Une fois encore, l'appréhension l'envahit. Mais elle avait une vie entière à passer avec cet homme, dans son lit, et elle ne pouvait avoir peur de lui indéfiniment !

Elle s'écarta. Lentement, sans le quitter des yeux, les doigts tremblants, elle dénoua les rubans de son bliaut.

Robert sourit, et Arianna sut que le temps de la peur était révolu.

12

Allongée nue sur le lit, elle le regardait se déshabiller. La lumière de la chandelle jouait sur la peau hâlée, sur la toison de son torse, ombrait son visage, empêchant Arianna de distinguer son regard.

Dans le silence de la chambre on n'entendait que le sifflement des braises, le murmure du vent dans les poutres. Et leurs respirations.

Il vint s'étendre près d'elle, caressa ses cheveux, puis, impulsivement, il enfouit son visage dans les mèches soyeuses.

— Vous sentez délicieusement bon, soupira-t-il avec gourmandise.

— Vous avez l'intention de me dévorer ?

Il releva la tête, surpris, puis partit d'un grand rire, tandis qu'elle rougissait. Elle n'aurait pas dû se lancer dans le badinage, elle n'avait jamais été bonne à ce petit jeu.

— Grand Dieu ! dit-il, la voix un peu enrouée, en lui effleurant les lèvres du doigt. J'avais oublié qu'il existait des jeunes femmes comme vous. Pures, fraîches... innocentes.

Il l'attira à lui et déclina pour elle toutes les gammes du baiser, du plus léger effleurement à la possession totale de sa bouche. Quand il releva enfin la tête, elle avait les lèvres gonflées, palpitantes... et plus très innocentes.

Appuyé sur un coude, il suivit du doigt ses traits délicats. Il avait le regard voilé et un très léger sourire se dessinait sur sa bouche. Haletante, elle attendait l'épanouissement de ce sourire, mais soudain il arracha l'oreiller.

— Que faites-vous ? cria-t-elle, stupéfaite.

— Je cherche les armes.

Elle lui saisit le poignet alors qu'il fouillait sous l'autre oreiller.

— Je n'ai pas peur, ce soir, monseigneur. Je crois que vous ne me ferez pas de mal. Ne pouvez-vous me faire confiance aussi ?

Il se raidit, le regard froid, les lèvres pincées. Il n'avait confiance en rien, en personne.

Puis il se détendit. Il se libéra alors de son étreinte mais, renonçant à sa quête, se pencha pour baiser le petit creux à la base de son cou.

— Vous aimez mes baisers, Arianna ? Dites-moi que vous avez envie de moi...

Si elle disait non, la prendrait-il quand même, comme la nuit précédente ? Elle ne tenait pas à le savoir et, de toute façon, prétendre qu'elle n'avait pas de désir pour lui serait un mensonge.

— Oui, j'ai envie de... vous.

Il traça des arabesques sur son ventre, et elle se sentit délicieusement oppressée, la peau brûlante. Elle poussa cependant un petit cri quand il approcha du cœur de sa féminité et repoussa sa main.

— Je n'aime pas beaucoup être touchée là.

— Menteuse ! Vous aimez trop cela, au contraire.

Pourtant il céda et se contenta de lui caresser les seins. Arianna se mordit la lèvre pour étouffer un gémissement ; elle avait l'impression de fondre de l'intérieur.

— Vous êtes douce, murmura-t-il dans ses cheveux. Si douce...

Elle aimait voir ses mains brunes sur sa peau blanche, sur ses seins.

Elle ne put s'empêcher de le toucher aussi, et s'émerveilla de le trouver si lisse, si tiède, et en même temps si puissant.

Quand il bougea, la serrant davantage contre lui, elle sentit sa virilité contre sa cuisse et elle se crispa, essayant de le repousser.

— N'ayez pas peur, Arianna. Caressez-moi.

C'était tout à fait inconvenant !

Mais il lui prit la main pour la poser sur son sexe gonflé, et elle oublia tout sauf cette merveilleuse sensation de vigueur et de chaleur.

— Plus fort. Je ne suis pas fragile, dit-il d'une voix qui trahissait cependant une sorte de douleur.

Elle obéit et il gémit, les yeux clos. Arianna en ressentit une enivrante impression de puissance. Elle avait ce pouvoir sur lui.

— Dieu, je ne peux pas... Arrêtez ! dit-il en lui prenant la main.

Il se réfugia dans son cou, secoué par un petit rire.

— Quelque chose me dit que vous ne tarderez pas à vous montrer exceptionnellement douée !

Il prit un sein entre ses lèvres et elle faillit crier. Mais quand il glissa la main entre ses cuisses, elle les referma aussitôt, craintivement.

Il se redressa pour la regarder et murmura :

— N'ayez pas peur. Ouvrez-vous à moi, je ne vous ferai pas mal.

Elle obéit, et il la caressa doucement, éveillant en elle des sensations brûlantes. Elle s'entendit gémir, se sentit onduler sous lui. C'était scandaleux, mais tant pis, tant pis, tant pis...

Sa tête roulait sur l'oreiller, elle enfonçait ses ongles dans les épaules de Robert. S'il n'arrêtait pas, elle allait exploser, éclater en mille morceaux qu'elle ne pourrait jamais plus rassembler. Le feu redoublait, toujours plus ardent, plus déchaîné. Elle ne pouvait plus respirer, elle allait mourir, et ce serait un soulagement.

Pourtant elle attendait, attendait...

— Donnez-vous à moi, Arianna. Donnez-moi...

— Non, je ne peux pas ! cria-t-elle dans un sanglot.

Elle ne comprenait pas bien ce qu'il lui demandait, mais elle savait qu'il ne fallait pas. Elle refusait de lui offrir cet ultime abandon qui aurait signifié remettre son âme entre ses mains.

Le sang bourdonnait à ses oreilles. Il ne l'aurait pas. Il ne l'aurait pas parce qu'il n'avait aucun amour pour elle, il ne voulait que sa chair.

Il la couvrit de son corps et se glissa tout doucement en elle. L'instant de gêne fut bien vite remplacé par une merveilleuse plénitude tandis qu'il l'emplissait de lui. Pourtant, quand il la saisit aux hanches pour aller plus loin, elle poussa un petit cri.

— J'ai mal... Arrêtez.

— Trop tard...

Il allait et venait en elle, plus vite, plus fort, et la douleur s'atténua tandis qu'elle s'accrochait inconsciemment à lui, à la fois effrayée et étrangement heureuse.

Il haletait, le dos couvert de sueur, puis soudain il rejeta la tête en arrière, le corps secoué de spasmes. Elle ouvrit les yeux sur son visage que crispait une sorte de douleur inexplicable.

— Arianna !

Le cri lui déchirait la gorge, comme s'il essayait en vain de le retenir. Pantelant, il retomba sur elle, la recouvrant tout entière.

Je n'ai pas cédé, pensa-t-elle. *Je lui ai donné mon corps, et seulement ça.*

Alors, pourquoi cette brusque tristesse ?

Il fut long à reprendre son souffle.

Arianna se sentait rompue, épuisée, assaillie d'une douleur diffuse là où il se trouvait encore en elle. Pourtant, quand il voulut se dégager, elle le retint. Sans bien comprendre pourquoi, elle savait que sans lui elle se sentirait vide, froide. Et triste.

Ils demeurèrent ainsi un bon moment, puis Robert roula sur le côté et se dressa sur un coude pour la regarder.

— Cela ira de mieux en mieux, promit-il. Quand vous aurez vaincu votre peur, vous éprouverez plus de plaisir.

— J'ai le devoir de me soumettre, monseigneur. Ai-je aussi celui de prendre du plaisir ?

— Oui, évidemment ! Et ne m'appelez pas « monseigneur » quand nous sommes au lit !

Son regard était dur, mais sa main incroyablement tendre quand il dessina le contour de ses lèvres.

— On prétend qu'une femme a plus de chances de concevoir si elle ressent du plaisir.

— C'est tout ce qui vous importe ! Un héritier !

— Pas tout à fait, répondit-il dans un murmure.

Il allait l'embrasser, et un petit frisson la parcourut. Elle aimait être embrassée... Dans un soupir, elle ferma les yeux.

Soudain, il se raidit et, d'un geste vif, alla chercher quelque chose derrière sa tête. En une fraction de seconde, elle se retrouva avec la lame du poignard qu'elle avait dissimulé sous l'oreiller tout contre sa gorge.

Les yeux plissés, la bouche dure, il était redevenu l'homme qu'elle avait vu la première fois. Celui de sa vision.

— Vous avez dit : « Faites-moi confiance », lui rappela-t-il, les dents serrées.

Comme elle avalait sa salive, elle sentit la pointe sur sa peau.

— Il est difficile de parler dans ces conditions, souffla-t-elle.

Il lança l'arme au-dessus d'elle, et le poignard se ficha dans le bois du lit.

Puis il plongea durement les doigts entre ses cuisses.

— Qu'avez-vous cru que j'allais vous faire, Arianna ? Seriez-vous trop noble pour un bâtard comme moi ?

— Je n'en sais rien ! Je suis entourée de Normands et je ne peux compter que sur moi pour me défendre. J'ai eu peur que vous cherchiez à me punir pour tout ce qui s'est passé hier, et je ne voulais pas que vous... Par sens de l'honneur, je ne pouvais pas vous laisser abuser de moi, et m'imposer des choses... des choses contre nature, acheva-t-elle dans un souffle.

— Est-ce cela que vous nommez une chose contre nature ? Quand je vous caresse comme ceci ?

Il la questionnait sans cesser de la toucher là où elle se sentait chaude, prête, et elle se surprit à gémir doucement. Soudain, elle se tendit vers lui et les mots vinrent tout seuls :

— N'arrêtez pas, je vous en prie. Et embrassez-moi...

Arianna se réveilla en sursaut et tira instinctivement sur elle la couverture de fourrure. Un instant elle retint son souffle, tentant d'identifier ce qui l'avait dérangée dans son sommeil, mais elle entendit seulement le vent sur les remparts et le grattement des souris dans les poutres.

Il faisait encore nuit noire. Elle se tourna vers la chandelle qui servait de veilleuse. Encore trois encoches avant l'aube.

Les rideaux du lit étaient grands ouverts, car Robert tenait à profiter de l'air frais de la nuit. Il ne voulait pas non plus que les persiennes soient tirées et dormait tête découverte, sans le moindre bonnet. Quand Arianna lui avait fait remarquer que les mauvais esprits risquaient d'entrer pour lui voler son âme par le sommet du crâne, il avait éclaté de rire.

Etait-ce de penser aux mauvais esprits, elle faillit pousser un cri quand la chandelle s'éteignit soudain.

Un simple courant d'air, se raisonna-t-elle.

Mais brusquement, de la musique s'éleva dans la chambre.

Enfant de Cymry, elle avait été bercée au son de la harpe, pourtant cette mélodie-là ne pouvait naître des doigts d'un barde. Les accords résonnaient comme un concert de cloches, éclataient en gerbes de notes cristallines. Une musique claire, vibrante, si intense qu'elle la voyait presque.

Et puis elle la *vit*. Des rubans bleus, pourpres, violets qui tourbillonnaient, des fils scintillants qui se tressaient en tapisserie, s'enroulaient autour d'elle, la caressaient comme les doigts légers d'un amant. Elle était offerte à la musique, à la fois adorée et violée.

Elle tendit les mains pour toucher les couleurs du son, mais elle les traversait comme une nappe de brouillard. C'était tellement beau qu'elle en eut les larmes aux yeux.

Le musicien égrena un dernier arpège mélancolique dont les notes s'évanouirent lentement dans le silence, tandis que disparaissaient les lambeaux de rubans.

— Taliesin ? murmura-t-elle dans le noir, bien qu'elle n'espérât aucune réponse.

La musique ne venait ni du corridor ni de la chambre elle-même, mais d'ailleurs, du fond des temps. Elle aurait pu être jouée des siècles auparavant, ou des siècles plus tard.

Arianna s'était résignée au silence quand s'éleva tout à coup une voix douce, liquide :

Une belle dame demeurait dans un lac
Verts étaient ses yeux...

La chanson coulait sur elle comme une rivière d'argent. La musique évoquait cette fois un lac où vivait une femme, et un chevalier qui asservissait son corps sans lui donner son amour.

Le conte était doux, mélancolique, et Arianna sourit à travers ses larmes. Elle était *dans* la chanson, comme dans l'une de ses visions. Elle sentait l'odeur de l'eau, entendait les oiseaux, le vent caressait son visage. Elle sortait du lac, nue, sa longue chevelure brune collée à son corps mouillé. Elle allait vers le rivage et un chevalier venait à elle, semblant emplir le ciel de sa haute carrure. Son armure sombre dégageait une lumière blanche, et elle tendait les bras vers lui avec une sorte de désespoir.

— Je vous en supplie...

Arianna savait déjà que le chagrin allait arriver, mais son cri mourut dans sa gorge. Le lac avait disparu. Seuls restaient les mots de la chanson qu'elle écouta le cœur serré :

Je te posséderai, ma belle,
Et nuit et jour serai ton maître.
Mais mon amour garderai pour ce qui m'importe :
Dieu, mon seigneur et mon fidèle destrier.

Jamais tu ne me posséderas,
Cruel seigneur.

Mais je jure sur mon âme
Qu'un jour tu viendras à moi

Nu et à genoux, ton cœur dans tes mains,
Pour me donner enfin
Ton véritable amour.

La chanson s'arrêta aussi brusquement qu'elle avait commencé, et Arianna attendit, respiration coupée, qu'elle reprenne. Mais la rivière d'argent n'était plus qu'un filet, et elle aussi disparut.

Le silence revint dans le château endormi.

Au même instant, la bougie se ralluma et Arianna, étouffant un cri, se laissa retomber contre les oreillers. C'était un rêve.

Un simple rêve, tenta-t-elle de se rassurer.

Elle revint peu à peu au calme, cependant le songe restait douloureusement présent — la peine d'une femme qui aime sans être payée de retour lui laissait un goût amer dans la bouche.

Elle se tourna vers l'homme étendu à ses côtés, cet homme qui lui avait fait l'amour sans amour quelques heures auparavant, dont l'odeur lui collait encore à la peau.

Le héros de son rêve avait des cheveux sombres, des yeux gris. Si la chanson s'était poursuivie, serait-il venu vers la dame du lac, son cœur entre ses mains ?

Le chevalier de la chanson-rêve, c'était Robert.

Et elle ne pouvait imaginer l'orgueilleux chevalier nu et à genoux.

Bon sang, Arianna, ne sois pas stupide, il s'agit d'un rêve, c'est tout !

D'abord, elle ne voulait pas de l'amour d'un Normand, fût-il son époux. Même s'il le lui offrait humblement.

Et s'il ne s'agissait pas d'un rêve, alors ce satané écuyer qui se prétendait barde y était sûrement pour quelque chose. Le misérable ! Il n'avait pas le droit de déranger sa nuit avec ses tours !

Elle bourra l'oreiller de coups de poing et ferma les

yeux pour s'obliger à se rendormir. Mais le sommeil fut long à venir. Quand elle sombra enfin, elle serrait l'oreiller contre sa poitrine.

Comme un bouclier pour se protéger le cœur.

Dix heures sonnaient le lendemain matin lorsque Arianna s'installa à la table de la chambre pour essayer d'y voir clair dans les comptes de Rhuddlan. Le sénéchal de Ceidro avait disparu après la bataille et, vu la façon dont il tenait les registres, elle commençait à se douter qu'il ne s'agissait pas d'une coïncidence. L'individu se servait allégrement dans les coffres de son frère depuis des mois.

Après avoir mâchouillé le bout de sa plume d'oie, pensive, elle prenait une nouvelle feuille de parchemin pour la préparer à la pierre ponce, quand, tout à coup, elle sentit un changement dans l'atmosphère de la pièce, comme si le soleil venait de sortir de derrière un nuage. Son cœur se mit à chanter.

— Bonjour, seigneur mon époux, dit-elle sans lever les yeux.

D'une main un peu tremblante, elle lissait à présent la feuille craquante d'une dent d'ours posée horizontalement. Elle avait deviné la présence de Robert aussi sûrement que si elle l'eût vu approcher.

— Je perds la main, on dirait ! s'écria-t-il. D'habitude je suis capable de fondre sur l'ennemi sans être remarqué.

Elle se tourna enfin vers lui. Il semblait remplir le seuil de sa haute silhouette, les pouces passés dans sa ceinture, les cheveux en désordre.

— Vous me considérez comme une ennemie, monseigneur ?

— Disons que je m'efforce de ne pas oublier que vous êtes galloise.

La dent d'ours glissa des doigts d'Arianna et se perdit dans les joncs qui couvraient le sol.

Robert vint s'accroupir pour la chercher, tous ses muscles bien dessinés sous la légère tunique d'été. Le soleil allumait des reflets bleus dans sa chevelure noire, et Arianna eut soudain une folle envie d'y passer la main. C'était tellement étrange de le voir ainsi agenouillé à ses pieds, comme le chevalier de son rêve...

Soudain il lui lança la dent et, surprise, elle fit un geste brusque pour la rattraper, envoyant valser à terre plume et grattoir. Il les ramassa et les lui tendit avec l'un de ses rares sourires.

— Avez-vous autre chose à faire tomber, pendant que j'y suis ?

— Oh, non, non, c'est tout... Je veux dire... merci de...

Elle s'aperçut qu'elle bredouillait, ponctuant son discours de petits mouvements de tête comme une poule effarouchée, et elle s'interrompit.

Il se releva. Il rentrait de la chasse et sentait la forêt, le sang aussi.

Il jeta un coup d'œil aux parchemins.

— Que faisiez-vous ?

Elle était tellement perdue dans sa contemplation qu'elle ne comprit pas tout de suite.

— Pardon ?... Oh ! Ce sont les comptes du château, monseigneur, et en bien mauvais état. Comme vous n'avez pas encore engagé d'économe et que je viens d'inventorier les réserves de Rhuddlan, j'ai pensé que je ferais aussi bien de... enfin...

Elle leva le menton dans l'attitude de défi qui lui était familière.

— Si vous préférez, poursuivit-elle, je peux les remettre à votre prêtre, mais si j'en juge par la qualité de son latin, il n'est guère savant.

— Ainsi, vous, simple femme, vous prétendriez être plus instruite que mon prêtre ?

Arianna serra les dents, vexée.

— J'ai appris à lire, à écrire et à compter avec mes frères et les autres garçons dont mon père a conduit l'éducation. Il est persuadé qu'une bonne instruction est indispensable à un chevalier. A une femme de chevalier également.

— Les travaux d'écriture conviennent aux religieux,

les femmes n'ont pas besoin de connaître les chiffres. Quant à la valeur d'un chevalier, elle repose uniquement sur son habileté à l'épée.

Arianna décida d'ignorer son opinion sur les femmes, car presque toute la Chrétienté pensait de même, mais elle releva la deuxième partie de son discours.

— Non, messire. Et un homme illettré ne peut faire qu'un piètre chevalier. Un véritable seigneur doit être cultivé, au même titre qu'il doit avoir le sens de l'honneur et de la chevalerie.

Robert eut un sourire amer.

— Un tel oiseau rare n'existe que dans les chansons des bardes, Arianna. Dans la vie réelle, les hommes tuent comme ils peuvent, sans idéal d'honneur ni de chevalerie. Ils vendraient leur mère pour une pièce qui leur permettrait de se payer une catin, ils mentiraient à Dieu Lui-même pour disposer d'une heure supplémentaire de leur misérable existence. Leurs membres blessés pourrissent de gangrène. Ils finissent par monnayer leurs âmes, leur honneur, parce que, au bout d'un certain temps, tout leur semble préférable à la mort, et... Ah, assez!

Il se détourna, et Arianna se leva si vivement que l'encrier se serait renversé si Robert ne l'avait rattrapé au vol.

Il se mit à rire.

— Vous êtes décidément dangereuse!

Il s'assit sur le coffre, entre les deux fenêtres, et l'attira à lui.

— Dangereuse pour vous et pour les autres, avec vos absurdes idéaux et vos coudes pointus, reprit-il d'une voix étrangement douce, caressante. Je devrais peut-être vous ligoter et vous bâillonner comme l'a fait Taliesin le jour où il vous a amenée sous ma tente.

Il la serrait entre ses cuisses, et elle ne résista pas à l'envie de poser les mains sur sa poitrine, encore chaude de soleil. Un instant, elle fut tentée de baiser la peau que découvrait l'échancrure de la tunique, mais elle n'osa pas.

Elle frémit quand il la saisit à la taille.

— Je suis heureuse que vous me parliez de Taliesin, monseigneur, dit-elle, la gorge un peu serrée.

— Qu'a encore fait ce gredin ?

— Depuis quinze jours que vous êtes à Rhuddlan, il a mis dans son lit toutes les filles de cuisine, sauf Bertha, et il s'attaque maintenant aux femmes de chambre.

— Pourquoi pas Bertha ? N'est-ce pas celle qui a des seins magnifiques ?

— Peuh ! Ils tombent et se balancent comme les pis d'une vache !

Arianna était jalouse que son mari eût remarqué la superbe poitrine de Bertha. Elle-même s'était frotté les seins à l'essence de giroflée chaque nuit pendant des années dans l'espoir de les voir grossir.

— Bertha a échappé aux assiduités de votre écuyer parce qu'elle a eu une éruption.

— Ah ! Est-elle à ce point volcanique ?

— Une éruption de boutons, sot ! dit Arianna.

En riant, elle lui frappa la poitrine de son poing, et il lui attrapa la main pour la porter à ses lèvres.

Il allait lui faire l'amour. Il était venu exprès au milieu de la journée pour ça ! Au souvenir de la nuit passée, un frisson d'excitation la parcourut.

— A la vérité, monseigneur, reprit-elle, la voix mal assurée, vous devriez sermonner Taliesin, sinon Rhuddlan sera surpeuplé de bébés d'ici neuf mois.

— Que voulez-vous que je fasse, que je le châtre ? Dites à vos filles de veiller un peu mieux sur leur vertu.

Il caressait un de ses seins, et elle se mordit la lèvre pour ne pas gémir.

— J'aurais dû me douter que je n'aurais pas votre appui à ce sujet. Vous êtes un homme, et vous vous moquez complètement de savoir combien de servantes vous débauchez ou combien de bâtards vous engendrez !

— Vous me calomniez ! Il n'est plus question que je débauche des servantes, maintenant que je suis marié.

Elle fut confusément heureuse de l'entendre, mais elle avait du mal à se concentrer sur ses paroles.

— Je... je vois que je vais devoir régler seule ce problème, balbutia-t-elle. Je donnerai aux servantes de la racine de fougère à mettre dans leur vin afin qu'au moins elles ne tombent pas enceintes.

Il la saisit brusquement au poignet.

— Comment êtes-vous au courant de telles pratiques ?

Un instant, elle le fixa, déconcertée par son changement d'attitude.

— Toutes les femmes savent...

— Non ! Seules les catins connaissent le moyen d'empêcher la semence d'un homme de se développer en elles.

— Vous m'insultez, monseigneur !

Il avait les dents serrées, le regard glacial.

— Savez-vous également comment on se débarrasse d'un enfant une fois que le mal est fait ?

— Oui, mais...

— Si je découvre que vous prenez quelque chose dans ce but, je vous tuerai, Arianna ! Croyez-moi, je ne plaisante pas.

Elle se libéra d'une secousse.

— Jamais je ne ferais une chose pareille, espèce de Normand obtus au cerveau bourbeux, à la langue pourrie ! cria-t-elle avec tant de violence qu'il cligna des yeux. Je veux un enfant.

— La langue pourrie ? répéta-t-il.

Un instant, elle crut qu'il allait éclater de rire. Décidément, elle ne s'habituerait jamais à ses sautes d'humeur. Elle mourait d'envie de le frapper. Ou de l'embrasser, pour l'amour du Ciel ! Elle ne le comprenait pas, et elle ne se comprenait pas non plus.

Il saisit son petit menton rebelle.

— Vous souhaitez porter l'enfant d'un bâtard normand ?

— Qui d'autre m'en ferait un ? Vous êtes mon époux.

Il demeura un moment silencieux, à la contempler, puis il effleura ses lèvres.

— Déshabillez-vous et mettez-vous au lit.

Elle recula d'un pas.

— Non.

Il avait pris son air de guerrier, de conquérant qui ne souffre pas la contradiction. Arianna croisa les bras, reculant cependant pour se mettre à l'abri derrière la table.

— Je n'en ai plus envie, monseigneur.

Robert se leva.

— Peu m'importent vos dispositions d'esprit. Je pourrais vous dévêtir, vous attacher sur le lit et vous prendre sans que personne n'ait rien à y redire.

— Oui, vous le pourriez, car vous êtes plus fort que moi. Mais ensuite, vous devrez fouiller tout le château pour y supprimer les armes, et même l'Angleterre entière, tant que vous y serez. Ou alors me garder attachée pour le reste de mes jours.

Jamais elle n'avait vu quelqu'un se déplacer avec cette rapidité. Il ne contourna pas la table, il sauta pardessus et lui arracha la chaise qu'elle brandissait en guise de bouclier. Comme elle tentait de s'enfuir, elle heurta une pierre du foyer, et ce fut suffisant pour qu'il la rattrape et la plaque contre lui.

Elle poussa un hurlement, vite étouffé sous les lèvres de Robert.

... Et elle se retrouva à lui rendre son baiser avec toute la passion qu'elle avait retenue en elle la nuit précédente.

Son cœur battait, ses jambes tremblaient, et elle ne restait debout que parce qu'il la tenait. Elle plongea une main dans ses cheveux et lui baisa le cou, les joues, tandis que de l'autre elle lui caressait la poitrine. Quand il se serra davantage contre elle, elle renversa la tête, fixant les poutres peintes qui dansaient follement au plafond.

— Vous êtes à moi, Arianna, à moi, dit-il d'une voix vibrante.

— Non...

C'était surtout elle qu'elle voulait convaincre.

Il la lâcha si brutalement qu'elle faillit tomber et lui lança un regard sauvage avant de tourner les talons et de sortir de la pièce comme un ouragan.

Elle fit un pas pour le suivre, s'arrêta. Puis elle se

laissa tomber sur la chaise, étourdie, et humecta ses lèvres encore gonflées de ses baisers.

Le mufle! Elle serra les poings, frustrée. Il avait éveillé en elle un désir qu'il était parti sans assouvir.

Ça n'a pas d'importance, se dit-elle. *Aucune importance. Je lui montrerai que je me moque de lui comme il se moque de moi. Et je n'aurai pas besoin de me forcer, parce que je ne tiens absolument pas à lui.*

Ses doigts tremblaient quand elle reprit enfin sa plume, mais elle feignit de ne pas s'en apercevoir. En revanche, elle vit que la pointe s'était émoussée, et elle chercha un canif sur la table.

— Madame...

Elle était en train de tailler la pointe, et elle se planta la lame dans le gras du pouce. Curieusement, elle n'eut pas mal mais une grosse goutte de sang tomba sur les registres. Elle leva un regard courroucé vers l'écuyer.

— Par le Christ, Taliesin, espèce de sot, regardez ce que vous avez fait!

— C'est votre faute, madame, pas la mienne. Quand on est aussi maladroit, on ne devrait pas avoir le droit de s'approcher de quoi que ce soit de tranchant.

— Taisez-vous, insolent, et allez plutôt me chercher un linge et de l'eau!

Elle n'était pas maladroite! Ou plutôt elle ne l'avait jamais été jusqu'à ce qu'on l'oblige à épouser ce maudit Normand. Quand il n'était pas en train de l'ennuyer, c'était son insupportable écuyer qui mettait ses nerfs à rude épreuve!

Soudain un brouillard blanc vint troubler sa vue et elle fut prise d'un tremblement de tout le corps. Elle n'allait tout de même pas s'évanouir pour une simple égratignure!

Agrippée au rebord de la table, elle vit Taliesin approcher, le bol d'or entre les mains.

Oh, non! s'écria-t-elle sans qu'un son franchisse le seuil de ses lèvres.

On lui tendait toujours le bol, mais ce n'était plus Taliesin. A sa place se tenait un vieil homme à la peau parcheminée, aux yeux profondément enfoncés dans les orbites. Pourtant ces yeux... ces yeux étaient ceux de Taliesin, noir de jais, brillant de l'intérieur.

Pourquoi me faites-vous ça ? cria-t-elle en silence. *Je ne veux plus rien voir.*

Mais déjà, le bol, entre ses doigts, palpitait, et elle plongeait dans la brume dorée, tourbillonnante, qui l'engloutissait, prenait la couleur de l'aurore. L'air était vif, c'était l'automne. Elle entendit le cri perçant d'un cochon qu'on égorge, respira l'odeur du sang, et un rire jaillit soudain de ses lèvres...

13

Il riait quand le saigneur planta son coutelas dans la gorge du sanglier. L'animal se débattit, rua, et le sang gicla, éclaboussant ses pieds nus. Sa mère se précipita avec une casserole pleine de flocons d'avoine qu'elle tint contre l'animal afin de récupérer le sang.

Il eut l'eau à la bouche. Il y aurait du pudding au sang pour le souper et, avec un peu de chance, on lui en laisserait quelques cuillerées.

— Robert !

Il se retourna pour voir son frère Hugh pénétrer dans la cour monté sur un magnifique poney blanc à longue crinière trop grand pour lui. Il ne parvenait pas à le serrer entre ses petites jambes. Moi je pourrais. Je suis plus grand que Hugh, se dit-il. Et il avait encore plus envie de ce poney que du pudding au sang.

— Regarde ce que mon père le comte m'a offert pour mon anniversaire ! lança Hugh en riant.

Le comte est aussi mon père ! eut-il envie de crier. Mais il n'osa pas ; il était un bâtard, le fils d'une catin. Il savait très précisément ce que signifiaient ces mots, pourtant il ne comprenait toujours pas pourquoi son père le détestait, pourquoi il était sans cesse en colère contre lui. Ni pourquoi il donnait un poney à son frère et pas à lui.

Hugh appela et un chevalier descendit les marches du grand hall, un homme à l'armure étincelante, aux cheveux aile de corbeau, si grand, si large d'épaules qu'il bloquait le pâle soleil d'automne. Un jour, je serai aussi grand que lui, aussi grand que mon père, je serai chevalier comme lui. Et, comme d'habitude lorsqu'il se trouvait en présence de cet homme au visage dur, il sentit la peur s'emparer de lui, mêlée d'un étrange besoin d'affection.

Le chevalier se dirigeait vers lui, il souriait, et soudain il fut certain que ce sourire lui était destiné.

— Père ! s'écria-t-il.

Il courut et vint serrer de ses petits bras les jambes armées de métal.

— Pourrai-je aussi avoir un poney pour mon anniversaire ?

Il n'avait rien vu que déjà un énorme poing le saisissait par le revers de sa tunique et le soulevait comme un fétu de paille. Il affronta deux yeux d'un gris pâle.

— Ne m'appelle plus jamais comme ça. Pour toi, je suis « monseigneur le comte », fils de catin, et je te conseille de ne pas l'oublier.

— Mais...

Il voulait au moins demander quand était son anniversaire puisque personne ne le lui avait jamais dit.

Il n'en eut pas le temps. La gifle qu'il reçut sur la bouche fut si brutale qu'il en eut le souffle coupé et, en heurtant le sol, il glissa sur la terre poisseuse de sang, renversant la casserole pleine de flocons d'avoine. Sa mère lui cria après, tandis que Hugh ricanait, mais ce fut la voix tranchante de son père qui lui fit le plus de mal.

— Silence, vaurien, ou je te ferai fouetter. D'ailleurs je te ferai fouetter de toute façon, impertinent ver de terre...

Robert luttait contre les larmes qui lui brûlaient les yeux. Un chevalier ne pleure pas. Il regarda son père s'éloigner.

Sa mère se pencha alors sur lui, les cheveux dans les yeux, la bouche ouverte sur un grand rire. Elle lui donna un coup de pied.

— T'as pas encore compris ? Personne n'a jamais

voulu de toi. Ni moi, ni surtout lui. Il a même payé une sorcière pour me faire avorter. J'ai saigné comme un porc pendant trois jours, j'ai failli mourir. Mais t'étais bien accroché, espèce de morveux. Les vermines comme toi, elles ont pas d'anniversaire parce que tout le monde a envie d'oublier quand elles sont nées...

Il ne se souciait plus de son anniversaire, parce qu'il voyait arriver le régisseur avec le fouet à nœuds, et il tourna son visage contre la terre souillée de sang.

La lanière lui lacéra le dos, mais il ne pleura pas. Un chevalier ne pleure jamais.

— Je ne pleurerai pas, dit Arianna.

— J'espère bien, madame, il s'agit d'une toute petite coupure.

Arianna cligna des yeux tandis que le soleil sanglant s'évanouissait. Elle était dans sa chambre. Un instant, elle ressentit dans le dos une violente douleur qui l'étonna, car Taliesin était en train de soigner son pouce. Elle ouvrait la bouche pour lui dire que ce n'était pas là qu'elle avait mal lorsque la nausée s'empara d'elle. Elle se souvint...

Taliesin l'avait surprise, elle s'était coupé le doigt avec le canif, et cet idiot lui avait apporté de l'eau dans le bol magique. Elle avait commis l'erreur de regarder à l'intérieur, s'était soudain rappelé le visage du vieux barde et la vision était arrivée. On égorgeait un sanglier dans une cour qu'elle ne connaissait pas, sans doute celle du château de Chester, car le comte s'y trouvait. Elle l'avait reconnu tant son fils lui ressemblait. Hugh était là aussi, il avait un nouveau poney, elle en avait envie...

Non, *Robert* en avait envie. Mais elle avait vu un moment de son passé, elle l'avait vécu. Dans sa vision, elle *était* Robert.

Arianna frissonna. Ces visions étaient atrocement réelles. C'était effrayant d'être transportée ainsi hors de soi pour se retrouver dans la peau, dans le cœur d'un autre... Et si un jour elle n'en revenait pas ?

— Vous n'allez tout de même pas vous évanouir pour ça, madame ?

Taliesin lui confectionnait une poupée autour du pouce. Une grande boucle rousse lui barrait le visage, et il rejeta la mèche d'un coup de tête.

— Pourquoi faites-vous ça ? demanda-t-elle.

Il la fixa. Ses yeux étaient phosphorescents comme ceux d'un chat la nuit.

— Je ne vais quand même pas vous laisser saigner !

La petite main d'Arianna tremblait dans celle du garçon.

— Ne jouez pas au plus fin avec moi. Je ne parle pas du bandage. Pourquoi me faites-vous voir… sentir toutes ces choses ?

— Quelles choses ? Ne me reprochez pas de vous avoir fait sursauter tout à l'heure, madame, car j'ai frappé avant d'entrer. J'avais peur qu'il ne soit arrivé une catastrophe, quand j'ai vu mon seigneur entrer comme un fou dans le hall, les yeux hors de la tête. Il a failli me renverser, puis il a eu le toupet de hurler que j'étais en travers de son chemin. J'espère que vous n'avez pas tout gâché une fois de plus, madame, dit Taliesin dans un soupir découragé. La déesse m'en soit témoin, je suis las d'essayer de faire régner l'harmonie entre vous !

Il se pencha pour se rincer les mains dans une cuvette pleine d'eau, et Arianna sursauta.

— Qu'en avez-vous fait ? s'écria-t-elle.

— Pardon, madame ?

Il la fixait de l'air faussement innocent d'un chaton surpris le nez dans une jatte de crème.

— Lc bol magique de Myrddin… Où est-il ?

— Je n'ai vu aucun bol magique.

— Vous mentez ! Vous me l'avez volé le jour de la prise de Rhuddlan, vous l'avez remis dans cette chambre pour me tourmenter le soir de mes noces. Il y a juste un instant, vous me l'avez tendu rempli d'eau et à présent il a encore disparu…

Elle se tut. Il n'avouerait rien, et cela n'avait pas d'importance car le bol serait retrouvé de toute façon. En outre, elle ne voulait plus de ces maudites visions.

Taliesin, après avoir remis la cuvette en place, se dirigea vers la porte.

— Taliesin !

Il se retourna, la mine tellement contrariée que c'en était comique.

— Je vous jure, madame, que jamais je n'ai entendu parler de bol magique, et des tâches importantes m'attendent. Je dois astiquer l'armure de mon maître et, bien que votre frère s'occupe de son destrier, je redoute l'incompétence de ce gamin. Si le travail n'est pas accompli proprement, c'est moi qui subirai la colère de mon seigneur. Il me pendra par les pouces, et...

Le rire d'Arianna interrompit sa tirade.

— Cessez donc un peu de jacasser, vous allez vous user la langue. Et dites-moi... connaissez-vous le jour de naissance de Lord Robert ?

Un grand sourire éclaira le visage du garçon.

— Curieux que vous me posiez la question, parce que je songeais il y a à peine une heure que mon seigneur est né sous l'influence de Mars, ce qui explique son tempérament fougueux et irascible. L'événement, ajouta-t-il en soupirant, a eu lieu il y aura exactement vingt-six ans demain, et c'est pourquoi je suis condamné à mon triste sort.

Arianna ne voyait pas le rapport.

— Espèce de sot ! Vous n'étiez pas conçu, et de loin, à la naissance de mon époux... Donc, son anniversaire tombe demain ?

— Oui, et il est bien dommage que ce soit jour maigre, car monseigneur n'aime guère le poisson. Mais je suis sûr que la cuisinière trouvera un plat qui excitera son appétit.

— Si nous organisions une fête ?

— Quelle idée splendide, madame ! s'exclama Taliesin en sautant de joie. J'aurais aimé y penser moi-même. Toutefois, vous auriez dû m'en avertir plus tôt, ainsi j'aurais eu le temps de composer une ode en son honneur.

Arianna lui lança un regard sévère, car elle le soupçonnait fort d'avoir justement tout fait pour en arriver là. Peut-être cherchait-il simplement une occasion de jouer de la harpe ? Etait-il l'auteur de la musique de la nuit ? Non, si talentueux qu'il fût, il ne pouvait posséder une telle maîtrise de l'instrument, à son âge. Et pourtant... A supposer qu'il fût magicien... On racontait que les magiciens pouvaient faire surgir la musique du néant, qu'ils étaient capables de traverser le temps, de prendre n'importe quelle forme, de se rendre invisibles... Peut-être même étaient-ils capables de susciter des visions chez leurs victimes et de les plier à leur volonté.

Assez, Arianna ! Ils n'existent plus, et aucun magicien qui se respecte n'apparaîtrait dans la peau de cet irritant écuyer !

D'ailleurs, que lui importait l'origine de ses visions ? Tout cela était réellement arrivé à Robert enfant, et elle était persuadée que l'adulte en subissait encore les conséquences. Elle en souffrait pour lui de toute son âme.

Eh bien demain, son anniversaire ne serait pas oublié ! Il ne restait pas beaucoup de temps pour organiser un banquet, mais si tout le monde s'attelait à la tâche...

Arianna lui offrirait un cadeau. Oui, c'était une bonne idée.

Si seulement elle pouvait lui donner un poney ! Mais elle avait vingt ans de retard.

— Dix-sept, dix-huit, dix-neuf...

Les sourcils froncés, Arianna comptait les tables à tréteaux alignées le long d'un mur dans la salle commune. Il y en avait seulement vingt, et comme tout le château était invité au festin, les gens seraient serrés comme des porcelets au sein de leur mère. Mais il faudrait bien que cela suffise, car le charpentier n'aurait pas le temps d'en fabriquer d'autres pour le lendemain.

La pièce était relativement propre, elle y avait veillé, mais les chevrons étaient noirs de suie, et les murs avaient bien besoin d'une couche de chaux. Comme ce hall était rustique, comparé à celui de son père ! Hormis quelques tapisseries mitées et des armes rouillées, rien ne venait orner les murs. En fait, décida-t-elle, il manquait surtout quelque chose de gai derrière la table du maître. Un tableau représentant une scène biblique, peut-être, ou des étendards colorés.

Soudain elle sut quel cadeau offrir à Robert. Elle allait lui fabriquer une immense bannière qu'elle placerait derrière son siège à haut dossier. Elle choisirait une soie d'un rouge profond sur laquelle elle coudrait son emblème, ainsi, tous les étrangers de passage qui dormaient dans la pièce commune sauraient que le Dragon Noir était le seigneur des lieux.

Tout excitée par ses projets, Arianna alla donner ses ordres aux cuisines avant de seller un palefroi afin de se rendre en ville acheter la soie chez la fille du drapier.

Le temps virait à l'orage, et elle songea avec une grimace qu'elle aurait probablement de la pluie en chemin.

A la porte de la cité, on laissa passer sans payer. En tant que châtelaine, elle n'avait pas à acquitter cette taxe destinée à alimenter l'escarcelle de son époux. Une troupe de chiens vint taquiner les talons de sa monture, et leurs aboiements couvraient presque les cris des pêcheurs qui lançaient leurs filets dans la rivière. Elle passa devant les portes sombres de l'établissement où en ce moment même on frappait la nouvelle monnaie à l'effigie du seigneur Robert de Rhuddlan.

Quelle consécration pour le petit garçon qui voulait un poney et ne recevait que des coups de fouet !

Arianna imaginait sa surprise et sa joie quand elle lui remettrait la bannière, le lendemain.

La fille du drapier habitait une vaste maison de bois sur la place triangulaire du marché. A un coin se trouvait l'église avec son clocher carré. Au milieu de la place se dressait une croix de granit, à côté d'un puits autour duquel se rassemblaient les commères, leur seau en équilibre sur la tête. Elles interrompirent leur babillage dès qu'elles virent Arianna.

Celle-ci mit pied à terre au moment où les premières gouttes de pluie commençaient à tomber.

Dès qu'elle pénétra dans l'échoppe, une jeune servante se précipita pour s'incliner en une profonde révérence.

— Madame...

— Allez quérir votre maîtresse, s'il vous plaît.

Comme la jeune fille s'empressait d'obéir, Arianna regarda autour d'elle. La pièce regorgeait de balles de laine, d'indigo, de feuilles de guède destinées à la teinture, et les étagères étaient pleines de rouleaux de tissu aux couleurs vives.

Une petite porte donnait sur l'atelier de tissage, d'où parvenait le cliquetis des métiers, et une autre menait vers l'extérieur, où des ouvriers lavaient la laine ou plongeaient les tissus dans les grandes cuves de teinture à l'aide de perches.

Arianna sortit dans la cour et fronça aussitôt le nez, incommodée par la forte odeur de l'urine de porc que l'on utilisait pour fixer les couleurs. Pour échapper à la puanteur — et à la pluie qui s'intensifiait, elle s'apprêtait à rentrer quand son attention fut attirée vers l'escalier extérieur qui menait à l'étage. Un homme se tenait sur un étroit palier, face à une porte ouverte. Arianna le vit se pencher vers l'intérieur, et une main de femme se posa sur sa nuque. Puis il fit demi-tour et descendit les marches d'un pas léger. Il portait une bourse qu'il glissa dans sa ceinture, et Arianna crut entendre tinter des pièces.

Comme il s'arrêtait au bas de l'escalier, plissant les yeux sous l'averse, elle eut le temps de reconnaître la chevelure châtain clair et la longue moustache.

Sans bien savoir pourquoi, elle se dissimula derrière un pilier tandis que l'homme regardait une dernière fois autour de lui avant de disparaître par une porte dérobée.

Que diable son cousin Kilydd venait-il faire ici, et quelle machination tramait-il encore... ? se demanda

Arianna. Mijotait-il un autre tour à sa façon à l'encontre du nouveau seigneur de Rhuddlan ?

Quelques minutes plus tard, Christina la rejoignait dans la boutique, les joues toutes rouges, les lèvres gonflées, un peu essoufflée.

— Que Dieu vous protège, madame, dit-elle en plongeant dans une révérence. Qu'est-ce qui vous amène par ce vilain temps ?

— Au pays de Galles, si l'on ne sortait pas quand il pleut, on ne ferait jamais rien, répondit Arianna en souriant.

— C'est bien vrai, madame, approuva Christina en jetant un coup d'œil vers la cour. Même les Normands ne sont pas arrivés à mater notre climat !

La plaisanterie était un peu usée, mais Arianna rit poliment en se dirigeant vers une pièce de drap qu'elle palpa. Elle avait bonne envie de demander à la jeune femme ce que son cousin faisait chez elle, mais elle se contenta de lui exposer la raison de sa visite.

— J'aimerais voir ce que vous avez en rouge.

— Avec plaisir, madame.

Christina fit signe à la servante qui vint poser un rouleau de magnifique soie écarlate devant Arianna. Celle-ci choisit ensuite du tissu noir pour le dragon. Comme la servante empaquetait le tissu, Arianna s'aperçut qu'elle n'avait pas d'argent sur elle. D'ailleurs elle n'en avait pas du tout car, depuis son mariage, tous ses biens appartenaient à Robert... Elle ne possédait en propre que son alliance et son torque.

Bien qu'il lui répugnât de s'en séparer, elle ôta le collier qu'elle tendit à Christina.

— Accepteriez-vous ceci en guise de paiement ?

Christina recula comme si le bijou l'effrayait.

— C'est inutile, madame. Je vais simplement ajouter le montant de vos achats à la note que votre époux nous doit pour la toilette de mariée.

Arianna revit le ravissant bliaut de soie bleue, la pelisse coquelicot bordée de fourrure... Tout cela avait dû coûter une fortune. Certes, Robert serait bientôt riche, en tant que seigneur de Rhuddlan, mais le jour de leur mariage, il était encore pauvre. Pourtant il lui avait offert une tenue somptueuse et une mule harnachée de splendide manière.

Elle obligea Christina à accepter le torque.

— Ce tissu est destiné à un cadeau pour mon époux, je ne peux pas le laisser payer.

— Ainsi, vous êtes heureuse avec Sir Robert, madame ? Etes-vous donc si vite tombée amoureuse de lui ? demanda la jeune femme.

— Non ! En vérité, je ne l'aime pas du tout ! lança Arianna un peu trop fort tandis que le sang lui montait au visage.

Elle le désirait, oh oui, elle le désirait ! Mais pour rien au monde elle n'aurait admis que cet homme qui ne s'intéressait pas vraiment à elle pouvait lui faire battre le cœur d'un simple sourire.

— Et vous, Christina ? ajouta-t-elle, quelque peu agressive. Comment se portent vos amours avec mon cousin Kilydd ?

Christina ouvrit de grands yeux puis elle releva le menton.

— Oui, nous sommes amants, et peu m'importe que tout le monde l'apprenne car, bien que nous ne soyons pas encore mariés selon la loi, nous avons échangé nos vœux devant Dieu.

Comme Arianna allait parler, Christina poursuivit :

— Inutile de me rappeler, madame, qu'il est gallois et de noble naissance, alors que je suis anglaise, et fille de drapier. Nous nous aimons, nous partageons la haine de l'ennemi et nous nourrissons le même rêve. Un jour, quand les Normands auront été repoussés, nous pourrons...

Ses yeux s'emplirent de larmes.

— Oh, madame, je l'aime tant...

Les mots de Christina s'attardaient dans la pièce. *Je l'aime tant...*

Arianna ne répondit pas. Elle se demandait ce que l'on ressentait à être si sûre que l'on aimait, sûre d'être aimée en retour. Elle ferma les yeux pour retrouver l'exaltation éprouvée dans sa vision, quand le chevalier tout auréolé d'or l'avait prise dans ses bras. Cependant elle ne vit que Robert, et le seul contact dont elle se souvînt était le sien, ardent, passionné... mais dépourvu d'amour.

— Kilydd a demandé à son suzerain, votre époux *normand*, la permission de m'épouser, reprit Christina, le visage si déformé par la haine qu'elle parut un instant presque laide. Sir Robert a refusé. Il souhaite que ses vassaux gallois épousent des jeunes filles normandes, afin de s'assurer la conquête de leurs terres. Il se moque complètement que nous nous aimions ou non.

Personne ne se marie par amour, allait dire Arianna quand un énorme coup de tonnerre lui coupa la parole. De toute façon, ses paroles auraient été une piètre consolation pour la jeune femme, qui conclut tristement :

— Mais vous, madame, je pensais que vous comprendriez, vous qui avez été obligée d'épouser un homme que vous haïssez.

Arianna lui prit la main.

— Ce n'est pas si simple, soupira-t-elle. Ecoutez, Christina, si Kilydd a un projet de rébellion, vous devez l'arrêter...

— L'arrêter ? Il m'a souvent répété que vous teniez par-dessus tout à la liberté de votre peuple. Deux nuits dans le lit du Normand auraient-elles suffi à vous faire changer d'avis ?

Arianna recula, raide.

— Je n'ai pas oublié que je suis cymri, et je ne l'oublierai jamais.

Elle allait prendre congé quand Christina la saisit par le bras avec une urgence proche du désespoir.

— Vous ne dénoncerez pas Kilydd ?

— J'ignore ce qu'il trame, alors je n'ai pas grand-chose à dire. Mais je vous en supplie, Christina, ne m'en confiez pas davantage. Une femme doit être loyale envers son époux, et je n'aimerais pas avoir à choisir entre mon honneur et mon cousin.

Toutefois, elle avait déjà choisi. Elle se tairait.

Elle mit son capuchon et sortit sous la pluie. La joie qu'elle avait éprouvée en achetant la soie pour la bannière s'était évanouie. Que valait son cadeau à Robert quand elle s'apprêtait à commettre une trahison ? Car le silence pouvait en être une. La pire de toutes, sans doute.

Les deux écuyers soupirèrent en regardant, à travers le rideau de pluie, le chevalier solitaire qui s'apprêtait à charger dans leur direction sur le terrain bourbeux.

— Oh, non ! dit l'un. J'ai des bleus partout et chaque fois que j'ouvre la bouche, j'ai l'impression que je vais me noyer. Il ne voit pas qu'il tombe des cordes ?

— Si tu crois que le Dragon Noir va renoncer à ses exercices simplement pour quelques gouttes d'eau, tu rêves ! grinça l'autre. Cet individu n'est pas humain, et il n'a aucune compassion pour ceux qui le sont, comme nous.

Il cligna des yeux, espérant quand il les rouvrirait que le chevalier aurait disparu. Mais non. Inlassablement, ils s'étaient élancés à sa rencontre sur le pré, sans parvenir à le toucher une seule fois. A peine griffaient-ils son bouclier. Il allait une fois de plus les désarçonner, et ils se retrouveraient le derrière dans la boue ! Depuis le début de l'après-midi, les deux jeunes gens commençaient à bien connaître le sol de Rhuddlan ! Le chevalier souriait rarement, mais les écuyers auraient parié qu'il le faisait en ce moment à l'idée du vol plané qu'il allait encore leur infliger.

Ils auraient perdu, car l'homme, de l'autre côté de la lice, était sombre. Il était trempé, et il avait envie de s'ébrouer comme un chien. *Je deviens trop vieux pour ces petits jeux !* Seule sa volonté le maintenait sur sa selle. Il y avait une heure qu'il souhaitait s'arrêter, aller s'installer devant un bon feu avec un verre de vin. Et puis emmener Arianna dans leur lit.

Il essuya son visage dégoulinant avant de baisser la visière de son casque. Sa lance lui semblait infiniment plus lourde que lorsqu'il avait commencé son entraînement. Encore un dernier assaut et il jetterait le gant!

Il venait d'éperonner son destrier quand il la vit, revenant seule de la ville. Sans réfléchir, il fit faire volte-face à sa monture et fonça sur la jeune femme à cheval. Les écuyers ouvrirent des yeux ronds, puis un large sourire s'épanouit sur leurs visages maculés de boue.

Les sabots de l'étalon soulevaient des gerbes de terre noire tandis que le ciel se fendait en un éclair terrifiant, suivi aussitôt d'un énorme roulement de tonnerre. Voyant la terreur se peindre sur les traits d'Arianna, Robert se rendit compte qu'il devait être effrayant, sortant ainsi de l'orage au triple galop, la lance brandie.

Elle était pâle comme la mort, les yeux immenses, les lèvres tremblantes et décolorées, la main sur le cœur.

Il jeta la lance, se pencha et prit les rênes de sa jument afin de l'empêcher de se cabrer.

Dieu, qu'elle est belle!

Durant cet instant hors du temps où ils se regardèrent dans les yeux, il fut certain qu'il la connaissait depuis toujours. Elle était celle dont il avait si souvent rêvé; cette femme dont la beauté lui serrait le cœur, c'était elle. Dans ses songes, elle lui apparaissait souvent sous des visages différents, de sorte qu'il n'aurait su la décrire. Cependant, à chaque fois, il avait ressenti cette faim dévorante, ce besoin presque désespéré de l'emporter au loin et de l'aimer jusqu'à ce qu'elle soit à lui, complètement, seulement à lui.

Et c'était ce qu'il ressentait à présent devant Arianna. Il voulait la sentir sous lui, les jambes nouées autour de ses hanches, l'entendre crier son plaisir, mourir d'extase avec elle.

— Par le diable, où étiez-vous partie? demanda-t-il durement.

Aucune autre femme n'avait eu autant de pouvoir sur lui, et cela ne lui plaisait pas du tout. Bien qu'elle fût sa femme, il n'était pas question qu'elle prît tant d'importance!

Elle s'ébroua, comme si elle sortait d'un profond sommeil.

— J'étais au village... J'y ai rendu visite à Christina, la fille du drapier. C'est ma meilleure amie, mentit-elle.

— Où est votre escorte ?

Elle se retourna, les yeux plissés, pour regarder à tout hasard derrière elle si une armée ne surgissait pas.

— Je...

— Je vous interdis de vous promener seule !

Elle revint à lui, furieuse.

— Je ne suis pas un chien qu'on tient en laisse !

Elle se mordit les lèvres, les paupières baissées, et Robert, amusé, fut certain qu'elle priait Dieu et tous les saints de lui donner de la patience.

Enfin elle prit une grande inspiration et, à la surprise de son époux, posa la main sur son bras.

— Je vous en prie, monseigneur, ne me traitez pas en enfant.

— Alors conduisez-vous en adulte.

A travers la carapace de métal, ses doigts le brûlaient, et il fit reculer son cheval de quelques pas.

— Il y a un bon nombre d'hommes, dans la région, qui seraient ravis de vous prendre en otage afin d'obtenir une rançon, expliqua-t-il. Votre cousin Kilydd, par exemple.

Il avait lancé ce nom au hasard ; pourtant Arianna se crispa sur les rênes et sa jument se mit à renâcler. Deux taches rouges apparurent sur les pommettes de la jeune femme. Aussitôt, Robert fut persuadé que c'était son cousin, non la fille du drapier, qu'elle était allée rencontrer en ville. Pourtant, il ne lui posa pas de questions. Il ne voulait pas voir ses lèvres proférer un mensonge.

Ces lèvres qu'il rêvait d'embrasser.

— Jamais Kilydd ne me ferait de mal, protesta-t-elle.

— A moi, si.

— Il vous a juré fidélité.

— Je nourris quelques doutes sur la sincérité de ce serment !

Elle serra les dents et il fut conscient d'avoir provoqué sa colère, mais il n'avait aucune confiance en ses cousins, et il ne pouvait feindre le contraire. D'ailleurs, il n'avait pas non plus confiance en elle.

Ils se dirigèrent vers la herse en silence.

La pluie s'était calmée et, comme le soleil perçait entre les nuages, un arc-en-ciel se forma derrière le donjon.

— Regardez ! s'écria Robert. Dépêchez-vous de faire un vœu !

Il se sentit aussitôt ridicule. C'était une remarque tellement puérile !

Cependant, elle ferma les yeux et ses lèvres articulèrent une prière muette. Un instant, il se demanda ce qu'elle souhaitait, s'il avait sa place dans ce vœu, puis il se détourna, exaspéré contre lui-même. Si elle désirait quelque chose, c'était sûrement qu'il sorte de sa vie !

— Robert ?

C'était la première fois qu'elle prononçait son nom, et sa voix basse, légèrement voilée, lui fit l'effet d'une décharge au creux des reins.

— Paieriez-vous vraiment une rançon pour me récupérer ?

— Vous êtes ma femme.

Ce n'était sans doute pas la réponse qu'elle attendait, mais c'était la seule qu'il eût à lui offrir. Son visage se durcit et, d'un coup de talon, elle lança son cheval au galop.

Il la suivit des yeux, se demandant fugitivement ce qui se serait passé s'ils s'étaient connus plus tôt, quand la vie ne lui avait pas encore broyé le cœur.

Quand il croyait encore à l'amour, aux histoires qui finissent bien et à la réalisation des vœux formulés devant un arc-en-ciel.

14

Arianna essayait d'attirer l'attention de Taliesin. Tâche ardue, car il avait le regard résolument plongé entre deux seins ronds. Assis au bout de l'estrade, ce n'était pas sa harpe qu'il avait sur les genoux, mais Bertha. Celle-ci riait en offrant au jeune écuyer le spectacle de son décolleté généreux, ainsi qu'un verre de vin à la cannelle.

Arianna fronça les sourcils. L'animal manquait à tous ses devoirs, comme d'habitude ! Pourtant, un peu de musique douce serait bienvenue. La jeune femme avait la migraine tant le vacarme était infernal, dans la grande pièce commune. Tout le monde parlait en même temps, les chiens aboyaient en attendant qu'on leur jette des os. Certains chevaliers avaient amené leurs faucons, qui, perchés sur les dossiers de leurs chaises, ajoutaient leurs piaillements au tumulte ambiant.

Les tables étaient couvertes de tourtes à l'anguille, de brochets, de soupe de poissons aux herbes, ainsi que de noix, de blé concassé, de miches de pain blanc. Pour couronner le tout, le cuisinier avait composé un gâteau en forme de dragon.

Ce serait un magnifique festin... Il n'y manquait que le seigneur de Rhuddlan.

A ce moment, Sir Odo sortit de derrière une tenture en agitant les bras comme un moulin à vent, un grand sourire aux lèvres. Arianna lança un morceau de pain sur la tête de Taliesin qui repoussa aussitôt Bertha pour s'emparer de sa harpe, et bientôt des accords mélodieux s'élevèrent dans le hall, où se faisait peu à peu le silence.

Quand Robert y pénétra, Arianna sourit. Elle avait mal aux yeux, au dos, elle s'était fait des ampoules aux doigts à force de pousser l'aiguille, mais elle savait qu'elle en serait récompensée par la surprise et le ravissement de son mari lorsqu'elle lui offrirait son cadeau. L'apprécierait-il autant que ce poney qu'il n'avait jamais eu, enfant?

Robert s'arrêta en voyant la foule assemblée.

Arianna descendit à sa rencontre. Etait-ce un effet de son imagination? Elle crut voir ses yeux la caresser tandis qu'il la regardait venir à lui. Il venait de dresser un jeune destrier, aussi était-il vêtu d'une simple broigne de cuir, ainsi que de hautes bottes et de chausses usées, pourtant elle le trouva infiniment séduisant. Après une légère hésitation, elle lui prit la main et le conduisit vers son siège à haut dossier.

Il pencha la tête vers elle.

— Vous auriez dû me prévenir que nous avions des invités. Je dois empester l'écurie! murmura-t-il d'un ton presque complice.

Arianna s'appuya à lui. Loin de lui déplaire, son odeur poivrée l'enivrait. Sa tunique était ouverte jusqu'à la taille, révélant son torse bronzé, et elle eut une terrible envie de se serrer contre sa poitrine, là où battait son cœur.

— Il n'y a pas d'invité particulier, aujourd'hui, répondit-elle avec un tendre sourire. Ou plutôt, c'est vous l'hôte de marque, car ce banquet est donné en votre honneur. Tout Rhuddlan est réuni pour fêter votre anniversaire, monseigneur.

Il releva la tête d'un geste brusque, toute douceur évanouie.

— Mon *quoi*?

Sa voix claqua comme un coup de fouet. Les doigts de Taliesin s'immobilisèrent sur les cordes, et il fixa son maître de ses yeux phosphorescents.

— Votre anniversaire, monseigneur, répéta Arianna dont le sourire vacilla avant de s'éteindre devant le regard froid de son époux.

Ils avaient atteint le dais et, comme prévu, deux hérauts sonnèrent de la trompe. Alors Rhodri et le page de Sir Odo s'avancèrent, portant la bannière qu'ils déroulèrent d'un grand geste dans une nouvelle sonnerie.

Robert incendiait sa femme du regard, les narines

frémissantes. Il n'avait même pas jeté un coup d'œil à l'étendard.

— Est-ce là votre sens de la plaisanterie ?

Arianna ravala la boule qui l'étouffait.

— C'est une bannière à accrocher au mur. Mon présent... pour votre anniversaire, ajouta-t-elle, presque désespérée.

Il la fixa longtemps d'un air dur avant de se tourner vers la bannière. Elle crut voir un éclair de douleur dans ses yeux mais il se raidit de nouveau.

— Mon cadeau d'anniversaire, dit-il avec un rire mauvais. Jetez-le au feu !

Les garçons, paralysés, ne savaient que faire.

— Allez ! hurla Robert.

Rhodri lâcha le tissu comme s'il le brûlait et descendit les quelques marches en courant, tandis que le page de Sir Odo ramassait la bannière et suivait plus calmement.

Le silence était aussi total que dans une église pendant que Robert parcourait le hall des yeux avant de revenir à Arianna.

— Ne vous avisez plus jamais de dévaliser les celliers sans mon autorisation.

Arianna n'arrivait plus à respirer.

— Pourquoi ? souffla-t-elle.

Me haïssez-vous à ce point ?

Il ne répondit pas, se contentant de la regarder longuement avant de traverser la pièce à grandes enjambées en direction de la porte.

— Monseigneur, attendez ! cria-t-elle. Qu'ai-je fait de mal ? Pourquoi êtes-vous... en colère ?

Il n'avait manifestement aucune intention de lui répondre alors, luttant contre ses larmes, elle saisit sa jupe à deux mains et courut derrière lui.

— Revenez ! ordonna-t-elle.

Robert accéléra le pas, pourtant Arianna le rattrapa sur les marches qui descendaient à la cour et posa la main sur son bras.

Elle levait le menton, même s'il tremblait un peu.

— Si vous m'en voulez, vous allez me dire pourquoi, par le Ciel ! Mais n'essayez pas de me tourner le dos comme si j'étais le dernier de vos serfs.

Il détacha les doigts de sa manche, mais ce fut seulement pour la saisir par le bras et la plaquer contre lui. Elle avait les yeux agrandis, brillants de larmes contenues, et il la regarda un instant sans bouger, puis il contempla sa bouche, pris d'une envie si forte de l'embrasser qu'il faillit gémir.

— Comment connaîtriez-vous ma date de naissance, quand je l'ignore moi-même ? dit-il enfin.

— Votre maudit écuyer… Il a dit que c'était aujourd'hui.

— Alors il a menti. Bien qu'il n'ait aucune raison de le faire.

Il la prit aux cheveux et approcha encore son visage du sien.

— Vous, si. Où vouliez-vous en venir, avec cette mascarade ? Teniez-vous à m'humilier devant tous les gens de Rhuddlan en leur rappelant que ma naissance était si vile que personne n'avait jamais pris auparavant la peine de la fêter ?

— Non ! protesta-t-elle.

Il la secouait rudement, à présent.

— Si c'est le cas, ma chère épouse, vous vous êtes donné du mal en vain. J'ai été traité de bâtard trop souvent, par trop de personnes, pour en souffrir encore.

— Non, non, vous vous trompez !

Elle avait posé une main douce sur sa joue, et il ne put le supporter.

Il la lâcha si brusquement qu'elle trébucha.

— Robert…

Sa voix se brisa. Perdue, elle mâchouillait sa lèvre inférieure, et de nouveau il eut envie de la serrer contre lui. Il n'avait jamais de sa vie éprouvé un désir aussi violent, et il l'en détestait presque.

Elle eut encore un geste pour le toucher, s'interrompit.

— Je ne voulais pas vous blesser, je vous le jure.

Il eut un sourire moqueur.

— Me blesser ? Vous vous flattez. Pour cela, il faudrait que je vous aime or mettez-vous donc ça une bonne fois dans le crâne : je ne vous considère que comme la génitrice de mes futurs fils, un point c'est tout !

Elle le fixa, pâle à l'extrême, puis sa poitrine se déchira d'un unique sanglot et elle s'enfuit en courant.

Il se passa la main dans les cheveux.

— Ah ! Dieu... Arianna ! hurla-t-il comme elle coupait la route à une charrette pleine de fumier.

Le véhicule fit un écart, heurtant une pile de tonneaux vides qui se mirent à rouler à travers la cour.

Une fois la herse franchie, Arianna se perdit dans la foule de mendiants et de pèlerins accourus dans l'espoir de récolter quelques miettes du festin.

Avec un juron, Robert se précipita vers l'écurie. Il aurait plus vite fait de la rattraper à cheval.

Deux heures plus tard, il la cherchait toujours.

Il avait entendu parler de sables mouvants, dans la région. La forêt abritait des ours et des loups, ainsi que des bandes de brigands qui couperaient sans scrupules la tête d'une femme afin de vendre ses cheveux à bas prix. Après avoir abusé d'elle à tour de rôle, évidemment.

Plus le temps passait, plus Robert devenait fou d'inquiétude... et de colère. Il l'étranglerait de ses mains, si personne d'autre ne s'en était chargé !

Enfin il discerna des empreintes de pas qu'il reconnut pour être celles d'Arianna. Il les suivit le long de la rivière jusqu'à la mer. Là, dressé sur ses étriers, il scruta les dunes, pestant à haute voix.

— Arianna, je jure que si je vous retrouve, je vous infligerai une fessée qui vous obligera à dormir sur le ventre pendant une bonne semaine !

Les traces de pas le menèrent à une jetée de guingois dont les piliers s'enfonçaient dans le sable. Peut-être s'était-elle assise là pour contempler la mer... La plage était jonchée de débris de bois mort et d'écume laissés par la marée descendante ; quelques herbes grises s'agitaient dans le vent, les mouettes piaillaient au-dessus de sa tête. Le paysage était désolé, sinistre.

Soudain un mouvement sur sa gauche attira son attention, là où un groupe de rochers se dressait au sommet d'une pente.

Il se rappelait avoir vu ce cercle de pierres le jour où ses vaisseaux l'avaient amené au pays de Galles, un mois auparavant, car ils avaient débarqué à quelques mètres de cet endroit. Le jour où il avait conquis Rhuddlan et où les événements s'étaient enchaînés pour lui octroyer un titre, une terre.

Et... Arianna.

Les treize menhirs se dressaient en un cercle parfait. Deux d'entre eux, reliés par une pierre plate, formaient un dolmen au centre duquel se trouvaient d'autres rochers figurant une sorte d'autel. Ceux-là étaient gravés d'étranges inscriptions et noircis par d'anciens feux.

Des herbes folles dansaient çà et là comme au son d'une musique que les fées seules pouvaient entendre.

— C'est un lieu sacré lui avait dit Taliesin d'une voix pleine de respect. Et magique. Les Anciens y adoraient leurs dieux.

— Je ne vois pas ce qu'un vulgaire tas de cailloux peut avoir de magique, avait répondu Robert.

Pourtant, à présent, l'endroit l'impressionnait malgré lui : les rocs semblaient flotter dans la brume dorée du soleil couchant.

Arianna était là, devant l'autel.

Sans bruit, Robert monta jusqu'à elle. Il n'était plus qu'à un mètre quand elle l'entendit enfin et se retourna. Mais il n'y avait aucune surprise sur son visage. Elle se contentait de le fixer de ses grands yeux verts.

Une lumière diffuse paraissait sortir de la pierre, nimbant la jeune femme de clarté. Cette lumière s'intensifia soudain, se mit à vibrer, éblouissante de blancheur.

Brusquement, Robert eut envie de serrer son épouse contre lui, de chercher le réconfort entre ses bras.

— Qu'attendez-vous de moi ? demanda-t-il, la gorge sèche, sans même avoir conscience de parler.

— Savez-vous que ces pierres sont magiques, monseigneur ? On dit que si une femme fait boire à un homme de l'eau qui a touché le dolmen, il l'aimera pour toujours.

Le soleil avait basculé à l'horizon, ne laissant qu'ombre et vent. Robert se tourna vers l'autel, où la pierre usée abritait une petite flaque d'eau.

— Et cela se produit-il aussi en sens inverse ? Si un homme fait boire cette eau à une femme...

— Alors elle l'aimera. Pour toujours.

Elle plongea les doigts dans la petite flaque avec respect, comme s'il s'agissait d'un bénitier, puis elle les tendit vers Robert, sans le toucher. S'il voulait l'eau, il faudrait qu'il vienne la boire de son plein gré.

— Il suffit d'une goutte, dit-elle.

C'était un jeu, une absurde superstition galloise... Pourtant, Robert imaginait l'état d'esprit dans lequel avait dû se trouver Adam avant d'accepter la pomme des mains d'Eve... conscient d'être en train de se damner et incapable de s'arrêter.

Il plongea lui aussi les doigts dans la flaque.

Il reçut une décharge semblable à la foudre. L'air crépita et une lumière bleue, brillante, chaude, l'absorba un bref instant. Si bref qu'il crut ensuite l'avoir inventée.

Il approcha ses doigts des lèvres d'Arianna.

— Vous d'abord.

— Non, vous.

Les yeux de la jeune femme étaient voilés d'une émotion qu'il n'aurait pu définir mais qui semblait refléter la sienne. Il avait la gorge sèche, une irrésistible envie de boire, et il pencha la tête...

Il fut interrompu dans son geste par son nom hurlé à pleine voix. Un cavalier arrivait au triple galop. Sir Odo, en armure de guerre. Du coin de l'œil, Robert vit Arianna essuyer sa main sur sa jupe, et il en fut déchiré.

— Des ennuis, monseigneur ! cria Odo en tirant sur les rênes de son destrier.

Il fixa un instant Arianna avec compassion, avant de tourner un regard soucieux vers Robert.

— Encore ces maudits vassaux que vous avez acquis avec votre mariage, les cousins de votre épouse, expliqua-t-il. Ils ont déclaré leurs fiefs libres de votre suzeraineté et se sont barricadés dans leurs châteaux comme des blaireaux dans leur terrier, vous mettant au défi de venir les déloger.

Avec un juron, Robert se dirigea vers Odo, mais Arianna le retint par le bras.

— Qu'allez-vous leur faire ?

— Les pendre !

Elle tressaillit.

— Mais c'est impossible ! Une telle mort serait infamante.

Robert se libéra d'une secousse. Du diable s'il allait se justifier à ses yeux ! Cela se passait souvent ainsi quand un nouveau seigneur entrait en possession d'une terre — il y avait toujours quelques vassaux récalcitrants, qui se rebellaient, malgré leur serment, afin de mettre son autorité à l'épreuve. S'il voulait avoir une chance de contrôler son domaine, il lui fallait châtier sévèrement cette trahison. Et Arianna le savait.

Elle se mit cependant en travers de son chemin.

— Vous voulez les pendre parce qu'ils sont gallois.

— J'agirais de même avec n'importe quels traîtres, gallois ou normands !

— Vous pourriez vous contenter de les exiler.

— Non.

Les yeux d'Arianna s'emplirent de larmes.

— Si je vous priais de...

— Non.

Pour une fois, Taliesin avait anticipé les désirs de son maître, car il arrivait au petit trot, le cheval de guerre de Robert derrière lui.

Robert s'empara de son bouclier, attaché à la selle, et y glissa le bras.

— Vous allez raccompagner ma femme à Rhuddlan, Sir Odo.

— Je suis parfaitement capable de rentrer seule !

Robert sortit son épée du fourreau avant de se tourner vers elle.

— J'en suis sûr. Mais vous pourriez tout aussi bien aller rejoindre votre cher cousin à Rhos. Je n'ai aucune confiance en vous, ma douce épouse, ajouta-t-il en grimaçant un sourire.

Comme il mettait le pied à l'étrier, son ombrageuse monture se mit à ruer, tandis que Taliesin, qui tenait toujours les rênes, tentait de la maîtriser.

Arianna vint se mettre entre eux, sans se soucier des sabots qui battaient l'air.

— Ivor a tué l'un de ses frères et rendu l'autre aveugle afin de pouvoir gouverner ses terres seul après la mort de son père. Vous ne le vaincrez pas aisément, Normand.

Il ne put s'empêcher d'effleurer du doigt les lèvres tremblantes de la jeune femme.

— Me pleureriez-vous si je mourais, Arianna? demanda-t-il doucement avant de se reprendre aussitôt. Mais je vous l'ai déjà dit, je ne perds jamais.

En cet instant cependant, ce n'était pas Ivor qu'il voulait vaincre. C'était elle.

Il l'attira à lui, mais quand il se pencha pour l'embrasser, elle se détourna. Alors il lui saisit le menton et lui infligea un baiser rapide, passionné, rageur.

Puis il la repoussa et sauta en selle sans cesser de la regarder. Lentement, délibérément, elle s'essuya les lèvres en soutenant son regard sans broncher.

La tête rejetée en arrière, il partit d'un grand rire et éperonna sa monture.

La pluie formait de petites cascades au bout des poutres, gargouillait dans les gouttières. La nuit était noire comme l'antre du diable et des rafales de vent secouaient les volets de la chambre où Arianna faisait les cent pas depuis deux jours, attendant le retour de son époux.

La tempête était si violente qu'elle entendit à peine le son du cor. Elle ouvrit la persienne qui lui fut arrachée des mains par la tornade et alla se fracasser contre le mur.

Penchée à la fenêtre, elle scrutait le rideau de pluie lorsqu'elle perçut le martèlement des sabots, le tintement des étriers, des armes. Mais pas de voix qu'elle pût identifier.

Longtemps, bien longtemps plus tard, il y eut un bruit de bottes dans l'escalier. Taliesin fit irruption en criant :

— Venez vite, madame ! Il est gravement blessé !

Arianna, les jambes tremblantes, dut s'appuyer au montant du lit.

— Où... où est-il ?

— A l'écurie. Je crains qu'il ne soit mourant.

Elle courut à l'antichambre où l'on gardait des potions et les baumes, ainsi que les épices et l'argent.

Pourquoi l'avait-on laissé à l'écurie ? Etait-il si gravement atteint qu'on n'osait le transporter ? Dieu !... *Mourant*... Robert était en train de rendre l'âme. Non, il ne pouvait l'abandonner maintenant, alors qu'elle commençait à peine à le connaître, alors qu'ils avaient encore tant de choses à vivre ensemble !

Le sac de remèdes serré contre sa poitrine, elle revint à la hâte vers l'écuyer.

— Que lui est-il arrivé ?

— Les jambes, madame. Ils jetaient de la poix enflammée ; il en a reçu sur la jambe et sa queue a pris feu. Il est terriblement brûlé, madame.

— Sa queue ?

Arianna lança le sac sur le lit et saisit le garçon aux épaules pour le secouer comme un prunier.

— Ce n'est pas Robert qui est blessé, c'est son satané cheval !

L'écuyer ouvrit de grands yeux innocents.

— Ai-je dit autre chose ?

— Non, mais vous m'avez délibérément induite en erreur ! gronda Arianna en le secouant de plus belle.

Il eut un sourire entendu.

— Osez me dire que votre cœur ne s'est pas arrêté de battre quand vous avez cru qu'il s'agissait de Sir

Robert. N'avez-vous pas pensé que s'il disparaissait vous disparaîtriez aussi car la vie ne serait qu'un désert stérile, sans lui ? N'avez-vous pas compris que c'est de l'amour que vous ressentez pour cet homme, votre époux ?

— Ce n'est pas de l'amour, triple idiot !

Elle le repoussa si violemment qu'il trébucha et atterrit sur son postérieur.

— Ce n'était que l'inquiétude bien naturelle d'une femme pour son mari.

Elle agita dans sa direction un doigt menaçant, tandis que les yeux du jeune homme riaient, proclamant clairement qu'il n'était pas dupe.

— Et si jamais vous soufflez un seul mot de tout ceci à votre maître, misérable petit traître, ajouta-t-elle, je jure sur votre déesse que je vous donne en pâture aux chiens et que les corbeaux se partageront votre dépouille !

Elle reprit les médicaments et sortit en trombe de la chambre, poursuivie par le petit rire de Taliesin.

Arianna s'arrêta aux cuisines pour prendre quelques tranches de lard, des figues et une outre de vin qu'elle abrita dans les plis de son manteau, si bien que lorsqu'elle atteignit les écuries, elle était trempée.

Une fois à l'intérieur, elle s'arrêta pour reprendre son souffle, s'ébroua.

Il faisait tiède et humide dans l'écurie, où elle fut accueillie par des renâclements, quelques hennissements. Au fond, dans une stalle éclairée, elle entendit le murmure d'un homme et la respiration sifflante d'un animal en peine.

Elle s'y dirigea sans bruit.

La broigne de Robert était noircie par la pluie, ses cheveux lui collaient au crâne, et une barbe de trois jours assombrissait son visage aux traits tirés. La bouche barrée d'un pli amer, il était assis en tailleur sur la paille, la tête du destrier sur les genoux. Il parlait doucement à l'énorme animal, et Arianna fut frappée par la tendresse perceptible sous les paroles bourrues.

— Tu ne vas pas me faire ça, tu ne vas pas mourir, espèce de vieille rosse imbécile, disait-il en caressant le cou de l'étalon. Je promets que tu seras uniquement nourri de la meilleure avoine durant le reste de ta vie de fainéant...

Il tourna brusquement la tête en entendant la porte de la stalle s'ouvrir, et tout chagrin disparut de ses yeux comme par enchantement.

— Je ne pensais pas que vous viendriez.

— Je ne vois pas pourquoi un noble étalon pâtirait des péchés d'un Normand, rétorqua-t-elle avant de venir s'agenouiller près de l'immense bête qui se calma immédiatement, comme si elle devinait qu'Arianna était là pour la soulager.

Elle mélangea des herbes à d'autres ingrédients. La robe du destrier était brûlée, couverte de cloques sanguinolentes laissant la chair à nu. Le cheval suivait ses gestes de ses yeux embués de douleur.

— Quel est son signe astrologique ?

Robert leva les yeux, intrigué.

— Je l'ignore. Il avait à peu près un an quand je l'ai eu. C'est important ?

— Evidemment ! Tous les remèdes sont associés aux étoiles, aux planètes, et ils sont plus ou moins efficaces suivant les signes des natifs. Mais puisque nous ne connaissons ni sa date ni son heure de naissance, nous devrons nous contenter du remède général contre les brûlures.

Elle écrasa les figues, qu'elle mouilla de vin, ajouta des racines de simples et de pissenlit, mélangea le tout au lard gras, puis à une bouse de vache séchée. Elle prit ensuite une poignée de cette mixture, tout en faisant la grimace.

— Il s'en sortira, dit-elle.

Robert ne répondit pas, mais il sembla se détendre quelque peu.

A part quelques frémissements incontrôlables, le cheval ne broncha pas pendant qu'Arianna enduisait ses blessures de baume. Robert ne cessait d'observer la jeune femme, mais quand elle leva les yeux vers lui, son visage était indéchiffrable, comme toujours. Pourtant elle se rappelait la tendresse de sa voix quand il tentait d'apaiser l'étalon.

Le cheval renâclait et, sans réfléchir, elle se mit à chantonner :

Mais mon amour garderai pour ce qui m'importe
Dieu, mon seigneur et mon fidèle destrier.

— Pour l'amour du Ciel, chantez ce que vous voudrez, mais pas ça ! coupa Robert.

Elle le regarda, surprise.

— Vous connaissez cette chanson, monseigneur ?

— J'en connais chaque mot par cœur ! Durant les six premiers mois où il me servait, Taliesin me rebattait chaque soir les oreilles de cette stupide histoire d'amour. Il fallait pour le faire taire que je le menace de lui arracher la langue.

Arianna frissonna. Ainsi, elle n'avait pas rêvé. Elle eut envie de demander à Robert comment se terminait la chanson, si la dame du lac gagnait enfin l'amour du chevalier.

Mais elle se contenta de soigner l'étalon avant de se redresser sur ses talons pour s'essuyer les mains dans la paille. Robert se dégagea du cheval, se leva et lui tendit la main. Il la lâcha dès qu'elle fut debout, et elle en éprouva une sorte de douleur dans la poitrine.

— Je ne peux rien faire d'autre, dit-elle. L'onguent devrait atténuer la douleur.

Robert repoussa les petites mèches qui frisaient autour de son front, caressa sa joue.

— Il y a en vous une bonté, une douceur...

Le cœur d'Arianna s'affola. Elle aurait aimé qu'il la prenne dans ses bras, elle en mourait d'envie. Cependant elle ne pouvait oublier que deux jours auparavant, il était parti se battre contre Ivor et Kilydd. Or, s'il était déjà de retour, cela signifiait sans doute qu'il avait tué ses cousins.

— Que leur avez-vous fait ? murmura-t-elle.

Il la fixa de ses yeux pâles comme la glace.

— Kilydd s'est échappé, mais Ivor a trouvé la mort au combat. Ensuite je l'ai décapité, et je l'ai pendu par les pieds en haut des remparts, où il se balancera jusqu'à ce que les corbeaux aient mis ses os à nu. Cela montrera à tous les Gallois que le seigneur de Rhuddlan ne supporte pas la rébellion.

Horrifiée, elle se précipita à l'extérieur de l'écurie, mais Robert la rattrapa en deux enjambées. Il lui fit faire demi-tour et la plaqua contre la porte d'une stalle vide.

— Vous êtes ma *femme*, Arianna, ce qui signifie que vous me devez fidélité, respect, obéissance et loyauté, quoi qu'il vous en coûte. Et vous serez mienne, ajouta-t-il en collant son bassin au sien, chaque fois que j'en aurai envie, et comme je voudrai. Inutile de prétendre que vous ne le désirez pas, car nous savons tous les deux que ce serait un mensonge !

Un frisson parcourut Arianna qui ne chercha même pas à résister.

Son cœur battait au rythme redoublé de la pluie sur le toit. Dans l'ombre, l'expression de Robert était indéchiffrable mais elle voyait ses yeux briller, intenses.

Elle respira un peu plus fort, et ses seins effleurèrent la tunique de cuir. Ils durcirent aussitôt, tandis qu'une sourde douleur montait dans son ventre.

— Vous brûlez d'envie de faire l'amour, dit-il, brutal.

Seigneur ! Oui, elle le voulait, elle le voulait avec une violence qui l'effrayait. Elle se perdit dans le regard gris puis, provocatrice, elle humecta ses lèvres entrouvertes.

Il les prit en un baiser plein de passion et de fureur, la main crispée dans ses cheveux. Quand ils tombèrent sur le sol de terre battue, il dénoua les rubans de son bliaut pour mieux caresser ses seins dressés, sous la fine chemise de lin. Il les taquina de la bouche tout en dirigeant la main de la jeune femme vers son sexe en érection. Quand elle le prit entre ses doigts, il étouffa un cri de plaisir, et elle le sentit durcir encore.

— Regardez ce que vous me faites, Arianna. Cela vous plaît ?

Ce n'était que justice, songea-t-elle. Il était normal qu'elle eût ce pouvoir sur ses sens, quand il en avait tant sur elle.

— Oui, souffla-t-elle.

Il releva son bliaut pour lui caresser les cuisses, et elle se cambra sous sa main.

Comme sa robe était coincée sous elle, il jura.

— Déshabillez-vous ! ordonna-t-il.

— Mais si quelqu'un...

Sans lui laisser le loisir de terminer sa phrase, il déchira le bliaut, puis la chemise. Elle poussa un petit cri, qui n'était pas de peur.

— Vous aussi, demanda-t-elle.

Il se dévêtit rapidement, jetant ses affaires au petit bonheur, puis il vint s'agenouiller entre ses jambes et l'embrassa sur le ventre.

Elle aurait dû lui dire d'arrêter, de ne pas s'adonner à ces perversions venues de France, mais au lieu de cela, elle enfouit les mains dans ses cheveux en l'encourageant à descendre plus bas, plus bas...

Elle cria encore quand il la caressa de la langue. Un feu dévorant la consumait, peine et plaisir mêlés.

Il jouait avec elle en virtuose, et elle avait l'impression que son corps allait exploser : trop de sensations l'emplissaient, se bousculaient en elle jusqu'au vertige...

— Robert !

Les spasmes la submergeaient en vagues déferlantes. Elle allait en mourir...

Le cri se répercuta dans l'écurie et, une seconde après, Robert l'envahissait, si fort, si ardent, qu'elle ne put retenir un gémissement de joie.

— Tu es à moi, Arianna, dit-il en plongeant plus loin encore, comme pour la marquer à tout jamais.

Il la caressait de la main sans cesser de bouger en elle, puissant, dominateur, et l'insupportable tension revenait, lancinante, délicieuse torture, jusqu'à ce que son corps explose encore, explose en milliers de morceaux qui tourbillonnaient sous ses paupières closes comme les étoiles dans le ciel noir.

Une seconde plus tard, il s'abattait sur elle, foudroyé à son tour.

La pluie martelait toujours le toit, un vent frais se glissait à travers les murs. Un cheval renifla doucement.

Après de très longues minutes, le cœur d'Arianna s'apaisa enfin.

Toujours en elle, Robert se redressa sur les coudes.

— Vous avez crié mon nom, dit-il.

— Ce n'est pas vrai !

— Vous l'avez hurlé, Arianna. Vous avez joui sous mes lèvres, et de nouveau quand j'étais en vous.

Elle sentit le sang lui monter au visage.

— C'était un accident.

Il sourit.

— Vraiment ?

— Cela n'arrivera plus.

— Oh, mais si !

Il se gonflait déjà en elle, il recommençait à bouger. Réprimant un gémissement, elle tourna la tête, les yeux clos, mais il lui prit le visage dans une main.

— Regardez-moi.

Il ne fallait pas. Il lirait dans son regard toutes les sensations qui l'envahissaient.

— Regardez-moi, bon sang !

Elle ouvrit les yeux et plongea dans les siens, ardents.

— Ça ne me suffit pas, Arianna, dit-il. Tu m'as donné ton corps, ton plaisir, mais ce n'est pas assez. Je veux plus, beaucoup plus.

Il enfouit le visage dans son cou, sans cesser de remuer en elle avec force.

— Je te veux tout entière...

Perdus dans leur extase, ils n'entendirent pas la porte de l'écurie s'ouvrir, ils ne virent pas une mince silhouette y pénétrer. Le garçon sourit en percevant les bruits de l'amour, et il s'arrêta un instant pour regarder les ombres dansantes sur le mur, le dos de l'homme, les jambes fuselées nouées sur ses hanches.

Il sortit en sifflotant un air joyeux.

La pluie avait cessé et la lune perçait à travers les nuages. Un instant, une lumière argentée noya la cour déserte, illumina la chevelure cuivrée. Mais le feu qui brillait au fond des yeux noirs venait, lui, du fond des âges, aussi vieux que la nuit des temps.

15

C'était une journée comme celles dont parlent les poètes, une journée faite pour l'amour.

Le soleil se levait, doré, et les grives nichées dans les sycomores au bord de la rivière lançaient leurs trilles dans l'air pur, tandis que les vaches qui paissaient sur les rives herbeuses agitaient joyeusement leurs cloches.

Mendiants et pèlerins s'étaient assemblés devant la herse, comme chaque matin, en quête d'une obole. Le distributeur d'aumônes, muni de sa corbeille pleine de piécettes, se tenait à gauche d'Arianna, tandis qu'à sa droite un serviteur portait un plateau d'osier chargé de miches de pain. Pas du pain rassis, comme dans la plupart des châteaux, mais celui tout frais du jour dont l'arôme appétissant se mêlait au parfum des tournesols et des violettes.

Les pèlerins, bénis de Dieu, venaient les premiers. Ils avaient fait vœu de ne pas se laver ni couper leurs cheveux pendant le voyage et, dans leurs robes de bure et leurs capuches usées, ils sentaient la sueur, la soupe aigre. Arianna leur remit l'aumône en retenant sa respiration.

Un homme au bras atrophié se présenta ensuite, suivi par une vieille commère au goitre violacé, puis par une fillette maigre aux jambes nues qui conduisait une aveugle. Arianna posa dans la vieille main ratatinée une miche de pain tandis qu'elle remettait quelques pièces à l'enfant.

Celle-ci leva vers Arianna des yeux gris trop grands pour son visage émacié.

— Que la Vierge Marie vous protège, madame.

— Dieu te garde, mon enfant, répondit Arianna, gentiment.

Mais son attention était ailleurs, concentrée tout entière sur les collines de Rhos, de l'autre côté du fleuve, recouvertes de brume comme d'un voile funèbre. Les collines où Robert pourchassait son cousin depuis trois jours.

Elle repensait à cette nuit, dans l'écurie, et à la passion qui s'était déchaînée entre eux. Cependant, elle ne pouvait se changer, changer ses sentiments. Kilydd avait été élevé par son père alors qu'ils étaient enfants, et elle le considérait, plus encore que Rhodri, comme un frère. Elle ne pouvait renier sa famille, son pays. Elle était cymri dans son cœur, dans sa chair.

La cloche de la chapelle sonnait pour appeler les fidèles à la messe. A cet instant, la crécelle d'un lépreux fit fuir mendiants et pèlerins à toutes jambes.

C'était une femme qui venait de la ville, vêtue de la longue robe grise et du capuchon écarlate qui indiquaient son état. Un grand voile cachait son visage ravagé. Aumônier et servantes se repliaient déjà vers la grille, effrayés, aussi Arianna s'approcha-t-elle seule de la malheureuse.

— Dieu soit avec vous, dit-elle en posant quelques pièces dans la main bandée.

A cet instant, un groupe de cavaliers jaillit des bois. La lépreuse, empêtrée dans sa robe et son voile, tenta maladroitement de s'enfuir. Arianna, un instant figée sur place, remonta ses jupes et se précipita à la rencontre des cavaliers.

Robert sauta à terre sans attendre que son destrier fût tout à fait arrêté.

— Par le Ciel, que faites-vous là ?

— La charité... aux pauvres.

Elle ne poursuivit pas. Elle venait de découvrir un homme ligoté sur un cheval de trait, les bras dans le dos.

— Que Dieu me pardonne! hurlait Robert. Cette femme est une lépreuse!

Arianna l'entendit à peine. Robert avait capturé son cousin, et il allait le tuer.

Kilydd releva un peu la tête, rejetant d'un geste sa chevelure trempée de sueur. Il avait le visage maculé, et un sourire amer aux lèvres. Un de ses yeux était gonflé, presque fermé, mais de l'autre il lui adressa un regard interrogateur, une prière. Machinalement, elle s'avançait vers le prisonnier quand Robert se dressa devant elle.

Elle avait déjà vu les yeux de son mari s'assombrir sous l'effet du désir, mais cette fois, c'était la rage qui les rendait noirs, une rage sèche, violente, impitoyable.

Elle tressaillit quand il bougea, mais ce fut simplement pour sortir quelque chose de l'intérieur de sa broigne. Il balança l'objet devant son nez.

— Vous connaissez ceci? aboya-t-il.

Tremblante, elle tendit la main vers le collier de serpents enlacés. Ses doigts effleurèrent ceux de Robert et...

Et le ciel au-dessus d'eux prit feu. Les flammes crépitaient, les cris de guerre et de douleur s'élevaient de partout. Et puis il fut là, son bien-aimé, grand, fort, et il toucha le torque à son cou, et il l'embrassa, et il lui parla d'amour éternel. Mais elle savait que ce baiser serait le dernier. Des larmes lui emplirent les yeux, transformant le monde en un océan de sang, et au-dessus d'elle, le ciel brûlait, brûlait...

La vision disparut aussi vite qu'elle était apparue et Arianna la chassa de son esprit pour saisir le torque. Le collier était chaud parce que Robert l'avait porté contre sa peau.

— Il allait le vendre pour monter une armée afin d'assiéger Rhuddlan, dit Robert d'un ton glacial. Une armée recrutée dans les bas-fonds irlandais. Vous le saviez, Arianna? Mais bien sûr, vous étiez au courant, puisque c'est vous qui lui avez donné ce bijou.

Arianna se tourna vers Kilydd, mais il fixait le sol. Elle le revit en train de descendre l'escalier extérieur de la maison du drapier et glisser une bourse rebondie à sa ceinture. Jamais elle ne pourrait expliquer comment il se trouvait en possession du torque sans impliquer Christina.

Toutefois elle ne pouvait pas non plus laisser Robert croire qu'elle l'avait trahi. Elle posa une main sur son bras.

— Ce n'est pas moi qui la lui ai donnée, monseigneur, je le jure devant Dieu.

Il se dégagea comme s'il ne supportait pas qu'elle le touche.

— Ne me mentez pas, Arianna.

Elle crut percevoir une fugitive douleur dans son regard.

— Au moins, ne me mentez pas, répéta-t-il.

Elle ne put que secouer la tête, suffoquée de chagrin, de regret pour ce qui aurait pu être et ne serait jamais. Sûr de sa trahison, il ne la croyait pas, et il avait de bonnes raisons pour cela.

Quand il s'éloigna d'elle, elle cria son nom.

Elle eut l'impression de le voir frémir, mais il ne se retourna pas.

— Qu'allez-vous faire de lui ?

Robert ne répondit pas. Assis sur un tabouret près du brasier, les yeux plissés, il suivait sans mot dire les déplacements de son épouse.

Arianna avait la poitrine étreinte d'un immense chagrin. Elle s'affairait à allumer les chandeliers de la chambre, comme si la lumière pouvait chasser la peine. La forte odeur de suif la fit éternuer, mais son mari ne prononça pas le traditionnel : « A vos souhaits. »

Son visage anguleux était aussi impénétrable que la pierre. Il jouait avec son hanap de vin à bord filigrané mais il n'avait pas encore bu.

Elle avait envie de le voir porter le verre à ses lèvres, et en même temps, s'il le faisait, elle serait perdue. Elle avait mêlé de la jusquiame au vin, comme elle avait drogué la bière des gardes du donjon. Plus tard dans la nuit, quand tout le monde serait endormi, elle descendrait à la cave libérer son cousin. Et jamais Robert ne le lui pardonnerait.

Pourtant, elle ne pouvait assister les bras croisés à l'exécution de Kilydd, le fils du frère de sa mère, son sang, sa famille.

Elle vida sa propre coupe de vin, espérant l'encourager à boire, mais il n'en fit rien, et elle n'y gagna qu'un début d'ivresse.

Soudain, incapable de supporter plus longtemps le silence pesant, elle vint s'agenouiller devant lui, les mains posées sur ses cuisses. Elle le sentit frémir brièvement, puis il se crispa. Elle leva les yeux vers le visage insondable.

— Ne pouvons-nous au moins en parler, monseigneur ?

— Que voulez-vous m'entendre dire, Arianna ?

— Que vous savez que je n'ai rien à voir dans cette histoire. Que vous ne me haïssez pas.

Il eut un petit rictus sceptique. Arianna se pencha davantage sur lui, les seins contre ses genoux.

— Epargnez-le, monseigneur, je vous en supplie. Emprisonnez-le, envoyez-le en exil, mais ne le tuez pas. Si ce n'est pas pour moi, faites-le pour nous, pour notre mariage. Car comment arriverions-nous à nous aimer, si...

Elle s'interrompit, surprise elle-même par les mots qui lui avaient échappé. Il allait se moquer d'elle, maintenant, et elle le méritait bien !

Mais non, il se contenta de la transpercer de son regard glacé. Puis il se dressa brusquement en la saisissant aux cheveux pour l'obliger à se lever avec lui.

Il la tenait si près qu'elle voyait ses propres yeux se refléter dans les siens.

Il lui caressa la joue, cueillant une larme dont elle n'était même pas consciente. Mais son regard restait dur.

— Vous n'aurez jamais d'amour de ma part, Arianna.

Elle brûlait d'humiliation, et elle essaya de se dégager mais il la serra davantage.

Alors elle se débattit de toutes ses forces. Elle allait se mettre à pleurer. Or elle en mourrait de honte.

— Lâchez-moi !

— Non, dit-il avant de lui infliger un baiser brutal.

Elle lui résista un instant, les poings serrés contre sa poitrine, mais elle avait envie, oh, tellement envie de s'abandonner ! Incapable de s'en empêcher, elle ouvrit les lèvres pour s'offrir à ce baiser qui avait quelque chose de désespéré, comme s'ils savaient tous les deux qu'un désir aussi intense ne leur apporterait que douleur.

La porte s'ouvrit soudain derrière eux, et Robert se raidit, repoussa Arianna avec violence. Leurs regards s'affrontèrent, pleins de fureur.

Sir Odo bloquait le seuil de sa lourde silhouette.

— Je voudrais vous parler, monseigneur, dit-il, les yeux fixés sur le mur. C'est urgent.

Robert contempla encore longuement sa femme avant de se tourner vers son sénéchal. Il fit un signe de tête en direction de la porte.

Sir Odo le suivit dans la cage d'escalier, mais le colossal chevalier avait une voix correspondant à son physique, de sorte qu'Arianna n'eut aucun mal à entendre ce qu'il disait. Les fermiers gallois soumis à l'autorité de l'un des vassaux de Robert, un Normand qui régentait la vallée du Sud, influencés par les récentes révoltes, s'étaient armés de gourdins et de faux pour attaquer leur maître pendant qu'il chassait. Celui-ci, gravement blessé, allait sûrement mourir, et les Gallois terrorisaient désormais la région.

Robert répondit quelques mots qu'Arianna ne discerna pas. Ordonnait-il la mort de Kilydd ?

Les deux hommes revinrent dans la chambre.

— Vous allez rester ici pour veiller sur ma femme, dit Robert à son sénéchal. Et ne la laissez surtout pas mettre un pied hors de cette pièce.

Sir Odo toussota en fixant le sol.

— Bien, monseigneur.

— Quant à vous, douce épouse... Avez-vous déjà vu

ce qu'un groupe de chevaliers en armes peut faire à une bande de paysans ?

– Robert, je ne...

Il désigna une statuette de la Vierge qui se trouvait dans une niche d'angle.

— Je vous suggère de prier Notre Dame, Arianna. De prier pour les âmes de ceux dont vous et votre cher cousin aurez causé la mort cette nuit.

Sur ce, il sortit à grandes enjambées en hélant son écuyer. Arianna se rendit à la fenêtre, d'où elle le vit monter sur un destrier gris, un peu moins fougueux que son cheval de guerre mais résistant, et franchir la herse en compagnie d'une douzaine de chevaliers. Taliesin fermait la marche avec l'étendard de Robert, la lune se reflétant sur le casque doré. Arianna suivit la petite troupe des yeux jusqu'à ce qu'elle eût disparu dans la forêt.

Elle demeura longtemps à la fenêtre, contemplant le croissant jaune de la lune et le ciel noir criblé d'étoiles. Quand elle se détourna enfin, elle fut surprise de trouver Sir Odo au milieu de la chambre, dansant d'un pied sur l'autre comme un ours.

— Pardonnez-moi de déranger votre intimité, madame, dit-il, rouge comme une tomate, mais je, euh... mon maître a dit...

— Ce n'est pas votre faute, coupa Arianna en lui offrant son sourire le plus éblouissant. Si j'étais Sir Robert, je ne me ferais pas non plus confiance. Venez, nous allons jouer aux échecs.

Elle prit le bras du chevalier pour l'obliger à s'asseoir tandis qu'elle approchait un échiquier d'ivoire et d'ébène.

— La nuit sera longue, ajouta-t-elle, et je doute que nous dormions, vous et moi.

Sir Odo aperçut le pichet de vin, et il s'humecta les lèvres en silence.

— Peut-être avez-vous soif, Sir Odo ?

Souriante, elle ramassa le hanap de Robert et le tendit au chevalier.

— C'est un bon vin, je crois. Il vient d'Aquitaine, m'a-t-on dit.

— Pourquoi as-tu mis autant de temps, Arianna ? La moitié de la nuit est déjà passée !

Arianna ravala un juron, tandis qu'elle s'écorchait les doigts en tentant de faire tourner la clé dans les ferrures rouillées.

— Un peu de gratitude ne serait pas superflue, cher cousin.

— Au lieu de bavarder, libère-moi de cet engin.

Le cadenas céda enfin et les chaînes tombèrent au sol. Kilydd étira ses muscles engourdis. Arianna était déjà à la porte.

— Dépêche-toi, chuchota-t-elle.

Les gardes étaient écroulés contre le mur, et leurs ronflements emplissaient l'escalier. Kilydd en poussa un du pied.

— Regarde-moi ce satané fils de garce, ce...

— Pour l'amour du Ciel, Kilydd, dépêche-toi ! répéta Arianna.

Elle se précipita dans l'escalier, suivie par son cousin qui la heurta de plein fouet quand elle s'arrêta net au débouché sur le grand hall. Les habituels bruits nocturnes s'élevaient de la pièce : ronflements, grignotements des souris, battement de la queue d'un chien sur le sol.

Retenant son souffle, Arianna fit signe à son cousin de la suivre. Ils étaient presque sortis quand un garde qui était allé se soulager les aperçut.

Kilydd se jeta sur Arianna et prit sa bouche, tout en relevant le bas de sa tunique afin de dévoiler sa cuisse aux regards salaces du garde.

Elle entendit à peine le rire concupiscent du soldat. Elle avait la tête qui tournait, le sang battait à ses tempes, tandis qu'elle tentait de repousser son cousin, mais il écrasait sa bouche plus fort encore, meurtrissant ses lèvres de ses dents.

C'était vraiment étrange ! A treize ans, à l'époque où elle se badigeonnait les seins pour qu'ils grossissent, elle avait promis une statue à la Vierge si Kilydd avait manifesté l'envie de l'embrasser. Mais ce n'était pas arrivé et Arianna avait transféré son béguin de petite fille sur le fils de l'apiculteur. Or voilà que six ans plus tard il se décidait enfin, et elle ne ressentait qu'une impression d'étouffement.

Le garde rentra à l'intérieur, et Kilydd la libéra enfin.

Elle frotta sa bouche engourdie.

— Etais-tu obligé de m'écraser les lèvres comme des grappes aux vendanges ?

— Bon sang, Arianna, il y a des années que tu en as envie ! Ne me dis pas que ça t'a déplu !

— Tu embrasses comme un gamin, rétorqua-t-elle.

Vexé, Kilydd la poussa devant elle et la suivit dans un silence furibond sur les marches de bois de la butte, jusqu'aux cours en contrebas.

Ils s'arrêtèrent dans l'ombre portée par la haute tour. La nuit était si claire que les étoiles semblaient toutes proches.

— Je n'ai pu droguer tous les habitants du château, et la dernière porte est bourrée de gardes, mais tu peux passer par la poterne, dit-elle.

Elle allait retourner vers le donjon quand Kilydd la saisit par le bras.

— Donne-moi ton poignard.

— Je n'en ai pas.

D'un geste vif, il chercha sous sa tunique et sortit l'arme de sa gaine sans qu'elle eût le temps de protester.

— Tu oublies que nous avons eu les mêmes professeurs, ma cousine, dit-il en souriant. Maintenant, où se trouve ton bâtard de mari ? J'ai un compte à régler avec lui.

— Il n'est pas ici.

Kilydd caressa la joue d'Arianna du plat de la lame.

— Tu ne me mentirais pas, n'est-ce pas, petite cousine ? Tu ne serais pas en train d'essayer de sauver la peau de ton bel époux ? Tu les aimes *ses* baisers, hein ? Peut-être même t'es-tu mise à apprécier les perversions à la française ?

Arianna lui prit le poignet pour écarter l'arme de son visage.

— Je te dis qu'il n'est pas au château, répéta-t-elle en le poussant légèrement en avant. La poterne est par là, entre la forge et les écuries. Dépêche-toi de filer avant qu'un autre soldat ait la bonne idée d'aller se soulager dehors et nous trouve là à bavarder, comme s'il n'y avait rien de mieux à faire.

Il lui prit rudement le menton.

— Tu n'as donc rien dans la cervelle ? Je ne peux pas rentrer à Gwynedd à pied, il me faut un cheval. Je fais le guet pendant que tu vas m'en chercher un.

Elle se dégagea d'une secousse.

— Grand Dieu, je commence à regretter de ne pas t'avoir laissé croupir dans la cave !

Cependant elle obéit, pressée de se débarrasser de lui. Elle trouva la jument qu'elle montait depuis un mois, un animal docile mais plein de vie. Elle avait presque l'impression qu'elle lui appartenait, aussi n'aurait-elle pas trop de scrupules à la donner à Kilydd. Elle la sella rapidement, puis elle posa un instant la joue contre son cou.

— Je me doutais que vous mijotiez quelque chose de ce genre !

Arianna fit volte-face, la main sur la gorge. Quand elle vit de qui il s'agissait, son cœur se mit à battre encore plus vite.

— Pour l'amour du Ciel, que vous prend-il de m'effrayer ainsi ?

Taliesin lui barrait le passage, les jambes écartées, une moue aux lèvres — assez semblable à l'un de ses frères quand il boudait. Mais il y avait autre chose... Sa mince silhouette était soulignée d'un halo, comme si une lampe brûlait derrière lui, et sur sa tête, le casque doré brillait intensément. Un instant, Arianna crut voir le métal palpiter.

Un roulement de tonnerre gronda au loin. C'était impossible ! Le ciel était parfaitement clair quelques minutes auparavant !

— Vous ne devez pas vous enfuir, madame, dit Taliesin.

Arianna ouvrit la bouche pour protester, mais y renonça. Comment expliquer qu'elle eût besoin d'un cheval au beau milieu de la nuit ?

Pourvu que Kilydd ait le bon sens de rester hors de vue le temps qu'elle ait renvoyé l'écuyer ! Maudit soit-il, celui-là ! Elle était certaine de l'avoir vu sortir du château avec l'armée de Robert, et pourtant il se trouvait ici ! C'était bien de lui d'apparaître là où sa présence n'était pas souhaitée ! Cependant, si elle arrivait à quitter l'écurie avec le cheval, peut-être Kilydd réussirait-il quand même à s'évader.

Elle décida d'essayer sur Taliesin la comédie qui marchait si bien avec ses frères quand ils lui refusaient ce qu'elle voulait.

Ses lèvres se mirent à trembler, son regard se fit implorant, tendre, celui d'une biche aux abois.

— Je crains vraiment pour ma vie, Taliesin. Ce soir, Sir Robert m'a battue.

Comme l'écuyer restait de glace, elle en rajouta :

— Il m'a battue si fort que je suis couverte de bleus et que j'ai failli m'évanouir de douleur. Il croit que je l'ai trahi au bénéfice de mon cousin, et jamais je n'ai pu le persuader du contraire.

Tout en parlant, Arianna poussait le cheval en avant. Le tonnerre gronda encore, tandis que le vent se levait, faisant claquer la porte de l'écurie.

Taliesin se mordillait la lèvre, perplexe. Arianna criait presque victoire quand il serra les dents, agressif.

— Mon seigneur ne vous aurait pas battue si vous ne l'aviez provoqué. Il n'est pas violent par nature.

— Pas violent ! s'indigna Arianna.

Sa protestation fut étouffée par les hurlements du vent. Un éclair illumina un moment l'écurie, suivi d'un énorme coup de tonnerre.

Taliesin se planta devant Arianna.

— Vous ne quitterez pas le château, décréta-t-il.

Il y eut une nouvelle bourrasque, et le cheval rua. Agrippée aux rênes, Arianna assistait, bouche bée, au déchaînement des éléments. Le ciel était de suie, et une pluie torrentielle s'abattit sur la cour qui se transforma aussitôt en torrent de boue.

— Vous ne pouvez partir en plein cœur de l'orage, dit Taliesin en lui prenant le bras.

Un éclair de feu traversa Arianna, comme si la puissance de l'orage s'était communiquée au garçon. *Ou comme si elle sortait de lui...*

Elle chassa bien vite cette pensée. Un éclair plus violent encore que les autres les environna de lumière blanche, et elle ne put retenir un cri, les mains sur la tête pour se protéger. Des points dorés dansaient devant ses yeux mais, quand elle les rouvrit, elle se trouva face à un garçon, un simple garçon qui semblait encore plus effrayé qu'elle.

— Bon sang! souffla-t-il. Ce n'est pas passé loin...

Le cheval était complètement terrifié, et Arianna essaya de le calmer tout en l'entraînant vers la porte.

Taliesin revenait à la charge:

— Réfléchissez, madame. Mon seigneur sera très en colère, et cela ne présage rien de bon pour votre bonheur futur. Vous tentez de poignarder votre époux la nuit de vos noces, vous vous enfuyez à peine une semaine plus tard... Il va devoir se lancer à votre poursuite, et ça le mettra dans une humeur épouvantable.

Il se jeta devant elle.

— Ne faites pas ça, madame, je vous en supplie.

— Poussez-vous, Taliesin, sinon vous allez être blessé.

L'écuyer serra les poings.

— Non, je ne peux pas me mettre en travers de votre chemin, je n'en ai pas le droit, par la déesse! Mais qu'elle soit maudite, car elle n'avait pas tenu compte de vous deux, quand elle a édicté les règles.

— Quelles règles? Que...

Arianna s'étrangla en voyant Kilydd jaillir de l'ombre.

Et enfoncer son poignard dans la poitrine de Taliesin.

Le garçon ouvrit de grands yeux d'où sortirent deux rayons lumineux tandis qu'un nouvel éclair zébrait le ciel, suivi d'un roulement de tonnerre qui ébranla le sol. Puis Taliesin ferma les paupières et s'effondra comme une poupée de chiffon, emportant Arianna dans sa chute.

Une tache sombre s'élargissait sur sa tunique et son visage était d'une pâleur de cire. Arianna le serra contre elle tout en levant les yeux vers son cousin.

— Tu l'as tué, murmura-t-elle, bien qu'elle refusât encore d'y croire. Tu as tué Taliesin.

— Bon débarras !

Kilydd obligea Arianna à se relever, et Taliesin roula sur le côté, les bras en croix.

— Partons d'ici. Il tombe des cordes, et personne ne nous verra.

Arianna se dégagea d'une secousse.

— Alors vas-y !

Elle s'agenouilla près du corps inerte.

Taliesin... Mon Dieu, il a tué Taliesin !

A la faveur d'un nouvel éclair, elle vit que la tunique du jeune homme était à présent trempée de sang. Peut-être n'était-il pas mort, s'il saignait encore ? Elle allait convoquer le médecin du château. Et Robert. Il fallait que Robert vienne à son secours... Mais il n'était pas là.

Kilydd la releva, par les cheveux cette fois.

— Oh, non, petite cousine. Tu viens avec moi, ainsi je pourrai demander une jolie rançon qui me permettra de payer des douzaines de soldats !

Arianna voulut lui envoyer un coup de poing qu'il para aisément. Enroulant sa longue chevelure autour de sa main, il tira violemment, et elle dut serrer les dents pour s'empêcher de crier.

— Ne sois pas stupide. Robert me déteste, il ne donnera pas un sou pour me récupérer.

Kilydd éclata de rire.

— Il paiera. Ne serait-ce que par orgueil.

Elle se débattait en vain.

— Kilydd, je t'en prie. J'ai trahi mon époux et détruit tout espoir de bonheur pour te sauver la vie. Ne me remercie pas de cette manière...

— Pardonne-moi, Arianna, mais un homme est parfois obligé de...

Le reste de sa phrase se perdit dans une bourrasque plus forte que les autres.

Arianna vit le poing fermé une seconde avant qu'il entre en contact avec sa mâchoire.

Elle revint à elle giflée par la pluie glacée. Elle était en selle devant Kilydd qui la tenait d'un bras de fer. Ils étaient près de la rivière. Elle ne voyait pas le cours d'eau mais son roulement sourd retentissait, tout proche.

Sans doute son cousin l'entraînait-il vers Rhos, cependant la tempête rendait toute orientation impossible. Le vent semblait venir de tous les côtés à la fois, la pluie s'abattait sur eux en vagues cinglantes, les aveuglait, les étouffait.

Un éclair illumina le paysage comme en plein jour, et Arianna vit que la rivière s'était transformée en torrent furieux, débordant des rives, montant jusqu'aux maisons.

Ils aperçurent enfin la baraque du péage. Arianna crut que le pont avait été emporté, mais il émergea un moment avant d'être recouvert par les eaux.

Kilydd éperonna la jument, qui se cabra, trébucha. Le jeune homme jura, serrant Arianna au point de lui couper le souffle.

La jument renâcla encore, puis elle s'élança en avant, manquant les désarçonner.

De petites étoiles dansaient devant les yeux d'Arianna, et elle avait l'impression d'avoir la poitrine écrasée sous un énorme rocher. Elle se tortilla pour se libérer, mais Kilydd, croyant qu'elle voulait se sauver, accentua encore la pression.

Les sabots du cheval dérapaient sur les planches mouillées qui ondulaient, comme si le pont voulait se débarrasser d'eux. L'animal trébucha, tomba sur les genoux.

Ce brusque mouvement obligea Kilydd à relâcher son étreinte, et Arianna prit enfin une grande goulée d'air. Mais aussitôt après, elle entendit le craquement du bois et elle se sentit voler. L'univers devint un maelström d'eau et de planches brisées. Elle s'accrocha à quelque chose, peut-être la queue du cheval.

Et elle ouvrit la bouche pour hurler, mais elle fut engloutie par un trou noir.

16

— Gwynedd ! Je veux ma femme !

Le Dragon Noir, monté sur son destrier, se tenait devant la porte bardée de fer, accompagné d'une poignée d'hommes aux mines patibulaires.

— Gwynedd ! répéta-t-il d'une voix tonitruante.

Arianna, debout à une fenêtre du donjon, observait son époux qui se détachait sur le ciel empourpré du couchant, son étendard claquant au vent.

Il était venu la chercher. Jamais elle ne l'aurait cru !

Perchée comme le nid d'un aigle sur un piton rocheux, Dinas Emry, la forteresse de son père, dominait un étroit défilé. Ce n'était pas le plus luxueux des châteaux d'Owain, mais certainement le plus imprenable. Il se cachait parmi de sombres forêts et des montagnes encapuchonnées de brume, des pics abrupts qui semblaient érigés là au hasard par la main d'un dieu en colère.

La voix de Robert se répercutait à l'intérieur des murs du château :

— Gwynedd ! Envoyez-moi ma femme !

— Je vous ai entendu, Normand !

Owain, prince de Gwynedd, venait de surgir en haut des remparts, et il toisait son gendre, les poings sur les hanches, bien campé sur ses jambes.

— Vous êtes fort loin de chez vous, seigneur Robert de Rhuddlan.

La cape écarlate du prince fut soulevée par une bourrasque, tandis qu'en bas, le cheval de Robert se cabrait.

Il le domina d'un serrement de mollets, les cheveux au vent.

— Où est mon épouse ?

— Ici ! répondit Owain.

Les deux hommes s'affrontaient, le visage dur, pleins de défi.

— Rendez-la-moi.

— Venez donc la chercher !

Aucun guerrier, aussi courageux fût-il, ne pouvait s'emparer de Dinas Emry avec si peu d'hommes, pourtant le Dragon Noir éclata de rire. Son destrier se mit à danser sur place, et la rangée de soldats, derrière lui, s'ouvrit pour révéler Rhodri attaché sur un cheval. L'adolescent avait les yeux agrandis d'effroi.

— Oui, je viens, Owain de Gwynedd. Seul. Et je repartirai avec ma femme. Votre fils est là simplement pour que vous ne tentiez rien de fâcheux contre moi.

Arianna retint son souffle. Elle savait que jamais Robert ne ferait de mal à son frère, mais son père l'ignorait. Le Dragon Noir attendait, et Owain finit par faire signe à ses gardes.

Le pont-levis fut baissé dans un grincement de chaînes, on releva la herse.

Robert pénétra seul dans le château. Les sabots de son cheval martelaient les planches de bois au moment où le soleil disparaissait derrière une montagne, ne laissant après lui qu'un monde d'ombre.

Il était dans la forteresse, Arianna ne pouvait plus lui échapper.

Etrange situation, se dit-elle, car au départ elle n'avait pas souhaité fuir son mari.

La rivière déchaînée l'avait rejetée sur la rive rocheuse et elle avait ouvert les yeux sur une lumière pure, comme si la terre entière avait été lessivée. Les arbres dégoulinaient encore, le sol était spongieux, le vent lui-même était humide, pourtant le ciel était aussi bleu qu'un champ de lin.

La jument broutait tranquillement près d'elle, mais

elle ne vit pas trace de son cousin. Elle le chercha longtemps au bord de la Clwyd dont les eaux tourbillonnaient encore furieusement. Elle s'égosilla à crier son nom, en vain.

C'était comme si la jument et elle étaient les seuls êtres vivants sur terre. Arianna se rendit vite compte qu'elle se trouvait sur la rive ouest de la rivière. Rhuddlan était de l'autre côté. Comment allait-elle pouvoir rentrer chez elle ?

Elle réalisa soudain qu'elle considérait Rhuddlan comme son foyer ! Elle voulait le retrouver. Pas tant les murs rouges que le maître du château, à vrai dire... Or, avec l'orage qui avait gonflé la Clwyd, il faudrait des jours avant que l'on puisse la traverser en toute sécurité.

Elle s'assit sur la berge, les genoux entre les bras, et contempla la rive opposée, qui lui sembla être un autre univers.

Mais nous n'avons jamais été du même univers, Robert et moi. Leurs différences, qui venaient du cœur, ne seraient jamais comblées.

En fait, il faudrait qu'elle soit folle pour retourner à Rhuddlan. Taliesin était sans doute mort, Kilydd parti fomenter une nouvelle révolte... Robert ne voudrait pas la voir, ou bien il la tuerait et planterait sa tête en haut des remparts.

Non, mieux valait qu'elle aille à Gwynedd attendre la suite des événements. Si Robert souhaitait toujours l'avoir pour épouse, elle ne tarderait pas à l'apprendre. Et dans le cas contraire, bien plus vraisemblable, son père pourrait demander l'annulation de leur mariage à Rome. Ainsi ils n'auraient plus à se voir de leur vie.

Arianna s'était donc dirigée vers la forteresse de Dinas Emry où son père passait habituellement les mois d'été.

Elle y arriva au milieu de la nuit, épuisée, à demi morte de faim. Sa mère coupa court aux questions du prince, lui offrit une bonne soupe et la coucha dans un lit moelleux parfumé au santal.

Le lendemain à l'aube, alors que toute la maisonnée dormait encore, Arianna se rendit au bord du lac voisin afin d'être seule, de réfléchir à la façon dont elle expliquerait à son père ce qui s'était passé.

Un épais brouillard montait de l'eau et les chênes sacrés aux branches alourdies de gui frémissaient dans le vent. On racontait qu'un jour, voilà bien longtemps, deux dragons s'étaient battus à mort dans ce lac.

La tête penchée, Arianna contempla les hauts pics qui se découpaient sur le ciel. Le vent s'infiltrait en sifflant entre les rochers, et son mugissement ressemblait au cri d'un dragon qui agonise, triste, solitaire.

Elle frissonna.

— Tu vas attraper la mort, ici ! Il fait humide à rouiller une pièce d'or !

Son père approchait, large, solide, dans sa broigne. Ses cheveux gris tombaient librement sur ses épaules, il était sévère, imposant.

Plus guerrier que prince, ce matin-là.

Il vint s'asseoir près d'elle et ils demeurèrent un bon moment silencieux à contempler l'eau d'étain sous le ciel gris. Arianna avait la gorge serrée d'une douloureuse solitude.

Quand un sanglot lui échappa sans qu'elle pût le retenir, son père se tourna vers elle et elle se jeta dans ses bras.

— Là, là, ma fille. Ne pleure pas. Je vais m'occuper de toi. Rien ne peut t'arriver, sous ma protection.

Enfouie contre la vaste poitrine, Arianna raconta tout — la rébellion de Kilydd, sa propre trahison, l'orage, la mort de Taliesin. Et Robert, Robert, Robert...

Enfin elle se redressa, s'essuya le visage d'un revers de manche.

— Il va me détester, à présent, conclut-elle. Et qui pourrait le lui reprocher ?

Owain prit son visage dans ses grandes mains de soldat.

— Tu es avec les tiens, ma fille. Ne crains rien de ce bâtard normand, il ne pourra plus jamais te faire de mal.

Elle le regarda droit dans les yeux.

— Non, père, vous ne comprenez pas. Je veux retourner auprès de lui.

— Il est trop tard.

Il lui caressa les cheveux, apaisant.

— Calme-toi, mon enfant. Je ferai annuler ce mariage, je te trouverai un autre homme, meilleur que celui-ci. Un Cymri, l'un des nôtres.

— Mais la trêve...

— Qu'elle aille au diable ! Le Normand ne te pardonnera sûrement pas, et il est hors de question que j'envoie ma fille à une mort certaine. Même pour le bien de mon pays.

Arianna se rappelait ce qu'elle avait entendu dire du Dragon Noir. Dur au combat, impitoyable dans la victoire... Elle avait vu cet aspect de sa personnalité, mais un autre également.

— Je sais que Sir Robert sera en colère, très en colère, mais je ne pense pas qu'il me ferait du mal, hasarda-t-elle. Pas de façon irrémédiable.

Owain cherchait la vérité sur son visage.

— Tu en es sûre ?

Malgré son incertitude, Arianna hocha la tête afin de rassurer son père.

— Je veux retourner avec lui. Je vous en prie, père, arrangez-vous pour que ce soit possible.

Owain, pensif, tiraillait sa moustache tombante.

— Comment est-il, en tant qu'homme ?

— Il vous ressemble. Il est dur mais juste. Courageux, mais il ne se vante jamais de ses exploits. Il se moquerait de moi s'il m'entendait, mais au fond, il est le type même du preux chevalier : intransigeant sur l'honneur et la loyauté, généreux envers les faibles.

Un sourire nostalgique flottait sur ses lèvres.

— Et quand il se laisse aller, ajouta-t-elle, il sait se montrer gentil, tendre...

Owain prit un air faussement sévère.

— Voilà bien des compliments pour nous deux ! Immérités, à mon avis.

Elle déposa un baiser sur la joue tannée.

— C'est surtout vous que je complimente, père. Je

pourrais me tromper sur le Normand, mais si ce n'est pas le cas, il me semble... enfin... il ne me semble pas impossible d'arriver à l'aimer.

Il la prit aux épaules.

— Ah, petite, j'aimerais tant te voir heureuse !

Il la serra contre lui, effleura ses cheveux d'un baiser. Elle aurait dû se sentir réconfortée, mais ce n'était pas le cas.

J'aimerais tant te voir heureuse, avait-il dit. Pourtant, au nom de son pays, il les avait livrés, Rhodri et elle, au roi anglais. Pour le pays de Galles encore, il avait permis que sa fille unique épouse un ennemi, il avait sacrifié la vie de Ceidro. Malgré sa sollicitude, le prince de Gwynedd était un homme dur, impitoyable même quand il le fallait, et, comme tous les souverains, le bien de son pays venait avant tout le reste.

A présent, de sa fenêtre, Arianna regardait la nuit emporter la lumière. Le Dragon Noir était venu la chercher. Il était là, en bas, dans le grand hall. Elle se rappela son visage la dernière fois qu'elle l'avait vu, furieux et en même temps fou de désir.

Deux semaines plus tôt, elle avait cru ne plus jamais poser les yeux sur lui, or il était venu. Il était là, et elle ne pouvait attendre davantage. Il fallait qu'elle le voie, fût-ce de loin.

Sur le point de sortir, elle s'arrêta un instant devant la statue qui gardait sa chambre, Dafydd, le saint patron du pays de Galles, et le visage de bois lui parut désapprobateur.

— Tant pis ! lui dit-elle. Je le veux, et je suis prête à tout. Je supporterai n'importe quel châtiment, pourvu qu'il accepte de me reprendre.

Robert traversa la longue pièce, la main sur le pommeau de son épée. Les hommes d'Owain se tenaient autour de la cheminée centrale dont les bûches craquaient dans le silence, et ils guettaient Robert, attentifs.

Un barde prit son luth et entonna une triste complainte :

Notre maison est sombre ce soir,
Sans feu, sans lit.
Je vais pleurer un peu,
Puis me tairai...

Il avait une moins belle voix que Taliesin, pensa Robert.

La pièce comportait des bas-côtés, comme une église, et le plafond était soutenu par une double rangée de piliers. Les sculptures comme les fresques murales évoquaient des images de cauchemar : têtes décapitées, serpents emmêlés, monstres aux langues fourchues et aux griffes acérées. Alors qu'il passait devant une tête cornue, mi-bête, mi-homme, il eut l'impression que le monstre le suivait des yeux, la bouche retroussée en un rictus.

Le prince Owain trônait sur une estrade ornée d'un dais pourpre. Il observait Robert, les paupières mi-closes sur des yeux d'une étrange couleur oscillant entre le bleu, le gris et le vert. Couleur de mer sous un ciel couvert.

— Où est ma femme ? demanda Robert d'une voix forte et rude.

Les gardes mirent la main à leur arme.

Sans répondre, Owain fit signe à un serviteur d'apporter la corne d'hydromel. Les hommes se détendirent car c'était une marque d'hospitalité que l'on réservait à la famille et aux amis.

Le domestique plaça la corne de buffle sculptée et ornée de motifs en argent entre les mains du prince, qui la remit lui-même à Robert.

Ce dernier allait boire quand un mouvement attira son attention sur la galerie à claire-voie qui courait en haut de la pièce. Une ombre de soie bleue qui disparut aussitôt derrière un pilier.

— Ma fille a l'intention et le désir d'honorer les vœux de son mariage, dit alors Owain. Sinon, vous ne seriez pas chez moi en train de boire mon hydromel, Normand. Malgré vos menaces, ajouta-t-il, légèrement méprisant.

— Ses intentions et ses désirs m'importent peu. Mais elle est ma femme, et elle le restera! décréta Robert assez haut pour être entendu de tous.

Il but une longue gorgée d'hydromel, le regard levé vers la galerie, farouche.

Tu es à moi, Arianna. A moi. Même si je dois aller te chercher en enfer.

Le cœur battant, Arianna referma soigneusement la porte de sa chambre derrière elle et appuya son front contre le bois poli.

Elle est ma femme et elle le restera, avait-il dit. De longues minutes, elle se répéta ces paroles, partagée entre excitation et angoisse. Ce fut un bruit de pas dans l'escalier qui la tira de ses pensées. Un pas qu'elle aurait reconnu entre tous... Elle recula, recula jusqu'à heurter le pied du lit.

La porte s'ouvrit à la volée, si brutalement qu'elle alla frapper le mur tandis que le saint oscillait sur son socle.

— Que la déesse me protège, murmura Arianna, reprenant sans s'en rendre compte l'incantation favorite de Taliesin.

Robert se tenait sur le seuil. Elle scruta son visage afin d'y découvrir l'ampleur de sa colère, mais ses traits étaient aussi inexpressifs que ceux du saint de bois.

Il referma la porte du talon et fit un pas vers elle.

Sous son regard impérieux, Arianna releva le menton.

— Je n'implorerai pas votre pardon, monseigneur, déclara-t-elle, fière. Je le referais si c'était à refaire. Vous êtes mon époux devant Dieu mais, devant Dieu, je ne pouvais vous laisser pendre mon cousin.

Les lumières tremblaient dans le courant d'air et des ombres se creusèrent sous les pommettes de Robert. L'image du diable. Il fit un nouveau pas en avant, et elle croisa les mains dans son dos, les ongles enfoncés dans les paumes.

— A cause de vous, dit-il d'un ton glacial, j'ai dû quitter mes terres au moment où elles sont le plus vulnérables à une attaque. A cause de vous, un homme est mort et quatre ont été blessés dans le voyage pour venir vous chercher. Cela vous fait-il plaisir, Arianna ? Croyez-vous que vous en valez la peine ?

— Alors Taliesin est mort... Oh, Robert, je suis tellement navrée...

— Navrée ? Croyez-vous que « navrée » soit une épithète suffisante pour la vie d'un brave ?

Arianna secoua la tête en silence.

Il lui tourna le dos, comme s'il ne supportait plus sa vue. Il cherchait visiblement à se dominer.

— Taliesin n'est pas mort, déclara-t-il enfin en se tournant de nouveau vers elle.

Elle tressaillit sous la fureur de son regard.

— Bien que vous vous soyez enfuie en le laissant se vider de son sang sur le sol d'une écurie, ajouta-t-il.

— Je ne me suis pas enfuie ! J'ai drogué votre garde et j'ai aidé Kilydd à s'échapper, c'est vrai. Mais je voulais rester et affronter votre courroux. Je ne suis pas lâche, monseigneur, vous devriez le savoir. Je n'aurais jamais abandonné ce garçon de mon plein gré.

Il la regardait, de l'autre bout de la pièce, un rictus de mépris aux lèvres. Qu'il dise quelque chose, qu'il fasse quelque chose ! Tout plutôt que ce silence insupportable. Quand il parla enfin, le cœur d'Arianna se mit à battre la chamade.

— Venez ici.

Les joncs craquaient sous ses pas. Elle s'arrêta tout près de lui, s'obligea à lever la tête pour le regarder en face.

Le silence était si profond qu'on entendit quelques cendres s'effondrer dans le brasier.

Robert transpirait légèrement, il sentait le cuir, le

métal chaud, la colère. Dans ses yeux gris pourtant ne se lisait rien. Absolument rien.

Il dégaina son épée qui sortit du fourreau dans un sifflement de soie déchirée.

— A genoux.

Un bref instant, elle imagina qu'il allait la décapiter avant de planter sa tête sur une pique afin que les corbeaux lui arrachent les yeux.

Les mots lui échappèrent malgré elle :

— Vous ne pouvez pas me tuer dans la demeure de mon père !

Une étrange expression — de surprise ? d'amusement ? — traversa son visage, mais il répéta sèchement :

— A genoux.

Arianna ne sut pas si elle avait obéi volontairement ou si ses jambes s'étaient dérobées sous elle.

— Tendez les mains.

Il voulait lui couper les mains ! Faire d'elle une paria infirme, condamnée à errer de château en château pour demander la charité... Arianna savait comment les Sarrasins châtiaient leurs femmes quand elles s'étaient mal conduites. Sans doute Robert avait-il assisté à cela au cours de ses voyages.

Elle fut soudain prise d'une absurde envie de rire.

— Réfléchissez un moment, seigneur mon époux. Comment pourrais-je m'acquitter de mes tâches conjugales, sans les mains ? Et que couperez-vous ensuite ? Le nez, peut-être ?

Cette fois, il avait presque souri, elle en était sûre. Et elle sut aussi que, quels que soient les graves différends qui les opposaient, elle avait confiance en lui. Contre toute logique, à cause d'un sourire même pas éclos, elle était certaine que le Dragon Noir ne lui ferait pas de mal.

— Tendez les mains, Arianna.

Elle obéit, heureuse de constater qu'elle tremblait à peine.

Elle n'avait plus envie de rire, mais bien plutôt de pleurer quand elle sentit ses mains sur les siennes. Il referma les doigts de la jeune femme sur le pommeau de son épée, et sa voix résonna au plus profond d'elle.

— Vous allez me jurer fidélité, Arianna.

Les mots mirent un certain temps à prendre tout leur sens. Jurer fidélité...

— Vous allez me jurer fidélité, Arianna, répéta-t-il. Et, en qualité de suzerain, je vous protégerai, je veillerai sur vous, je vous préserverai de la faim, du froid, de la peine. Je vous donnerai ma loyauté, ma confiance, comme vous me donnerez les vôtres en retour. Vous me servirez, vous me conseillerez, vous vous battrez avec moi contre la terre entière s'il le faut. Vous serez toujours à mes côtés, Arianna. A mes côtés.

La stupeur la rendait muette.

Si elle acceptait, elle serait vraiment sa compagne. Elle partagerait son lit, porterait ses enfants, l'aiderait à gérer ses domaines, et passerait sa vie près de lui tout en conservant jusqu'au bout son honneur et sa fierté. Mais il lui fallait remettre entre les mains de cet homme, de ce Normand, sa loyauté et sa confiance.

Il n'y avait cependant aucune notion d'assujettissement ni de servitude dans le serment de fidélité. L'écuyer le faisait au chevalier, le chevalier à son seigneur, le seigneur au roi. C'était un lien de respect mutuel qui unissait les hommes depuis des siècles. Mais pas les femmes, car les femmes n'étaient pas censées avoir le sens de l'honneur; elles n'avaient d'autre valeur que leur ventre et les terres qu'elles apportaient en dot. Aucun homme n'aurait songé à demander à sa femme d'être sa vassale, car cela aurait fait d'elle son égale sur le plan de l'honneur, ce qui était impensable.

Aucun homme sauf celui-ci.

— Jurez, Arianna. Dites les mots.

Elle ouvrit la bouche, mais aucun son n'en sortit.

Comme il faisait mine de reculer, elle le retint.

— Attendez, monseigneur! cria-t-elle, les yeux voilés. Attendez, je vais le faire. Je le souhaite.

Les larmes ruisselaient sur ses joues mais elle n'en avait cure. Elle contemplait leurs mains unies sur l'arme, peau contre peau, et elle eut l'impression que leurs sangs se mêlaient.

Elle prononça le serment traditionnel en changeant un seul mot. Un mot qu'elle n'avait jusqu'alors jamais entendu au féminin.

— Moi, Arianna de Gwynedd, je vous jure fidélité et je deviens par là votre... vassale. Je jure sur Dieu et tous les saints de vous garder foi et loyauté envers et contre tous.

Il l'aida à se relever et elle tendit le visage vers lui pour recevoir l'accolade. Mais il jeta l'épée, la saisit à la nuque, l'embrassa avec passion. Il sentait l'hydromel, il sentait... lui, et Arianna se dit qu'elle aimerait l'embrasser indéfiniment.

Sans lâcher ses lèvres, il l'emporta sur le lit où il se laissa tomber avec elle. Ils s'y embrassèrent encore longuement, follement, puis il la regarda au fond des yeux.

— Vous êtes mienne. Ma vassale.

— Oui, monseigneur, je suis votre vassale.

Il allait l'embrasser de nouveau quand il s'interrompit, jeta un coup d'œil par-dessus son épaule et se leva pour traverser vivement la pièce.

— Robert ?

— Je n'ai pas besoin de public, même pieux, dit-il en tournant saint Dafydd tête contre le mur.

Arianna lui tendit les bras en riant.

— Cela signifie-t-il que vous allez encore pratiquer sur moi vos perversions à la française ?

— Possible, dit-il avec ce merveilleux sourire qui la bouleversait. Et il est même possible, si vous vous montrez une vassale obéissante et valeureuse, que je vous apprenne à les exercer avec moi.

Comme lors de son arrivée quelques heures plus tôt, le prince de Gwynedd tendit sans un mot à Robert la corne pleine d'hydromel. Le chevalier l'accepta avec un sourire contenant une ombre de défi. Dans le silence du grand hall, les deux hommes s'observèrent, puis Robert but.

Arianna le contemplait tandis qu'il s'essuyait la bouche, et leurs regards se croisèrent à travers la pièce. Celui de Robert la brûla, ardent et intime comme un baiser.

Installée près de la cheminée avec sa mère, elle l'aidait à confectionner des écheveaux de laine. Elle tenait deux petits bouts de bois entre ses mains, tandis que sa mère, vive et légère, y enroulait le fil.

Ce n'était pas un travail qu'Arianna appréciait particulièrement, pourtant il lui rappelait de doux après-midi d'hiver passés aux tâches domestiques pendant que ses frères s'entraînaient aux joutes, ou au maniement des armes. Elle était alors toujours partagée entre l'envie de participer à leurs turbulentes activités et celle de goûter ce temps précieux avec sa mère. Dans une famille aussi importante par le nombre et par la fonction que la leur, se trouver seule avec Cristyn de Gwynedd était un privilège rare.

Malgré l'écran de tapisserie, il faisait très chaud près du feu. Un barde se promenait à travers la pièce en chantant l'histoire d'un dragon rouge qui vivait dans une grotte tout en haut de la montagne.

— Te rappelles-tu, demanda Cristyn lorsque les dernières notes se perdirent au plafond, te rappelles-tu quand tu te réveillais au milieu de la nuit en criant parce que tu étais persuadée qu'un dragon était caché sous ton lit ?

Oh, oui, Arianna s'en souvenait ! Elle se souvenait aussi du tendre réconfort des bras de sa mère, de la douceur de son cou au parfum de fleur, de l'éclat de ses cheveux clairs, de ses lèvres fraîches sur sa joue.

— Vous me donniez du vin chaud afin que je me rendorme.

— Mais avant, je te prenais par la main, et ensemble nous regardions sous le lit. Et jamais nous n'y avons découvert le moindre dragon.

La voix de Robert leur parvint, et Arianna se tourna vers lui. Il était maintenant assis sur l'estrade, près de son père. Toute méfiance évanouie, les deux hommes bavardaient amicalement, tandis que les torchères projetaient leurs ombres dansantes contre le mur, créant un monstre — un dragon à deux têtes.

— Je crois comprendre ce que vous voulez me dire, reprit Arianna.

Sa mère éclata d'un rire cristallin.

— J'en suis ravie, car moi je ne le sais pas très bien !

— Vous sous-entendez que les dragons n'existent que dans mon esprit.

Robert se tournait de nouveau vers elle, et une brusque chaleur se répandit dans son ventre, comme si c'était elle qui venait de boire une pleine corne d'hydromel.

Sa mère l'observait, un pli entre les sourcils, signe que quelque chose la tracassait. Soudain, Arianna se sentit avec elle un lien qui dépassait celui du sang, un lien qui remontait à la nuit des temps, au jour où, pour la première fois, une femme était arrivée sur terre... et avait aimé un homme.

Arianna n'avait jamais douté de l'amour qui unissait ses parents. Certes Cristyn, tout occupée qu'elle fût, trouvait toujours le temps d'une caresse ou d'un baiser pour ses enfants, mais ils savaient tous qu'Owain était le soleil de sa vie. Elle s'épanouissait quand il était au château, elle s'étiolait dès qu'il s'en allait.

Cristyn terminait l'écheveau, et Arianna demanda doucement :

— Quand vous avez épousé père... l'aimiez-vous déjà ?

Cristyn leva vers sa fille un visage voilé de tendresse.

— L'aimer ? Oh, non. Je le connaissais à peine, et il me terrorisait. Il semblait si lointain, si grave ! Pourtant je l'ai désiré dès qu'il a posé la main sur moi.

Elle eut un sourire rêveur.

— C'était comme un feu dévorant, inextinguible.

Arianna se détourna, surprise et vaguement choquée par cette déclaration.

Elle vit son père à demi étendu dans son fauteuil, le

bras négligemment posé sur l'accoudoir. Près de lui, Robert riait et, de la main, il mima un coup d'épée. Sans doute racontait-il un de ses nombreux tournois.

Elle était encore alanguie de leur amour, et elle imagina vaguement ses parents dans les mêmes circonstances... Idée qu'elle chassa bien vite. Jusqu'à présent, elle avait considéré Owain et Cristyn de Gwynedd comme des demi-dieux, pleins de sagesse, invincibles. Or, brusquement, elle voyait en eux des êtres humains avec leurs faiblesses, leurs passions.

Soudain, Owain se leva en criant :

— Cristyn, Rhuddlan et moi partons faire un raid ! Merfyn Hywelle possède un troupeau de moutons que j'ai convoité tout l'été. Ils sont bien gras, avec de la laine épaisse et blanche comme de la crème fouettée.

Manifestement fort gais, les deux hommes se soutinrent mutuellement pour descendre en vacillant les quelques marches de l'estrade, et ils s'approchèrent de l'âtre avec force précautions. Malgré cela, tabourets et bancs semblaient prendre un malin plaisir à se mettre en travers de leur chemin. Après moult heurts et jurons, ils arrivèrent enfin sains et saufs près de leurs épouses.

Owain riait, exhalant une forte odeur d'alcool.

— Une brute comme Merfyn ne mérite pas un si beau troupeau, c'est contre nature, n'est-ce pas, Rhuddlan ?

Il assena à Robert une claque dans le dos qui le fit vaciller. Ce dernier acquiesça, tout en continuant à déshabiller Arianna des yeux, un sourire langoureux aux lèvres.

— Le Normand et moi, décréta Owain, estimons de notre devoir de chrétiens de restaurer l'ordre, euh... l'ordre des choses.

Sans attendre l'autorisation de leurs femmes, ils se dirigèrent vers la porte en titubant parmi les corps étendus des serviteurs et des guerriers qui dormaient à même le sol.

— N'oubliez pas votre épée et votre bouclier, mon époux ! cria Cristyn.

Arianna se tourna vers sa mère, scandalisée.

— Comment pouvez-vous l'encourager à une telle folie? Ils sont tous les deux tellement ivres qu'ils ne pourront même pas monter à cheval! Et moins encore aller se battre contre Merfyn!

— Si je lui interdis d'y aller, il s'entêtera. Son orgueil de mâle exigera qu'il prouve à ton Normand de mari que c'est le prince de Gwynedd qui porte la culotte, dans ce château. De toute façon, ajouta-t-elle en haussant les épaules, ils n'iront pas loin.

— Ils se comportent comme des gamins! maugréa Arianna en leur lançant un regard noir.

— Les hommes sont comme ça. Les filles grandissent, elles deviennent des épouses, puis des mères, tandis que les hommes, au fond de leur cœur, restent toujours des petits garçons. Une femme avisée doit parfois favoriser les caprices de son mari. Et parfois non.

Il y avait dans le petit menton levé de sa mère une fermeté qu'Arianna n'avait encore jamais remarquée. Elle se rappelait peu de discussions entre ses parents, mais à bien y songer, les rares fois où Cristyn avait tenu tête à Owain, c'était lui, le puissant prince de Gwynedd, qui avait battu en retraite. Arianna se promit, avant de quitter Dinas Emry avec Robert, de demander à sa mère quelques leçons.

Un énorme *floc!* vint soudain troubler le calme du hall, suivi d'un tonitruant chapelet de jurons.

Arianna pouffa de rire.

— Par le Ciel! Ils sont tombés dans les douves!

Mère et fille posèrent tranquillement leurs ouvrages pour aller à la rescousse de leurs époux. Elles traversèrent la grande pièce d'un pas serein, comme si elles se rendaient à la messe.

Quand elles arrivèrent à la herse, un des gardes d'Owain était déjà allé chercher une corde, et il s'apprêtait à sortir les deux hommes de l'eau bourbeuse. Cristyn, un doigt sur les lèvres, la lui prit des mains et lui fit signe de disparaître.

Il faisait nuit noire, et Cristyn, légère comme une sylphide, se dirigea vers la chaîne qui servait à abaisser le pont-levis. Elle y attacha la corde mais ne la lança pas.

— Bon sang, que se passe-t-il ici ? tonnait Owain. Où sont-ils donc, tous ? Cette eau est gelée et elle empeste !

Accrochée d'une main à la chaîne, relevant ses jupes de l'autre, Cristyn s'assit au bord du pont en balançant les jambes, imitée par une Arianna secouée par le fou rire. En effet, l'odeur était fétide ! Heureusement, les égouts du château ne se déversaient pas dans les douves, ils étaient acheminés jusqu'aux basses-cours par un canal souterrain...

Cristyn se pencha pour scruter l'ombre au-dessous d'elle.

— Owain, mon amour, quelle drôle d'idée de vous baigner à cette heure tardive ! Je croyais que vous étiez partis voler les moutons de Merfyn.

— C'est vous, Cristyn chérie ? Cessez de babiller, allez plutôt chercher une corde, vite ! Et cachez vos jambes, pour l'amour du Ciel !

Cristyn remonta encore ses jupes, révélant de jolis genoux ronds.

— On dirait que ces vaillants chevaliers ont besoin de notre aide, ma fille. Allons-nous la leur accorder ?

Arianna se pencha vers les douves mais, bien qu'elle entendît des bruits d'éclaboussures, elle ne voyait rien.

— Non. Pourquoi le ferions-nous ? De si valeureux guerriers sont parfaitement capables de s'en sortir tout seuls !

La voix de Robert s'éleva jusqu'à elles :

— Arianna, ma douce vassale, rappelez-vous le serment que vous m'avez fait cet après-midi...

Si elle se rappelait l'après-midi... Elle en était encore tout étourdie !

— A mon avis, dit-elle à sa mère, une nuit passée dans les douves leur apprendra peut-être qu'on ne part pas en expédition le ventre et la tête gorgés d'alcool.

— Arianna ! rugit Robert, adoptant une autre tactique, nettement moins courtoise.

De son côté, Owain essaya à son tour le mode enjôleur.

— Cristyn, épouse de mon cœur, dit-il d'un ton câlin que sa fille ne lui avait jamais entendu, amour de ma vie... vous ne me laisseriez tout de même pas me noyer?

N'obtenant pas de réponse, il changea lui aussi de tactique.

— Si vous ne nous secourez pas immédiatement, femme, quand je sortirai, vous le regretterez, vous le regretterez énormément!

Cristyn se mit à fredonner un air joyeux, tandis qu'en bas les hommes chuchotaient. Sans doute mettaient-ils au point une nouvelle stratégie, et Arianna se demanda si elle se manifesterait par des menaces ou par des promesses.

— Arianna, m'entendez-vous? demanda enfin Robert.

— Oui, je vous écoute. D'ailleurs, je n'ai rien de mieux à faire.

— Votre père m'informe que la désobéissance délibérée d'une femme à son seigneur et maître — désobéissance qui risque d'avoir des conséquences désastreuses sur sa vie et sa santé — fait partie de la liste. La *liste*, Arianna. Si vous persistez dans cette attitude, il sera de mon devoir de vous punir, et vous serez obligée de donner votre consentement, car c'est la loi.

— De quelle liste parle-t-il? voulut savoir Cristyn. Quelle loi?

Arianna se sentit rougir.

— Propos d'ivrogne, murmura-t-elle en feignant d'inspecter ses ongles, bien qu'elle vît à peine sa main dans l'obscurité. Vos menaces n'ont pas plus d'effet que de l'eau sur les plumes d'un canard, mon époux. En fait, je crois que je vais retourner dans le hall terminer mes écheveaux.

Mère et fille se levèrent à grand renfort de piétinements, de grincements de chaînes.

D'en bas fusaient menaces et jurons.

Une fois à la herse, elles firent mine de reconsidérer tout haut leur décision.

— Je suppose, dit Cristyn, que bien qu'ils le méritent, il serait cruel de les laisser mariner ainsi toute la nuit.

— Vous avez peut-être raison, renchérit Arianna. Un garde risquerait de prendre Robert pour un sale Normand et de lui tirer une flèche dans le postérieur.

Robert pesta.

— Ce n'est pas drôle !

Arianna étouffa un léger rire en croisant le regard pétillant de sa mère.

— Je vais chercher une corde ?

— Vas-y, soupira Cristyn comme si la charité seule la poussait à prendre cette décision. Sinon ils vont s'imbiber d'eau, et au matin ils auront sombré corps et biens.

Elles envoyèrent enfin la corde en direction des deux hommes. Après une brève discussion pour savoir qui passerait le premier — Robert prétendant que l'âge avait ses privilèges et Owain arguant des égards dus aux invités —, la corde se tendit.

Arianna eut un instant d'angoisse. N'avaient-elles pas poussé un peu trop loin la plaisanterie ?

La tête d'Owain apparut, puis toute sa personne. Il avait l'air d'une créature étrange sortie tout droit d'un marécage. Après un rétablissement, il se retrouva sur le pont et s'élança vers Cristyn.

— Ici, femme ! Donne-moi un baiser !

Aussitôt, la mère et la fille s'enfuirent en poussant des cris faussement horrifiés pour retrouver la sécurité du hall.

Owain cracha l'eau fétide qui lui empestait la bouche.

— Ah, les femmes !

— Impossible de vivre avec, impossible de vivre sans.

Robert se hissait à son tour sur le pont-levis et s'ébrouait comme un chien.

— C'est sans doute Adam qui a dit ça le premier, ajouta-t-il.

— Sûrement ! ricana Owain en essorant le bas de sa tunique.

Les yeux plissés, il observait le Normand, son ennemi. Celui-ci fixait la porte par laquelle Arianna avait disparu, et Owain, se redressant, posa sa lourde main sur l'épaule du jeune homme.

— Vous la chérirez ? Vous chérirez mon Arianna ?

Robert se raidit mais il ne se dégagea pas.

— Jamais je ne lui ferai de mal.

Ce n'était pas exactement ce qu'attendait Owain, mais il s'en contenterait.

Parce qu'il avait vu la façon dont le Normand regardait sa fille, avec désir, avec passion. Comme ce qu'il avait ressenti pour Cristyn dès l'instant où il avait posé les yeux sur elle, ce qu'il ressentait encore vingt-cinq ans plus tard. Et il savait d'expérience que de ce genre de passion pouvait naître l'amour.

Arianna ouvrit doucement les yeux sur le baldaquin broché d'or du lit conjugal. Machinalement, elle tendit le bras, mais la place à ses côtés était vide. Elle se tourna pour enfouir sa tête dans l'oreiller de Robert, s'enivrer de son odeur.

Leur union n'était pas parfaite, loin de là ; cependant, depuis une semaine qu'ils avaient quitté la demeure d'Owain pour rentrer à Rhuddlan, ils avaient trouvé une sorte de compromis. Oui, compromis était le terme. La nuit, ils riaient ensemble, faisaient l'amour, énonçaient des vérités auxquelles ils ne croyaient plus guère à la lumière du jour. Ils ressemblaient à deux ennemis qui, las du combat, concluaient chaque soir une trêve avant de remettre leurs armures au matin. Qui sait... peut-être oublieraient-ils un jour de les revêtir. De toutes ses forces, Arianna le souhaitait.

Cependant, Robert l'emmenait désormais avec lui lorsqu'il faisait le tour de son domaine. Ses terres comprenaient des forêts denses, des landes à perte de vue, des marécages où nichaient les oiseaux marins, mais aussi de riches champs d'avoine, d'orge et de seigle, des collines où paissaient des troupeaux de moutons.

— Vous devez être content de penser que tout ceci est à vous, lui dit-elle un jour alors qu'ils se tenaient sur un sommet d'où ils dominaient la verdoyante vallée de la Clwyd.

— Ainsi qu'à vous, répondit-il.

Elle en avait ressenti une grande joie. Son époux n'était pas homme à prononcer des paroles en l'air et s'il avait dit cela, alors il le pensait vraiment.

Elle s'étira. Il fallait qu'elle se lève, avant que Robert vienne la chercher en la traitant de fainéante. Ils avaient prévu de veiller au bon déroulement de la moisson, et déjà, la brise apportait par la fenêtre ouverte l'odeur des épis fraîchement coupés.

Elle venait de s'asseoir au bord du lit quand une horrible nausée lui monta à la gorge. Elle eut tout juste le temps de s'agenouiller dans les joncs. Ensuite elle resta longtemps accroupie, à tenter de reprendre ses esprits.

Les yeux encore embués de larmes, elle vit une paire de jambes minces, puis un visage surmonté d'une tignasse rousse.

— Que faites-vous par terre, madame ? demanda Taliesin, un sourire espiègle aux lèvres.

— A votre avis ? rétorqua-t-elle sèchement, vexée d'être surprise en position humiliante. Et vous, que faites-vous debout ? ajouta-t-elle en se relevant. Vous allez rouvrir votre blessure.

Elle fit un pas vers l'écuyer... et se retrouva sur le lit, Taliesin assis près d'elle, le bol magique rempli d'eau sur les genoux. Comme il lui bassinait le visage à l'aide d'un linge, elle eut l'impression qu'une tiédeur apaisante l'envahissait tout entière, et elle scruta le regard noir étrangement brillant.

Ce n'est pas un simple écuyer, songea-t-elle. Aucun être humain n'aurait survécu à la blessure mortelle infligée par Kilydd. Sans parler de l'éclat anormal de ses yeux...

— Vous vous êtes évanouie, madame. Rien d'inquiétant.

La voix était bien celle d'un jeune homme, claire, mélodieuse. Pourtant le regard semblait parfois appartenir à un autre, un homme venu d'ailleurs, incomparablement plus vieux.

Arianna soupira. Elle avait dans la bouche un goût de bile et le sang battait douloureusement à ses tempes.

— Vous voulez une cuvette, madame ?

— Je crains que quelque Normand n'ait tenté de m'empoisonner, murmura-t-elle.

Taliesin sourit.

— Votre malaise est certes dû à un Normand, madame. Mais le poison n'y est pour rien. Vous êtes enceinte.

— Impossible !

— Ne dites pas de sottises. Bien sûr que si, c'est possible, et vous l'êtes. Mon maître sera heureux !

Enceinte. Arianna posa la main sur son ventre qui abritait un bébé. L'enfant de Robert.

Une foule d'émotions s'emparèrent d'elle, si intenses qu'elle n'arrivait même plus à les distinguer les unes des autres. Joie, peur, excitation. *Un bébé ! Je vais avoir un bébé !*

Taliesin, enthousiaste, dansait à travers la chambre.

— Des nausées matinales, voilà ce que vous avez, et vous n'en mourrez pas. C'est bon signe, en vérité, cela prouve que le bébé est bien accroché.

Il revenait vers elle, une tasse à la main, et il l'aida à se redresser pour boire.

— Cela devrait vous soulager. Rhubarbe, réglisse et chèvrefeuille. Ce n'est pas vraiment agréable au goût, mais...

Arianna fit la grimace en avalant le liquide amer.

Comme Taliesin reprenait la tasse, elle lui saisit la main.

— Vous me laisserez annoncer la nouvelle à mon seigneur, Taliesin.

— Bien sûr, madame, c'est vous seule qui aurez cette joie.

Souriant, il lui tapota la joue comme à une enfant, et elle lui rendit son sourire.

— Vous semblez bien content de vous, Taliesin, comme si vous étiez responsable de cette situation !

Une lueur secrète s'alluma dans les yeux noirs qui se mirent à briller comme des étoiles jumelles.

— Que la déesse soit avec vous, murmura-t-il.

Il se dirigea vers la porte en fredonnant une joyeuse

mélodie, puis il se retourna. C'était une chanson d'amour.

Prenez-moi, madame, corps et âme,
Et gardez-moi comme seul et unique amour...

Le battant se referma sur sa voix caressante.

Enceinte... Dieu, comme Robert serait content!

Elle effleura son ventre. Un bébé grandissait déjà en elle. C'était étrange, magique, merveilleux!

Elle imaginait déjà une énorme Arianna à l'abdomen rebondi comme une barrique, et elle pouffa de rire. Puis elle se vit un bébé dans les bras, et son expression se fit tendre.

Très doucement, elle s'assit dans le lit. Elle se sentait faible mais la nausée avait disparu. Elle prit le bol que Taliesin avait laissé près d'elle sur le lit, le posa sur ses genoux. Mais elle ne vit que son propre visage reflété sur la surface immobile de l'eau.

Elle y trempa un doigt. L'image se troubla. Peu importait que le bol magique eût soudain décidé de garder ses secrets, Arianna avait confiance dans l'avenir.

Elle allait donner un fils à un Normand, et elle n'en éprouvait rien d'autre qu'une immense joie.

17

Le bras tendu, Robert tentait de garder un parchemin à plat sur la table tout en poussant les perles de son boulier. Il serrait les dents, et sa chevelure était hirsute à force qu'il y passe une main impatientée.

Arianna le contemplait en silence depuis le seuil de l'antichambre. Une curieuse sensation la titillait au creux de l'estomac, une sorte de vibration. Elle avait envie d'aller à lui, de baiser doucement ses lèvres, de le caresser...

Mais il n'était pas seul.

Elle allait faire demi-tour quand Robert leva les yeux.

— Arianna... Entrez. Vous connaissez Simon ?

Son compagnon, un gros homme aux jambes arquées, s'avança pour la saluer. Richement vêtu, il arborait une barbe soyeuse, entrelacée de fils d'or. Son chapeau pointu et l'écharpe safran le désignaient comme juif.

— Ah, voilà donc la ravissante Lady Arianna ! s'écria-t-il en s'inclinant avec ostentation. Votre réputation ne vous rend pas justice, madame, car votre teint est plus pur que la digitale, vos joues plus roses que la fleur de pommier, et vos lèvres... vos lèvres sont plus rouges que... les coquelicots ! termina-t-il, tout fier de ses comparaisons florales.

— Pourquoi pas rouges comme les oreilles d'une vieille truie ? grommela Robert entre ses dents.

Arianna retint un petit rire et elle envoya un coup de coude dans les côtes de son mari. Celui-ci laissa échapper un son étouffé, comme s'il était douloureusement frappé.

Son invité se tourna vers lui, inquiet.

— Quelle toux, Lord Robert ! Puis-je vous suggérer un onguent à base de graisse de pendu afin de décongestionner votre poitrine ? Ces rhumes des foins sont parfois mortels.

Là, Arianna éclata franchement de rire. Bien que le remède fût connu — à condition d'avoir un pendu sous la main —, la grimace de Robert était plus qu'éloquente. Soucieuse cependant de ne pas vexer leur hôte, elle s'empressa de changer de sujet :

— J'admire votre barbe, monsieur ?

— Vraiment ?

Simon caressa la barbe en question avec une fierté évidente.

— C'est la dernière mode à la cour de France, paraît-il. Cependant, aucune barbe ne doit être plus somptueuse que celle du roi, naturellement.

Il partit d'un grand rire sonore, et Arianna fut surprise de constater qu'il avait aussi des dents en or.

Elle essaya de ne pas l'observer avec trop de curiosité tandis qu'il prenait congé, mais elle n'avait jamais vu de juif auparavant. Hormis l'or dans la barbe et les dents, il ressemblait à tout le monde, et il était plutôt charmant avec ses compliments ampoulés et ses remèdes. Pas le genre à sacrifier des bébés chrétiens sur l'autel de rites hérétiques.

Cependant il prêtait de l'argent avec intérêt, ce qui faisait de lui un usurier, péché condamné par la Sainte Eglise. Arianna se demanda quelle sorte d'affaires Robert traitait avec lui. Quand la porte se fut refermée, elle se tourna vers son époux.

Les sourcils froncés, il était revenu à son boulier, mais Arianna le connaissait assez, à présent, pour savoir que malgré son air tendu, quelque chose le passionnait. Il se mordillait la lèvre, et elle eut de nouveau une folle envie de l'embrasser. Une chaude bouffée de désir l'envahit. Etait-ce sa grossesse qui la rendait d'humeur aussi lascive ?

— Lui avez-vous emprunté de l'argent, monseigneur ? demanda-t-elle pour se forcer à penser à autre chose.

— Oui, et il a fallu que j'engage mon âme par la même occasion, le diable emporte cet homme !

Comme Arianna sursautait, choquée, il se mit à rire en jetant le boulier sur la table.

— Je plaisantais. En fait, le taux d'intérêt de Simon est tout à fait raisonnable.

— Sommes-nous si pauvres que nous soyons obligés d'emprunter pour vivre ? Je pourrais solliciter de mon père...

Robert posa un doigt sur sa bouche.

— Nous ne sommes pas pauvres. J'ai emprunté pour financer la construction d'un château.

— Un château ? Vous voulez construire un nouveau château ? A Rhuddlan ? Mais pourquoi ?

— Si vous arrêtez de me bombarder de questions, je vous montrerai.

Il la mena vers une table à tréteaux où se trouvait un vieux parchemin tout craquelé. Arianna le prit avec précaution et le leva vers la lumière.

Robert vint regarder derrière elle.

— Le donjon de Rhuddlan vaut mieux que les constructions de bois du temps des Conquérants, expliqua-t-il, néanmoins on a fait beaucoup de progrès dans ce domaine, au cours des dix dernières années. Les Infidèles excellent dans les fortifications, et j'ai beaucoup appris d'eux pendant les Croisades. Vous tenez entre les mains un exemple du genre de château que je pourrais construire ici, à Rhuddlan.

Le parchemin était couvert de dessins qui mirent un certain temps à prendre réalité dans l'esprit d'Arianna. Enfin se forma l'image d'un somptueux château, avec des tours rondes, des créneaux, et une bannière claquant au vent... un dragon noir sur champ de gueules. Comme elle clignait des paupières, le dessin redevint un entrelacs de lignes.

— Vous avez acheté cette carte en Terre sainte ?

— On appelle cela un plan, répondit Robert en le reposant soigneusement sur la table. Oui, je le tiens d'un architecte sarrasin qui avait construit la même forteresse pour le Grand Sultan.

Elle fit la moue.

— En effet, j'ai entendu vanter vos faits d'armes aux Croisades, monseigneur, et j'ai toujours trouvé cela fort injuste.

Robert, qui était sur le point de l'embrasser, se rembrunit.

— Qu'est-ce qui n'est pas juste ?

— Que, simplement parce que vous avez pris la Croix, baisé le Saint-Sépulcre et tué des Infidèles au nom du Christ, vous ayez gagné votre salut éternel. Ce qui signifie qu'après notre mort, vous — dont l'âme est sans doute beaucoup plus noire que la mienne — siégerez dans un fauteuil doré au Paradis tandis que je devrai subir des années et des années de purgatoire. Voilà ce que je trouve injuste !

Elle lui offrait son visage, les yeux mi-clos.

— Je crois qu'il faut mourir aux Croisades pour être sûr d'aller tout droit au Ciel, dit-il. Mais si jamais j'en atteignais les portes avant vous, peut-être pourrais-je intercéder en votre faveur auprès des saints... Seriez-vous en train de quémander un baiser, femme ?

Elle se redressa, écarlate.

— Ne dites pas de sottises, Robert.

— Alors vous avez dû avaler quelque chose d'amer, parce que vous ne cessez d'ouvrir la bouche comme un petit poisson affamé.

Elle aurait voulu rentrer dans un trou de souris, et elle feignit de s'intéresser au plan. Il y avait une inscription dans un coin, sous les fortifications, mais cela ne ressemblait à aucune écriture connue, plutôt aux traces d'un oiseau dans la neige.

— C'est étrange... Qu'est-il écrit ?

Comme il ne répondait pas, elle se tourna vers lui et fut surprise de découvrir que l'instant de tendre complicité qu'ils venaient de partager était envolé ; Robert semblait en colère, soudain.

— C'est de l'arabe, madame, intervint Taliesin qui apparut brusquement à la porte. Mon maître parle un peu la langue des Infidèles, mais il ne sait pas la lire.

Son instrument de musique sous le bras, l'écuyer lui souriait comme s'ils partageaient un secret. Ce qui était d'ailleurs le cas.

Sans y être invité, il pénétra dans la pièce et vint s'asseoir à demi sur la table.

— Ainsi, vous avez emprunté de l'argent à Simon le Juif afin de construire votre château. Vous êtes-vous demandé, monseigneur, d'où vous tireriez les pierres nécessaires ?

— Il y a une belle carrière de granite sur les terres de l'abbaye de Saint-Asap, intervint Arianna. Mais les moines n'aiment guère que l'on y touche.

Taliesin pouffa.

— Oui, l'évêque de Saint-Asap a envoyé une flèche dans le postérieur du comte de Shrewsbury en personne quand ce dernier a essayé de lui voler des pierres. C'était au beau milieu d'une nuit sans lune, plus noire que l'âme d'une sorcière, aussi peut-on imaginer qu'il visait le cœur et qu'il a manqué son but. Lady Arianna a raison. Non seulement l'évêque est un habile tireur, mais en outre il devient très susceptible dès qu'il s'agit de sa carrière de granite. Et vous savez combien les Gallois se montrent parfois déraisonnables !

— Ça, oui ! grommela Robert.

Arianna lui lança un regard noir qui le fit presque sourire.

Taliesin pinça les cordes de son instrument.

— Puis-je vous suggérer de le soudoyer, monseigneur ?

Robert ne quittait pas sa femme des yeux.

— Combien cela me coûterait-il, à ton avis ? demanda-t-il enfin à l'écuyer.

— Oh, quelques charrettes de grain devraient suffire. Toutefois, à votre place, je n'essaierais pas de conclure le marché moi-même, monseigneur. L'évêque de Saint-Asap déteste les hommes en général, et les Normands en particulier. Il ne tient pas non plus les femmes en grande estime, car ce sont des êtres inférieurs qui n'ont été mis sur terre que pour pousser les hommes au péché. Cependant il tolère Lady Arianna grâce au noble sang de Gwynedd qui coule dans ses veines. Il vaudrait donc mieux que votre épouse négocie en votre nom. Avec pour escorte trois chariots de grain, Sir Odo et une troupe de chevaliers.

Le visage de Robert ressemblait à s'y méprendre à celui de la première vision d'Arianna — dur, le regard de glace. Pourtant ce fut d'une voix étonnamment douce qu'il demanda :

— Feriez-vous cela pour moi, Arianna ?

La gorge serrée, elle sentit des larmes lui monter aux yeux.

— Si vous le souhaitez, monseigneur.

Taliesin baissa la tête, et une mèche de cheveux roux vint masquer son sourire ravi.

— Puisque le problème est réglé, j'aimerais chanter quelque chose, monseigneur. Une romance, peut-être ?

Robert jura entre ses dents.

— A condition que ce ne soit pas cette absurde histoire de folle qui vit dans un lac et de chevalier plus fou encore qui perd du temps à la courtiser alors qu'elle est déjà toute nue !

Arianna étouffa un petit rire, tandis que Taliesin soupirait comme si tout le poids du monde reposait sur ses frêles épaules. Néanmoins il se lança dans une joyeuse chansonnette qui racontait l'aventure gaillarde d'un évêque épris de la femme du boulanger.

Tandis que Robert roulait le parchemin, Arianna le contemplait tout en pensant au bébé qu'elle portait. Aurait-il le nez fin de son père, ses hautes pommettes, sa chevelure de jais et ses yeux gris clair ?

Elle était venue lui annoncer qu'elle était enceinte, mais finalement elle préférait attendre son retour de Saint-Asap. S'il apprenait son état avant, il ne lui permettrait pas d'y aller, or elle tenait à profiter de cette occasion pour lui montrer qu'elle était bel et bien sa vassale, désormais, et qu'il avait raison de lui faire confiance.

Pourtant, un mauvais pressentiment inquiétait Arianna au sujet de ce voyage. Robert et elle n'étaient-ils pas manœuvrés par Taliesin ? Ecouter ses conseils l'avait déjà conduite une fois à la catastrophe quand elle avait organisé l'anniversaire de Robert. Certes, l'écuyer avait ensuite clamé son innocence avec vigueur. Il avait même beaucoup pleuré et imploré son pardon à genoux. Mais Arianna n'avait jamais vraiment cru qu'il se fût agi d'un malentendu, comme il l'affirmait.

Quoi qu'il en soit, le projet tenait debout. Robert aurait besoin de ces pierres, et elle était la mieux placée pour traiter avec l'irascible évêque. D'ailleurs c'était elle qui avait parlé la première de l'existence de cette carrière. Et puis, que risquerait-elle, avec Sir Odo et une demi-douzaine de chevaliers pour la protéger ?

Il se mit à bruiner dès qu'ils furent en route. Malgré les toiles goudronnées qui recouvraient les chariots, Arianna craignait que l'humidité n'abîme son chargement car il ne fallut pas longtemps pour que le chemin se transforme en bourbier et que les armures des chevaliers luisent sous la pluie froide qui annonçait déjà l'hiver.

Ils traversèrent quelques hameaux, des champs où paissait du bétail, puis ils se retrouvèrent sur la lande sauvage. La route, qui s'était rétrécie, était à peine assez large pour les chariots.

Le palefroi d'Arianna cogna le destrier de Sir Odo. L'énorme chevalier sourit.

— Sale temps, madame.

Arianna renversa la tête en arrière pour attraper quelques gouttes d'eau sur la langue.

— J'ai toujours bien aimé la pluie.

— Parce que vous n'avez jamais été obligée de vous battre dans ces conditions ! Je veux dire, c'est sacrément difficile de dégainer son épée quand on a la main aussi humide que le...

Sir Odo, écarlate, ravala la grossièreté qui avait failli lui échapper, et Arianna dissimula un sourire.

Ils pénétraient dans une passe encaissée entre des rochers et des chênes denses, et on n'y voyait plus guère. Bientôt, les feuilles tomberaient...

— Il ne pleut pas souvent en Terre sainte, paraît-il, dit Arianna.

Sir Odo soupira de soulagement, heureux de retrouver un de ses sujets de prédilection.

— Non. Il y fait même une chaleur à mourir ! Les soldats ne sont jamais satisfaits de leur sort, madame, ajouta-t-il avec un sourire un peu penaud.

Qui l'est ? se demanda Arianna. Bien des sentiments l'avaient traversée depuis que le chevalier tout droit sorti de sa vision avait pénétré en ouragan dans sa vie : peur, excitation, passion dévorante. Mais jamais elle ne s'était sentie « satisfaite ». Et soudain, c'était là, doux et chaud dans son cœur. Sans doute cette plénitude avait-elle toujours été enfouie au fond d'elle, comme une fleur qui n'attend que le printemps pour s'épanouir.

Est-ce que je l'aime ? Non, c'est trop tôt. Mais je le désire, j'ai besoin de lui, oh oui, j'ai besoin qu'il soit près de moi, qu'il m'embrasse, qu'il me fasse l'amour, qu'il habite mon corps... et mon cœur.

Elle serra davantage sa cape autour d'elle. Voilà deux mois à peine, elle n'aurait pas imaginé qu'elle pourrait vivre avec lui, et à présent, elle n'imaginait pas sa vie sans lui.

La pluie s'était transformée en brouillard qui s'enroulait autour des arbres, des rochers torturés.

Un homme montra un aigle qui planait au-dessus d'eux, ses ailes grises déployées en bannières.

A cet instant un lièvre jaillit des fourrés, et le cheval d'Arianna, effrayé, fit un écart. L'aigle avait repéré le petit animal, il s'immobilisa un instant puis, avec la rapidité de l'éclair, il plongea sur sa proie qu'il saisit entre ses serres puissantes. Les chevaliers, tous chasseurs, s'étaient arrêtés pour assister à la beauté de l'attaque.

Arianna allait pousser de nouveau son palefroi en avant quand quelque chose de lourd tomba sur le troussequin de sa selle. Elle s'agrippa à la crinière de sa monture dont les jambes cédaient sous cette surcharge. Comme elle ouvrait la bouche pour hurler, elle sentit la pointe d'une lame contre son flanc.

Un cavalier sortit des bois, suivi par un homme à pied, puis un autre, et un autre encore, jusqu'à ce que les chariots soient entourés d'archers prêts à décocher leurs flèches. L'homme à cheval s'était couvert le visage de boue et sa chevelure châtain clair était dissimulée sous des brindilles et des feuilles.

— Kilydd ! cria Arianna.

— Les mains en l'air, et surtout ne touchez pas à vos épées ! dit-il avec un sourire mauvais.

L'homme qui avait sauté en croupe derrière Arianna cracha par terre.

— Oui, obéissez à mon seigneur, maudits Normands, fils de garces ! Sinon vous devrez expliquer au Dragon Noir comment sa femme a été étripée.

Afin de ponctuer ses paroles, il enfonça un peu plus la lame, entamant la peau d'Arianna.

Celle-ci apercevait tout juste une main crasseuse aux

ongles noirs, elle sentait la respiration de l'individu dans son dos. Et aussi sa puanteur — poisson pourri, bière, transpiration.

— Kilydd, répéta-t-elle.

La tunique de cuir de son cousin, trouée, perdait son rembourrage, il avait les joues creuses, l'air hagard, et ses yeux fauves semblaient hantés.

— Bien joué, petite cousine. Comme tu vois, j'ai reçu ton message.

— Quel message ? Je n'ai rien...

Elle fut interrompue par un hurlement, suivi d'un juron étouffé. Arianna se retourna, malgré le poignard qui lui rentrait entre les côtes. Les hommes de Kilydd expulsaient les conducteurs des chariots, et Sir Odo, qui avait tenté d'intervenir, se retrouvait avec une flèche plantée dans le bras.

Kilydd secoua la tête, l'air faussement navré.

— Dis-leur de se tenir tranquilles, cousine. Explique-leur que c'est le grain que nous voulons, pas leurs vies.

Arianna avala sa salive.

— Sir Odo...

L'énorme chevalier eut un rictus de mépris.

— Vos amis peuvent prendre ces satanés chariots, je m'en moque.

— Ce ne sont pas mes amis ! protesta Arianna.

Mais elle voyait bien que Sir Odo n'en croyait pas un mot.

Kilydd s'approcha d'elle, et il ouvrit de grands yeux en voyant le sang qui tachait son bliaut.

— Bon sang, je t'avais interdit de lui faire du mal !

Une voix graveleuse retentit à l'oreille d'Arianna.

— Vous avez dit qu'il fallait que ça ait l'air vrai !

Toutefois le poignard disparut. Mais Arianna ne se sentait pas mieux. Comment arriverait-elle à convaincre Robert qu'elle n'était pour rien dans toute cette histoire, qu'elle ne l'avait pas trahi ?

Kilydd lui tapota la joue.

— Pourquoi cet air triste, petite cousine ? Tout s'est déroulé comme tu l'avais prévu. Pour une femme, tu es pleine de ressources ! Sans toi, nous serions morts de faim en nous cachant des patrouilles normandes, à chercher en vain subsistance dans les arides collines de Rhos. Oui, nous n'aurions plus été que l'ombre de nous-mêmes, à la fin de l'hiver, si tu ne t'étais montrée aussi généreuse du grain de ton époux, ajouta-t-il avec un sourire presque enfantin.

— Pourquoi ne vas-tu pas trouver mon père ? Il t'offrirait l'hospitalité, tu le sais bien !

— Je ne veux pas l'hospitalité ! Rhos m'appartient et, traité ou pas, jamais je ne serai le vassal d'un chien galeux de Normand.

Sur un signe de lui, les chariots s'ébranlèrent, leurs roues cerclées de fer grinçant sur les pierres de la route. Ils ne tardèrent pas à être avalés par le brouillard.

Kilydd se retourna vers sa cousine.

— Ne t'inquiète pas, ma douce, nous t'emmenons, bien que notre campement soit un peu rustique pour une dame.

L'homme qui se tenait derrière elle la serra d'un bras tandis qu'il lui arrachait les rênes de l'autre. Comme il talonnait le palefroi qui s'élançait en avant, elle se mit à hurler, mais il la serra plus fort, lui coupant le souffle.

L'homme était piètre cavalier. Il agitait frénétiquement les bras pour guider le cheval, et Arianna parvint à lui saisir le poignet, qu'elle mordit de toutes ses forces. Il poussa un cri et lâcha les rênes au moment où elle lui lançait un violent coup de coude dans l'estomac. Il s'accrocha à sa cape, qui se déchira, et elle se tourna pour lui envoyer son poing dans la figure.

Il dégringola enfin de cheval, mais Arianna, déséquilibrée, avait perdu un étrier et elle se raccrocha de justesse au pommeau de sa selle. Sa monture galopait toujours quand elle parvint enfin à se redresser.

Le vent dans les cheveux, des branches lui fouettant le visage, elle arriva à faire faire demi-tour à sa monture, faussant compagnie à Kilydd et à sa troupe.

Elle galopa ensuite ventre à terre le long du défilé jusqu'à ce qu'elle aperçoive Sir Odo et les chevaliers, tranquilles comme s'ils se rendaient à une partie de chasse. Ils semblèrent surpris et fort peu ravis de la voir arriver.

— Pourquoi ne les poursuivez-vous pas ? cria-t-elle.

Sir Odo soupira.

— Ils ont sûrement laissé dans la passe des sentinelles qui nous attendent avec leurs arcs bandés, au cas où nous aurions la folie de nous lancer à leurs trousses.

Les autres acquiescèrent en grommelant, dardant sur Arianna des regards où se lisait toute leur haine.

Quelques heures plus tard, Arianna se laissa glisser de sa selle devant le grand hall de Rhuddlan. Elle posa un instant sa joue contre le cou du palefroi. Elle sentait qu'on s'agitait autour d'elle, entendait des cris. Saisie d'une brusque faiblesse, elle enfouit davantage son visage dans la robe de l'animal, jusqu'à ce que les battements de son cœur aient noyé le monde extérieur. *Il va me haïr. Robert va me détester pour toujours.*

Enfin elle releva la tête, s'attendant à rencontrer un regard gris accusateur et chargé de mépris.

Mais Robert n'était pas là. Voyant la cour pleine de chariots et de serviteurs affairés, elle se souvint tout à coup que c'était le jour prévu pour la haute cour seigneuriale. Normalement, Robert la présidait en plein air, près de la rivière, mais le mauvais temps l'avait sans doute obligé à la tenir dans le grand hall.

Arianna aperçut soudain son jeune frère qui se glissait entre le four à pain et le poulailler. Elle crut d'abord qu'il s'intéressait aux gâteaux qui refroidissaient sur une claie, mais elle se rendit compte que c'était elle et son escorte qu'il épiait, l'air fort content de lui. Elle comprit tout en un éclair.

— Rhodri !

Le garçon fit volte-face et s'enfuit en courant, Arianna sur ses talons.

— Rhodri ! Reviens immédiatement !

Elle le rattrapa comme il tournait le coin de la forge, et il s'ensuivit une lutte que le maréchal-ferrant, qui s'interrompit dans sa tâche, observa d'un air curieux.

Arianna poussa son frère en le tenant fermement par le bras.

— Lâche-moi, Arianna, tu vas me déboîter l'épaule ! protesta l'adolescent.

Elle le serra encore plus fort.

— C'est ta tête que je devrais démancher de ton cou ! grinça-t-elle.

Elle le plaqua contre le mur de la fauconnerie avec tant de force que sa tête heurta les planches de bois, et une cacophonie de piaillements indignés s'éleva à l'intérieur.

— Serais-tu en train de trahir ton suzerain ?

Rhodri cracha par terre.

— Le Chevalier Noir n'est pas mon suzerain.

— Ne joue pas à ça avec moi. As-tu oui ou non envoyé un message à Kilydd pour lui parler des chariots de grain destinés à Saint-Asap ?

— Et quand bien même ? Ton mari est normand, il n'y a pas de déshonneur à le tromper.

Arianna relâcha son étreinte et vint s'appuyer au mur, près de son frère. Elle ne se souciait guère de la puanteur qui montait des seaux de viande crue destinée aux faucons, tant elle tremblait de fureur impuissante, de désespoir. Serait-elle sans cesse obligée de choisir entre son mari et sa famille ?

Rhodri voulut en profiter pour filer, mais elle le retint.

— Ne va surtout pas te vanter de ton exploit. Tu m'entends, Rhodri ? Tu ne dois en parler à âme qui vive.

— Quelle importance ?

Soudain, ses yeux s'agrandirent, et il siffla entre ses dents.

— Ah, tu veux que Sir Robert pense qu'il s'agit de toi ? Mais pourquoi ? Tu penses qu'il sera moins dur envers toi qu'avec moi ? Eh bien, je...

— Obéis !

— Pour que vous vous battiez encore et que tu récoltes un nouvel œil au beurre noir ?

— Il ne me frappera pas.

Rhodri haussa les épaules.

— Tu crois ? Après tout, c'est ton affaire.

Il partit à toutes jambes aux écuries, et Arianna le suivit un instant des yeux avant de se diriger d'un pas lourd vers le grand hall.

La fumée s'enroulait autour des poutres, d'innombrables torches brûlaient et l'air était difficilement respirable.

Dominant la foule, Robert était assis sur l'estrade dans un fauteuil recouvert de tapisserie. La tête appuyée sur son poing, les jambes étendues devant lui, il concentrait pour l'instant toute son attention sur un gamin tremblant qui avait été surpris en train de chaparder dans le potager d'un honnête serf.

Arianna se dissimula derrière un pilier, pourtant Robert l'aperçut et son expression s'adoucit quelque peu. Il lui lança un coup d'œil interrogateur, car il n'attendait pas si tôt son retour.

Malgré toute sa volonté, elle ne parvint pas à lui sourire, et elle leva les yeux vers le mur, derrière lui. La bannière — celle qu'il avait ordonné de brûler — était là, déployée, dans toute sa splendeur.

Robert suivit la direction de son regard, et il sourit.

— Oh, Robert... murmura-t-elle.

— Vous devriez lui faire couper les oreilles, monseigneur ! décréta le chapelain, un vieil homme au visage d'oiseau de proie installé à gauche de la chaise seigneuriale.

Il était si courroucé que les saintes reliques s'entrechoquaient dans le coffret d'argent qu'il tenait à la main.

— Oui, coupez-lui les oreilles, ça lui apprendra à voler !

Le garnement tomba à genoux en gémissant.

— Tu travailleras pour moi gratuitement pendant six mois, mon garçon, trancha Robert. Et que je n'aie plus l'occasion de te voir comparaître devant moi.

Le gamin fila sans demander son reste.

Mon époux est un maître juste et compatissant, se dit Arianna. *Se comportera-t-il ainsi envers moi ?*

Mais un vol de choux n'avait rien de commun avec une trahison. Il penserait qu'elle avait prévenu Kilydd... et elle ne pourrait se disculper sans accuser son frère. Robert avait accepté son serment d'égal à égale, et à présent il penserait qu'elle l'avait trahi comme la dernière des manantes. Jamais il ne lui pardonnerait, jamais il ne lui redonnerait sa confiance.

Cependant elle n'avait pas menti en affirmant à Rhodri qu'il ne lui ferait pas de mal. Non, il ne la frapperait pas parce qu'elle allait lui parler de l'enfant, il le fallait pour le bien de la fragile petite vie qu'elle portait en elle.

Elle frissonna de tout son être. Annoncer à un homme qu'il serait bientôt père aurait dû être source de joie... mais ce ne serait plus le cas pour eux.

Elle écouta son mari dispenser une femme enceinte de sa participation aux jours maigres, condamner le producteur de poivre à une amende parce qu'il avait mêlé à sa récolte des noisettes pilées.

Puis Sir Odo s'approcha de l'estrade. Il se pencha vers son maître pour lui parler à l'oreille, et Arianna le vit changer totalement d'expression. Il lui lança un regard glacial.

Elle s'élança en avant, mais Sir Odo se mit en travers de son chemin.

— Il faut que je lui parle !

— Je dois vous accompagner à votre chambre, madame.

— Mais...

— Sur-le-champ, madame.

La tête droite, les épaules raides, Arianna traversa le grand hall devant le chevalier.

Elle se tenait à la fenêtre, le regard perdu sur les prairies verdoyantes, quand Robert ouvrit la porte à la volée.

Elle se retourna d'un bond, les bras serrés autour de

sa taille, comme pour se donner du courage, mais ce fut un regard clair qu'elle leva vers lui.

— Traîtresse !

Il avançait sur elle, les poings serrés, effrayant. Cependant elle ne recula pas d'un pouce.

— Je vous faisais confiance !

— Je sais. Oh, Robert, je suis désolée...

Il posa la main sur son cou, lui releva le menton. Son pouls battait dans sa gorge, fort, rapide, sous les doigts de Robert.

— Désolée, répéta-t-il, dur. Vous n'êtes pas avare d'excuses, Arianna. Et vous jouez parfaitement les innocentes. Vous seriez capable de poignarder un homme et de prétendre ensuite que vous ignorez comment l'arme est arrivée entre vos mains.

Elle secouait la tête en silence, les yeux clos.

— Je devrais vous tuer ! souffla-t-il.

— Robert...

Il la lâcha tout à coup et assena un grand coup de poing dans le mur.

— Je vous faisais confiance ! Vous m'avez juré loyauté, et je vous ai crue. Grand Dieu, quel imbécile ! Mais je n'en méritais pas moins, pour avoir laissé ma lubricité l'emporter sur la raison ! ajouta-t-il dans un rire amer.

— Oh, Robert, non... ne détruisez pas la joie que nous avons éprouvée ensemble en faisant l'amour, sinon il ne nous restera plus rien.

Il se retourna vers elle. Un grand froid l'envahissait, l'engourdissant. Comme il s'était montré naïf ! Elle était sa femme, il pouvait se servir d'elle à sa guise. La punir quand elle désobéissait et la tenir d'une main de fer. Un homme n'avait pas à faire confiance à son épouse, il devait se contenter de la diriger.

— Oui, il nous reste ça, dit-il froidement. Moi viril et vous prête à m'accueillir. Vous n'êtes bonne qu'à ça, Arianna, ouvrir vos jambes pour moi.

Il la saisit par le bras et l'entraîna vers le lit sur lequel il la jeta. Puis il la regarda, la dominant. Sa chevelure était répandue sur la fourrure, elle avait les lèvres entrouvertes, tremblantes, et ses yeux s'agrandissaient tandis qu'elle comprenait ce qu'il avait l'intention de faire.

Elle voulut se redresser, mais il la repoussa et se laissa tomber sur elle, la prit aux cheveux avec tant de force qu'elle retint un cri.

— Robert, non...

Il lui écrasa les lèvres avec violence, se déchargeant de toute sa rage, de sa douleur. Il la haïssait pour l'avoir trahi, il se haïssait de l'avoir crue quand il aurait dû savoir, quand il avait toujours su qu'accorder sa confiance était chercher un bâton pour se faire battre.

Elle se cabra pour se dégager.

— Pas comme ça, Robert! cria-t-elle. Pas comme ça, sinon vous allez faire du mal à votre bébé!

Les mots vibrèrent entre eux comme la corde d'un arc bandé.

Robert se pétrifia, la main dans les longs cheveux de sa femme, sa bouche à quelques centimètres de la sienne. On n'entendait plus dans la chambre que leurs respirations haletantes. Il y avait une perle de sang sur la lèvre d'Arianna.

Enfin il roula sur le côté et fixa le baldaquin. Elle demeurait immobile, allongée près de lui, silencieuse, les yeux secs.

— Vous êtes enceinte? murmura Robert après d'interminables minutes.

— Si vous ne me croyez pas, demandez à Taliesin.

Un enfant. Un fils. Un bref instant, Robert fut envahi d'une joie intense, grisante... Puis il se rappela la trahison d'Arianna.

Les ressorts du lit protestèrent quand il se leva.

La main sur la poignée de la porte, il murmura:

— Soyez maudite. Et que je le sois aussi pour m'être montré si stupide.

Il avait envie de se retourner pour la regarder, mais il ne pensait pas être capable de le supporter. Aussi se contenta-t-il de sortir.

Taliesin, sur le palier, jouait de son luth, et dès qu'il vit Robert, il se mit à chanter:

Prenez-moi, madame, corps et âme,
Et gardez-moi comme seul et unique amour...

Saisi d'une rage folle, Robert s'empara de l'instrument qu'il lança à toute volée contre le mur. Le bois délicat éclata et les cordes se brisèrent avec des sons discordants.

Taliesin se pencha sans un mot pour ramasser ce qui restait de l'instrument puis se dirigea vers la chambre de son maître.

Par la porte entrouverte il vit Arianna en travers du lit, secouée de gros sanglots.

— *Et gardez-moi comme seul et unique amour*, fredonna-t-il d'une voix mélancolique.

Appuyé au mur, il fixa les débris de son luth, puis il ouvrit les doigts, et les morceaux de bois tombèrent au sol avec un petit bruit triste que la jeune femme, toute à son chagrin, n'entendit même pas.

Robert se tenait sur le rivage. Il regardait la mer, la tête et le cœur vides. Les vagues léchaient ses bottes et, de temps à autre, il ramassait un morceau de bois décoloré comme un vieil os et le jetait au loin pour le voir emporter par la houle.

Il attendit que le soleil couchant ait transformé la mer en cuivre liquide pour retourner à Rhuddlan.

Sir Odo l'accueillit sur les marches du grand hall, la tête rentrée dans les épaules comme un crapaud, l'air désapprobateur. Robert se sentit trahi de nouveau en voyant que son homme de confiance prenait encore la défense d'Arianna malgré ce qu'elle lui avait fait.

— Prononcez son nom, gronda-t-il, nez à nez avec l'énorme chevalier, et je vous le fais rentrer dans la gorge.

Sir Odo montra les dents.

— On a mandé la sage-femme. Pour soigner la dame dont vous ne voulez pas que je prononce le nom.

Robert sentit son cœur s'arrêter, pourtant il passa

devant le chevalier sans rien dire. Imperturbable, il traversa le hall d'un pas normal.

L'escalier était obscur, car les serviteurs n'avaient pas encore allumé les torches. Comme une ombre surgissait d'une embrasure, Robert dégaina instinctivement son poignard.

— Non, monseigneur ! C'est moi, Rhodri !

— Pour l'amour du Ciel, mon garçon, ne jaillis pas ainsi sans prévenir !

Robert rengaina son arme tandis que Rhodri approchait lentement dans la pénombre, son visage anxieux souillé de larmes séchées.

Il posa la main sur le bras de Robert.

— C'est moi qui ai envoyé le message à Kilydd au sujet du grain, monseigneur. Elle a toujours essayé de prendre nos bêtises à son compte, quand nous étions petits, parce que Père l'aurait moins punie que nous...

Sa voix se brisa ; il s'essuya le nez de sa manche avant de reprendre :

— J'ai pensé que vous deviez savoir la vérité, au cas où... Enfin... il fallait que vous le sachiez.

Robert ferma les yeux, prit une profonde inspiration.

— Nous réglerons ça plus tard, toi et moi, dit-il d'une voix qu'il voulait sévère mais qui trahissait surtout de la lassitude.

Rhodri carra les épaules.

— Oui, monseigneur.

La porte de la chambre était close, et Robert envisagea un instant de frapper, puis il y renonça.

— Ellc ne va pas mourir, hein ? demandait l'adolescent, derrière lui.

Les dents serrées, Robert poussa le battant.

Une femme remontait le drap sur la silhouette immobile d'Arianna et, l'espace d'une seconde, Robert la crut morte. Mais sa petite main se crispa sur la couverture.

La sage-femme vint vers Robert.

— Je suis Dame Beatrix, se présenta-t-elle.

Robert la salua de la tête, incapable de proférer un son.

— A-t-elle perdu le bébé ? demanda-t-il enfin.

— Il s'agit seulement d'un petit saignement. Cela arrive parfois au cours des premiers mois, mais vous devrez prendre grand soin d'elle, monseigneur.

Elle avait de tout petits yeux qui se rétrécirent encore tandis qu'elle observait Robert.

— Un homme ne peut espérer battre sa femme sans qu'il en résulte quelque dommage pour l'enfant qu'elle porte.

— Je ne l'ai pas battue, je... nous nous sommes disputés mais je ne lui ai pas fait de mal.

Il existe différentes formes de douleur, maudit chien enragé, et tu l'as blessée.

— Les bébés ne sont pas toujours bien accrochés, monseigneur, poursuivait la sage-femme. Je recommande toujours aux époux d'être très prudents.

— Je le serai. Je veillerai sur elle, dit Robert, solennel, comme s'il prononçait un serment.

Il vint vers le lit. Arianna paraissait si fragile, si vulnérable, avec ses lèvres décolorées, sa peau translucide, le tracé des veines sur ses paupières closes ! Robert avait vu trop de gens mourir, il savait combien c'était rapide, irrémédiable. Et tandis qu'il contemplait le petit visage aux traits tirés, il ne pensait pas seulement à l'enfant. Arianna avait pris trop de place dans sa vie. Il ne voulait les perdre ni l'un ni l'autre.

Il lui prit la main.

— Arianna ?

Elle se dégagea, cacha sa tête dans l'oreiller.

— Arianna... Votre frère m'a tout dit.

— Allez-vous-en, Robert.

Il n'obéit pas.

Il demeura près d'elle toute la nuit, à la regarder dormir. Et au matin, quand elle ouvrit enfin les yeux, il fit une chose qu'il n'aurait jamais crue possible : il implora son pardon.

18

Du promontoire rocheux balayé par le vent où il se tenait, Robert suivait des yeux son épouse. Elle avait franchi le pont-levis du château et marchait sur la route en direction de la ville.

Elle s'arrêta pour parler à un étrange garçon en cape safran monté sur un poney — un ménestrel, sûrement réputé à en juger par la qualité de l'instrument qu'il portait sur le dos. Comme elle caressait le cou du poney, une rafale apporta à Robert l'écho de son rire léger.

Une main se posant sur son épaule vint l'arracher à sa contemplation. Il se retourna. Reynold, le maître maçon de Chester, l'avait rejoint, tenant à la main l'un des plans de Robert.

— D'après ce projet, vous auriez l'intention de creuser un canal et de détourner la Clwyd afin que les bateaux puissent arriver directement au château.

L'homme portait à la ceinture les outils de sa fonction : pied à coulisse, compas, règle de niveau d'eau, fil à plomb.

Comme Robert acquiesçait, il fronça les sourcils, tracassé.

— Il s'agirait d'une sorte de fossé assez large et profond pour la navigation, et long d'au moins une lieue. Cela va vous coûter une fortune !

— Dites-moi simplement si c'est réalisable.

— Oh, ça l'est, monseigneur. Ce ne sera pas facile, mais oui, c'est possible...

Il s'éloigna en parlant dans sa barbe d'écluses et de caprices des marées.

Robert revint à son épouse. Surpris, il constata qu'elle avait bifurqué avant les portes de la cité pour venir vers lui, escaladant le raidillon de la falaise d'un bon pas.

Le vent plaquait sa jupe sur ses longues jambes

fines et sa respiration tendait ses seins sous la soie du corsage étroitement lacé.

— Bonjour, madame, dit-il comme elle approchait.

— Bonjour, mon époux.

Elle regarda autour d'elle. Le maître maçon avait déjà mis une équipe au travail, et les fondations étaient commencées. Un ouvrier passa, poussant une brouette pleine de terre. Il toucha son chapeau et sourit à la jeune femme de toutes ses dents gâtées en l'appelant Lady de Gwynedd. Elle lui répondit d'un lumineux sourire.

— Ainsi, vous avez entamé la construction de votre nouveau château, dit-elle en se retournant vers Robert.

Le soleil et le vent avaient mis une touche de rose à ses joues, mais elle était pâle, trop pâle, sous la coiffe qui mettait en valeur la finesse de ses traits. Robert la préférait les cheveux libres seulement retenus par un bandeau de métal ou de fleurs, mais il ne détestait pas non plus savourer le plaisir de les dénouer lui-même.

— Aimeriez-vous en voir les plans ? proposa-t-il.

Sans lui donner le temps de répondre, il la prit par le bras pour la mener sous un immense chêne où étaient étalés ses dessins, retenus au sol par de grosses pierres. Il s'accroupit sur les talons et, après une brève hésitation, elle en fit autant, s'appuyant à son épaule afin de ne pas perdre l'équilibre. Il frissonna à ce contact.

— Ce ne sont que des esquisses mais vous aurez une idée générale.

Il lui montra la cour intérieure carrée avec deux portes opposées et une tour à chaque coin. Les tours elles-mêmes ainsi que le donjon seraient ronds, ce qui les rendrait plus faciles à défendre. Sans cesser un instant d'observer ses réactions, il lui parla de l'accès direct à la mer.

Enfin elle tourna vers lui son regard couleur d'écume.

— Vous vous servirez de cette forteresse pour faire la guerre aux Gallois, dit-elle.

— Je la construis pour nos fils, qui seront à demi gallois et ne voudront certainement pas guerroyer contre le peuple de leur mère.

— Et si le peuple de leur père attaque celui de leur mère, que feront-ils ?

— Peut-être trouveront-ils un moyen de ne pas prendre parti.

Robert ramassa une poignée de poussière et la tendit vers elle.

— Cette terre est nôtre, Arianna, et elle sera celle de nos fils. Leur terre, leur patrie. S'ils sont obligés de se battre pour la défendre, mon château les y aidera.

Comme elle se taisait, il s'essuya les mains et l'aida à se relever. Malgré lui, il s'attarda un instant, le bras sur sa taille.

Comme il la désirait ! Il mourait d'envie de lui faire l'amour, une fois, dix fois, mille fois ! Mais il l'imaginait aussitôt succombant à une fausse couche. Il n'était pas une bête, que diable ! Il lui était arrivé de rester chaste plusieurs mois d'affilée, il pouvait bien recommencer. Il ne permettrait pas que ses instincts les mettent en danger, elle ou leur bébé.

Un coup de vent rabattit une mèche sur les yeux d'Arianna qui tenta en vain de la remettre en place. Très doucement, Robert la glissa sous la coiffe en lui caressant la joue.

Elle évitait son regard.

— Je me rendais au marché, dit-elle.

— Il fait trop chaud pour y aller à pied, vous auriez dû prendre un cheval et emmener Taliesin afin qu'il porte vos courses.

— Oh, je n'ai pas l'intention d'acheter, je voulais seulement me promener. Enfin, si je voyais un berceau, peut-être... J'ai entendu parler d'un bon ébéniste.

Robert prit son élan.

— Cela vous ennuierait-il que je vous accompagne ? demanda-t-il d'une traite. J'ai bien besoin d'une paire de bottes neuves.

Elle regardait ailleurs, mais son teint se colora.

— Oh non, cela ne m'ennuie pas du tout.

Arianna eut un sourire attendri en voyant Robert venir vers elle, une chope de bière dans une main et une saucisse dans l'autre. Elle avait été assez souvent au marché avec ses frères pour savoir comment cela se terminerait.

— Si vous goûtez tout ce qui passe à votre portée, dit-elle, vous aurez une indigestion avant la fin de la journée !

— Je n'ai pas eu d'indigestion depuis l'âge de douze ans, rétorqua Robert en lui offrant la saucisse. Vous en voulez un morceau ?

Rebondie, brillante de jus, elle sentait délicieusement bon. Arianna mordit à un bout tandis que Robert attaquait l'autre extrémité.

Elle était aussi épicée. Affreusement épicée ! Arianna en eut les larmes aux yeux.

— Ne regardez pas tout de suite, lui dit Robert, mais je crois que de la fumée vous sort par les oreilles.

Il lui tendit sa chope de bière.

— Un peu trop poivrée, ajouta-t-il.

Il jeta le reste de la saucisse dans le caniveau où un chien s'en empara aussitôt. Il l'avala d'une seule bouchée, et les deux jeunes gens éclatèrent de rire en voyant ses babines se retrousser tandis que ses yeux jaillissaient presque de leurs orbites. Après avoir tournoyé plusieurs fois sur lui-même, il se précipita vers la rivière dans l'espoir d'apaiser le feu qui brûlait en lui.

Robert la caressait du regard, et Arianna recula, mais cela ne changea rien. Son cœur battait toujours si fort que Robert l'entendait certainement.

Le marché couvrait toute la place de la petite ville. Quelques marchands disposaient de tentes, mais d'autres étalaient leur marchandise sur de simples tréteaux de bois. Le passage était étroit, entre les stands, et ils ne cessaient de se frôler l'épaule, la hanche. Quand Robert la prit enfin par la taille, elle se sentit tout à coup merveilleusement bien.

Ils passèrent devant des dépouilles de daims, de lapins dont le sang dégoulinait dans la poussière. L'odeur de viande en décomposition donna la nausée à Arianna, qui enfouit le visage contre l'épaule de Robert, et quand ils arrivèrent devant l'étal de poissons, elle eut toutes les peines du monde à se dominer. Elle vacilla, et Robert resserra gentiment son étreinte.

— Ça va, Arianna ?

— J'ai glissé, mentit-elle.

Si elle lui avouait son malaise, il l'obligerait à rentrer au château, or elle ne voulait pas le quitter. C'était étrange, ce besoin d'être avec lui, persistant, presque douloureux.

Oui, elle avait envie de son contact, d'entendre sa voix. Pourtant, bien qu'il sût à présent qu'elle ne l'avait pas trahi, il lui parlait à peine ; souvent même, il paraissait l'éviter délibérément. Et, bien qu'ils dormissent dans le même lit, il ne la touchait plus.

C'est parce que je suis enceinte, se disait-elle. Maintenant que l'héritier était conçu, il ne la désirait plus.

Le vent leur apportait des parfums d'épices, et elle reprit goût à la vie. Plus encore quand ils arrivèrent devant un étal de chandelles à la cire d'abeille.

Ils écoutèrent le prêche d'un moine planté sur une estrade où s'étalaient des images saintes et des reliques, toutes fausses bien entendu : os de porc censés être ceux de saints, échardes de bois censées provenir de la sainte croix, gouttes de lait supposées sortir du sein de la Vierge Marie.

Mes seins en donneront aussi, songea Arianna, *et le bébé les tétera...* Comme Robert aimait le faire parfois.

Il regardait à présent un étal de couteaux de toutes sortes, les yeux plissés contre le reflet du soleil sur les lames. Même détendu comme il l'était en ce moment, il gardait une certaine dureté de traits. Pourtant... il lui était arrivé d'enfouir le visage dans la poitrine d'Arianna, et alors elle avait senti en lui une vulnérabilité, un reste de l'enfant qu'il avait été.

— Un petit cadeau pour votre dame, aujourd'hui, monseigneur ?

Une grosse femme aux cheveux orange s'était glissée entre eux, brandissant un oiseau coloré dans une cage écaillée. Il était magnifique, avec sa crête écarlate, son bandeau noir autour de la gorge, sa queue bleu et jaune.

— On lui a appris à parler, madame.

— Oh, Robert... Un oiseau qui parle ! Que dit-il ?

Les trois doubles mentons de la femme tremblotèrent quand elle agita un doigt boudiné devant la cage.

Jolie dame, jolie dame! caqueta l'oiseau.

Avec un petit rire ravi, Arianna se tourna vers Robert.

— Allez-vous me faire un cadeau aujourd'hui, mon époux ?

Il pencha la tête, un sourcil levé.

— Je ne sais pas si j'en ai les moyens. Ce château que je fais construire est absolument ruineux !

Vilain garçon, vilain garçon! piailla le perroquet, fort à propos.

— Un cadeau, monseigneur, s'il vous plaît, reprit Arianna en riant.

Robert feignit de s'absorber dans la contemplation de l'étal de l'arracheur de dents, lequel entreprit aussitôt de lui vanter les propriétés curatives d'une poudre à base de dents d'aliénés. Toujours fixé sur l'étal, son regard s'illumina soudain de malice et il s'empara d'une paire de dents artificielles qu'il présenta devant le visage d'Arianna.

— Si vous avez envie de recevoir un présent, dit-il le plus sérieusement du monde, je pense que ceci serait plus dans mes moyens. Qu'en pensez-vous ? Ne sont-elles pas jolies ?

Arianna prit une mine outragée avant de pouffer.

— Je vous informe, monseigneur mon époux, que je n'ai jamais perdu une seule dent depuis mon enfance.

— Il vaut tout de même mieux parer à toute éventualité ! rétorqua-t-il, les yeux brillants d'amusement.

Au même instant, un colporteur qui avait repéré en eux des clients possibles arrêta juste devant leurs pieds sa carriole pleine d'un bric-à-brac inimaginable : épingles, gants, peaux de lapin... Arianna remarqua un miroir au dos d'ivoire sculpté.

— Si cela ne vous ennuie pas, je préférerais de loin ceci.

Comme Robert ne répondait pas, elle se retourna et le vit une orange à la main. C'était un mets que l'on ne trouvait pas souvent, une coûteuse friandise.

— Vous devriez essayer, monseigneur, si vous n'en avez jamais goûté. C'est délicieux, dit-elle.

Puis elle comprit qu'il avait dû en avoir l'occasion, au cours de ses voyages. Il avait une expression étrange, comme s'il se rappelait un souvenir à la fois agréable et un peu mélancolique.

— Mais je suppose que vous avez déjà...

— Une fois, coupa-t-il.

Il reposa l'orange sur l'étal du commerçant et lui sourit, mais la tristesse s'attardait dans son regard.

Comme elle tenait toujours le miroir, Robert, les mains sur les siennes, le haussa devant son visage. Elle y découvrit une jeune femme aux yeux brillants, aux joues roses de plaisir, à la bouche souriante.

— Vous êtes très belle, dit-il en effleurant sa tempe d'un baiser.

Le souffle coupé, elle attendit qu'il en dise plus, certaine que l'instant suivant allait la soulager de cette peine qui l'oppressait sans cesse.

Une boule de poils mouillés vint les séparer, et Robert s'écarta d'elle en riant. Le chien de tout à l'heure filait entre leurs jambes, un saumon dans la gueule, poursuivi par un homme vociférant au tablier taché d'écailles.

Le chien disparut, mais Arianna avait aperçu des bottes accrochées devant une tente rayée.

— Regardez, monseigneur, des bottes !

Elle reposa le miroir dans la charrette du colporteur déçu et se fraya un chemin vers l'étalage qui l'intéressait. L'endroit regorgeait de selles, de courroies, de harnais, et elle respira avec plaisir la bonne odeur de cuir qui lui rappelait Robert.

Elle observait les bottes quand elle s'aperçut qu'elle ne savait pas vraiment ce qu'il préférait. Soudain, elle sentit une présence derrière elle. Il était là, l'air tout content de lui, l'oiseau en cage dans une main, le miroir de l'autre, un mystérieux coffret de bois coincé sous un bras.

Arianna fut prise d'une envie de pleurer aussi stupide qu'inattendue.

— Venez, dit-il, j'ai quelque chose à vous montrer.

Il ne voulait pas lui dire de quoi il s'agissait, mais elle comprit tout de suite en voyant l'enseigne de l'échoppe. Elle se précipita vers les deux berceaux que le marchand avait sortis à son intention.

Ils étaient semblables et pourtant différents. On leur avait donné la forme de bateaux, et ils se balançaient, accrochés à de solides socles de bronze. Le bois en était peint de vignes et de fleurs, l'un à dominante bleue, l'autre rouge. Sur les têtes de lit, l'artisan avait représenté en argent et or une lune perchée sur le soleil, le symbole zodiacal du Taureau, signe sous lequel leur bébé naîtrait.

Arianna leva sur son époux des yeux embués de larmes. Les bras chargés de présents, il lui offrait un de ses rares et merveilleux sourires.

— Ils sont tous les deux si beaux que je ne sais lequel je préfère, dit-elle d'une voix un peu étranglée.

— Prenons les deux.

— Ne dites pas de bêtises! Nous choisissons le rouge, dit-elle au menuisier.

Il lui fallut dix bonnes minutes pour dissuader Robert d'acheter les deux, mais enfin il fut convenu que le berceau serait livré au château dans l'après-midi.

Comme ils longeaient la rivière, ils s'arrêtèrent pour assister à un combat de coqs. Robert paria et perdit. Arianna fut fascinée par un contorsionniste, puis par un homme qui jonglait avec des cimeterres. Le jeune ménestrel qu'elle avait rencontré un peu plus tôt dansait en chantant une chanson qui, lorsqu'elle en comprit les paroles, fit rougir Arianna tandis que Robert éclatait de rire.

Ils atteignaient la porte de la ville quand Taliesin vint à leur rencontre.

— Le maître maçon voudrait vous voir, monseigneur. Pour vous entretenir des écluses et des marées.

Robert fourra ses achats dans les bras de l'écuyer et ordonna à Arianna de rentrer sur le cheval de Taliesin. Il hésita un instant, scrutant son visage.

— Je dois y aller, dit-il enfin.

Ils étaient tout près l'un de l'autre, assez pour qu'il la prenne dans ses bras s'il en avait envie, qu'il l'embrasse. Il inclina la tête et elle attendit, un peu étourdie...

Mais rien ne vint et elle le vit s'éloigner à grandes enjambées, sans un mot de plus, sans un sourire.

Arianna se pencha vers la cage.

— Jolie dame, jolie dame, chantonna-t-elle en faisant de petits bruits de baisers. Jolie dame, jolie dame.

L'oiseau la regardait sans ciller, la tête penchée, puis il ouvrit son bec orange sur ce qui ressemblait à un rire silencieux. Le maudit oiseau n'avait pas proféré un son depuis que Robert l'avait acheté au marché le matin même.

Renonçant à faire parler le perroquet, Arianna se mit à errer dans la pièce, à la recherche d'une occupation. Elle prit une quenouille, mais la reposa aussitôt. Elle avait toujours eu horreur de filer. Le désœuvrement finit par la pousser jusqu'à la fenêtre. Elle observa les hommes courbés, minuscules, qui creusaient le long de la falaise où son époux avait choisi de construire son nouveau château. Château qui, bien qu'il s'en défendît, nc servirait certainement qu'à asservir davantage le peuple cymri.

Appuyée à l'embrasure, elle plissa les yeux dans un effort pour distinguer Robert parmi les ouvriers.

Elle avait plusieurs fois été tentée d'aller le rejoindre, mais elle avait déjà fait les premiers pas, aujourd'hui. C'était à lui maintenant de se manifester. Elle avait son orgueil ! Un peu entamé, certes, mais suffisamment solide pour qu'elle puisse s'en draper comme d'une vieille cape.

Le miroir d'ivoire était posé sur un guéridon, à côté

du mystérieux coffret de bois. Comme Robert ne lui avait pas dit explicitement qu'il était pour elle, elle ne l'avaït pas ouvert et se contentait de le caresser du bout des doigts. Elle le prit en main et entendit quelque chose bouger à l'intérieur, quelque chose de lourd.

Elle reposa la boîte d'un geste déterminé, s'empara du miroir, tira la langue à son reflet, le remit sur la table. Elle revenait sans cesse au coffret, aussi exaspérant qu'une piqûre de puce que l'on ne peut s'empêcher de gratter.

Elle se mordillait la lèvre. Certes la curiosité était un défaut mais après tout, elle n'avait jamais prétendu être une sainte...

Elle souleva enfin le couvercle... et ouvrit de grands yeux car elle ne s'attendait absolument pas à ce qu'il contenait. En rangées bien nettes se trouvaient les lettres sculptées de l'alphabet.

Elle prit le A qui était vert, décoré d'étoiles et de cercles d'or. Pourquoi Robert avait-il acheté ça? Ce n'était tout de même pas un cadeau pour le futur bébé! Une poupée, peut-être, ou une épée miniature, mais pas une boîte de lettres. Ce n'était pas non plus pour elle, puisqu'elle savait lire.

Il y eut un bruit de pas sur les joncs, et elle se retourna d'un bond, le A serré dans la main. Robert regarda sa femme, le coffret ouvert, puis de nouveau Arianna.

Et soudain elle comprit.

— Vous ne savez pas lire, dit-elle. N'est-ce pas?

Il eut un rictus amer.

— Entre le temps passé à nettoyer les écuries de mon père et les guerres contre les Infidèles, je n'ai guère eu la possibilité d'apprendre.

Il vint récupérer la lettre qu'il rangea dans le coffret. Il sentait le soleil, la terre, le cuir, et elle eut un élan de tendresse pour lui.

Elle se rappelait les paroles qu'elle lui avait lancées un jour au visage:

Un homme illettré ne peut faire qu'un piètre chevalier.

Elle se revoyait elle-même, enfant, penchée sur

l'épaule de sa mère alors qu'elles lisaient des psaumes ensemble. Ou bien assise près de ses frères, une tablette de cire et un stylet à la main, en train de tracer maladroitement les mots sous la direction du prêtre du château. L'héritier du comte de Chester devait nourrir les mêmes souvenirs.

Pas le bâtard du comte de Chester.

— Je pourrais vous l'enseigner! jeta-t-elle étourdiment.

Elle se serait battue pour cette maladresse!

Cette fois, Robert ne parvenait pas tout à fait à dissimuler ses émotions, et la lutte qu'il livrait à son orgueil était évidente.

Enfin il se tourna vers elle, et elle s'attendait à une remarque cinglante, mais il répondit seulement:

— Avec plaisir.

Sa voix trahissait une légère incertitude, comme s'il craignait qu'elle ne se moque de lui, alors elle baissa les paupières pour qu'il ne voie pas les larmes qui lui montaient aux yeux. De tous les cadeaux qu'il lui avait offerts ce jour-là, celui-là était le plus précieux.

— Le prêtre qui nous instruisait avait l'habitude de nous frapper les doigts avec une règle quand nous commettions une erreur, dit-elle afin de meubler le silence.

Elle renversa le contenu du coffret sur la table. Il y avait quatre alphabets complets qui roulèrent bruyamment sur le bois.

— Nous pourrions commencer par apprendre à reconnaître les lettres, suggéra-t-elle.

Elle sursauta en sentant la main de Robert sur son cou. Il défaisait la broche qui retenait sa coiffe.

— Enlevez d'abord ceci. Cette coiffe vous donne un air beaucoup trop sévère.

Il dénoua les cheveux brillants.

— J'aurais peur que vous ne me tapiez sur les doigts en cas d'erreur... ajouta-t-il en souriant.

Arianna tremblait encore d'émotion quand elle disposa les lettres dans le bon ordre. Robert se tenait tout près d'elle, épaule contre épaule.

A la lettre R, il l'arrêta, prit l'objet entre ses mains, le contempla avec le même air nostalgique qu'il avait eu le matin devant l'orange.

— Quelqu'un, une jeune fille... m'a montré un jour comment on écrivait mon nom.

Arianna en éprouva un cruel pincement de jalousie. Elle aurait dû se réjouir que quelqu'un dans son enfance se fût un peu occupé de lui. Mais, bien qu'il n'eût pas prononcé son nom, elle savait de qui il s'agissait... Sybil, son amour perdu. Arianna aurait voulu que cet instant d'intimité fût unique, or il avait partagé le même avec une autre. Une autre qu'il avait aimée. Elle lui prit le R des mains et le remit à sa place avant de continuer l'alphabet, émaillé d'exemples en français.

— Maintenant, recommençons. Ceci est un B. Trouvons un mot qui commence par B.

Il fixait ses lèvres.

— « Bouche », dit-elle d'une voix un peu étranglée. « Bouche » commence par un... par...

Les yeux de Robert s'étaient assombris.

— Ecrivez-le pour moi, dit-il.

Maladroite, elle mit les lettres dans l'ordre sur la table. Le silence était total, et elle sentait le souffle de Robert dans ses cheveux.

— Très bien, dit-il quand elle eut terminé, comme si c'était lui le professeur.

— « Baiser » commence aussi par un B, murmura-t-elle.

Elle eut l'impression qu'il cessait de respirer.

— Cherchez un autre B, reprit-elle, et je l'écrirai.

Il effleura ses seins en prenant la lettre et, comme il se retournait, ils se retrouvèrent plus proches encore. Enfin il l'embrassa.

Ce fut un baiser d'une bouleversante douceur qui la laissa alanguie au point qu'elle dut se retenir à la table.

— Robert...

Il se redressa, recula de deux pas.

— Reprenons la leçon, dit-il sèchement.

Mais elle savait qu'il avait envie d'elle, elle l'avait

senti dans son baiser, elle le sentait encore malgré son aigreur, car toute son expression trahissait le désir.

Elle se pencha, faisant exprès de caresser son bras de ses seins en choisissant d'autres lettres.

— Voyons si vous êtes capable de déchiffrer ce mot, monseigneur.

Ce n'était guère correct, mais c'était le seul qu'elle connût pour désigner l'acte d'amour en français. Le premier que ses frères s'étaient efforcés d'apprendre et qu'ils lui avaient bien sûr aussitôt enseigné !

Robert épela les lettres, puis ses yeux s'agrandirent d'étonnement.

— Vous êtes horriblement choquante, madame.

— Mais puisque vous l'avez prononcé, si nous le faisions.

Il éclata de rire.

— Ce n'est pas moi qui l'ai prononcé, c'est vous !

Elle prit son air le plus innocent.

— Moi ? Je n'ai pas dit un mot !

Il eut ce magnifique sourire qui lui coupait le souffle. Dieu, comme elle avait envie de cet homme !

Elle lui noua les bras autour du cou, l'attira à elle. Il répondit un instant à son baiser avant de la repousser.

— Bon sang, Arianna, si vous ne cessez pas, je vais vous prendre là, par terre, et je risquerai de vous tuer, vous et le bébé !

Le bébé ! C'était donc ça, il avait peur de lui faire du mal. Et à elle aussi...

Elle s'épanouit.

— Nous pourrions aller sur le lit.

Il se passa une main nerveuse dans les cheveux.

— Dieu, vous ne m'écoutez pas ! Dame Beatrix a dit...

— Elle nous a dit d'être prudents, pas de nous abstenir !

Il persista.

— Je m'abstiendrai, un point c'est tout.

Cet individu se comportait comme un mouton entêté qui refuse de sauter la barrière. Eh bien, il existait plus d'une façon de franchir les obstacles !

Elle leva le menton.
— Abstenez-vous si vous voulez, monseigneur, mais dans ce cas, je prendrai un amant.
Au lieu d'exploser de jalousie, il se contenta de hausser un sourcil amusé.
— Je ne vous en ai pas donné la permission, Arianna.
— Je me passerai de permission. Au pays de Galles, si un homme ne remplit pas le devoir conjugal, sa femme a le droit de prendre un amant. C'est vrai dans l'autre sens aussi, d'ailleurs. Si une femme se refuse à son époux, il prend une maîtresse. Il n'est alors besoin d'aucune autorisation.
— Dans mon château, si.
Elle changea de tactique.
— Vous savez ce qui arrive aux hommes qui restent chastes trop longtemps ?
— *Vous* savez ça ? s'indigna-t-il.
— Oui, j'ai eu neuf frères et je n'ignore rien à ce sujet. Eh bien, c'est pareil pour les femmes. Une fois qu'elles ont connu le plaisir, elles ne peuvent s'en passer longtemps sans devenir...
— Frustrées, folles de désir sexuel ?... Eclairez donc ma lanterne ! On m'a dit que certaines femmes en arrivaient à se rouler par terre en bavant !
Arianna eut du mal à s'empêcher de rire.
— Il n'y a pas là matière à plaisanter, monseigneur. C'est un problème sérieux qui affecte profondément le corps, et pour lequel, Dieu merci, il existe un remède simple : prendre un amant.
— Taliesin ! tonna Robert.
Arianna sursauta tandis qu'une tête rousse apparaissait sur le seuil.
— Tu ferais mieux d'entrer carrément, au lieu d'écouter aux portes, poursuivit Robert.
Taliesin obéit et adressa un clin d'œil à Arianna avant de prendre l'air offensé.
— Vous me blessez, monseigneur. Je passais par hasard devant la chambre en allant vaquer à une tâche importante.

Robert s'assit à demi sur la table, les chevilles croisées.

— Comme tu l'as certainement entendu par hasard en allant vaquer à cette tâche importante, mon épouse a décidé de prendre un amant. Je compte sur toi pour lui en trouver un avant la fin de la semaine.

Les sourcils de Taliesin disparurent sous sa frange tandis qu'il se tournait vers Arianna.

— Avez-vous un type préféré, madame ? Brun, blond ? Elancé ou trapu ? Intelligent, beau ?

Robert l'interrompit d'un geste négligent.

— Amène-lui une sélection, et elle choisira. Mais assure-toi bien qu'ils soient experts en perversions françaises ; Lady Arianna les apprécie fort.

Taliesin s'inclina devant une Arianna rouge d'embarras.

— A vos ordres.

Elle regarda l'écuyer quitter la pièce en tentant de se composer une attitude nonchalante. Maudit soit cet homme qui l'avait percée à jour ! Comment allait-elle se sortir de ce guêpier ?

— Je suis ravie que vous compreniez la sagesse de ce projet, monseigneur, et je vous remercie de votre générosité.

Evidemment, il était imperturbable.

— Heureux de vous accorder ce petit plaisir, ma chère épouse.

Arianna avait terriblement envie de fondre en larmes. Elle saisit rageusement sa coiffe qu'elle se posa tout de guingois sur la tête.

— Si vous voulez bien m'excuser, monseigneur, nous terminerons la leçon plus tard, je viens de me rappeler que je dois me rendre de toute urgence à... aux cuisines.

Elle passa devant lui, espérant qu'il allait la retenir, mais naturellement, il n'en fit rien. Sur le seuil, elle se retourna. Immobile, il arborait à présent un petit sourire tout à fait exaspérant.

— Quand j'aurai passé un moment avec lui, monseigneur, aimeriez-vous que je vous fasse part de mes impressions ? Peut-être m'enseignera-t-il quelques perversions inconnues de vous ?

Voilà qui lui apprendrait, se dit-elle en sortant de la chambre, sûre d'avoir marqué un point.

19

Un épais brouillard étouffait le tumulte de la chasse — sonneries d'olifant, aboiements de la meute, galops sur le sol spongieux. Les couleurs étaient voilées, l'air sentait la terre mouillée.

Robert observait le visage de sa femme, à cheval près de lui. Les autres étaient partis devant, et c'était la première fois qu'ils se trouvaient seuls depuis deux jours, depuis cet après-midi où elle lui avait appris l'alphabet et où il avait été à un cheveu de lui faire l'amour.

C'était la meilleure période de l'année pour la chasse au daim, mais Robert espérait aussi trouver le sanglier qui dévastait les récoltes des paysans. Ceux qui l'avaient aperçu prétendaient qu'il était blanc. Or les sangliers blancs avaient des pouvoirs magiques, seuls les chevaliers les plus courageux étaient capables de les débusquer.

En révolte ouverte contre ses ordres, Arianna avait tenu à l'accompagner, sous prétexte de voir le sanglier blanc, mais Robert était certain que c'était uniquement pour le tourmenter, lui. Avec une détermination qui le rendait fou, elle s'était en effet mis en tête de le séduire.

Elle tira sur les rênes, et Robert s'arrêta à côté de son palefroi. La bordure d'hermine de sa capuche rouge soulignait encore la blancheur de son teint, et de petites mèches de cheveux bouclaient autour de son visage. Elle était irréelle, éthérée, comme ces créatures de contes de fées qui apparaissaient une seule fois, se donnaient à un mortel et s'évanouissaient pour toujours.

— Tout va bien ? demanda-t-il.

Elle le regarda longuement en silence, puis elle se mordit la lèvre.

— Mon cheval boite un peu de la jambe gauche, dit-elle. Je me demande s'il n'a pas un caillou sous le sabot.

Robert se laissa glisser au sol et aida Arianna à mettre pied à terre, en la serrant un instant contre lui. Il vit sa poitrine se soulever, ses narines palpiter, avant qu'elle se dégage.

Le brouillard se matérialisait à présent en véritables gouttelettes, et Arianna tendit les mains.

— Quand il fait ce temps, on dit que les fées pleurent.

— A votre avis, pourquoi pleureraient-elles, aujourd'hui ?

— Je ne sais pas... Peut-être à cause de nous.

Robert fourra ses mains dans son ceinturon pour s'empêcher de la prendre dans ses bras.

Le palefroi tapait du pied, des corbeaux s'envolèrent dans un battement d'ailes et Arianna, en frissonnant, resserra sa cape autour de son cou.

Robert, raide, se dirigea vers le cheval. On disait qu'une saignée purgeait le corps de ses mauvaises humeurs et diminuait les pulsions sexuelles. Eh bien, il ne tarderait pas à demander au barbier de lui ouvrir une veine !

Il se pencha, prit le pied du cheval sur sa cuisse et entreprit de lui nettoyer le sabot de la pointe de son poignard. Arianna, à l'abri sous un gros chêne, l'observait.

Robert, n'ayant rien trouvé d'anormal, reposa la jambe de l'animal qui semblait se tenir parfaitement en équilibre sur ses quatre membres.

— Il n'y avait rien, dit-il.

Arianna s'empourpra légèrement.

— Oh... Alors, j'ai dû me tromper.

La forêt était dense, à cet endroit — chênes, bouleaux, trembles, bouquets d'aubépines. Un ruisseau gazouillait non loin, invisible.

— Ce lieu est magique, murmura Arianna.

— Tout n'est-il pas magique, au pays de Galles ?

plaisanta Robert, qui pourtant était sensible à l'atmosphère étrange du cadre.

Il sentit le regard de son épouse sur lui et se tourna pour croiser ses yeux d'un vert profond, mystérieux comme le sous-bois.

— A vous voir si fort, si grand, dit-elle avec une sorte de respect dans la voix, je pourrais presque vous prendre pour le chasseur sauvage, Gwyn ap Lludd. Le dieu de la Guerre, le chasseur d'âmes, chevauchant votre cheval-dragon, une meute fantôme sur vos talons...

Il secoua la tête.

— Je suis seulement un homme, Arianna. Un homme qui...

Le fourré explosa brusquement derrière lui, et il fit volte-face juste au moment où le sanglier blanc jaillissait des taillis, avant de s'arrêter net.

Robert se mit aussitôt devant Arianna afin de la protéger de son corps, mais elle le contourna pour avancer vers l'énorme bête. La jeune femme et le sanglier demeurèrent alors immobiles, à s'observer. Robert n'osait pas bouger, de peur de pousser l'animal à charger. Sa lance, restée accrochée à sa selle, était hors de portée. Arianna aussi était hors d'atteinte, et si le sanglier l'attaquait, il ne pourrait rien pour elle.

La bête avait les babines retroussées sur des défenses énormes, les dents acérées, et ses yeux brillaient, injectés de sang.

Soudain l'animal pencha la tête et gratta le sol du pied. Puis il s'immobilisa de nouveau, et on n'entendit plus que les trois respirations haletantes.

Très lentement, Arianna porta la main à la lourde broche d'or qui fermait sa cape. Robert dégaina alors son poignard, tendu, prêt à bondir. S'il s'élançait sur la bête, celle-ci se détournerait d'Arianna qui pourrait se précipiter vers les chevaux.

— Arianna... commença-t-il à voix basse pour l'informer de son intention.

L'énorme animal se ramassa un instant, puis il chargea... exactement à l'instant où Arianna arrachait sa cape pour la jeter en l'air. Le tissu écarlate claqua comme un drapeau, et le sanglier, au dernier moment, changea de direction pour se jeter dessus.

Il s'empêtra dans le vêtement et tomba sur les genoux, ce qui donna à Robert le temps de courir à son cheval prendre sa lance. Il était posté devant Arianna, l'arme bien serrée, quand le sanglier se redressa pour charger de nouveau.

La pointe de fer atteignit l'animal en plein cœur, pourtant il continuait à avancer, à avancer.

Robert reçut son haleine fétide lorsque le sanglier le heurta à la poitrine. Il vit le ciel gris au-dessus de lui, puis plus rien.

De petites mains douces lui caressaient le visage.

— Espèce de stupide Normand ! Si vous mourez, je vous tue !

Robert revint à lui. Une masse épouvantable l'oppressait, lui coupait la respiration, des papillons noirs dansaient devant ses yeux.

— Robert... entendit-il Arianna prononcer de très loin.

Elle couvrit sa bouche d'un baiser désespéré.

Quand elle releva enfin la tête, il aspira une grande goulée d'air et perçut son parfum, mêlé à l'odeur âcre du sang. Il essaya de repousser le poids mort qui l'étouffait.

— Aidez-moi...

A eux deux, ils parvinrent à faire rouler la bête colossale, et Robert s'assit, soulagé de constater qu'il n'avait rien de cassé. Le sang qui tachait son justaucorps n'était pas le sien.

Arianna ouvrit de grands yeux effrayés.

— Où êtes-vous blessé ?

Il avait encore du mal à respirer.

— Ce n'est pas mon sang, souffla-t-il en se débarrassant du vêtement souillé.

Il essuya une larme sur la joue d'Arianna. Elle pleurait. Pour lui.

— Je suis entier, ajouta-t-il d'une voix raffermie.

— Je vous dois la vie, monseigneur, dit-elle.

Robert esquissa un sourire, puis il se rappela comment les choses s'étaient passées, et il la prit par les bras pour la secouer rudement avant de l'attirer contre sa poitrine.

— Et moi, je vous dois une solide fessée ! Vous vous êtes précipitée à la tête de ce satané sanglier ! Etiez-vous devenue folle ?

— Je craignais qu'il ne vous attaque.

— Vous... C'était stupide, reprit-il d'un ton plus doux.

Elle se blottit davantage contre lui.

— J'avoue que c'était en effet de la folie. Il aurait pu me tuer.

Elle recula légèrement pour le regarder.

— Mais je n'ai pas l'intention de m'en excuser, voyez-vous, parce que je recommencerai le cas échéant, mon cher époux. Et comme je n'ai pas le moindre regret, vous avez la permission de me frapper.

En riant, il se mit debout, l'entraînant avec elle. Son corps si proche du sien le grisait, et le désir montait en lui, violent. Il fallait qu'il l'embrasse !

Son baiser fut violent, passionné, et elle s'y soumit avec fougue tandis qu'il caressait ses seins.

— Bon Dieu, j'ai envie de vous, Arianna ! J'en mourrais...

Elle se frotta contre lui, provocante, et il ne put retenir un gémissement.

— Faites-le, Robert. Faites-moi l'amour.

Il aurait été incapable de s'arrêter, de toute façon. Il recula, sans quitter sa bouche, jusqu'à ce qu'il heurte un arbre. Alors il appuya Arianna contre le tronc, remonta sa jupe. Les jambes nouées autour de sa taille, elle criait son nom, enivrée par ses caresses, et elle ferma les yeux quand il entra enfin en elle, fort, vibrant.

Il l'emplissait tout entière, perdu en elle, il ne pouvait plus se retenir, il voulait lui faire l'amour indéfiniment, le plaisir s'amplifiait jusqu'à la limite du supportable, il tremblait de tout son être... Cette fois elle serait toute à lui, sienne, sienne...

Sur un dernier spasme, il explosa enfin.

Elle se laissait aller contre lui, lourde, abandonnée, et il desserra son étreinte. Elle glissa le long de son corps, accrochée à ses épaules, en exhalant un soupir.

Elle avait l'air un peu égaré, étonné.

Imbécile, tu as été trop brutal! se reprocha-t-il. Il repoussa quelques mèches de son front, lui effleura la joue.

— Je vous ai fait mal?

— Je crois que mon séant est un peu écorché.

— Faites voir.

Avant qu'elle pût protester, il l'avait obligée à se pencher en avant et à relever son bliaut. Elle avait une petite marque rouge sur une fesse, et il y posa les lèvres.

Elle gigota pour se redresser.

— Vous êtes un pervers, monsieur!

Agenouillé dans les feuilles mortes, Robert ne manifestait pas le moindre remords, et elle ne put retenir un rire clair, joyeux.

Il se releva pour la prendre dans ses bras. Elle suivit un instant ses traits du bout des doigts, comme une aveugle.

Quand il l'embrassa de nouveau, ce fut tendre, délicat. Mais la passion flamba bientôt avec une ardeur renouvelée, et il se détacha d'elle. Il avait du mal à se contenir. Pourtant elle était sa femme, elle portait son bébé, que diable! Elle méritait mieux que d'être prise contre un arbre!

Le sanglier gisait sur le flanc, la lance brisée dans l'épaule, son sang dégoulinant sur la terre mouillée.

— Le sanglier blanc, murmura Arianna. Les contes disaient la vérité, Robert. Seul le plus brave des chevaliers peut venir à bout d'un tel animal.

Elle levait sur son mari un regard plein d'une lumière étrange... De la fierté.

Aucun être humain n'avait suffisamment prêté attention à Robert pour être fier de ses exploits. Si un dragon était sorti des bois à cet instant, il l'aurait sûrement trucidé aussi, pour qu'Arianna garde cette expression émerveillée.

— Il aurait été plus fort que moi, si vous n'étiez pas intervenue. C'est le courage d'une dame qui est venu à bout de cette bête.

Arianna secoua la tête.

— Non. J'étais morte de peur ! Et quand il a chargé, j'ai tout juste été capable de crier comme une idiote. C'est vous, le héros.

Il lui prit le menton.

— Vous discutez beaucoup trop, ma chère épouse.

— Seulement quand vous avez besoin qu'on vous remette les idées en place, mon cher époux.

Arianna suggéra qu'on coupe la tête du sanglier et qu'on la promène dans toute la région, mais il la traita de sotte. En revanche, il accepta l'idée d'envoyer quelqu'un dépecer l'animal.

Le palefroi d'Arianna avait pris la fuite pendant l'attaque du sanglier, aussi Robert la fit-il monter devant lui sur son destrier. Ils laissèrent sur place la cape et le justaucorps trempé de sang.

Le pommeau de la selle était haut, et Arianna s'appuyait de tout son poids contre Robert qui tenta en vain de l'obliger à se tenir droite.

— Dieu, femme, vous me donnez encore plus envie de vous...

Elle rit en épousant le galop du cheval... sur les cuisses de son mari.

Comme ils sortaient de la forêt aux abords du château, le soleil perça la brume, nimbant de rouge les murs de Rhuddlan.

La herse était levée, et d'étranges bruits provenaient de l'intérieur.

Robert traversa le pont-levis au galop et mit aussitôt pied à terre. Arianna l'imita sans attendre son aide.

— Mon Dieu ! s'exclama-t-elle en faisant un tour sur elle-même.

La cour était pleine d'hommes. Des centaines d'hommes. Des bruns, des blonds, des roux, des chauves, d'autres aux cheveux longs. Certains en haillons, certains richement vêtus. Des hommes au cou de taureau, des hommes frêles au visage fardé. Il y avait des adolescents trop jeunes pour savoir que faire de leur corps, et un vieillard édenté qui marmonnait des phrases incompréhensibles en opinant du bonnet.

Robert cherchait des yeux le coupable présumé quand il aperçut l'éclat d'une chevelure cuivrée.

— Taliesin ! tonna-t-il. Par le diable, que se passe-t-il, ici ?

Le garçon s'approcha en gambadant, tout rouge d'excitation.

— Ce sont les amants de Lady Arianna, monseigneur.

— Mon Dieu ! répéta la jeune femme.

— Par tous les saints... renchérit Robert, incrédule.

Ce maudit écuyer avait rassemblé dans la cour tout ce que le pays de Galles comptait de mâles entre quatorze et soixante-dix ans.

Robert entendit un gloussement étouffé et se tourna vers Arianna. Les poings sur les hanches, elle essayait de prendre l'air sévère, mais elle avait du mal à s'empêcher de rire en questionnant Taliesin.

— Par le Ciel, que voulez-vous que je fasse de tous ces individus ?

Le garçon se rengorgea, l'air fort content de lui.

— Je souhaitais vous offrir un largc évcntail pour que vous puissiez choisir, madame.

— Débarrasse-nous d'eux ! ordonna Robert.

Taliesin écarquilla les yeux.

— Tous, monseigneur ?

— Pas si vite, mon époux, intervint Arianna qui feignit de considérer avec sérieux un beau jeune homme aux longues boucles sombres, aux tendres yeux bruns et au sourire timide dont la tunique courte dévoilait de solides jambes musclées.

— Débarrasse-nous d'eux, répéta Robert. Jusqu au dernier!

Arianna prit en riant le bras de son mari.

— Je ferais peut-être mieux d'en garder quelques-uns sous le coude, cher époux, au cas où vous négligeriez de nouveau votre devoir conjugal.

Taliesin acquiesça vigoureusement.

— Il est bien connu qu'une femme comblée fait une épouse docile, et à certaines il faut plus d'un homme pour...

— Tais-toi, insolent, ou j'ordonne au tailleur de te coudre les lèvres! gronda Robert avant de sourire à sa femme. Lady Arianna tente seulement de me rendre jaloux avec ses absurdes suggestions. Seul un imbécile tomberait dans le piège.

Taliesin observait ses maîtres, et il baissa vivement les paupières sur l'éclat de lune qui jaillissait de son regard. Il poussa un douloureux soupir.

— Vous auriez dû me prévenir plus tôt, cela m'aurait épargné bien des tracas!

Au même instant, la corne de la sentinelle déchira l'air, annonçant l'arrivée de cavaliers.

— J'espère, Taliesin, que ce ne sont pas de nouveaux candidats, grinça Robert.

Déjà apparaissait un chevalier en armure rutilante monté sur un destrier blanc, suivi d'un écuyer portant sa bannière et son bouclier, un faucon au poing.

— Mais c'est le comte Hugh! s'écria Arianna.

Elle souriait, apparemment heureuse de voir son beau-frère, et Robert en éprouva un pincement au cœur qu'il s'efforça en vain d'ignorer.

Hugh approchait, éblouissant, dans un tintement de clochettes. Il mit pied à terre, ahuri par la pagaille qui régnait dans la cour.

— Oserai-je demander à quoi rime tout cela? demanda-t-il.

Arianna, les mains croisées, lui adressa une gracieuse révérence avant de lui lancer un sourire malicieux auquel il répondit tout en l'observant sans vergogne, depuis le bout de ses bottes crottées, en passant par son bliaut taché auquel des morceaux d'écorce restaient accrochés, jusqu'à ses cheveux emmêlés et à son visage épanoui d'épouse comblée.

Puis il se tourna vers Robert, sans prendre la peine de dissimuler le désir que lui inspirait Arianna. Le regard gris de son frère lui lança un message limpide : *Elle est à moi. Pose la main sur elle et je te tue.*

— Tu organises une distribution de nourriture, aujourd'hui ? demanda Hugh, ironique, ou bien est-ce ainsi tous les mardis, à Rhuddlan ?

— J'avais émis l'intention de prendre un amant, expliqua en riant Arianna, inconsciente de la rivalité qui opposait les deux hommes, mais j'ai changé d'avis. Le pauvre Taliesin est fort contrarié ! Il s'est donné tant de mal pour me donner le choix !

Hugh haussa les sourcils.

— Si vous changez encore d'avis, ne manquez pas de m'en avertir.

Robert attira son épouse contre lui.

— Il s'agit seulement d'une petite plaisanterie qui a dégénéré.

Hugh soupira.

— Je vois... Eh bien, je t'apporte des nouvelles qui seront sans doute bienvenues, vu l'état de surpopulation de ton misérable château. Le roi Henry a jeté son dévolu sur Toulouse. Il rassemble une armée à Poitiers et réclame tous ses vassaux. Dont toi, grand frère, ajouta-t-il dans un radieux sourire. Surtout toi, son meilleur et plus vaillant chevalier.

Robert trouva sans peine la repartie susceptible d'effacer le sourire exaspérant de son frère.

— Henry a sacrément mal choisi son moment ! Arianna est enceinte.

Au bout de six ans de mariage, Hugh n'était toujours pas père, et apprendre que Robert le serait avant lui ne pouvait que le mortifier.

Il parvint avec peine à garder le sourire et s'inclina devant Arianna.

— Félicitations, madame.

Robert avait senti son épouse se raidir dès qu'il

avait annoncé sa grossesse, et elle se dégagea de son bras.

— Merci, monseigneur. Mon mari est enchanté. Il a enfin ce qu'il souhaitait le plus au monde, et j'ai accompli mon devoir, ce qui le satisfait également.

Hugh revint à son frère.

— Alors que comptes-tu faire ? Te rendras-tu à la convocation du roi ? A moins que tu ne sois prêt à acquitter l'écuage ?

Il s'agissait de la somme qu'un chevalier pouvait payer au roi au lieu d'aller à la guerre. Robert aurait volontiers opté pour cette solution mais tout ce qu'il possédait passait dans la construction du château, et il n'avait aucun moyen de se soustraire à son devoir.

— J'irai, répondit-il.

Il jeta un coup d'œil à Arianna, mais celle-ci regardait Hugh.

— Dommage que vous perdiez votre époux si tôt après le mariage, Lady Arianna, disait celui-ci. Hélas, je ne serai même pas là pour vous consoler. Quand le roi appelle, nous autres chevaliers devons obéir.

— Monseigneur Robert obéira aussi, dit Arianna en tournant vers son mari un visage indéchiffrable. Au moins, cette fois, ce ne seront pas les mères galloises qui pleureront leurs fils morts sous l'épée du Dragon Noir.

Le soleil matinal teintait d'orange la cour où s'assemblaient les hommes pour le petit déjeuner. Des serviteurs leur distribuaient de la bière légère, dans laquelle ils trempaient des tartines de pain. L'odeur des miches chaudes se mêlait à celle des chevaux, du métal, du cuir... et de l'excitation.

Arianna, au pied des marches du grand hall, regardait Taliesin, coiffé de son casque doré, qui fixait un plastron au destrier de Robert. Le grand cheval noir piaffait, et il tenta d'attraper entre ses dents un morceau de la tunique de l'écuyer. La cicatrice de sa brûlure sur la croupe était encore visible.

Sir Odo, qui resterait au château avec une poignée d'hommes, attendait près d'elle que Robert s'approche.

Ce dernier était occupé à donner des instructions à ses soldats. Arianna l'observa, le cœur serré. Il lui avait fait l'amour toute la nuit avec une sorte de désespoir, comme s'il craignait de ne jamais revenir.

Il s'arrêta enfin devant eux, et elle vit qu'il tenait à la main le sceau symbole de sa seigneurie. Elle pensait qu'il allait le remettre à Sir Odo, cependant il lui prit le poignet et déposa la lourde pièce de laiton gravée dans sa paume.

— Tout ce qui sera fait par mon épouse, Lady Arianna de Rhuddlan, sera fait en mon nom, déclara-t-il, assez fort pour être entendu de tous.

— Je m'efforcerai de bien vous servir, monseigneur, répondit-elle, la gorge nouée.

Devant Sir Odo et tous les soldats rassemblés dans la cour, Robert effleura ses lèvres d'un baiser.

Quelques secondes plus tard, sur un signe de lui, les chariots contenant les provisions et les armes s'ébranlèrent et franchirent la herse, suivis des arbalétriers et des fantassins. Les chevaliers se mirent alors en selle. Sur le point de les imiter, Robert confia de nouveau la bride de son destrier à Taliesin pour revenir vers Arianna. Elle le regarda approcher en retenant son souffle.

Cette fois, il va le dire, il va prononcer les mots...

Mais il ne dit rien. Pas même au revoir. Il se contenta de lui caresser la joue, puis il tourna les talons, sauta en selle et s'éloigna, entouré de ses hommes.

Il était déjà au milieu du pré quand elle courut après lui en criant son nom. Un instant, elle craignit qu'il ne se retourne pas, mais il fit signe à ses chevaliers de continuer sans lui et, mettant pied à terre, il la regarda venir à lui.

Elle courait, courait dans l'herbe mouillée qui alourdissait le bas de sa robe, courait comme si sa vie en dépendait.

Hors d'haleine, elle se jeta contre lui et il l'embrassa passionnément.

Ensuite il la tint à bout de bras.

— Mon Dieu, quelle enfant vous faites ! Ne pleurez pas, ma douce. Je reviendrai.

— Je ne pleure pas ! protesta-t-elle entre ses larmes. Et je me moque que vous reveniez ou non, Normand !

Il eut un petit sourire de satisfaction virile.

— Vous avez parcouru tout ce chemin pour me dire ça ?

Elle fouilla sous sa ceinture et en sortit une petite boule de soie.

— J'ai oublié de vous donner ceci.

Il déplia le tissu froissé. C'était un fanion pour sa lance. Sur le rectangle de soie écarlate, elle avait brodé un dragon noir avec ses propres cheveux en guise de fil.

Il la remercia d'un merveilleux sourire avant de l'embrasser de nouveau.

Quand il releva la tête, elle s'accrochait encore à lui.

— Oh, Robert, je...

Elle s'interrompit, choquée par les paroles qui avaient failli lui échapper.

— Vous allez me manquer, se reprit-elle.

— Vous me manquerez aussi, Arianna, dit-il en lui caressant les bras. Je dois partir, à présent.

Il prit une dernière fois ses lèvres avant de la repousser fermement. Il enfourcha alors sa monture et s'éloigna sans se retourner.

Il ne se retourna pas non plus quand il eut rattrapé ses hommes. Dans quelques secondes, il disparaîtrait de sa vue, avalé avec eux par l'horizon.

Arianna était restée immobile, debout au milieu de la prairie, espérant voir son visage une dernière fois. Comme s'il avait entendu sa prière, il fit faire une volte à son destrier et agita le bras en signe d'adieu.

Elle courut alors vers le château, traversa le pont-levis, grimpa les marches du donjon quatre à quatre puis sortit sur l'étroite passerelle qui bordait le toit de bois et, dressée sur la pointe des pieds, elle le vit encore, minuscule point noir qui s'effaçait au loin.

Elle resta là jusqu'à ce qu'elle ne voie plus rien, puis

elle s'adossa au mur et se laissa glisser sur les pierres, le front posé contre ses genoux.

J'aurais dû lui dire. J'aurais dû lui dire que je l'aimais.

Mais c'était trop tard. Il était parti.

20

— Vous devriez voir l'agitation dans la salle commune, madame !

Arianna tourna la tête vers Edith qui venait de faire irruption dans la chambre, apportant l'écho des rires, son visage marqué de petite vérole empourpré par l'excès de bière.

La jeune femme était assise sur un tabouret près du brasier, et elle jouait avec les dents de son peigne, produisant une irritante petite musique. Elle s'obligea à sourire.

— Que se passe-t-il ?

— Lord Musrule vient d'ordonner à Bertha d'énumérer ses amants devant tout le monde. Oh, que les saints nous protègent ! Je vous assure, madame, il y a beaucoup d'hommes qui se tortillent comme des vers de terre, tant ils sont mal à l'aise, en ce moment !

Elle pouffa de rire à l'instant même où Arianna fondait en larmes.

— Madame ? Qu'y a-t-il ? Pourquoi pleurez-vous ?

— Je ne pleure pas ! répliqua Arianna. Je ne pleure jamais, bon sang !

Elle jeta le peigne et enfouit son visage entre ses mains.

Edith lui tapota l'épaule, réconfortante.

— C'est à cause de votre état, madame. Vous êtes un peu nerveuse, c'est normal.

— Oui... sans doute, murmura Arianna.

Non, c'est parce que Robert n'est pas là... Ô Dieu, il me manque tellement !

C'était une peine permanente, ce besoin de le voir, de le toucher. Une douleur profonde au cœur de sa poitrine, comme une blessure ouverte.

Edith ferma la porte sur les sons discordants et les odeurs de bière et de fumée qui montaient du grand hall. Tout Rhuddlan était venu célébrer la fête de Noël au château.

Au cours de la semaine précédente, Arianna s'était passionnée pour les préparatifs du festin qui avaient eu l'avantage de lui occuper un peu l'esprit. Elle avait fait décorer la grande salle de tant de houx et de lierre que l'on se serait cru en plein air, et depuis douze jours brûlait dans l'âtre une bûche de Noël si énorme qu'il avait fallu vingt hommes pour la porter. Elle avait également persuadé la cuisinière de concocter tous les plats traditionnels : cochons de pain d'épices, bouillie de froment, tourte au lard, vin de poire. Et pour faire bonne mesure, elle avait engagé une troupe de mimes ambulants afin de représenter une crèche vivante.

Le début du festin avait été fort gai. C'était Ralph, le bouvier, qui avait tiré la fève cachée dans le pain et avait été couronné Evêque de la Déraison, selon la coutume. Il avait alors ordonné à Arianna de chanter tout en dansant la gigue sur une table. Grâce à ses frères, la jeune femme connaissait de nombreuses chansons à boire, et elle en avait choisi une suffisamment leste pour ravir son auditoire sans toutefois choquer l'aumônier du château. Mais peu après, prétextant une migraine, elle s'était retirée.

En réalité, elle ne supportait plus les rires ni le spectacle des couples qui s'embrassaient.

Edith, qui avait ramassé le peigne, entreprit de coiffer les cheveux de sa maîtresse pour l'apaiser.

— Bien des gens m'ont fait compliment de votre beauté, madame. Vous êtes de plus en plus épanouie.

Arianna eut une grimace fort peu gracieuse en s'emparant du miroir que lui avait offert Robert. S'il rentrait à présent au château, il y trouverait une épouse à la taille épaissie, aux chevilles gonflées, avec un affreux bouton sur le front.

Le bébé s'agita dans son ventre. On racontait que plus il donnait de coups de pied, plus on avait de chances que ce fût un garçon. Si c'était vrai, elle portait en son sein un futur chevalier qui triompherait aisément dans tous les tournois, comme son père !

Elle soupira. En vérité, elle était lasse, pourtant elle n'était pas certaine de dormir...

Le lit conjugal semblait emplir toute la pièce, énorme, sur son piédestal, avec ses lourds rideaux. Mais sans Robert, elle s'y sentait tellement perdue.

Elle s'enfonça davantage dans son peignoir bordé de fourrure et se rapprocha du brasier, bien qu'elle n'eût pas réellement froid. C'était à l'heure du coucher qu'elle pensait le plus à la dernière nuit qu'ils avaient passée ensemble.

Ils avaient fait l'amour jusqu'à l'épuisement, puis il s'était endormi en elle, mais pas une seule fois leurs âmes ne s'étaient rejointes. Toute la nuit elle avait espéré l'entendre prononcer les mots tendres, les mots d'amour qu'elle attendait. Ils n'étaient pas venus, et elle avait gardé pour elle ceux qu'elle avait tant envie de lui dire. Que ressentait-il quand il l'embrassait, quand il était en elle ?

— Madame ?

Elle leva les yeux et fut surprise de trouver Edith toute proche, le bol magique entre les mains.

— Que faites-vous comme ça ? demanda-t-elle, plus brutalement qu'elle ne l'avait voulu.

— Un pèlerin m'a vendu un peu d'eau bénite de la source de sainte Winifred, madame. J'ai pensé qu'il serait amusant de voir si le bébé était un garçon ou une fille. Voulez-vous essayer ?

Arianna, amusée, posa le bol sur ses genoux. On racontait que pour connaître le sexe de son bébé, une femme enceinte devait se piquer le doigt et laisser tomber une goutte de son sang dans l'eau bénite.

Saisissant le couteau qu'Edith lui tendait, elle s'entailla légèrement le pouce, puis elle hésita.

— Si le sang tombe au fond, ce sera un garçon, expliqua Edith. S'il flotte, ce sera une fille.

— Oui, oui... Mais j'ai peur, tout à coup. Peut-être n'ai-je pas envie de savoir.

Edith se pencha pour reprendre le bol, mais Arianna l'en empêcha.

— Non, attendez !

Elle pressa sur la minuscule blessure, et une goutte de sang tomba dans l'eau, coula, puis remonta à la surface.

— Qu'est-ce que cela signifie ? Est-ce un garçon ou une fille ?

— Je l'ignore, madame. Il vaudrait mieux recommencer.

Mais l'eau était devenue toute rouge, bien trop pour une malheureuse goutte de sang, et Arianna sentit le bol palpiter, sa chaleur se communiquer à ses mains, remonter le long de ses bras. *Non !* criait-elle intérieurement. *Je ne veux pas voir !*

L'eau tourbillonnait de plus en plus vite, une lumière jaillit, claire, froide.

Un destrier en surgit, les oreilles couchées, les narines frémissantes. Puis la lumière s'estompa et apparut une forêt glacée, humide, chargée d'une odeur de feuilles en décomposition, de peur. Le sol tremblait, l'atmosphère résonnait de bruits de bagarre, de cris d'hommes. A travers la ramure il y eut l'éclair du soleil sur une cotte de mailles, et Arianna se protégea les yeux de la main.

L'éclat du métal dans les feuilles d'automne... Il leva son bouclier. Des flèches s'écrasèrent sur le cuir patiné, et il lança son destrier au galop en hurlant un cri de guerre. Des branches lui fouettaient le visage, les feuilles s'accrochaient à ses cheveux, tandis qu'il tentait d'une main de retenir son casque.

Des hommes et des chevaux qui se heurtaient, faisaient demi-tour, chargeaient de nouveau, tombaient. Des épées qui s'entrechoquaient. Des hurlements et des jurons. Par-dessus tout, la sueur, l'atroce odeur du sang.

Charger, charger... Il regarda sa lance dont le manche

glissait entre ses mains couvertes de sueur, et resserra sa prise. La pointe se leva, toucha un homme au buste. Il sentit l'arme s'enfoncer dans la chair, buter sur un os. Il la lâcha et chargea de nouveau.

Armé de son épée, il para une attaque, et visant le cou de son adversaire, sentit la peau céder, le sang gicler sur son visage. Il frappait, frappait toujours, tuait, tuait.

Une corne sonna la retraite.

Le calme revint, seulement troublé par le hennissement d'un cheval blessé, les piaillements des corbeaux. Du sang sur lui, mais pas le sien, merci, mon Dieu.

D'une main tremblante, il rengaina son épée. Arianna... Elle emplissait son esprit, il la voyait endormie dans leur grand lit, les cheveux illuminés par une bougie. Elle s'agita dans son sommeil, cria son nom comme un avertissement...

Il se retourna. Un chevalier en cotte de mailles surgissait des fourrés. Il ne portait pas de casque, et sa chevelure blonde resplendissait, plus éblouissante que le soleil.

L'homme banda son arc, le visa au cœur, sourit.

— Tu meurs aujourd'hui, grand frère ?

— Pas encore, petit frère.

Il éclata de rire, parce qu'ils avaient souvent joué à ce jeu. Mais son rire s'interrompit net quand il prit conscience qu'il était trop tard pour esquiver.

La flèche le frappa à la poitrine comme un coup de poing, pourtant il n'eut pas mal. Il entendit seulement quelqu'un crier son nom, et il tomba, tomba dans une douce lumière blanche.

Arianna...

— Robert !

Arianna se redressa d'un bond.

Elle était sur son lit, encore vêtue de son peignoir, mais il ne restait plus qu'une bougie allumée dans la chambre.

— Edith ? murmura-t-elle.

Un parfum chaud, doux, étrangement familier emplissait la pièce.

Elle se leva, luttant contre une forte nausée. Un objet luisait près de la fenêtre. Le bol magique.

Tout lui revint soudain, et elle se plia en deux sous le coup d'une violente douleur. Robert se battait dans une forêt, en France, il tuait. Le sang, les cris, et puis le silence... Il s'était retourné, et Hugh était là, bandant son arc. Et puis la chute. La chute dans une douce lumière blanche.

— Non!

Debout au milieu de la chambre, elle luttait contre la peur qui la paralysait. Robert, mon Dieu... Il fallait qu'elle l'avertisse. Pourvu qu'elle ait été témoin de l'avenir, et non du passé!

Elle s'habilla à la hâte, saisit un poignard, se cogna le ventre en franchissant la porte et retint un rire nerveux. Elle avait oublié qu'elle était plus volumineuse que d'habitude!

Mais cela ne l'empêcherait pas de monter sur un cheval. Elle chassa bien vite l'idée que chevaucher risquait de faire du mal à son bébé. Enceintes, les paysannes n'en continuaient pas moins de travailler aux champs. Elles s'arrêtaient pour mettre leur enfant au monde et reprenaient le travail dès le lendemain. Si elles étaient fortes, Arianna l'était davantage encore. Le sang des guerriers coulait dans ses veines.

Avec le tintamarre qui régnait dans le hall, elle n'eut aucun mal à se glisser discrètement au-dehors. Une fois dans la cour, elle rabattit cependant sur son visage le capuchon de fourrure, et prit garde de rester dans l'ombre. Le sol était glacé, mais il n'avait pas encore neigé et le ciel était constellé d'étoiles.

Des torches étaient allumées à l'extérieur, bien qu'il n'y eût personne, et elle entreprit de seller son palefroi.

— Que la déesse me pardonne! J'étais sûr que cela arriverait tôt ou tard. Il faut vraiment vous surveiller jour et nuit pour vous empêcher de faire des bêtises!

Arianna fit volte-face, la main sur la gorge.

— Taliesin!

Un instant, elle crut que Robert était de retour et une joie immense la submergea. Puis elle comprit que dans ce cas, le garde aurait annoncé l'arrivée du seigneur à grand renfort de trompes. Taliesin était revenu seul.

— Que faites-vous ici ? Où est mon époux ?

— En France. Puis-je vous demander ce que vous faites avec votre cheval au beau milieu de la nuit, madame ?

Le casque de l'écuyer brillait de tous ses feux, et il était environné d'une lumière bleue. Quant à ses yeux... c'étaient deux étoiles qui brillaient dans une mer d'ombre.

— Je... je vais en France, répondit-elle.

Le vent s'était brusquement levé, ébranlant avec force les murs de l'écurie. Une porte claqua.

Taliesin avança, et elle recula, serrant sa cape autour de son cou.

— Ne faites pas cette folie, madame, dit-il. Vous portez un enfant, et il ne s'agit pas simplement de se rendre en ville. La côte est à des lieues d'ici, il vous faudra ensuite prendre un bateau. Et si, par la grâce de la déesse, vous parvenez en France saine et sauve, savez-vous où aller ?

Arianna secoua la tête, fascinée par l'éclat de son regard.

— C'est bien ce que je pensais, reprit l'écuyer.

Il arborait un sourire presque enfantin, mais ce n'était pas un enfant, elle en était sûre à présent.

— En outre, poursuivait-il, le blizzard souffle.

— Vous mentez, mon garçon. Il y a juste un instant, le ciel était parfaitement clair.

Pourtant, le vent gémissait dans les poutres...

Elle courut à la porte... et se trouva engloutie dans un maelström blanc. Les cristaux de glace lui giflaient le visage, les yeux...

C'est lui. C'est lui qui crée la neige, comme il avait naguère créé l'orage qui avait fait déborder la rivière, avait emporté le pont.

Il fut soudain devant elle. Son casque rutilait, la lumière bleue s'amplifiait.

— Vous êtes magicien, dit-elle.

L'écuyer pouffa de rire.

— Si je l'étais, madame, je changerais Sir Stephen en crapaud. Il m'a fouetté cet après-midi, quoique ce ne soit pas son rôle, parce que j'avais mal nettoyé le haubert de Sir Robert. Mon seigneur, lui, ne me frappe jamais, il ronchonne, il crie, mais...

— Si vous avez été fouetté aujourd'hui en France, comment pouvez-vous vous trouver ici ce soir ?

Dieu, je perds l'esprit, moi aussi ! Je dois rêver...

Cependant, tout semblait bien réel. Les chevaux s'agitaient dans leurs stalles, l'air sentait la paille et le crottin, elle avait la fourrure de son capuchon contre sa joue. Et surtout, elle avait vu... elle avait tenu le bol magique, elle avait senti sa chaleur, son pouvoir.

Elle posa la main sur le bras de l'écuyer et une langue de feu la traversa tout entière.

— J'ignore comment vous êtes arrivé là, Taliesin, mais il faut que vous retourniez auprès de mon seigneur afin de l'avertir que son frère va tenter de le tuer...

— Il est en sécurité, madame. Son destin n'est pas de mourir en France. Vous devez me croire.

Le mot résonna dans la tête d'Arianna. *Croire, croire, croire...*

Les yeux de Taliesin brillaient de la sagesse des siècles. Des yeux capables de tout voir, songeait la jeune femme. Ce qui avait été, ce qui était, ce qui serait. Elle posa en silence la seule question vraiment importante pour elle :

Son destin est-il de m'aimer ?

Elle vit les lèvres de l'écuyer bouger, sut qu'il lui répondait, mais elle n'entendait rien. La lumière blanche bourdonnait dans sa tête, noyant la voix de Taliesin, le gémissement du vent, ses peurs. Durant un instant exaltant, elle crut avoir enfin percé le mystère, puis la lumière éclata en milliers de cristaux qui flottèrent un moment avant de se dissoudre comme des flocons de neige.

— Madame ! Vous êtes réveillée ?

Arianna ouvrit les yeux sur le visage rougeaud d'Edith. La servante pressait une tasse d'un breuvage aux simples contre ses lèvres.

— Vous avez dormi si tard ! Je commençais à m'inquiéter.

Arianna repoussa la tasse, enfila son peignoir et se rendit à la fenêtre. Un pâle soleil d'hiver brillait dans le ciel bleu. Il n'y avait pas trace de neige sur le sol gelé.

Elle se détourna tandis qu'Edith s'affairait à retaper le lit.

— Avez-vous entendu le blizzard, cette nuit ? questionna-t-elle. Il y avait du vent, une tempête de neige, et il faisait froid, tellement froid !

Edith réprima un petit gloussement.

— Oh, non, madame. Vous avez sûrement rêvé !

Arianna vint offrir ses doigts tremblants au brasier

— Où est Taliesin ? L'avez-vous vu, ce matin ?

Edith fronça les sourcils.

— Taliesin ? Mais il est en France, près de votre époux. Madame, ajouta-t-elle, inquiète, vous êtes affreusement pâle ! Vous feriez mieux de vous recoucher.

Arianna se laissa reconduire au lit.

— Edith, avons-nous cherché à connaître le sexe de mon bébé, hier soir ?

— Oui, madame.

— Et... que s'est-il passé ?

— Eh bien, au début, nous hésitions. La goutte de sang a semblé s'enfoncer, puis elle est revenue à la surface. Alors nous avons recommencé, et...

La brave fille s'interrompit, visiblement stupéfaite que sa maîtresse eût tout oublié, puis elle cligna des yeux, confuse, en réalisant qu'elle aussi.

— Cette fois, la goutte est tombée, madame, improvisa-t-elle à tout hasard. Ce sera un garçon.

Arianna ne protesta pas quand Edith la borda comme une enfant. Elle n'était plus sûre de rien.

J'ai peut-être rêvé, se dit-elle. La vision, Taliesin à l'écurie, le blizzard. Quelle importance, d'ailleurs ?

A la lumière du jour, elle se rendait bien compte qu'elle ne pouvait se rendre en France, enceinte de cinq mois, sans même savoir où se trouvait Robert.

Et puis c'était l'automne, dans sa vision. Les arbres étaient vêtus de pourpre, d'ocre, d'orange. A présent, ils devaient être dépouillés, le sol couvert de neige. Ce qu'elle avait vu s'était déjà produit. S'il était mort...

Non ! S'il était mort, elle le saurait. Il y aurait dans son cœur un vide tel qu'elle le saurait immédiatement.

La mer clapotait contre la coque tandis que le bateau s'engageait dans le large estuaire de la Clwyd. Une bande de mouettes montraient le chemin et la brise gonflait les voiles carrées qui le ramenaient chez lui.

Chez lui. Enfin.

Robert se tenait à la proue du navire, sans se soucier des embruns qui lui fouettaient le visage, les yeux plissés dans le soleil couchant.

Au loin, sur une colline, un homme poussait une charrue tirée par un bœuf, et le soc s'enfonçait profondément dans la terre brune. *Sa* terre.

Il était parti en septembre, juste après les moissons, et il rentrait en avril, au moment des semailles. Pourtant, ce n'était pas sa terre qui lui avait manqué, ni les murs solides et le confort de son château, ni même les rêves et les ambitions qu'il avait laissés derrière lui. C'était elle.

Arianna... sa femme.

Il allait la retrouver, plonger dans ses yeux si clairs, goûter à la douceur de ses lèvres. Il la tiendrait enfin dans ses bras.

— La mer est haute, monseigneur, dit Taliesin. Nous pourrons remonter jusqu'au quai, cette fois.

Robert acquiesça d'un signe de tête. Les murailles rouge sang de Rhuddlan venaient d'apparaître derrière la courbe, et il entendit les cloches du village se mêler à celles de la chapelle en un chant glorieux.

— Ils ont sûrement reconnu nos voiles, reprit Taliesin, et ils vous souhaitent la bienvenue !

Ils accostèrent au milieu des barques de pêche, près du moulin d'où sortit le meunier, essuyant sur son tablier ses mains couvertes de farine.

— Pourquoi sonne-t-on les cloches, meunier? lui cria Robert.

— Pour prier les saints d'abréger les douleurs de Lady Arianna. Elle est entrée en travail et...

Soudain l'homme reconnut Robert, et il s'inclina.

— Et votre fils va naître, avec l'aide de Dieu, Votre Seigneurie.

Robert reçut la nouvelle comme un coup à la poitrine.

— Trouve-moi un cheval, Taliesin!

Le garçon sauta sur le quai.

— Inutile de vous précipiter, monseigneur. Les premiers bébés sont toujours longs à venir. Cela peut durer des heures...

— Si tu ne te tais pas immédiatement et si tu ne m'apportes pas un cheval dans la minute, je te pends par les pouces jusqu'à ce que tu pourrisses sur place!

Finalement, Robert n'eut pas la patience d'attendre une monture, et il s'engagea en courant sur la route qui menait au château. Un spectacle que les paysans n'étaient pas près d'oublier! Le seigneur de Rhuddlan, de retour de la guerre, qui se précipitait sur le chemin comme s'il avait le diable à ses trousses afin de ne pas manquer la naissance de son bébé!

Quand il franchit enfin le pont-levis, Robert avait le cœur dans la gorge. La cour était étrangement silencieuse, même les écuries et le chenil. Il traversa en courant le grand hall, monta l'escalier quatre à quatre, ouvrit la porte de sa chambre... et fut forcé de stopper net : la large silhouette de Dame Beatrix bloquait le passage.

— Vous ne pouvez pas entrer, monseigneur, ce n'est pas permis!

— C'est moi qui impose les lois dans mon château, gronda Robert.

Il savait que les hommes étaient résolument bannis

des chambres d'accouchement, et en général il trouvait ce principe excellent.

Pourtant il avait bel et bien l'intention de voir son épouse !

— Juste une minute, et je vous laisse, dit-il en exhibant ce fameux sourire qui faisait fondre les femmes de Jérusalem à Paris.

Dame Beatrix fronça les sourcils, mais au fond, elle n'était pas plus immunisée que les autres contre le charme de Robert.

— Soit, dit-elle, acide. Seulement un instant, alors.

Elle s'effaça pour laisser Robert pénétrer dans la chambre illuminée d'innombrables torches, au sol couvert de joncs frais, et où des herbes odoriférantes brûlaient dans tous les coins.

Arianna sortit de derrière un paravent d'osier, pliée en deux, soutenue par Edith. Sa fine chemise était trempée de sueur, ses cheveux collaient à son visage, elle était d'une pâleur de cire. Mais Robert vit surtout son ventre, énorme, monstrueux.

Malgré lui, il sentit des larmes lui monter aux yeux.

— Vous n'auriez pas pu attendre un ou deux jours de plus après mon retour, ma douce ?

Elle le vit enfin et écarquilla les yeux, puis une joie intense éclaira son visage. Comme elle faisait un pas chancelant vers lui, il traversa la chambre en trois enjambées pour la saisir dans ses bras.

Elle était toute fragile, malgré sa corpulence, et il repoussa ses cheveux avant de baiser sa bouche.

Elle lui noua les bras autour du cou.

— J'ai cru que vous ne reviendriez pas. Que vous ne verriez jamais votre enfant.

Il l'attira plus fort contre lui, mais elle eut une contraction et un faible gémissement lui échappa.

Il la repoussa doucement.

— Je… je dois vous laisser, Arianna.

Elle s'accrocha à lui.

— Non. Vous resterez, Normand. Tout cela est votre faute, et vous irez jusqu'au bout avec moi.

— Je ne peux pas, Arianna, ce n'est pas autorisé.

— Ah ! Et depuis quand le Dragon Noir se laisse-t-il dicter sa conduite ?

Quoiqu'elle affectât une attitude décidée, il lisait la peur dans ses yeux et sa voix tremblait légèrement.

— Restez, Robert, je vous en prie...

La sage-femme vint se planter entre eux.

— Monseigneur...

— Je reste ! aboya Robert.

— Mais...

— Je reste.

Dame Beatrix pinça les lèvres, puis elle se détourna en haussant les épaules.

Edith s'approcha et, sur un timide sourire à Robert, elle glissa une pierre verte dans la main d'Arianna.

— Du jaspe, madame, pour vous porter chance. Le bébé ne va pas tarder à arriver, ajouta-t-elle à l'intention de Robert. Madame a perdu les eaux, et il y a à peine une heure, nous lui avons donné une décoction de vinaigre et de sucre avec de la poudre d'ivoire et de la fiente d'aigle.

— De la quoi ? Jésus...

Un éclair amusé traversa le regard d'Arianna avant qu'elle se crispe sous une nouvelle contraction.

Robert avait le cœur serré d'une étrange émotion. Il éprouvait aussi une immense fierté : il n'avait jamais connu de femme qui lui ressemblât. Et elle était à lui.

Il mit un bras autour de sa taille.

— Ne devriez-vous pas être alitée ?

— Non. Je préfère marcher un peu, cela me soulage.

Mais les contractions étaient de plus en plus rapprochées, et la sage-femme annonça que la délivrance était imminente. Edith releva la chemise d'Arianna et l'installa sur le fauteuil d'accouchement.

Dame Beatrix donna une cruche d'argile à Robert.

— Puisque vous tenez à rester là, autant que vous vous rendiez utile. Massez-lui le ventre, cela lui fera du bien.

Robert prit dans la cruche une huile délicate et fraîche parfumée à la rose. Agenouillé entre les jambes de sa femme, il s'immobilisa un instant. Il y avait un aspect fort érotique dans ce spectacle, mais c'était son âme qui en était émue. Avec son ventre rond, Arianna était la Femme, vivant symbole d'une féminité triomphante. Elle était à la fois épouse, mère, déesse.

Puis il entreprit de la caresser et sentit sa chair se contracter tandis qu'elle luttait pour expulser le bébé. *Un enfant va naître. Mon enfant*, pensait-il avec humilité. Il avait pris une si faible part dans ce miracle !

— Placez-vous derrière elle, monseigneur, conseilla la sage-femme, et soutenez-la.

Il y avait une planche de bois derrière le fauteuil, et Robert s'y assit à califourchon, appuyant le dos d'Arianna contre lui.

— Je vous ferai honneur, je ne crierai pas, monseigneur, souffla-t-elle, les dents serrées.

— Je sais...

Il baisa sa chevelure humide, tandis qu'elle rejetait la tête en arrière sous l'effet de la douleur.

Incapable d'en supporter davantage, Robert se détourna, et son regard tomba sur un bol d'eau bénite posé sur un tabouret, prêt pour les derniers sacrements au cas où les choses tourneraient mal. Il tenta de prier, mais les mots ne lui venaient pas.

Arianna était tordue de peine et elle émit un petit son qui ressemblait au cri d'un oiseau qu'on étrangle.

— Dieu, elle ne va pas mourir ?

Dame Beatrix lui lança un petit sourire supérieur.

— Enfanter fait mal, monseigneur. Une douleur que les hommes n'imaginent même pas.

Il aurait voulu savoir, souffrir à sa place... Il se rappelait combien elle était étroite le soir où il avait si brutalement consommé leur mariage. Il lui avait fait mal, ce soir-là, et elle souffrait de nouveau par sa faute. Si les femmes risquaient une telle torture chaque fois qu'elles faisaient l'amour, elles auraient dû maudire la race masculine dans son ensemble !

Edith se mit à prier à haute voix.

Soudain quelque chose de rond apparut entre les cuisses de sa femme. La tête du bébé ! Arianna se contracta de nouveau, et le petit enfant, tout couvert de sang, glissa dans les mains de la sage-femme. Son cri s'entendit à peine tant la respiration d'Arianna était forte.

— Une fille, monseigneur, et bien constituée, annonça Dame Beatrix.

Mais Robert ne regardait que son épouse, tellement immobile après ces instants de violence, qu'il la crut morte, bien que sa poitrine se soulevât encore. La sage-femme dut l'appeler de nouveau pour qu'il se tourne enfin vers le bébé. Sa fille.

Elle était toute rouge, toute fripée, incroyablement petite. Dès que le cordon ombilical fut coupé, on la mit dans ses bras, et il la tint avec précaution, comme un minuscule papillon dans la main d'un géant. Une vague d'amour le submergea.

Il la déposa doucement sur la poitrine de sa mère dont il baisa les lèvres desséchées et tremblantes.

— Nous avons une fille, Arianna.

— Oh, Robert, je suis désolée ! J'ai manqué à mon devoir.

Des larmes roulaient sur ses joues pâles. Elle qui avait serré les dents pendant l'accouchement pleurait à présent parce qu'elle pensait l'avoir déçu, et il faillit pleurer avec elle... mais pas pour la même raison.

— Non, elle est magnifique ! C'est ce que j'ai vu de plus beau de toute ma vie.

La sage-femme lui effleura l'épaule.

— Venez, monseigneur. Il faut baigner l'enfant et Edith va s'occuper de votre femme.

Robert assista à la toilette du bébé. Dame Beatrix lui plongea les pieds dans l'eau pour l'endurcir contre le froid, posa une pièce d'or contre sa joue pour lui assurer prospérité, frotta ses lèvres de miel afin de lui donner de l'appétit. Puis elle l'entoura d'un lange de laine douce avant de le redonner à son père.

On avait remis Arianna dans son lit, et elle les regardait tous les deux avec infiniment d'amour malgré sa lassitude.

Il se pencha pour embrasser la bouche souriante de celle qui lui avait offert ce merveilleux cadeau.

— Merci...

21

— « Si tu ne m'aimes pas, je ne t'aimerai pas non plus... »

Chantant à tue-tête, Taliesin fit irruption dans la chambre. Enrubanné et couvert de fleurs, deux cloches à vache autour du cou, il brandissait un pipeau de berger comme un bâton de maréchal.

Il se mit à danser autour du lit où reposait Arianna, adossée à un monceau d'oreillers, et, sans cesser de s'époumoner, lui mit une couronne de roses sur la tête en riant. Une violente odeur de vin assaillit les narines de la jeune femme.

— Vous êtes ivre ! s'écria-t-elle.

— Non, non, madame ! J'ai juste bu un verre ou deux en l'honneur de ma mère, je le jure ! déclara-t-il, la main sur le cœur avant d'être pris d'un hoquet.

— L'honneur de votre mère ! Je ne suis pas sûre qu'il mérite d'être associé à vos beuveries !

L'écuyer éclata à nouveau de rire, porta le pipeau à ses lèvres et se mit à jouer en dansant une gigue effrénée.

— Taliesin ! tonna Robert qui venait de franchir le seuil, une petite boule blanche dans les bras. Si tu ne cesses pas immédiatement de nous casser les oreilles, je te fais subir le supplice du chevalet !

Le pipeau s'arrêta net, les cloches aussi, et le bébé qui vagissait se tut sur-le-champ.

Taliesin sembla un instant déconcerté, puis un grand sourire éclaira son visage.

— Il n'y en a pas à Rhuddlan !

— Eh bien, j'en ferai fabriquer un par le charpentier.

Arianna, heureuse, regardait son mari venir vers elle. Il était tellement beau dans sa nouvelle tunique de satin vert retenue à l'épaule par une broche d'argent ! Jamais elle ne l'avait vu si joyeux, et elle avait envie de baiser sa bouche jusqu'à ce qu'il demande grâce.

Quand il lui remit le bébé, elle sentit son cœur se gonfler d'amour devant la petite tête couverte d'un bonnet de dentelle. Elle posa les lèvres sur le front rose en prenant soin d'éviter la trace brillante laissée par les huiles saintes du baptême.

— Nous n'avons jamais parlé du prénom, dit-elle.

Robert vint s'asseoir près d'elle.

— Vous dormiez. Je voulais attendre votre réveil, mais l'évêque s'impatientait.

Même s'ils n'avaient pas encore de prénom, les bébés étaient toujours baptisés au plus tôt après leur naissance, car il y avait beaucoup de décès prématurés, et on ne pouvait prendre le risque de voir partir ces petites âmes sans qu'elles aient reçu les sacrements. Le comte Hugh et son épouse avaient assisté à la cérémonie d'ondoiement, qui avait eu lieu le matin, en tant que parrain et marraine. Robert, connaissant l'amitié que sa femme portait à Christina, avait demandé à celle-ci d'être la seconde marraine du bébé.

De toute façon, Arianna n'aurait pu être présente, car elle n'avait pas encore fait ses relevailles. Dans une semaine, elle revêtirait la robe dans laquelle elle s'était mariée et, munie d'un cierge, elle irait à la chapelle recevoir l'absolution et la bénédiction de Dieu. Mais tant qu'elle n'était pas purifiée, elle n'avait pas le droit de participer aux cérémonies religieuses, ni de préparer de repas ou de toucher de l'eau bénite.

— Nous pourrions l'appeler Nesta, proposa Robert. J'ai toujours aimé ce nom.

— Mais il est gallois ! s'étonna Arianna.

— Je sais.

— Nesta...

L'enfant avait le teint rose, un visage en forme de cœur et les cheveux noirs de son père.

— Je crois que cela lui convient, en effet, acquiesça Arianna en lui présentant la petite fille. Regardez, elle sourit.

Taliesin caracolait autour du lit.

— Les bébés ne sourient pas. C'est seulement une grimace due à des gaz.

— Que connaissez-vous aux bébés, espèce de sot ? A part les faire, vous ne...

Un grand rire chaleureux l'interrompit. Le comte de Chester se tenait à la porte, flanqué de sa femme et de Christina.

— Nous sommes venus présenter nos félicitations à Arianna, la plus ravissante de toutes les mères, déclara-t-il. Pouvons-nous entrer ?

Arianna eut soudain à l'esprit l'image d'un homme très blond en cotte de mailles surgissant d'un bouquet d'arbres, l'arc bandé à la main, et, incapable de prononcer un mot, elle fixa son beau-frère jusqu'à ce que le silence devienne gênant.

Christina vint embrasser la jeune femme sur la joue.

— Oh, madame, c'est le plus joli bébé du monde ! Je suis très fière que vous m'ayez choisie comme marraine, et je m'engage à veiller sur elle dans toute la mesure de mes moyens.

Elle caressa la tête de l'enfant.

— Kilydd vous envoie toute son affection, ajouta-t-elle à voix basse.

Arianna lui serra bien fort la main en guise de réponse.

Brusquement, Nesta crispa les paupières et se mit à pousser un cri rageur.

— Oh non, elle n'a pas déjà faim ! gémit Arianna.

— Si ! C'est un vrai petit goinfre ! décréta Robert, tout fier. Et elle a de la voix !

Un peu embarrassée, Arianna ouvrit sa chemise pour donner le sein à sa fille.

La plupart des dames de son rang prenaient une nourrice pour leurs enfants, mais Arianna avait décidé d'allaiter son bébé elle-même. C'était sans doute vanité, donc péché, mais la petite Nesta avait du sang de guerrier cymri dans les veines, et Arianna ne voulait pas qu'elle fût abreuvée par du lait indigne d'elle.

Le silence se fit, et la jeune femme, consciente d'être le point de mire de tous, se sentit rougir. Comme elle relevait la tête, elle croisa un regard bleu lavande. Les plus beaux yeux qu'elle eût jamais vus, et ils appartenaient à la femme que son mari avait aimée naguère.

Lady Sybil s'approcha du lit, fine, élancée, ravissante dans son bliaut rose pâle rebrodé de perles. Ses épaisses nattes d'un blond d'argent étaient tressées de fils d'or, et son teint d'albâtre était si parfait qu'Arianna se dit qu'elle devait dormir toutes les nuits avec un baume blanchissant.

Alors que moi je suis toute bouffie, et que je sens le lait comme une vache de ferme!

Mais il y avait un tel chagrin dans le regard de la femme de Hugh qu'elle se reprocha aussitôt son accès de jalousie. Elle se rappelait avoir entendu dire que Sybil ne pouvait être mère et que c'était sa punition pour continuer à aimer un autre homme que son mari. En cet instant même, la façon dont elle contemplait Robert, penché sur le bébé, était plus éloquente que tous les mots.

Sentant sa jalousie renaître, Arianna se détourna... et surprit le regard que Hugh portait sur son épouse. Son visage trahissait une étrange émotion qu'il se hâta de masquer derrière un sourire sardonique.

Savait-il que sa femme aimait Robert? Oui, bien sûr! Toute l'Angleterre était au courant. Et cela devait blesser son orgueil, sinon son cœur. C'était le genre d'humiliation susceptible de pousser un homme à tuer son propre frère!

Le souvenir de sa vision revint hanter Arianna et elle s'empressa de concentrer son attention sur sa fille pour dissiper ces noires pensées.

Nesta, repue, lâcha enfin son sein et émit un rot sonore.

Hugh éclata de rire.

— Elle a la beauté de sa mère et les mauvaises manières de son père! Dommage toutefois que ce soit une fille. Elle n'héritera pas, et il vous faudra la pourvoir d'une belle dot pour la marier convenablement car elle est fille de bâtard.

— Vous oubliez, monseigneur, rétorqua Arianna d'une voix ferme, qu'elle est aussi petite-fille de prince.

En outre, je suis jeune et fertile ; ne craignez rien, je donnerai de nombreux fils à mon époux.

Taliesin pouffa de voir Hugh remis à sa place, tandis que Sybil pâlissait encore. De son côté, Robert avait froncé les sourcils, mais Arianna l'ignora.

Il n'était pas question qu'elle reste muette quand Hugh attaquait son époux, même si elle savait Robert très capable de se défendre lui-même.

La brise apporta par la fenêtre une douce odeur d'iode et de terre fraîchement labourée. C'était une merveilleuse journée, faite pour rire, pour aimer...

Dieu, comme Arianna avait envie de dire à son mari que sa vie, son cœur étaient désormais imbriqués aux siens aussi étroitement que les maillons d'une cotte ! Pourtant, quelque chose la retenait. Peut-être parce qu'il n'avait pas prononcé les mots qu'elle attendait.

Pas encore.

Mais ça ne saurait tarder, décida-t-elle pour se rasséréner.

— Avez-vous vu le cadeau de Hugh et Sybil ? demanda Robert en lui montrant une timbale de baptême en argent ornée de pierreries.

— C'est très beau, répondit Arianna, qui jugeait cependant l'objet un peu clinquant.

C'était le soir, et ils étaient seuls. Comme c'était étrange d'avoir Robert près d'elle, après toutes ces nuits sans lui ! Elle se sentait maladroite, elle ne savait que dire. Leur longue séparation avait presque fait d'eux des étrangers l'un pour l'autre.

Il se dirigea vers le berceau afin de contempler sa fille qui s'agitait, et se mit à la bercer en fredonnant une berceuse.

Quand il s'aperçut qu'Arianna l'observait, la chanson mourut sur ses lèvres, et il la fixa, l'air embarrassé.

— Dame Beatrix prétend qu'un bébé dort mieux si on le berce, dit-il, bourru.

Arianna dissimula un sourire. Son mari prenait sa

paternité très au sérieux, comme s'il était le premier homme à procréer!

— Voudriez-vous cesser un instant de vous attendrir sur votre fille et venir embrasser la mère? le taquina-t-elle.

Souriant, il s'assit près d'elle, sur le lit, et la prit dans ses bras.

Tendre au début, son baiser se fit bien vite passionné. A la grande déception d'Arianna, il interrompit pourtant leur étreinte.

— Vous devriez vous reposer, maintenant, dit-il en s'écartant.

Elle le retint et enfouit la tête au creux de son cou.

— S'il vous plaît, allongez-vous près de moi. Vous sentir proche m'aidera à m'endormir.

Il hésita puis obtempéra.

Mais Arianna ne comptait certes pas s'en tenir là. Doucement, elle glissa la main sous sa tunique, effleura les muscles durs de son ventre puis descendit plus bas, sous sa ceinture.

Il prit une brève inspiration et Arianna le sentit se contracter.

— Vous ne devriez pas... Ah, Dieu, si vous n'arrêtez pas, je...

— Mais je ne fais que vous caresser, protesta-t-elle d'un ton innocent. N'est-ce pas agréable?

Il émit un petit rire.

— Trop agréable pour votre bien, madame. Continuez et je ne réponds plus de rien...

Elle voulait qu'il eût du plaisir, et elle recommença sa tendre exploration. En même temps, elle laissait courir son autre main sur le torse chaud de son époux. Et soudain, elle sentit une cicatrice récente, longue, en diagonale, laissée par un coup de couteau, ou par une lance, ou encore...

Une flèche.

Elle le repoussa brutalement. Ce qu'elle avait vu s'était donc produit!

— Il a tiré sur vous! Votre frère a essayé de vous

tuer, pourtant vous lui avez demandé d'être le parrain de Nesta !

Pris au dépourvu, Robert la fixa, le souffle court.

— Hugh ne voulait pas me tuer. Il n'a jamais été très bon au tir à l'arc, et je me suis baissé trop tard. C'est un jeu auquel nous...

Il s'interrompit brusquement, les yeux d'un gris d'orage.

— Comment savez-vous que cette blessure me vient de Hugh ?

— Taliesin a dit...

Robert secoua la tête.

— Taliesin n'est pas au courant. Il croit que j'ai été blessé au combat.

Il l'attrapa rudement aux épaules.

— C'est Hugh qui vous l'a raconté ? Je me demandais pourquoi il s'était dépêché de rentrer après avoir terminé ses quarante jours. Etait-ce pour prendre ma place dans votre lit ?

Il était si près d'elle qu'elle discernait les points noirs dans ses iris, sentait son souffle coléreux.

— Si vous m'avez trompé, Arianna, je vous étranglerai de mes mains. Mais d'abord, je vous apporterai les attributs de mon frère au bout de ma lance.

Elle tenta de se dégager de sa douloureuse étreinte.

— Bon sang, j'étais grosse comme une outre ! Comment pouvez-vous imaginer que je prenne un amant dans cet état ?

Elle avait une irrésistible envie de le frapper.

— Vous êtes stupide ! cria-t-elle. Complètement ridicule !

Il la lâcha enfin et recula, les yeux accusateurs.

— Alors comment auriez-vous connaissance d'un incident qui s'est passé en France, et sans témoins ? Expliquez-vous, Arianna.

Soudain sa décision fut prise : elle allait lui dire la vérité. Cela n'allait pas sans risques. Il se sentirait probablement espionné, il la détesterait d'avoir accès à ses secrets les mieux cachés. Mais elle n'avait pas le choix : il lui fallait se disculper.

Elle prit une profonde inspiration pour se donner du courage.

— Taliesin vous a dit que j'avais des dons de prophétesse. Il n'a pas menti. J'ai parfois des visions qui me montrent tantôt l'avenir, tantôt le passé. En général, elles me viennent lorsque je regarde de l'eau à la surface de mon bol d'or. Je vous ai vu dans une bataille. C'était en automne. Vous avez tué un homme avec votre lance, quatre autres avec votre épée. Puis Hugh a surgi, armé de son arc...

Comme Robert jetait un coup d'œil vers le bol, Arianna s'interrompit. Le voyait-il, comme elle, palpiter, briller, sentait-il sa force, son pouvoir?

— Ensuite? la pressa-t-il.

— C'est tout.

— Combien de fois m'avez-vous espionné ainsi?

— Ce n'est pas du tout ce que vous croyez! Je ne contrôle pas mes visions.

— Qu'avez-vous vu d'autre? insista-t-il.

Les mains crispées sur le drap, elle lui raconta, les yeux baissés, la première fois où elle l'avait vu charger sur elle, la lance pointée sur son cœur.

— Je savais que vous alliez me faire souffrir, dit-elle.

Elle aurait voulu ajouter: *J'ignorais que je tomberais amoureuse de vous*, mais il ne l'aurait pas crue. Une seule confession suffisait.

Elle parla donc de ses autres visions, du jour où on avait failli lui arracher les yeux, du matin où il avait demandé un poney à son père et n'avait reçu que des coups de fouet.

Quand elle eut terminé, elle leva enfin les yeux. Il la regardait comme si elle était le diable.

— Robert... Etre aussi proche l'un de l'autre peut être magnifique. Plus magnifique encore que...

Il se leva d'un bond, s'arrêta un instant près du berceau, contempla sa fille endormie, puis il tourna les talons et se dirigea vers la porte.

— Robert!

Il s'immobilisa, la main sur le loquet.

— Je connais chaque pouce de votre corps, je vous

ai reçu en moi, poursuivit-elle. Est-il tellement affreux de penser qu'un instant, j'ai pénétré dans votre esprit, que j'ai partagé un peu de votre peine ?

Il ouvrit la porte d'un coup de poing.

— Tenez-vous à l'écart de mon passé et de mon esprit. Laissez-moi en paix, bon Dieu !

22

Arianna ne put retenir un sourire en voyant son mari tresser la bruyère en délicate guirlande. Le bébé se balançait doucement dans son couffin de lin blanc accroché à une branche basse de marronnier. Ils s'étaient arrêtés pour pique-niquer sur la route de Chester où ils se rendaient à la foire d'été.

Robert avait terminé la couronne qu'il déposa sur la tête de sa petite fille. Elle glissa sur son œil, et il rit, frottant son nez contre celui de Nesta.

— N'as-tu pas l'air d'une coquette petite reine du Premier Mai ?

Arianna joignit son rire au sien et, s'approchant de lui, s'appuya légèrement contre son dos.

— Et où, je vous prie, avez-vous appris à tresser d'aussi jolies guirlandes, cher époux ?

Il se dégagea pour s'asseoir contre le tronc de l'arbre.

Elle crut qu'il ne lui répondrait pas, mais il se tourna enfin vers elle, le regard dur.

— J'en fabriquais pour Sybil quand nous étions enfants. Mais je suis surpris que vous ne l'ayez pas vu lors de vos incursions dans mon passé.

— Je ne vous ai jamais vu avec Sybil.

Il grimaça un sourire.

— Tant mieux pour vous, car vous n'auriez guère apprécié le spectacle !

Arianna se détourna afin de cacher les larmes qui lui montaient aux yeux.

A Chester, ils résideraient au château, comme invités de Hugh. Et de Sybil.

Un marron tombant sur ses genoux la fit sursauter. Il y en avait un autre par terre, près de la main de son mari, cette main aux longs doigts bruns si experte à l'épée, capable aussi de tresser une couronne de fleurs. Et de caresser les seins d'une femme.

Elle se pencha pour prendre le marron en effleurant Robert.

Elle avait tellement besoin de le toucher ! Il se crispa un instant puis s'écarta légèrement d'elle.

Le soleil brillait, impitoyable, et même sous la ramure, Arianna transpirait à grosses gouttes. Elle agita le devant de son bliaut pour se rafraîchir un peu.

Robert la contemplait, mais quand elle leva les yeux, il regarda ailleurs.

La gorge sèche, elle prit la gourde de vin qui restait de leur déjeuner et renversa la tête en arrière pour boire. Une goutte glissa sur son menton, et elle la rattrapa d'un doigt qu'elle suça ensuite pour le nettoyer.

Elle sentait de nouveau le regard de Robert sur elle, et elle se laissa admirer, dans l'espoir qu'il se rapprocherait un peu. Mais non, il n'esquissa pas un geste.

Avec un soupir, elle se leva, secoua sa jupe et fit quelques pas sur la route.

A quelques mètres de l'endroit où ils s'étaient restaurés, un long fossé traversait la lande en diagonale. Sur son côté est, une haute barrière de terre s'élevait à perte de vue. Taliesin lui avait dit que cela s'appelait la barrière d'Offa, du nom du roi saxon qui avait creusé le fossé afin de séparer le pays de Galles de l'Angleterre. A présent, il séparait la terre de l'époux d'Arianna de celle de Hugh.

Tandis qu'elle se tenait sur la butte au-dessus du profond fossé, Arianna eut envie de partir en exploration, comme quand, petite fille, elle voulait impressionner ses neuf frères. Mais le fossé était plein de hautes herbes et d'épineux ; en outre, le seul homme qu'elle eût aimé impressionner en ce moment ne se souciait guère de ses faits et gestes.

Un petit nuage solitaire passa devant le soleil. Arianna se tourna vers le marronnier. Un peu plus loin se tenaient les serviteurs, les hommes d'armes et les bêtes de somme. Robert était resté sous l'arbre, près de Nesta.

A quoi rimait leur mariage si c'était pour dormir dans le même lit sans rien partager ? se demanda tristement Arianna. Elle était tout à fait remise de ses couches à présent, mais elle ne savait comment le dire à son époux. Elle n'osait même pas aller vers lui, la nuit, de peur d'être repoussée.

Elle fut soudain attirée par le chuchotement d'un cours d'eau et aperçut, au milieu des bruns et des gris, une oasis de couleurs : véronique, bruyère, fleurs des champs. Elle s'y dirigea à travers les hautes herbes.

Un oiseau s'envola à tire-d'aile lorsqu'elle arriva près du ruisseau pour s'agenouiller parmi les fleurs. Elle s'aspergeait le visage d'eau quand, curieusement, un parfum acidulé d'orange l'enveloppa tout entière.

Il mordit dans le fruit, et le jus explosa dans sa bouche, sucré, savoureux. Jamais il n'avait rien goûté d'aussi délicieux. Il regarda la jeune fille en souriant. A part tes lèvres, peut-être, douce Sybil...

— Tu aimes ?

— Oui. Donne-m'en encore.

Elle pressa un autre quartier du fruit exotique contre ses lèvres, et il le suça, lécha les petits doigts fins avant d'attirer son visage à lui pour baiser les lèvres parfumées d'orange.

— Encore.

— Vous êtes insatiable, monsieur !

— Tu ne t'en es jamais plainte...

Il l'embrassa passionnément.

— Et moi ? Est-ce que tu m'aimes, Robert ?

— Oui... souffla-t-il tandis qu'elle posait la main sur son sexe, le caressait.

La douleur était exquise, douce comme le goût de l'orange, le goût de sa bouche. Délicieuse, si délicieuse...

— Alors ne me quitte pas, dit-elle.

Il la renversa sur l'herbe tendre, dénoua son bliaut, lui caressa les seins.

Pourtant il partirait, il le fallait, sinon il ne sortirait jamais des écuries.

— Veux-tu m'épouser? murmura-t-elle contre son cou.

Il releva la tête pour plonger dans les yeux lavande.

— Tu es destinée à Hugh. Tu ne pourras jamais t'opposer aux désirs de ton père et du mien.

— Je le peux, et je le ferai! protesta-t-elle, les poings serrés. Je suis à toi, Robert! A toi!

Elle prit le visage du jeune homme entre ses mains.

— J'ai parlé au prêtre. On ne peut pas marier une fille contre son gré. J'ai menti, je lui ai dit que je voulais devenir l'épouse du Christ.

Son rire s'éleva, argentin.

— Oh, Robert, m'imagines-tu en nonne?

Elle lui offrit ses lèvres pour un baiser auquel il renonça malgré l'envie qu'il en avait.

— Quand tu partiras, je m'en irai avec toi.

— C'est impossible, ma douce... Je m'engage dans l'armée de Mathilda.

— Et tu crois que quand tu iras voir cette grande reine, en haillons, pieds nus, elle te fera chevalier?

Sybil essayait de se montrer méprisante, mais sa voix tremblait.

— Ils te donneront une lance, tu seras simple fantassin et tu mourras au premier combat!

Il avait le cœur lourd. Il enfouit son visage dans les cheveux si fins qui auraient toujours pour lui le parfum de l'orange.

Il roula sur le dos, les yeux perdus dans le ciel clair, vide, immense.

— Je ne mourrai pas. Et quand je reviendrai, je serai chevalier.

Elle se pencha sur lui.

— Je serai là, Robert. A t'attendre. Et tu seras mon chevalier.

— Non, murmura Arianna.

— Nous ne sommes pas pressés. Ne vous redressez pas avant que l'étourdissement soit tout à fait passé.

Le cerveau embrumé, Arianna ouvrit les yeux. Elle avait la tête sur les genoux de Robert, et c'était si bon d'être contre lui, mais il semblait en colère contre elle. Comme toujours, ces derniers temps.

— Que m'est-il arrivé ? demanda-t-elle juste avant de se le rappeler.

— Vous vous êtes évanouie, dit-il en la soulevant à demi. Par le Ciel, Arianna, vous vous êtes effondrée le visage dans le ruisseau. Vous vous seriez noyée si...

Elle se dégagea avec humeur, les sourcils froncés.

— Inutile de crier !

Elle voulut se lever mais son brusque mouvement avait provoqué une violente nausée et elle dut s'agenouiller pour se libérer dans l'herbe.

Il lui tint le front, lui tendit un linge mouillé. C'était une couche. Elle eut soudain envie d'éclater de rire. Le Dragon Noir, le chevalier redouté de toute la Chrétienté, se promenait dans la campagne avec des couches de bébé !

— Vous avez encore eu une de vos maudites visions, n'est-ce pas ?

Elle se cacha le visage dans le frais tissu.

— Dans quelle âme avez-vous pénétré, cette fois ?

Elle ne voulait pas répondre. Il y avait trop d'amertume dans sa voix.

Il se redressa, et elle ne releva la tête que lorsqu'elle entendit ses pas s'éloigner dans l'herbe.

Le vent avait une odeur d'orange.

Une fois franchie la barrière d'Offa, la route s'étendit devant eux, assez large pour laisser passer seize cavaliers de front. Arianna et Robert chevauchaient si près l'un de l'autre que leurs étriers se heurtaient par moments. C'était lui qui avait décidé de rester à ses côtés, pourtant il s'obstinait à ne pas la regarder.

La partie du Cheshire qu'ils traversaient était principalement constituée de marais, d'étangs, et il faisait si chaud que l'air semblait trembler devant eux...

Arianna pensa soudain que c'était la première fois de sa vie qu'elle s'aventurait en terre ennemie. Enfant, elle se représentait l'Angleterre comme un énorme chaudron plein de diables, ressemblant à l'enfer décrit par le prêtre du château. Vu l'épouvantable chaleur qu'il y régnait en ce moment, elle n'était pas très loin de la vérité !

Enfin, ils aperçurent la lente et majestueuse rivière Dee, dans laquelle se reflétaient les tours couleur rouille de Chester. La brume montait du fleuve à l'assaut des murailles de la ville. Robert tira sur les rênes pour contempler ce qui avait été son foyer pendant si longtemps.

Arianna l'observait. Il était imperturbable, mais elle le connaissait assez pour savoir qu'il luttait contre l'émotion qui s'était emparée de lui. Il retournait à Chester triomphant, comme il se l'était promis, pourtant ce triomphe devait lui paraître bien vain puisque la jeune fille qu'il aimait ne l'avait pas attendu, puisque l'homme qu'il voulait par-dessus tout impressionner était mort.

Elle eut un élan pour le toucher, lui dire qu'elle comprenait, mais jugea plus sage de s'en abstenir.

Ils prirent un bac à fond plat afin de traverser la rivière, puis ils franchirent les portes de la ville et pénétrèrent dans des rues flanquées de maisons à colombages étroitement serrées les unes contre les autres. La plupart abritaient au rez-de-chaussée des boutiques qui ouvraient directement sur le trottoir, à la manière des marchés orientaux.

Il n'y avait aucune ville de cette dimension au pays de Galles, et Arianna avait l'impression que les yeux lui sortaient de la tête, devant la foule grouillante, les rues si exiguës que les toits se touchaient presque, masquant la lumière. L'air vibrait des martèlements de roues, des sonneries de cloches, des cris des camelots. Jamais endroit ne lui avait paru si bruyant ! Ni si étouffant, songea Arianna en pinçant le nez tant l'odeur de crottin et d'égouts était pestilentielle.

Ils passèrent devant une rue latérale, et elle aperçut les murs roses d'une immense église. Sans doute la cathédrale. Elle avait entendu dire que ses vitres étaient faites de verre de couleur et elle se démancha le cou pour tenter de les apercevoir.

Ils traversèrent un pont suspendu par des chaînes aussi grosses que le bras d'un homme puis, après être passé sous une autre porte, ils entrèrent dans le château proprement dit. Au milieu de la cour pavée, Arianna leva la tête vers le haut donjon carré surmonté de la bannière portant le Destrier Blanc de Chester.

Robert la prit à la taille pour l'aider à descendre de cheval. S'attarda-t-il un peu plus longtemps que nécessaire ? Elle n'en était pas sûre, ce n'était sans doute que pure courtoisie. Mais elle avait tant aimé cette sensation ! Malgré l'ardeur du soleil, elle frissonna.

Déjà, Robert se détournait pour s'occuper d'Edith qui tenait Nesta dans ses bras.

Le comte de Chester vint les accueillir, la chevelure plus brillante que jamais.

— Bienvenue, frère. Ma chère belle-sœur, vous êtes resplendissante !

Arianna entendit un petit cri de plaisir, et elle vit Sybil descendre les marches du grand hall, ne regardant que Robert, son sourire destiné à lui seul. Vêtue d'un chatoyant bliaut brodé de fleurs, elle était magnifique.

Le cœur serré, Arianna se détourna pour ne pas voir le visage de Robert s'illuminer.

— Soyez les bienvenus chez nous, dit Sybil avec un grand geste circulaire.

Le château de Chester était l'un des plus fastueux d'Angleterre.

Immense et voûté comme une cathédrale, le hall contenait une cheminée centrale où l'on pouvait rôtir deux bœufs entiers en même temps. Sur les dessertes trônaient de la vaisselle d'or et d'argent ainsi que des coupes exotiques faites dans des œufs d'autruche et des agates. Les murs étaient couverts de tentures de soie et, derrière l'estrade, un immense tableau représentait Dalila en train de couper les cheveux de Samson. Quant au sol, il n'était pas couvert de joncs mais fait de briques et parsemé de peaux et de fourrures.

Sybil avait neuf ans quand on l'avait fiancée au seul héritier du comte de Chester et envoyée dans la famille de son futur époux. Au départ, et quoique son propre père fût un homme riche, puissant, elle avait eu du mal à s'habituer à l'ostentatoire opulence de Chester. A présent, celle-ci avait depuis longtemps cessé de l'impressionner.

Elle effleura le bras d'Arianna qui, toute à sa contemplation, sursauta.

— Venez, je vais vous montrer votre chambre.

Précédant Arianna et sa servante, elle les conduisit sur la galerie supérieure jusqu'à l'une des nombreuses chambres à coucher privées que l'on avait construites dans l'épaisseur des murs. A Chester, les hôtes ne dormaient pas dans la salle commune.

Sybil ouvrit la porte.

— Cette chambre est bien petite et ordinaire, je le crains. J'espère qu'elle vous conviendra néanmoins.

Fausse modestie, car l'endroit était richement meublé, avec des bougies de cire torsadées, un lit couvert d'une courtepointe de soie verte doublée de fourrure.

Arianna se retourna d'un bond en voyant Edith et sa fille continuer à monter l'escalier, mais Sybil la rassura bien vite.

— J'ai mis l'enfant et votre servante dans une pièce des combles. Mais ne vous inquiétez pas, nous prendrons le plus grand soin de votre bébé.

Arianna lui sourit. Elle possédait une beauté rare, se dit Sybil. Le genre de beauté à laquelle un homme ne résistait pas.

— Je ne voulais pas être grossière, s'excusa Arianna. Mais je suis si habituée à l'avoir près de moi...

— Comme je vous envie ce bébé ! soupira Sybil avec franchise.

Elle ressentait soudain le besoin inexplicable de se lier d'amitié avec cette jeune femme dont elle ignorait tout hormis son mariage avec Robert.

Elle devinait chez Arianna de Gwynedd un cœur pur et dur comme l'or, une force dont elle-même avait toujours manqué.

Si j'avais été plus énergique, j'aurais peut-être attendu Robert, comme je le lui avais promis...

— J'ai tout essayé pour avoir un enfant, poursuivit-elle. Le gui au-dessus du lit, l'anis dans le vin... J'ai tant prié sainte Margaret que les oreilles ont dû lui siffler... Si tant est que les saints aient des oreilles.

Elle interrompit brusquement son babillage, submergée par la peine familière. Dieu, elle avait tellement envie d'un enfant ! De quel péché sa stérilité était-elle la punition ? N'avoir pas assez aimé Robert, ou l'avoir trop aimé ? Si elle avait patienté... Que se serait-il passé ?

A sa grande surprise, Arianna lui prit la main, et Sybil lut une réelle compassion dans ses yeux.

— Vous êtes encore jeune...

Sybil sourit avec amertume. On était jeune à vingt ans, pas à vingt-sept !

Comme pour se faire pardonner sa propre jeunesse, Arianna poussa un énorme soupir et s'épongea le front.

— Par le Ciel, fait-il toujours aussi chaud en Angleterre ?

Malgré l'épaisseur des murs et les persiennes fermées, la chambre était un peu étouffante, et Sybil allait émettre un commentaire sur la température anormalement chaude pour la saison quand Robert, qui s'était attardé dans la cour avec Hugh, apparut sur le seuil. Il se tourna aussitôt vers son épouse. Inconsciente d'être observée, elle était en train d'ôter sa coiffe et secouait sa chevelure qui cascada dans son dos comme une pluie de feuilles d'automne. Elle passa les mains sur sa poitrine pour lisser son bliaut, et Sybil vit Robert s'assombrir. Puis Arianna leva les yeux vers lui, et il regarda ailleurs. Personne ne parlait et le silence rendait l'atmosphère encore plus étouffante. Finalement, Arianna se dirigea vers la porte.

— Je vais voir Nesta, déclara-t-elle en passant devant Robert, le menton dressé.

— Je crains qu'elle ne m'aime guère, dit Sybil quand Arianna eut disparu.

— Elle n'aime guère les Normands. Qui pourrait le lui reprocher ?

Sybil fut prise au dépourvu par la dureté de sa voix. Elle ne s'attendait pas à ce qu'il prît la défense de son épouse avec tant de fougue.

Robert alla ouvrir les fenêtres et son regard se perdit vers l'ouest, vers sa terre et Rhuddlan.

Sybil vint à ses côtés.

— Trouvez-vous Chester changé, depuis votre dernière visite ?

— Non. Pas spécialement.

Il avait parlé d'un ton posé mais elle vit un petit muscle jouer imperceptiblement sur sa joue.

La dernière fois qu'il était venu au château, c'était le jour où elle avait épousé Hugh.

Il était arrivé au beau milieu de la fête, il avait traversé le grand hall jusqu'à elle. Il l'avait regardée, et elle n'oublierait jamais ce regard. Parce qu'il n'exprimait ni douleur, ni colère, ni même du regret. Seulement un grand vide.

Se détournant brusquement, il se mit à errer dans la chambre, s'arrêta un instant pour jouer avec le perchoir posté à côté du lit pour un faucon qu'il ne possédait pas. La fauconnerie était un sport réservé aux nobles. Hugh, enfant, avait un faucon. Pas lui.

Des serviteurs entraient avec une baignoire d'eau chaude et parfumée.

L'usage voulait que la dame du château veille au bain de ses invités à leur arrivée, et Sybil sentit la panique l'envahir. Comment pourrait-elle le toucher sans se jeter dans ses bras ?

Lui ne semblait pas embarrassé le moins du monde. Elle l'avait déjà déshabillé, et dans des circonstances beaucoup moins innocentes...

Les mains de la jeune femme tremblaient lorsqu'elle l'aida à ôter ses bottes, sa tunique. Le feu aux joues, elle n'osait plus le regarder. Une fois dévêtu, il monta dans la baignoire avec son aisance habituelle.

Elle entreprit de lui frotter le dos, et, d'où elle était, elle pouvait enfin le contempler tout son soûl. L'adolescent d'autrefois avait gagné en force, en puissance, et son corps portait désormais les cicatrices d'un guerrier. Sa nuque, toutefois, gardait un aspect vulnérable, malgré sa robustesse, et elle eut envie de l'embrasser. A mains nues, elle savonna ses épaules, son torse, descendit vers sa poitrine... Là, à sa grande honte, elle regarda s'il était ému. Et elle vit que non.

Un bruit alerta Robert. Arianna se tenait sur le seuil dans un rayon de soleil qui se reflétait sur le torque qu'elle portait au cou. Comme ils se regardaient, quelque chose éclata entre eux, chaud, brillant comme le collier.

Oubliée, Sybil, agenouillée derrière la baignoire, se mordit la lèvre pour ne pas pleurer.

La cabaretière prit le penny de Taliesin, lui rendit la monnaie, et l'écuyer offrit à Arianna une chope débordante de bière, gardant l'autre pour lui. Il trinqua avec elle.

— A l'amour ! dit-il dans un sourire malicieux.

— J'aimerais mieux boire à autre chose.

Des fossettes se creusèrent dans les joues du garçon.

— Aux plaisirs de la chair, alors !

Arianna ne put s'empêcher de rire.

La bière était tiède, mais désaltérante. Sans en avoir l'air, la jeune femme regarda autour d'elle afin de retrouver Robert. Ils étaient partis ensemble pour la foire, mais Taliesin et elle s'étaient trouvés séparés des autres.

Leurs chopes terminées, l'écuyer la prit par le bras pour la guider à travers la foule, entre les étals et les tentes flanquées de fanions colorés. Arianna ne tarda pas à remarquer que de nombreuses femmes se retournaient sur leur passage. A vrai dire, Taliesin ne passait pas inaperçu avec sa cape de plumes de perroquet, son instrument à l'épaule. Bien des jolies filles l'appelaient, lui demandaient une chanson.

Ils se dirigèrent vers un groupe qui s'esclaffait bruyamment devant une troupe de bateleurs. Il y avait des chiens savants, un vieil ours dressé, un lion famélique dans une cage. Mais ce qui retenait surtout l'attention des badauds, c'était un homme aux cheveux crépus, au visage tout noir, qui brandissait une torche allumée. Fascinée, Arianna le vit renverser la tête en arrière et avaler le feu.

Taliesin eut un petit reniflement de mépris.

— C'est un truc éculé, madame. Facile.

Arianna ouvrit la bouche pour lui demander s'il était capable de faire mieux, mais après tout, s'il était magicien, il pouvait sans aucun doute cracher du feu ou en avaler, or elle ne tenait nullement à en avoir la confirmation.

Ils s'éloignaient quand un marchand déplia entre eux un rouleau de soie écarlate. Le temps pour Arianna de le contourner, Taliesin avait disparu.

Sottement paniquée, elle pivota, heurta un soldat de bois sculpté à la tête surmontée d'un heaume. Elle se mit à courir entre les éventaires de pots de cuivre, de selles, de baquets de bois, de tapis.

Soudain, Hugh surgit devant elle et rattrapa en riant un plateau de tartes aux fraises qu'elle avait failli renverser.

— Arianna ! On dirait que vous vous êtes perdue ! Je croyais que Taliesin vous escortait ?

— Ce sale gamin, dit-elle avec un rire un peu crispé. Il aura sans doute rencontré une jolie friponne !

Hugh la mena vers un chemin moins fréquenté. Il tenait à la main un faucon au cou orné de clochettes, aussi brillamment harnaché que son maître, avec son capuchon brodé de perles, de fils d'or et de plumes de couleurs vives.

Ils s'arrêtèrent près d'une échoppe qui vendait des épices, et cette odeur rappela à Arianna le jour où elle était allée au marché de Rhuddlan avec Robert. Leurs problèmes semblaient moins insurmontables, à ce moment-là... Mais c'était avant qu'elle lui parle de ses visions.

Elle entendit brusquement son rire profond, légèrement voilé. Se retournant, elle le vit devant un stand qui proposait des singes apprivoisés. Avec Sybil. Celle-ci, radieuse, joignait son rire cristallin au sien.

Elle est trop belle, pensa Arianna. Elle était si fine, si fragile, si blonde ! A côté de cette perfection éthérée, Arianna se sentait gauche, lourde. Cette femme avait connu les baisers de Robert, elle l'avait reçu en elle, elle avait été aimée de lui.

Il sentit soudain sa présence, et leurs regards s'accrochèrent un instant, mais Arianna aurait été incapable de déchiffrer son expression.

Hugh lui parlait, et elle rit sans avoir la moindre idée de ce qu'il avait dit.

— Vous avez, monseigneur, le don de faire des compliments.

Elle se laissa prendre par le bras et entraîner, sachant parfaitement que Robert les observait. Qu'il soit donc un peu jaloux ! se dit-elle. Mais c'était elle, en réalité, qui était malade de jalousie.

— J'en possède d'autres, dit Hugh, ardent. Certains en particulier que vous pourriez apprécier, si vous vouliez m'accorder vos faveurs.

Elle se dégagea d'une secousse.

— Vous oubliez que je suis mariée, monseigneur. A votre frère.

Hugh haussa les épaules.

— Comme si des vœux suffisaient à enchaîner le cœur d'une femme ! En outre, ce serait folie de donner votre amour à Robert.

Trop tard. Je l'aime déjà de toute mon âme.

Ses sentiments devaient se lire sur son visage, mais elle s'en moquait.

Hugh ne parut pas vexé de sa réaction.

— Vous et ma propre épouse, soupira-t-il, toutes les deux.

Il eut un rire rauque.
— Et moi, je l'aime aussi... quand je ne le hais pas, ajouta-t-il.
Etrange sorte d'amour, s'il était capable de jouer sans vergogne avec la vie de son frère et d'essayer de séduire sa femme!

Mais mon amour garderai pour ce qui m'importe,
Dieu, mon seigneur, et mon fidèle destrier.

La chanson lui parvenait, pure et claire par-dessus les tentes et la foule. La chanson de la Dame du Lac.
— Ecoutez! cria-t-elle.
— Quoi? demanda Hugh tandis qu'elle l'entraînait dans la direction de la musique.
C'était Taliesin, elle en était certaine.
En effet, il était assis sur un tonneau de bière et, quand elle fendit la foule essentiellement féminine qui l'entourait, il leva les yeux, repoussa une mèche rousse et lui sourit avant de poursuivre:

Comme il ne pouvait acheter l'amour de sa dame,
Le chevalier décida de le gagner
Grâce à son épée et à ses hauts faits.
Le cœur en peine, il s'embarqua dans une quête
Qui dura maintes et maintes années...

Au moins, cette fois, Arianna connaîtrait la fin de l'histoire, et cela lui parut soudain de la plus haute importance, comme si sa vie et celle de la Dame du Lac suivaient des chemins parallèles.
Elle sentit une présence derrière elle. Robert. Elle ne bougea pas, continuant d'écouter.
Dans la chanson, le chevalier revenait vaincu vers la Dame du Lac et elle se moquait de lui comme il le méritait.

«*Et qu'as-tu à m'offrir, maintenant,*
Pauvre chevalier,
Dépouillé de ta fortune comme de ton orgueil?»

Le chevalier jadis si fort
Tomba à genoux
Sur les rives vertes du lac, et il supplia doucement :
« Je n'ai rien à te donner, ma belle,
Rien que mon cœur. »

Taliesin s'interrompit tandis que les derniers accords résonnaient encore et, dans le silence, Arianna entendit un sanglot. A sa plus grande honte, elle s'aperçut qu'il était sorti de sa gorge.

Mais déjà Taliesin reprenait, d'une voix guillerette :

Alors elle emmena le chevalier dans sa demeure
Car c'était son cœur seul qu'elle voulait.
Et tous deux connurent
L'amour, la joie et la vie éternelle.

Arianna sentit Robert lui effleurer l'épaule pour l'inciter à se tourner vers lui.

— Il ne faut pas pleurer ! murmura-t-il en essuyant ses larmes du pouce, ce n'est qu'une histoire...

Elle se déroba.

— Vous ne pouvez pas comprendre ! Toute sa vie une jeune fille rêve de ça, de rencontrer un homme qui l'aime à ce point...

Il eut un rire cynique.

— Assez pour tuer des dragons ?

Incapable d'en supporter davantage, elle le repoussa et se mit à courir.

Il l'appelait, mais elle continua de courir jusqu'à ce qu'elle trouve une porte qui donne dans la cour du château.

— Arianna !

Elle se retourna, surprise qu'il l'ait suivie. Ce n'était pas pour cela qu'elle s'était enfuie, et elle avait envie d'être seule. Qu'il aille donc retrouver sa Sybil !

Reprenant sa course, elle monta les marches qui menaient au grand hall, traversa l'immense pièce, grimpa l'escalier en colimaçon. Dans sa hâte, elle se prit les pieds dans sa tunique et tomba brutalement à genoux.

— Arianna !

Elle jeta un coup d'œil par-dessus son épaule, se releva, les mains douloureuses. Robert était là, derrière elle, ses éperons faisant jaillir des étincelles de la pierre. Il approchait, sa haute silhouette fugitivement éclairée par les rais de lumière des meurtrières.

Soudain il la saisit aux épaules, la plaqua contre le mur.

Il était essoufflé, et ses yeux lançaient des éclairs.

— Bon sang, Arianna, je vous interdis de vous sauver quand je vous appelle !

— Pourquoi ne pas vous contenter de me siffler comme un chien ? Cela économiserait vos forces...

Il était proche, bien trop proche, et elle se raidit, continuant cependant à le défier du regard.

— Si vous cherchez la bagarre, vous la trouverez, gronda-t-il.

Arianna savait que ce n'était pas en se conduisant comme une furie qu'elle récupérerait son mari, mais elle était tellement en colère qu'elle en perdait tout sens commun. Elle le repoussa avec violence.

— Lâchez-moi !

Il rejeta la tête en arrière sans cesser de la tenir collée au mur et parcourut son corps d'un regard avide, s'attardant sur sa poitrine ronde, son ventre doucement renflé, puis plus bas, entre ses cuisses...

Malgré elle, elle fut envahie d'une bouffée de chaleur.

Il revint à son visage, le désir au fond des yeux.

— Je ne vous supplierai pas nu et à genoux, Arianna.

— Je ne vous l'ai pas demandé.

Il l'embrassa, les lèvres dures, exigeantes. Arianna se sentit fondre. Cela faisait si longtemps ! Elle aurait voulu que leur baiser ne finisse jamais !

Il lui caressait la poitrine, et elle se rendit compte que ses seins étaient lourds, chargés de lait. Comme il dénouait son bliaut pour glisser les mains sous sa chemise, elle faillit crier tant elle était sensible.

A l'étage supérieur, un vagissement de bébé se fit entendre.

— Votre fille a faim, souffla Robert contre la bouche d'Arianna.

Mais il ne la lâcha pas pour autant. Il contemplait son mamelon gonflé d'où jaillissait une goutte blanche. Il la recueillit et lentement, sans la quitter des yeux, il porta son doigt à sa bouche. Arianna ne put retenir un gémissement de plaisir.

— Madame ?

Edith se tenait au sommet de l'escalier, l'air réprobateur, les lèvres pincées, le bébé dans ses bras.

— Excusez-moi, madame, mais... c'est l'heure de la tétée.

Dévoré de frustration, Robert regarda son épouse monter les dernières marches. Il tremblait tant il avait envie de la suivre.

Il voulait la regarder nourrir Nesta, imaginer le sein rond et dur dans la bouche de l'enfant, dans la sienne... Ensuite, Nesta repue et endormie, il allongerait Arianna sur le grand lit, la déshabillerait lentement, baiserait chaque pouce de son corps. Il la ferait trembler, gémir, puis il s'enfouirait en elle, il mourrait d'extase. Rien qu'à cette idée, il était fou de désir, et il dut s'appuyer au mur, les yeux clos, et prendre de profondes inspirations afin de se calmer.

Dieu, comme il la voulait !

Mais il devait refouler ce désir. Il ne supportait pas qu'elle eût pénétré dans son passé, qu'elle l'eût vu vulnérable, effrayé, seul, malheureux. C'était trop intime. Pas plus intime, cependant, que l'acte d'amour avec elle, s'il n'y prenait garde. Certes, il ne parviendrait pas indéfiniment à garder ses distances, c'était au-dessus de ses forces, mais il s'était juré une chose : il ne la prendrait de nouveau que quand il serait prêt, capable de l'approcher sans courir le danger qu'elle ne le possède totalement et pour toujours, corps et âme.

Aussi, au lieu de la suivre, de passer le reste de la journée et la nuit à lui faire l'amour, redescendit-il dans la salle commune.

Il aperçut aussitôt Taliesin, appuyé à une colonne, et il en conçut une brusque colère. C'était ce satané garçon, avec ses niaiseries romantiques de quête d'amour éternel, qui leur mettait à tous la tête à l'envers. A commencer par lui !

Il agita sous le nez de l'écuyer un doigt menaçant.

— Je ne veux plus entendre une note sortir de cette fichue boîte à musique, gamin, sinon je te la casse sur la tête !

Taliesin leva les mains en signe de reddition.

— Si ma tête ne vous importe guère, monseigneur, dit-il en riant, ayez au moins un peu de pitié pour mon instrument.

Robert grommela un juron et disparut derrière une tenture. Il se retrouva dans la cour sans bien comprendre comment il y était arrivé.

Il avait besoin de s'acheter certaines choses, entre autres un bon étalon reproducteur, pourtant il ne retourna pas à la foire. Presque malgré lui, il se dirigea vers la lice.

La quintaine — un mannequin d'exercice vêtu d'une vieille cotte de mailles et protégé d'un bouclier — se trouvait au bout du champ. De loin, le soleil dans les yeux, on aurait pu croire qu'il s'agissait d'un homme de chair, un vieux chevalier usé au combat.

Robert laissa ses pensées dériver... On ne lui avait jamais enseigné l'équitation ni le maniement de la lance, comme on l'avait fait pour Hugh. A l'époque, tous se gaussaient quand il disait qu'il voulait devenir chevalier. Alors il se glissait dehors, la nuit, sur un cheval emprunté aux écuries de son père, afin de s'exercer sur la quintaine à la lueur de la lune. Il avait souvent été surpris, et on l'avait fouetté, mais cela ne l'avait pas poussé à renoncer.

Seul, il avait appris comment tenir sa lance pendant qu'il chargeait, comment faire virer un cheval sans se servir des rênes. Pendant toutes ces heures d'exercice, il était soutenu par un rêve, le rêve de venir un jour s'agenouiller devant son père afin de recevoir la tape d'honneur, un coup porté cette fois avec fierté, non avec colère, et pour entendre de la bouche du comte : « Sois un bon chevalier. »

Ça ne s'était pas passé ainsi. Il avait été armé chevalier dans une terre lointaine, par les ennemis de son père. Et il était rentré chez lui pour voir son frère épouser la jeune fille qu'il aimait. Il s'était alors avancé vers le comte de Chester, du haut de ses dix-neuf ans, hardi et sans doute un peu effrayé, avec son armure, ses éperons, l'épée de chevalier à son côté.

Son père l'avait regardé sans vraiment le voir, et il avait dit :

— Qui est ce manant ?

— Votre bâtard, monseigneur, avait-il répondu. Vous ne me reconnaissez pas ?

Le comte l'avait chassé d'un geste, comme s'il n'avait pas plus d'importance qu'une mouche.

— Je croyais que les hommes de Mathilda avaient fait de toi un eunuque aveugle, avait-il déclaré dans un gros rire.

Les autres s'étaient esclaffés. Même Hugh. Même Sybil.

Regardez-moi ! avait envie de crier Robert. *Je suis votre fils, bon Dieu ! Votre fils !*

— Eh bien, au lieu de cela, ils m'ont fait chevalier !

Son père l'avait enfin fixé droit dans les yeux de son regard froid, si semblable au sien, et il n'avait pas vu un chevalier, ni même un homme, mais toujours le bâtard d'une catin. Alors Robert avait su que rien ne changerait jamais.

Il ramassa une pierre et la lança rageusement sur la quintaine. Arianna avait-elle assisté à cette humiliation, dans une de ses sacrées visions — ce jour, à Chester, au banquet de noces où il avait été rejeté une dernière fois ?

— Robert... Je vous cherchais.

Une frêle silhouette venait à lui à travers la lice. Elle portait ses cheveux dénoués, comme autrefois, et il se dit qu'après tout, les souvenirs qu'il gardait de son adolescence n'étaient pas tous mauvais.

— Sybil, l'accueillit-il en souriant.

Ils se dirigèrent ensemble vers les jardins enclos de haies d'aubépines. Il y faisait frais, les massifs y étaient nettement dessinés comme sur un tapis persan, et l'air embaumait les roses, la menthe, la sauge, la coriandre.

Ils contournèrent le bassin, et Robert aperçut une carpe argentée parmi les nénuphars.

Sybil jouait avec la broche qui retenait sa cape. Une babiole d'étain toute simple formée de deux cœurs entrelacés. Comme il la regardait, elle demanda :

— Vous la rappelez-vous, Robert ? Vous me l'avez offerte l'été où vous êtes parti.

— Oui.

En réalité, il n'en gardait aucun souvenir. Il n'avait pu la lui acheter, car jamais il n'avait d'argent quand il travaillait aux écuries de Chester. Sans doute l'avait-il volée un jour au marché. Et il n'était pas *parti*, cet été-là, on l'avait emmené attaché à une corde et conduit comme un esclave à Rhuddlan, otage sans valeur que son père avait bien l'intention d'abandonner à son triste sort.

Sybil se tourna vers lui, posa les mains sur ses bras.

— Pourquoi ne me demandez-vous pas la raison de mon mariage avec Hugh ?

— Je la connais.

Elle eut un étrange sourire tremblant.

— Vous êtes resté longtemps absent, Robert.

Une mèche de cheveux caressa sa joue, et il la repoussa doucement.

— Je ne pensais pas vraiment que vous m'attendriez.

En effet, il l'avait espéré sans vraiment y croire. D'ailleurs il n'avait jamais cru en quiconque de toute sa vie.

— Vous étiez fiancée à Hugh, élevée pour être comtesse. Je n'étais guère plus important qu'un serf, sans doute pire. Un bâtard de palefrenier. Je n'ai jamais imaginé que vous pourriez m'attendre.

— Alors vous vous trompez, parce que j'ai attendu. Oh, oui, j'ai attendu, j'ai prié, j'ai remercié Dieu chaque jour que le vieux comte ne soit pas pressé de marier Hugh, parce qu'il ne voulait pas qu'il envisage trop tôt d'hériter. Puis nous avons commencé à entendre parler de vous, de votre bravoure, des risques que vous preniez. D'abord pour devenir chevalier, puis pour gagner des tournois. Hugh a dit un jour que vous alliez sûrement... sûrement mourir avant l'âge de vingt ans. Il en semblait tellement certain que j'ai pensé... J'ai pensé que si je l'épousais, vous n'auriez plus besoin de courir tous ces dangers.

La surprise de Robert dut se lire sur son visage, car elle lui couvrit les lèvres d'un doigt pour l'empêcher de parler.

— Je sais, dit-elle tristement. J'ai compris trop tard que vous ne le faisiez pas pour moi, mais pour vous. Pour le pouvoir, l'argent, la gloire. Vous auriez risqué votre vie quoi que je fasse. Et vous continuerez.

Plus maintenant, pensa Robert. Il l'avait appris en France, quand il avait eu pour la première fois vraiment peur de mourir. Il avait à présent une raison de vivre.

— Robert... reprit Sybil, la main sur sa joue, je vous aime, je n'ai jamais cessé de vous aimer.

Ces paroles auraient dû le réchauffer, mais il n'en était rien. Au contraire, elles lui firent l'effet d'un coup de poignard dans le cœur. Et soudain, il comprit. *Je vous aime...*

Arianna. C'était des lèvres d'Arianna qu'il voulait entendre ces mots.

Il regarda Sybil et, malgré ses fines rides autour de la bouche, il revit la jeune fille qui l'avait aimé quand personne d'autre ne se souciait de lui. Il lui devait beaucoup, et il ne voulait pas la blesser.

Il effleura sa joue.

— C'est si loin, Sybil. Nous étions des enfants.

Elle secoua la tête avec force, des larmes plein les yeux.

— Peu importe, jamais je n'ai cessé de vous aimer, répéta-t-elle.

Le regard de Robert se perdit dans le ciel crépusculaire d'un bleu lavande comme les yeux de la jeune femme. Oui, il l'avait aimée, mais c'était l'amour d'un adolescent, pas celui d'un homme. Pourtant, il ne pouvait s'empêcher de se demander...

Il lui releva le menton et baisa ses lèvres.

Elle avait la bouche toujours aussi douce, aussi consentante, mais la passion n'était plus là. Peut-être n'avait-elle jamais existé que dans son souvenir.

Il entendit un bruit léger, comme un oiseau qui s'envole, ou le vent dans les feuilles. Mais il ne s'agissait pas de ça, il le savait. Il se retourna lentement.

Arianna se tenait au bord de la mare, si près qu'elle aurait pu sortir de ses profondeurs vertes comme la dame de la chanson. Malgré la pénombre, il lut la douleur sur son visage. Il la sentit.

Elle porta son poing à sa bouche, comme pour étouffer un cri ou un sanglot. Puis elle fit volte-face et s'enfuit en courant.

23

— Bon sang, Arianna, ouvrez cette porte !

— Allez au diable, Normand !

Robert massa son poing irrité par les coups redoublés qu'il assenait sur le battant de bois. Il envisagea un instant de défoncer la porte à coups de pied, puis il y renonça et descendit en trombe dans le hall.

Il trouva immédiatement l'objet qu'il cherchait, accroché au mur avec une longue épée et deux lances croisées. La lame de la hache de guerre était quelque peu usée, mais cela suffirait.

Il souleva la lourde arme avec un mauvais sourire. Arianna allait apprendre qu'on ne le chassait pas ainsi d'une chambre à coucher — d'aucune chambre ! Et autant qu'elle l'apprenne tout de suite, car il soupçonnait leur mariage de devoir être émaillé à l'avenir de scènes de ce genre.

Il grimpa les marches quatre à quatre et se dirigea vers la porte close.

— Arianna ! tonna-t-il. Voulez-vous cesser de vous conduire en enfant et me laisser entrer ?

Cette fois elle ne prit même pas la peine de l'injurier, et il compta jusqu'à cinq avant de lever la hache à pleines mains et de l'abattre sur le bois de toutes ses forces.

Il crut percevoir un cri dans le fracas des planches éclatées, mais il n'en tint pas compte et frappa à nouveau.

Enfin la porte céda, déchiquetée, pendue à un seul gond. Il termina d'un coup de pied, fit irruption dans la chambre...

... Et faillit s'embrocher sur la pointe de sa propre épée.

Elle la brandissait à deux mains, fermement malgré son poids, et jamais Robert ne l'avait vue animée d'une telle colère.

Ils se tinrent un instant face à face, haletants, lui avec la hache, elle avec l'épée... Il ne savait absolument plus comment se comporter.

Il risqua un sourire.

— Avez-vous l'intention de me transpercer de ma propre épée, chère épouse ?

— Je devrais plutôt vous châtrer, grinça-t-elle.

Il jeta la hache, fit un pas en avant, mais l'épée ne bougea pas d'un pouce.

— Je sais que vous m'avez vu avec Sybil... Ce n'est pas ce que vous pensez...

Elle eut ce petit reniflement méprisant qu'il connaissait si bien.

— Et qu'est-ce que je pense, à votre avis ?

— Je vous suis fidèle, Arianna. Tous ces mois où nous avons été séparés, je n'ai fait l'amour à aucune autre femme, pas même à une catin.

— Désolée que vous ayez souffert de cet inconvénient à cause de moi. Mais sans doute en aurait-il été très différemment si Sybil avait été en France...

— Sybil est une amie d'enfance, rien de plus.

— Menteur !

Arianna lança rageusement l'épée à terre et lui tourna le dos.

— Je ne mens pas, Arianna, vous le savez parfaitement.

Arianna alla à l'autre bout de la pièce, puis se retourna, les bras croisés.

— Je rentre à Rhuddlan.

Robert soupira de soulagement. Elle avait dit à Rhuddlan, pas à Gwynedd. Il n'aimait guère l'idée d'être obligé de la retenir en l'enchaînant au lit, mais il s'y serait sans doute résolu car il aimait encore moins la perspective d'une confrontation avec le prince de Gwynedd, au cas où il lui aurait fallu traverser de nouveau le pays de Galles pour aller l'y chercher.

— Nous partirons bientôt, dit-il d'une voix qu'il voulait calme et posée. Mais je dois d'abord acheter un étalon, ainsi que quelques autres choses.

Elle secoua énergiquement la tête.

— Je pars sur-le-champ. Restez si vous le souhaitez. Toute la vie, même, je m'en moque.

Cette fois, un léger tremblement dans sa voix la trahissait, et elle avait les yeux sombres, douloureux. Il mourait d'envie de la prendre dans ses bras, et bien davantage encore, mais s'il avait survécu à tant de batailles, c'était parce qu'il savait quand battre en retraite pour mieux attaquer ensuite.

— Eh bien, rentrez à la maison, je vous rejoindrai dans un jour ou deux, céda-t-il. Mais je ne vous laisserai pas partir avant demain matin. Il fait sombre, et il est dangereux de voyager de nuit.

— Et alors ?

— Je vous ai autorisée à partir demain, Arianna. Ne me poussez pas à bout.

Elle leva le menton, agressive.

— Soit. Mais je ne partagerai pas votre lit cette nuit.

Il serra les dents.

— Vous ne craignez pas que j'aille retrouver Sybil ?

— Je vous le répète, je m'en moque.

Imperturbable, Robert se dirigea vers ce qui restait de la porte. Il eut presque envie de rire en imaginant la tête de son frère lorsqu'il constaterait les dégâts. La main sur le chambranle, il s'arrêta. Arianna se tenait à la fenêtre, le dos raide, les yeux fixés sur les lointaines collines de Tegeingl.

— Je jure sur l'honneur qu'elle n'est pas ma maîtresse, Arianna. Et qu'elle ne le deviendra pas.

Elle haussa les épaules.

— Je vous attendrai à Rhuddlan, mon époux, déclara-t-elle à haute et intelligible voix.

Arianna tira sur les rênes de son cheval et contempla, derrière elle, la plaine du Cheshire. Une rafale de vent lui apporta l'odeur de la pluie, tandis que de lourds nuages d'orage pesaient sur l'horizon. Des nuages de la couleur des yeux de Robert.

A cet instant, une nuée de papillons orange, perturbés par la tempête imminente, prirent leur essor, lui dissimulant les tours roses de Chester.

Taliesin se pencha vers elle.

— Cela ne vous ressemble pas, madame, de vous enfuir comme un oiseau effarouché à la moindre rivalité.

— Je ne m'enfuis pas, car Sybil n'est pas ma rivale.

Il haussa les sourcils.

— Vraiment ? Et pourquoi quittons-nous le champ de bataille ?

— Le champ de bataille se trouve à Rhuddlan, pas ici. Et ce n'est pas contre une autre femme que je dois lutter, mais contre l'orgueil absurde d'un homme.

— Ainsi, vous avez bien l'intention de vous battre pour lui ?

Arianna mit son cheval au trot afin de rejoindre son escorte et Edith, qui portait Nesta.

— Pour un magicien, vous êtes vraiment stupide ! J'aime cet homme, il est évident que je vais me battre !

Taliesin la rattrapa sans peine et mit sa monture au même pas que celle de la jeune femme. Il montait fort bien. D'ailleurs il était habile en tout, mais n'était-ce pas la moindre des choses de la part d'un individu qui avait sans doute des siècles d'expérience derrière lui ?...

Il soupira.

— Je ne suis pas magicien, madame. J'ignore où vous avez trouvé cette ridicule idée, mais si mon seigneur l'apprend, il me punira. Il me pendra par les pouces, et...

— Taisez-vous un peu, maudit bavard. J'ai besoin de silence pour réfléchir.

Taliesin la laissa à peine quelques secondes à ses pensées avant de reprendre :

— Qu'allons-nous faire pour le ramener dans votre lit ?

— *Nous* n'allons rien faire.

— Je me disais qu'un philtre suffirait peut-être.

— Voilà bien une idée stupide et qui ne m'étonne pas de vous ! Croyez-vous que j'aie envie de me retrouver avec sur les bras un époux en rut qui ne songe qu'à sauter sur tout ce qui porte jupon ? Pour une fois, vous allez cesser de n'en faire qu'à votre tête et suivre mes ordres à la lettre. Suis-je claire ?

Taliesin sembla un peu frustré.

— Que suis-je censé faire ?

— L'amener près des menhirs à minuit la nuit de Lugansa, même si vous devez pour cela user de magie.

— J'ignore tout de la magie, madame.

Arianna émit un grognement sceptique.

Ils chevauchèrent un moment en silence, puis Taliesin fredonna quelques mesures d'une ballade avant d'insister :

— Tout de même, un philtre...

— Vous voulez vraiment être jeté dans un chaudron d'huile bouillante ? Tout magicien que vous êtes, je vous jure que je n'hésiterai pas !

— Non, madame, je vous en supplie. Et je ne suis pas magi...

— Ou embroché et rôti lentement sur un brasier comme une oie grasse ? Pas de philtre, c'est compris ?

— Oui, madame, répondit l'écuyer avec un soupir à fendre l'âme.

Quand ils eurent traversé la barrière d'Offa, elle aperçut le marronnier sous lequel ils avaient pique-niqué deux jours plus tôt, et elle repensa à la vision qu'elle avait eue alors — le jeune Robert allongeant Sybil sur l'herbe... Il y avait en lui une violence, une rage de posséder quand il faisait l'amour, mais aussi, se rappela Arianna, un besoin infini de protéger, de donner du plaisir, s'il se laissait aller...

— Taliesin? Votre déesse m'aurait-elle envoyé Robert si son destin n'était pas de m'aimer?

— Je ne comprends pas vos paroles, madame. Le Dragon Noir vous aime, cela crève les yeux!

— Je le sais, mais je veux qu'il me le dise, soupira-t-elle. Car le jour où il prononcera ces mots, je serai certaine qu'il en aura enfin accepté la réalité.

Comme c'était bon de rentrer chez soi!

Le soleil couchant teintait d'orange les murs du château, tandis que parvenait à Robert une sonnerie de corne. Normalement, elle annonçait la fin du travail, mais aujourd'hui c'était jour de repos pour fêter le festival de Lammas et le début de la moisson. Ce soir, les paysans danseraient autour des feux de camp en buvant la bière de leur seigneur.

Et peut-être le seigneur et sa dame fêteraient-ils aussi leurs retrouvailles en privé...

Robert tapota sa bourse de ceinture, lourde d'un cadeau acheté à la foire de Chester. Un bijou fort onéreux — une broche en forme de dragon sertie de perles, de rubis, d'émeraudes. C'était une folie, mais tout le monde savait que l'on n'attrapait pas les mouches avec du vinaigre!

Arianna n'était pas dans le grand hall, comme il s'y attendait. En fait, il n'y vit que le page de Sir Odo et Rhodri qui chauffaient des pique-feu dans la cheminée pour tiédir le cidre. Il les salua d'un sourire joyeux. Ils restèrent bouche bée devant cette inhabituelle bonne humeur, puis, haussant les épaules, ils revinrent à leur occupation.

Il allait leur demander où se trouvait leur maîtresse quand Sir Odo apparut, les sourcils froncés, et entreprit de discuter de ce que rapporterait la moisson. Robert passa donc l'heure suivante avec l'intendant en essayant de cacher son impatience.

Mais quand il monta enfin à leur chambre, Arianna n'était pas là.

Il ne trouva que Taliesin, mollement allongé sur un coffre près de la fenêtre, sa harpe sur les genoux.

— Où est Lady Arianna ? demanda-t-il à son écuyer.

— Sûrement dans les parages.

— Où exactement ? s'irrita Robert.

Taliesin égrena quelques notes avant de lever les yeux.

— Vous voulez qu'elle revienne partager votre lit, monseigneur ?

— Elle ne l'a jamais quitté ! aboya Robert en traversant la pièce à grandes enjambées.

Il se débarrassa de son épée qu'il jeta sur une table, puis de sa broigne qui se retrouva par terre.

— D'abord, de quoi te mêles-tu ? tonna-t-il.

— Vous êtes nerveux, irritable, et je suis las de supporter vos accès d'humeur !

Robert avança sur le garçon, bien décidé à lui fournir un échantillon de cette mauvaise humeur, mais Taliesin lui lança un objet.

— Ne me frappez pas, monseigneur. Gardez vos forces pour plus tard, vous en aurez besoin.

Robert attrapa au vol le petit sachet de cuir fermé par un lacet.

— De quoi s'agit-il ? Explique-toi.

— C'est un philtre, monseigneur. Mettez-en un peu dans un verre de vin, et celui qui le boira deviendra parfaitement fou de désir.

Robert huma la poudre brune qui sentait le musc.

— Qu'y a-t-il dedans ?

— De la racine de mandragore, évidemment. Mais aussi du foie de crapaud broyé et de la graisse de hérisson. Entre autres...

— Par le sang du Christ!

— Non, ça, il n'y en a pas!

Taliesin éclata de rire et tandis que Robert, avec un juron étouffé, glissait la bourse à sa ceinture, il se mit à jouer un air guilleret.

— Oui, cela vous donnera du cœur au ventre, monseigneur.

— Je n'en ai pas besoin, imbécile! Voilà des mois que j'essaie de me dominer, au contraire. Mais es-tu sûr que cela la rendra folle de moi?

— Ce soir, vous le savez, c'est la nuit de Lammas, que l'on appelle Lugansa au pays de Galles. Au temps des Anciens, les femmes se réunissaient autour du dolmen et offraient prières et sacrifices au dieu Lleu pour que la moisson soit abondante. Arianna est prophétesse et, en tant que telle, une part d'elle-même est tournée vers le passé. Elle se rendra ce soir près des menhirs et se livrera à la danse rituelle... Nue, ajouta l'écuyer, une étrange lumière au fond des yeux.

Malgré lui, Robert sentit le désir l'envahir, mais il lança un regard noir au jeune homme.

— Pourquoi ai-je l'impression de jouer avec des dés pipés? Tu manigances quelque chose, et je ne suis pas certain que cela me plaise.

L'écuyer ouvrit de grands yeux innocents comme ceux d'une nonne.

— Oh, non, monseigneur! La déesse l'interdit. Manigancer des choses... ce n'est pas permis.

— Voilà toujours une bonne nouvelle!

La jeune femme dansait parmi les pierres levées, dans la brise nocturne chargée d'iode.

Un courlis lança son appel, et elle virevolta avant de s'immobiliser soudain. Le chevalier approchait, monté sur son destrier noir.

Il fonçait sur elle, sa chevelure aile de corbeau flottant au vent. Les sabots du cheval allumèrent des étincelles sur la pierre quand il stoppa près d'elle. Elle frissonna, mais ce n'était pas de peur.

Elle se remit à danser.

Le clair de lune argentait les dunes, la mer fouettait les rochers et le vent semblait chuchoter des légendes ancestrales. Robert mit pied à terre et pénétra dans le cercle de pierres, puis il s'arrêta pour contempler la gracieuse silhouette environnée d'une brume rose.

Elle dansait, légère comme un elfe.

Soudain, elle s'immobilisa net devant lui, si proche que le bout de ses seins effleurait son torse.

Sa longue chevelure était couronnée de gui, et elle était entièrement nue.

Robert n'osait la toucher, de peur de la voir disparaître pour toujours. *C'est une fée*, songea-t-il, *une créature de rêve, diaphane, éphémère*... Jamais il ne s'était senti aussi puissamment viril.

Elle lui prit la main...

... Et le conduisit vers l'autel où brûlaient des chandelles autour de la petite flaque d'eau.

On raconte que si une femme fait boire à un homme de l'eau qui a touché le menhir, il l'aimera pour la vie.

L'aimer pour toujours...

Il attendit, le souffle court, mais elle ne bougeait pas, alors il le fit pour elle.

Il prit le doigt de la jeune femme et le trempa dans l'eau.

Un courant de feu envahit son bras, l'enveloppa d'une lumière incandescente tandis qu'il portait doucement le doigt doré à ses lèvres. Il but la goutte qui y perlait.

Une violente chaleur l'envahit, dévastatrice comme une tempête de sable dans le désert. Il frissonna de peur, mais il était trop tard pour revenir en arrière, et il ne le voulait pas. Il posa les lèvres sur celles d'Arianna.

Elle les prit avec une sorte de faim dévorante.

Les mains sur ses hanches, il brûlait, se consumait, il sentait leurs cœurs battre follement au rythme des vagues derrière eux, devenir la marée, force de vie. Ensemble. Ils battaient à l'unisson.

Elle lâcha sa bouche, et il fut soudain vide, seul, mais

elle entreprit de le déshabiller, effleurant des lèvres ce qu'avaient dénudé ses mains.

— Tu es un guerrier, souffla-t-elle en caressant son torse nu. Mon chevalier noir.

Elle s'agenouilla pour baiser son ventre, et il frémit de tout son être, enfouit les mains dans ses cheveux.

Quand il fut tout à fait dévêtu, elle prit son sexe entre ses doigts.

— Tu es si fort, si puissant…

Elle referma la bouche sur lui, lui arrachant un gémissement de plaisir.

Mais il ne put résister longtemps et l'entraîna sur l'herbe argentée de rosée.

Comme il la caressait, étendu sur le dos, elle renversa la tête en arrière, les seins dressés, glorieux, et ses cheveux balayèrent les hanches de Robert. Son corps ondulait comme une vague au-dessus de lui et bientôt elle cria son nom, lui offrant une joie infinie.

Il leva la main vers le torque éclairé par les cierges.

Elle brûlait. Dieu, elle brûlait ! Il sentait les pulsations à travers le métal comme s'il touchait son cœur, et la palpitation se communiqua à son propre sang en un flot tumultueux.

Au-dessus d'eux, les étoiles se mirent à tournoyer dans le ciel qui, soudain, s'illumina de blanc.

Il était au milieu du cercle de menhirs, sa bien-aimée dans ses bras, tandis que tout autour d'eux des guerriers sur des chars brandissaient leurs épées, de longues lances, leurs corps nus peints de bleu. Des prêtres en blanc tournoyaient en une danse frénétique. Une trompette sonna, les hommes hurlaient des cris de guerre, de rage, de douleur. La fumée lui piquait les yeux, le ciel brûlait ; il avait peur de mourir, car il ne supportait pas l'idée de la quitter, même s'il savait qu'au-delà de la mort, elle serait toujours là à l'attendre, à le désirer, qu'elle était sienne à jamais. Sa bien-aimée…

Le ciel s'embrasa, la lumière les isola tous les deux, puis elle disparut, et il était en train de regarder Arianna, les yeux d'Arianna.

Elle se laissa glisser sur lui, le prit en elle, et il sentit les premiers frissons d'un plaisir auquel il s'abandonna tout entier.

Il cria longuement quand vint l'extase.

Arianna se laissa tomber sur lui, le visage au creux de son épaule, le cœur battant.

Une part de lui avait éclaté tout là-haut, dans les étoiles, mais une autre était encore en elle, et c'était là sa place. Car elle avait volé son âme, cette femme, son épouse. Jamais plus il ne s'appartiendrait complètement.

— *Cariad*, murmura-t-il en gallois.

Il ignorait qu'il connaissait ce mot, il ne se rappelait pas l'avoir entendu, mais il en connaissait le sens : « mon amour ».

Comme les semaines passaient, comme l'automne s'effaçait devant l'hiver, le Dragon Noir commença à comprendre ce qu'était la joie.

Il vit ses gens moissonner les champs dorés à la faux, tandis que d'autres suivaient pour battre le grain à l'aide de fléaux de bois. L'atmosphère était parfumée de l'odeur des épis fraîchement coupés.

Mais ce n'était pas Rhuddlan, ni sa terre, ni la fierté d'être seigneur qui lui apportait cette joie. Elle lui était donnée par Arianna et leur enfant. Il avait besoin d'elles plus que de son souffle.

Un jour, quand les champs furent nettoyés et glanés, Robert organisa une fête pour les pages et les écuyers, une exhibition d'équitation et de joute.

Il laissa les chevaliers faire étalage de leurs talents, mais bien vite on lui réclama une démonstration. On installa une douzaine de petits anneaux tout au long du champ de tournoi. Le but était d'en attraper le plus possible à la pointe de sa lance tout en maintenant son cheval au galop. L'exercice exigeait un excellent équilibre et une force exceptionnelle.

Vêtu de la cotte de mailles de Damas qu'il s'était achetée en France, Robert lança son destrier noir à toute allure et se pencha, les jambes fermement agrippées au flanc de sa monture, la lance pointée en avant. S'il la dirigeait trop bas, elle se planterait au sol et il serait désarçonné. Trop haut, il manquerait l'anneau.

Il n'en rata pas un et, au bout de la lice, il fit virevolter son destrier en brandissant les douze anneaux.

Arianna se tenait à l'autre extrémité du champ.

Il éperonna sa monture qui s'élança ventre à terre, et il fonça vers son épouse, en harmonie parfaite avec la bête. La tête haute, Arianna le regardait venir à elle.

Au dernier moment, il tira violemment sur les rênes. Le destrier se cabra, battit l'air des jambes. Arianna le regardait toujours, les yeux brillants, la bouche entrouverte. D'excitation, pas de peur.

Elle brûle de désir, songea-t-il avec un sourire.

Elle lui appartenait, et il n'avait même pas eu besoin pour cela du philtre de Taliesin.

Pourtant, jamais encore elle n'avait dit qu'elle l'aimait. Bien des femmes étaient venues à lui par pur désir, mais d'Arianna, il attendait beaucoup plus.

Il mit pied à terre, et confia son cheval à un page pour s'approcher d'elle. De près, il remarqua qu'elle avait l'air fatigué, des cernes mauves soulignaient ses yeux. Nesta l'avait tenue éveillée toute la nuit avec une mauvaise toux.

Nesta... Comme chaque fois qu'il pensait à leur enfant, une douce chaleur l'envahit.

— Comment se porte notre fille ? demanda-t-il.

Arianna lui sourit, de ce sourire qui le faisait fondre de tendresse.

— Elle dort enfin paisiblement. Je lui ai administré un peu de bière et je lui ai mis un cataplasme... Regardez ! C'est le tour de Rhodri, maintenant. S'en sort-il bien ? Fera-t-il un bon chevalier ?

— Il est robuste. Un peu turbulent, mais cela passera. En tout cas, il a le tempérament fougueux des Gwynedd.

Le garçon, de loin, salua sa sœur, puis il boucla son casque, saisit son arme et lança sa monture en direction de la quintaine. Celle-ci était vêtue en Infidèle, avec un trou dans la poitrine. Il fallait passer la lance dans le trou, sinon la quintaine tournait sur elle-même, désarçonnant le cavalier.

Rhodri lui infligea un bon coup, mais c'était à l'épaule et la quintaine pivota, le heurtant dans le dos. Il se retrouva dans la boue.

Taliesin, perché sur la barrière, se claqua la cuisse avec un grand rire.

— Tu es mort, Gwynedd ! Tué par le vieux Quinty l'Infidèle, qui est bien meilleur que toi !

Rhodri se redressa, dégoulinant de boue comme un affreux épouvantail.

— Non seulement tu es mort, Gwynedd, mais en plus tu pues le crottin de cheval ! s'esclaffa Taliesin.

Avec un grondement furieux, Rhodri se jeta sur l'écuyer.

Les deux adolescents roulèrent l'un sur l'autre, puis Taliesin se libéra et ils se relevèrent. Mais le poing de Rhodri partit, rapide comme l'éclair, pour venir s'écraser sur le nez de Taliesin qui retomba le derrière dans la boue.

Arianna se précipitait vers eux pour les séparer quand Robert la retint.

— Laissez-les se battre, qu'ils vident leur querelle une bonne fois pour toutes.

Rhodri tentait d'achever Taliesin à coups de pied, mais l'écuyer parvint à se redresser et il saisit Rhodri par les cheveux pour lui fourrer le nez dans la terre.

Arianna se couvrit les yeux de ses mains, cependant Robert la surprit à regarder la scène entre ses doigts.

Tout le monde s'était groupé autour des deux combattants, et les paris allaient bon train.

Parmi le vacarme, on n'entendit tout d'abord pas les cris d'Edith qui arrivait en courant, la jupe remontée, la coiffe de travers sur la tête.

— Madame ! Madame, venez vite ! Nesta... Elle est... elle est au plus mal...

Seul sur la lice à présent déserte, Robert se tenait debout dans le crépuscule, le regard fixé sur la fenêtre de leur chambre. Aucune lumière ne filtrait à travers les volets derrière lesquels, dans un berceau rouge orné de lierre et de fleurs, gisait Nesta. Elle avait vécu six mois, et à présent elle était morte.

Ô Dieu, Dieu, Dieu... Mais il n'y avait pas de Dieu, pas de pitié. Et Robert sentait le courage le déserter. Il ne parvenait pas à s'obliger à affronter ce dragon, pas celui-là. Sa propre mort, ce n'était pas difficile. Mais celle de Nesta, son bébé...

Il avait cependant fait un pas vers le château quand un cri inhumain lui parvint. Il s'immobilisa, les yeux clos, le cœur étreint d'une angoisse sans nom. Puis il se remit en route, parce qu'il le fallait, vers le hall redevenu silencieux.

La chambre était calme. Arianna, près du berceau, chantait doucement comme si Nesta vivait encore.

Edith posa la main sur le bras de Robert.

— Lady Arianna est devenue folle de chagrin, monseigneur. Elle refuse d'accepter...

— Sortez, grinça-t-il.

En larmes, la servante obéit. Robert ne pouvait se résoudre à aller jusqu'au petit lit. Rien ne pourrait l'obliger à contempler son enfant morte. Rien.

Il restait planté au milieu de la pièce, suffoquant de chagrin et de colère. Une colère dirigée contre Arianna. Lui qui s'était juré de ne plus s'attacher à personne, il lui avait fait confiance, lui avait offert son cœur, et voilà qu'il souffrait d'une souffrance intolérable, par sa faute. Elle s'était infiltrée sous sa carapace, elle lui avait appris à aimer, l'avait de nouveau rendu vulnérable. Et il allait maintenant connaître la plus grande douleur de sa vie.

Perdu dans la tourmente de son chagrin, il savait qu'il était injuste, qu'Arianna n'était en rien responsable de la mort de Nesta, pourtant, du fond de lui, il ne put s'empêcher de lancer, accusateur :

— Comment avez-vous permis qu'un tel drame se produise ?

Elle leva vers lui un regard vide.

— Ne vous tracassez pas, Robert, ce n'est qu'un petit rhume.

Un froid glacial l'envahit. *Arrête! Arrête-toi tout de suite!*

Il en fut incapable.

— Vous qui prétendez voir tant de choses, Arianna, pourquoi pas ça? Pourquoi me l'avoir donnée si c'était pour la laisser mourir?

Elle eut un petit geste de la main et se retourna vers le berceau en clignant des yeux, comme si elle était éblouie. Les mains crispées sur le rebord, elle fut déchirée par un sanglot sec, puis un autre, et encore un autre, jusqu'à ce que le bruit de sa douleur emplisse toute la chambre.

— Je vais voir le menuisier pour un cercueil, marmonna Robert.

Il se dirigea vers la porte, prisonnier d'un enfer d'où il savait qu'il ne s'échapperait plus jamais.

— Robert!

Il continua d'avancer. Elle pivota avant de s'effondrer, une main tendue vers lui. Mais il ne la vit pas, car il ne se retourna pas.

Un crucifix reposait sur la minuscule poitrine. Autour de Nesta brûlaient de hauts cierges dont les flammes vacillantes éclairaient les visages des saints et les pierres précieuses du reliquaire.

Arianna se tenait près d'elle, seule avec sa douleur. Elle essayait de prier, mais les mots se mélangeaient dans sa tête. A chacune de ses inspirations, l'odeur de l'encens lui donnait la nausée, elle avait les yeux secs, brûlants, vides de toute larme.

Je n'en supporterai pas davantage. Dieu, arrêtez cette souffrance avant qu'elle ne me rende folle!

La porte de la chapelle s'ouvrit en grinçant, et Arianna se retourna lentement, souhaitant du fond du cœur que ce fût Robert.

Mais ce n'était pas lui.

Elle vit l'éclat d'une chevelure rousse tandis que Taliesin approchait en silence, le visage grave, tout le chagrin du monde dans son regard.

— Oh, madame...

Il ne put en dire davantage mais ces deux mots contenaient des abîmes de tristesse.

Arianna regarda de nouveau le petit cercueil. La douleur était infinie, elle le savait, désormais. Jamais elle ne cesserait.

— Nous devons l'enterrer bientôt. Ô Dieu, Taliesin, où est-il ?

— Il l'aimait, madame.

Elle fit volte-face.

— Moi aussi, je l'aimais ! Ne comprend-il pas...

Elle s'interrompit, le poing serré sur la bouche pour s'empêcher de hurler.

— Il souffre, madame.

— Cela lui confère-t-il le droit de me faire plus de mal encore ? Je l'aime et il m'accable.

— L'amour fait toujours mal, madame. Même dans ses moments les plus merveilleux, il y a une peine sous-jacente... Quand on aime, on prend aussi le risque de souffrir. Voire de détruire parfois celui que l'on aime, ou d'être détruit soi-même.

C'était donc cela. Robert ressentait les choses trop intensément, elle le comprenait à présent. C'était son unique faiblesse : quand il aimait, il aimait trop.

— Et il ne s'exposera jamais plus à ce genre de souffrance, acheva-t-elle, douloureusement, tout haut.

Encore du chagrin, encore des larmes. Sans lui, sans son amour, la vie me sera insupportable. Mais je n'ai pas le droit de le forcer à donner plus qu'il ne le peut.

Taliesin lui toucha l'épaule et elle se sentit envahie jusqu'à l'âme d'une lumière dorée.

— Il aimera de nouveau, car vous lui montrerez qu'il en est capable. Allez à lui. Il a besoin de vous, et cette fois c'est vous qui devrez être forte, mon enfant.

Sans un mot, elle se hâta vers la plage. Comment savait-elle où se trouvait Robert ? Etait-ce Taliesin qui le lui avait mis dans l'esprit ? *Allez à lui*, avait-il dit. Et il l'avait appelée « mon enfant ». Venant d'un garçon plus jeune qu'elle, les mots auraient dû lui sembler étranges. Mais en réalité, Taliesin n'avait pas d'âge : il était vieux comme le temps.

Bientôt les menhirs apparurent. Ils se dressaient, immuables, contre le ciel d'un gris clair. Le vent sifflait, les fouettait, mais ils étaient là.

C'était ici qu'une nuit, Robert et elle étaient venus l'un à l'autre, poussés par une passion dévorante, et leur amour leur avait paru alors aussi fort que ces menhirs, si fort que le passage des siècles ne pourrait le détruire. Et tel il devait être. Rien ne devait, ne pouvait l'entamer. Elle se mit à courir.

Robert était bien sur la plage, tout au bord de l'eau, à la lisière des vagues, les poings serrés, la tête renversée en arrière, comme s'il criait. Mais elle n'entendait rien.

Il se retourna de lui-même, sans qu'elle l'ait appelé.

Quelque chose s'était brisé en lui, tout son visage le trahissait. Il ne pouvait plus cacher ses émotions et se tenait devant elle, l'âme à nu.

Elle fit le premier pas, mais ce fut lui qui vint à elle en trébuchant sur le sable et il se laissa tomber à genoux, le visage enfoui dans ses jambes.

Elle posa la main sur ses cheveux.

— Oh, Arianna... Serrez-moi, serrez-moi contre vous.

Un sanglot silencieux le secoua, un second, puis il n'essaya même plus de se retenir, lui qui n'avait jamais appris à pleurer.

— Serrez-moi, je vous en supplie...

24

— Robert !

Elle escaladait la colline à toute vitesse, la jupe relevée haut sur ses jambes nues.

Les charrettes s'immobilisèrent, les massues de bois restèrent suspendues en l'air, les hommes qui creusaient s'appuyèrent sur leurs pioches en riant... Tous les travaux du nouveau château s'interrompirent tandis que les ouvriers regardaient Lady Arianna courir vers son époux.

— Robert !

Il l'attendait au sommet, les poings sur les hanches, luttant pour prendre l'air sévère.

— Quarante hommes travaillent sur ce chantier, dit-il quand elle s'arrêta enfin devant lui, haletante. Et pas un d'entre eux ne saurait ignorer le galbe de vos jambes, désormais.

La tête renversée en arrière, elle avait des étincelles de rire dans les yeux.

— La belle affaire ! Ce ne sera certes pas la première fois qu'ils auront vu des jambes de femme ! Cessez de me lancer ce regard noir, Robert, j'ai une merveilleuse nouvelle pour vous : j'ai rendu mon petit déjeuner, ce matin !

— Dois-je le faire annoncer par le crieur public ?

— Pas avant huit mois environ.

Une expression de bonheur détendit les traits de Robert qui venait enfin de comprendre.

Sans laisser à Arianna le temps de lui donner de plus amples détails, il la souleva de terre et la fit tournoyer en l'air, ses lèvres sur les siennes.

Quand il la reposa enfin, ils restèrent soudés l'un à l'autre, trop émus pour songer à s'écarter.

— Si nous allions marcher un peu le long de la rivière ? proposa Arianna après quelques instants.

Toujours enlacés, ils s'éloignèrent du chantier.

Leurs pas faisaient crisser le sol gelé. Ils arrivèrent au cours d'eau qui coulait, gris et paresseux, sous le ciel d'hiver.

Le vent mordant leur apportait l'odeur de la chaux vive utilisée pour le mortier, ainsi que le bruit des tailleurs de pierre, le grincement des poulies, les cris, les rires et les jurons des ouvriers. D'où ils se trouvaient, on voyait à peine les fondations du château. Le donjon, haut déjà de quelques mètres, était enfoui sous un échafaudage de cordes et de piquets.

Parfois, Robert s'étonnait de s'être lancé dans un projet à si long terme, lui qui avait toujours raisonné en heures et non en années.

Ils se promenèrent le long de la rive, la main dans la main, puis Arianna s'arrêta, se tourna vers lui.

— J'ai peur, souffla-t-elle.

Il lui releva le visage. Lui aussi avait peur, sans doute plus qu'elle encore, car il ne redoutait pas seulement le décès de cet enfant à naître mais aussi celui de la seule femme qu'il aimerait jamais.

— Tout ira bien, promit-il en la serrant contre lui tandis qu'elle lui nouait les bras autour de la taille.

Ce n'étaient que vaines paroles, mais elle en tira du réconfort. A moins que ce ne soit la chaleur dont il l'entourait.

Ils demeurèrent ainsi embrassés un long moment jusqu'à ce qu'elle s'écarte légèrement pour le regarder en face. Il lut ce qu'elle allait dire dans ses yeux avant qu'elle l'eût prononcé.

— Je vous aime, Robert.

Un bonheur infini l'inonda tout entier, si intense qu'il crut que son cœur allait éclater.

Il voulait lui dire qu'il l'aimait aussi, mais les mots se bloquaient dans son cœur, dans sa gorge, et il se contenta de lui donner un long baiser où il mit tout son amour.

Ils rentrèrent au château. Là, au lieu d'accompagner Arianna dans leur chambre, il se rendit seul à la chapelle.

Un jour, en France, sur un champ de bataille couvert de morts, un prêtre lui avait dit qu'il n'était pas nécessaire d'avoir la foi pour prier. Dieu comprendrait. Sur le moment, il n'y avait pas cru ; Dieu ne l'avait jamais écouté.

Il hésita à la porte, se traita d'hypocrite. L'odeur de l'encens et des cierges éveillait en lui un chaos de souvenirs d'enfance, d'heures passées à pratiquer des rites auxquels il ne croyait pas.

Quand il se décida enfin à entrer, les saints qui flanquaient le portail lui semblèrent pleins d'ironie.

Bien que le seigneur eût le devoir de donner le bon exemple, il assistait rarement à la messe, aussi ne mettait-il pas souvent les pieds dans la chapelle. Les murs peints brillaient de tout leur or, mais il n'y sentait pas Dieu, pas plus que dans le scintillement de la vaisselle sacrée.

Il s'allongea sur la pierre froide, les bras en croix, dans l'attitude de la prière, et les mots lui vinrent tout seuls, sans qu'il eût à les chercher.

Dieu tout-puissant... Ne me la prenez pas. Prenez tout le reste, mais laissez-moi Arianna. Ne l'arrachez pas à moi.

Deux mois s'étaient écoulés. Appuyée au pilier d'un appentis au toit de chaume, Arianna regardait Christina plonger une louche dans un chaudron de fonte suspendu au-dessus de l'âtre, puis verser la soupe dans des bols de bois. La fille du drapier lui jeta un coup d'œil nerveux par-dessus son épaule avant de se tourner vers le malade aux cheveux châtains qui gisait sur une paillasse.

La pluie cascadait sur le linteau de la porte que l'on avait laissée ouverte pour avoir un peu de lumière, et les bourrasques de vent faisaient gicler l'eau sur le seuil blanchi à la chaux selon la coutume. Une coutume appliquée dans toutes les demeures galloises, y compris les plus modestes, pour empêcher le diable d'entrer. Et modeste, celle-ci l'était. Il s'agissait d'une cabane de bergers circulaire, faite de joncs, avec pour toute cheminée un foyer à même le sol dont la fumée s'échappait par un trou dans le toit. Le feu de brindilles mouillées sifflait et crachait, l'air sentait la soupe, la fumée, la laine de mouton.

De sa paillasse, Kilydd, l'air sombre, observait sa compagne qui disposait bols et cuillers sur la table de bois brut, coupait des tranches de pain noir.

Il y avait deux autres hommes dans la cabane. L'un, déjà installé à table, une vieille harpe sur ses genoux, jouait une complainte, et sa voix riche, grave, emplissait l'espace exigu de la chaumière.

Personne ne piétinera mon manteau
Personne ne labourera ma terre
Sous peine de voir le sang couler.

L'autre apporta deux chopines pleines de bière et s'assit à califourchon sur le banc.

— Sortez d'ici ! s'écria soudain Kilydd depuis son lit.

Le musicien interrompit sa chanson.

— Il tombe des cordes ! protesta-t-il.

— Dehors ! tonna Kilydd.

Les deux hommes obtempérèrent en maugréant, et Kilydd ajouta plus doucement :

— Toi aussi, Christina. S'il te plaît.

La jeune fille eut l'air partagée entre la colère et la peine, puis elle prit une cape et sortit sous la pluie.

— Ils vont être trempés, objecta Arianna.

— Il y a une autre cabane juste au pied de la colline.

Kilydd contemplait le ventre légèrement arrondi de sa cousine, et il plissa les yeux.

— Tu es enceinte. Tu n'aurais jamais dû sortir par ce temps.

— Le ciel ne nous était pas encore tombé sur la tête, quand je suis partie.

Kilydd eut un petit rire, lequel se mua aussitôt en une toux qui le laissa cramoisi et à bout de forces.

— M'as-tu apporté quelque chose contre cette satanée toux ? dit-il quand il eut retrouvé sa respiration.

Arianna sortit son sac de remèdes et mélangea une dose de poudre à de la bière.

Elle vint s'asseoir au bord du grabat, tendit la chope à son cousin. De près, elle vit qu'il était plus malade encore qu'elle ne l'avait pensé. Il brûlait de fièvre, et son teint avait la couleur du parchemin, pourtant elle ne ressentait plus aucune affection pour lui, pas même de la pitié. Jamais elle n'oublierait avec quelle froideur il avait enfoncé un poignard entre les côtes de Taliesin.

— Je n'aurais pas dû venir, dit-elle, la voix et le visage durs. Je suis ici parce que Christina m'a dit que tu voulais te soumettre à mon époux. A-t-elle menti ?

Kilydd laissa retomber sa tête contre la paille.

— Non, elle n'a pas menti. Mais je n'ai pas l'intention de me suicider, je veux d'abord être sûr d'obtenir mon pardon. Peux-tu t'en charger pour moi ?

— Es-tu prêt à jurer que tu renonces à Rhos et que tu t'en iras, que tu nous laisseras en paix ?

— A lui je le jurerai.

— Non. A moi. Tu dois me le jurer à moi, ta parente.

Il rougit et détourna le regard. Il briserait un serment fait à Robert, elle en était sûre, mais pas la promesse donnée à quelqu'un de son sang, sous peine de brûler en enfer pour l'éternité.

— Oui, grommela-t-il à contrecœur. Je te le jurerai.

— Maintenant. Je veux ton serment maintenant, Kilydd ap Dafydd. Sur le salut de ton âme.

Il lui lança un regard furieux.

— Sur le salut de mon âme, je jure devant Dieu que je renoncerai à Rhos et que je ne ferai plus la guerre à ce bâtard de Normand que tu nommes ton époux. Que son âme pourrisse en enfer !

— Triste serment, et je n'en crois pas un mot. Et puis, pourquoi faire tout ceci, si tu y répugnes tant ?

Kilydd serra les poings.

— A cause de cette mule de Christina ! Elle s'entête à me coller comme une sangsue. Regarde autour de toi ! Encore un mois ici et sa jolie peau si blanche ressemblera à de la couenne de jambon. Elle maigrit à vue d'œil. Je lui ai dit de me laisser seul, de rentrer dans son échoppe à Rhuddlan... Nous nous sommes disputés.

— Ça ne m'étonne pas, si tu as utilisé des mots aussi tendres... Moi, je t'aurais cassé un balai sur le dos.

Kilydd eut un brusque sourire.

— Elle m'a renversé une chope de bière sur la tête.

Arianna contempla son cousin. Bien qu'affaibli, il était encore séduisant, avec sa moustache blonde et ses yeux dorés, mais il y avait en lui une amertume, une avidité qu'elle n'appréciait guère.

Cependant, par affection pour Christina, elle tenta de lui expliquer ce qu'il était manifestement trop obtus pour comprendre de lui-même.

— Quand une femme aime un homme, elle a une seule envie : être près de lui, passer sa vie avec lui, lui donner des enfants...

— Dommage que le prince ton père t'ait mariée à un bâtard normand, grinça-t-il.

Soudain, au milieu du martèlement de la pluie, ils entendirent un tonnerre de chevaux au galop, puis un petit cri, comme celui d'un lièvre pris au piège. Tandis que Kilydd égrenait un chapelet de jurons, Arianna courut à la porte et ses yeux s'écarquillèrent.

Les chevaliers de Rhuddlan encerclaient la cabane, et les hommes de Kilydd étaient allongés au sol, les mains liées derrière le dos. Non loin d'eux, deux cavaliers acculaient contre un arbre une Christina en pleurs.

Arianna se retourna vers son cousin qui était d'une pâleur extrême malgré la fièvre.

— Et dommage que mon bâtard normand t'ait capturé, cousin... avant que tu aies une chance de te rendre.

Elle sortit sous le déluge...

... Et se retrouva face à Robert qui la fixait du haut de son destrier, menaçant dans son armure sombre. Il ne semblait pas surpris de la trouver là. Peut-être l'avait-il suivie ?

Sans un mot, il mit pied à terre.

Le visage impassible, il ressemblait à l'homme qu'elle avait vu la première fois — brutal, cruel. Mais elle le connaissait, maintenant, et il la connaissait aussi, il savait forcément que si elle était près de son cousin, il y avait une bonne raison et qu'elle allait la lui expliquer.

Un des soldats lui amena son cheval sur lequel Robert l'aida à monter.

— Ramenez Lady Arianna à Rhuddlan, ordonna-t-il à Sir Odo.

— Oui, monseigneur.

Le vieux chevalier était aussi imperturbable que son maître, pourtant dans ses yeux Arianna lisait de l'inquiétude. S'il avait peur qu'elle intercède pour Kilydd, il pouvait être tranquille : son cousin en avait trop fait pour qu'elle ait encore envie de plaider sa cause.

Elle ouvrit la bouche pour s'adresser à Robert puis y renonça. Ils s'expliqueraient au château.

La pluie s'était arrêtée, mais le vent giflait Arianna, couchait les hautes herbes, tandis que des corbeaux croassaient, là-haut dans le ciel.

Elle saisit les rênes et lança sa monture au galop, suivie de Sir Odo.

Arianna ne revit son mari qu'au soir. Elle le rejoignit dans leur chambre alors qu'il grimpait dans la baignoire de bois cerclée de cuivre. Dos tourné à la porte, il ne la vit pas approcher. La pièce était seulement éclairée par le brasier et une torche murale qui jetait une lumière dorée sur son corps de guerrier.

D'un signe de tête, Arianna renvoya Edith, qui s'apprêtait à savonner son maître, et, s'agenouillant derrière lui, entreprit de lui laver le dos.

Comme il ployait les épaules avec un soupir de satisfaction, elle posa un baiser sur sa nuque.

— Plus bas, Edith chérie... Oui...

Elle lui mordit violemment l'oreille.

Alors il la saisit au poignet et l'attira à lui si fort qu'elle se retrouva la poitrine dans l'eau chaude, le visage tout contre le sien.

— Vous saviez que c'était moi !

— Je vous ai sentie, petite épouse.

— Vous voulez dire que j'ai une odeur forte ?

Il eut un curieux sourire.

— Pas du tout.

Son visage, cependant, était sévère.

Elle se redressa, et ses seins mouillés se durcirent sous la fraîcheur de l'air. Robert s'en aperçut, mais il ne s'adoucit pas pour autant. Sans le quitter des yeux, elle se passa du savon sur les mains avant de lui frotter le torse.

La vapeur parfumée à la violette montait entre eux, atténuant enfin la fermeté de son expression. Elle continuait à le savonner, sur la poitrine, le ventre, plus bas...

Il la repoussa soudain.

— Vous ne m'avez pas demandé ce que j'allais faire de lui, dit-il.

— Vous ferez ce que vous devez... Vous, vous ne m'avez pas demandé pourquoi j'étais près de lui.

— Il voulait que vous arrangiez sa reddition.

— Il vous l'a dit ?

— Oui.

Robert prit le visage de la jeune femme entre ses mains.

— J'ai confiance en vous, Arianna. Vous êtes mon plus fidèle vassal, mais j'en suis arrivé à penser qu'il était injuste de vous forcer à choisir entre moi et votre famille. Il n'est pas normal...

— J'ai déjà choisi, coupa-t-elle en lui posant un doigt sur la bouche. Je vous aime plus que tout, Robert, et je vous aimerai toujours.

Elle lui donna un tendre baiser avant de recommencer à le laver.

— Je les ai embarqués sur un bateau en partance pour l'Irlande, la fille et lui, dit Robert.

Il avait épargné son cousin pour elle, et elle ne l'en estimait que davantage. Mais il avait pris un risque...

— Vous pourriez le regretter, il ne restera sans doute pas là-bas.

— Vous avez sûrement raison.

Elle effleurait doucement son ventre, sa hanche.

— S'il revient, qu'il vous cause des ennuis et que

vous soyez obligé de le pendre, murmura-t-elle, sachez que je serai à vos côtés et que je ne pleurerai pas. Mais assez parlé de lui. C'est un sujet qui vous donne un air bien trop dur...

Elle glissa une main entre ses jambes.

— Voilà au moins une partie douce en vous, mon cher mari.

— Pas pour longtemps !

Audacieusement, elle le prit dans ses doigts et sourit.

— En effet...

25

La brasseuse prit une gorgée de bière, la fit longuement tourner dans sa bouche avant de renverser la tête en arrière pour l'avaler d'un coup. Puis elle se concentra un instant, les sourcils froncés, tandis qu'un profond silence tombait sur la foule.

— Elle est bonne ! annonça-t-elle avec la solennité d'un archevêque.

L'assemblée poussa un grand soupir.

On remit à Arianna une chope pleine. Comme elle y trempait les lèvres et déclarait à son tour la bière délicieuse, les villageois applaudirent à grands cris. Robert avala la sienne d'un coup, déclenchant de nouveau l'enthousiasme de l'assistance. Il lécha le reste de mousse sur ses lèvres, et Arianna songea qu'elle aurait aimé le faire pour lui.

Mais il n'en était pas question ! Ils étaient les invités d'honneur de la fête annuelle de la Bière à Rhuddlan. Des tonneaux de cette cuvée spéciale avaient été roulés jusqu'au cimetière où on la vendrait à la chope, ainsi que des miches de pain frais. Tous les bénéfices iraient à l'église.

Pour l'instant, on avait engrangé dans celle-ci le surplus des moissons, et l'air embaumait le foin. Le gai soleil de juin éclairait la scène, et Arianna aurait dansé de joie... si elle ne s'était pas sentie plus lourde qu'une truie!

Les chopes se succédaient, tandis que Taliesin, son instrument à l'épaule, rassemblait une troupe improvisée de musiciens. Saquebute et tambourins se lancèrent dans un air qui rattrapait par le volume ce qui lui manquait en virtuosité. Les villageois formèrent une ronde endiablée en chantant à plein gosier, les cloches de l'église se mirent à sonner, et le tintamarre était tel qu'Arianna eut envie de se coller les mains sur les oreilles. Cependant le rythme était entraînant, et elle ne tarda pas à battre la mesure du pied.

— M'inviterez-vous à danser, mon époux?

— Il n'en est pas question!

Elle se tapota le ventre.

— Regardez-moi! Je suis aussi ronde que les barriques de bière; il est temps que cet enfant arrive!

— Notre fille viendra quand elle sera prête, rétorqua Robert.

— Je me tue à vous répéter que c'est un garçon, cette fois, Robert!

Ils burent encore un peu de bière, puis ils retournèrent vers le château, Robert soutenant sa jeune femme.

— Je n'aurais jamais dû me laisser persuader de vous emmener à la fête, dit-il quand elle s'arrêta une troisième fois pour reprendre son souffle.

— Au contraire! Dame Beatrix a dit qu'une bonne marche accélérerait peut-être ma délivrance, répondit-elle. Vous n'avez jamais porté un bébé, Robert, vous ne savez pas ce que c'est!

— Dieu merci! Quand nous serons arrivés, pourquoi ne pas disputer une gentille partie d'échecs?

Elle fit la moue.

— Les échecs m'ennuient!

— C'est parce que je gagne toujours...

La main d'Arianna hésita un instant au-dessus de son fou, puis elle sourit et, d'un geste vif, elle poussa la pièce sur l'échiquier.

— Cette fois-ci, vous voilà mal parti, monsieur mon mari !

— Je n'ai pas dit mon dernier mot, grommela Robert. En vérité, c'est là que je voulais vous amener, madame mon épouse.

Le sourire triomphant d'Arianna se mua soudain en grimace de douleur, et Robert bondit sur ses pieds, envoyant promener cavaliers, tours et pions.

— Vous avez mal ?

— Non, c'est fini, souffla-t-elle.

— Allez vous mettre au lit à l'instant. Et si vous discutez, je vous donne une bonne fessée.

— Avec mon ventre, vous aurez du mal à m'allonger sur vos genoux. Autant essayer de mettre une tortue sur le dos !

Cependant, au grand soulagement de Robert, elle se laissa conduire sans protester vers le lit. Dire qu'il s'inquiétait de la naissance du bébé était au-dessous de la vérité. Il en avait l'estomac noué depuis des semaines...

Arianna venait tout juste de s'endormir quand la sentinelle annonça d'une sonnerie de trompe l'arrivée d'un visiteur.

Robert se rendit à la fenêtre. Quelle ne fut pas sa surprise de voir une femme seule pénétrer dans la cour. Il fut plus étonné encore en reconnaissant Sybil.

Il l'accueillit au bas des marches du grand hall, et comme elle retirait son capuchon, il vit qu'elle portait une trace bleue sur la joue, la marque d'une main d'homme.

Il la conduisit aussitôt à l'intérieur jusqu'à une petite antichambre.

Là, il lui releva le visage.

— C'est Hugh qui vous a fait ça ?

Elle se contenta pour toute réponse d'un battement de cils.

— Pourquoi ?

— Nous nous sommes disputés. Il...

Elle eut un petit haussement d'épaules impuissant.

— A chaque fois le prétexte est différent, et pourtant c'est toujours la même raison.

Ses doigts se crispaient sur la petite broche d'étain — celle-là même qu'il ne se rappelait pas lui avoir offerte —, et il vit que ses yeux brillaient de larmes retenues. Elle mordit sa lèvre pour l'empêcher de trembler.

— Je voudrais partir, Robert. Partir loin et ne plus jamais revenir.

Elle avait l'air effrayé, désorienté d'une petite fille punie injustement, mais Robert ne pouvait rien pour elle. Elle était la femme de Hugh, il ne pouvait s'interposer entre elle et son époux.

Soudain, elle enfouit son visage dans ses mains.

— Je n'aurais pas dû venir. Je sais que c'est mal, mais je...

Il commit l'erreur de l'effleurer, et elle lui tomba dans les bras, les seins contre son torse, le visage dans son cou.

— Ne me dites pas qu'il est trop tard... Dites que vous m'aimez encore, dites-le-moi...

Il la prit aux épaules. Il sentait les battements de son cœur, sa chaleur... Et son désir.

— Sybil...

Elle leva vers lui ses yeux lavande, s'offrant tout entière comme lorsqu'ils faisaient l'amour dans l'herbe autrefois... D'une certaine manière elle avait raison. Une part de son cœur resterait à jamais attachée à la jeune fille qu'elle avait été. Mais cet amour-là appartenait au passé. Sybil n'avait de place ni dans son présent, ni dans son avenir. Il ne voulait pas la blesser mais il ne pouvait non plus lui mentir.

— Tout est fini entre nous, Sybil, et depuis longtemps. Depuis le jour où vous avez épousé mon frère.

Elle crispa les poings sur la tunique de Robert.

— Mais je vous aime encore.

Il la secoua doucement.

— Vous êtes amoureuse d'un souvenir. Nous sommes tous deux mariés, à présent, pour le meilleur et pour le pire. Rentrez chez vous, Sybil. Rentrez chez vous et gardez vos souvenirs, mais libérez-vous du passé.

Elle posa un instant le front contre son épaule, puis elle redressa la tête avec un sourire tremblant.

— Vous m'avez aimée, naguère. Vous étiez à moi.

Il lui répondit d'un sourire affectueux.

— Ce fut un bel été, Sybil. Je ne l'oublierai jamais.

Il allait la repousser quand il entendit un petit son étranglé.

Arianna était là qui les regardait.

Il revécut cet instant où elle les avait déjà surpris et fixés de ses grands yeux verts.

Elle s'éloigna sans un mot.

— Bon Dieu ! pesta Robert.

Sybil se détacha de lui, mais il ne s'en rendit pas compte car il fixait l'endroit où avait disparu Arianna. Sybil dut l'appeler deux fois pour attirer son attention. Deux fossettes creusaient ses joues, comme autrefois.

— Oh, Robert, vous êtes tombé amoureux de votre petite princesse galloise !

Robert prit une profonde inspiration.

— Oui, je l'aime.

C'était étrange, mais les mots lui semblaient doux à prononcer, tout à coup, et il ne put s'empêcher de les répéter.

— Je l'aime.

— Et vous ne le lui avez pas encore dit ?

— Eh bien, je... Non, pas exactement. Mais, bon sang, elle le sait bien !

Sybil lui effleura la joue, soudain grave.

— Dites-le-lui quand même, Robert. Avant qu'il ne soit trop tard. C'est une chose précieuse, l'amour, et si facile à perdre.

Ils se regardèrent un instant, elle pensant au passé, lui à l'avenir. Puis elle déposa un léger baiser d'adieu sur ses lèvres.

Il la raccompagna jusqu'à sa monture, mais il ne s'attarda pas à la regarder franchir la herse. Déjà il bondissait dans l'escalier. Arrivé devant la porte de la chambre, il soupira. Il n'avait pas du tout envie de la défoncer à coups de hache !

— Laissez-moi entrer, Arianna, nous avons à parler.

Silence.

— Arianna, vous vous trompez de nouveau...

Silence.

— Je ne peux tout de même pas vous dire que je vous aime à travers cette fichue porte, Arianna !

Quelqu'un toussota derrière lui.

Robert fit volte-face. Taliesin était appuyé au mur, les bras croisés, un petit sourire aux lèvres.

— Avez-vous essayé d'ouvrir, monseigneur ?

— Hein ?

— La porte... Elle n'est peut-être pas verrouillée.

Robert s'empara du loquet, et le battant céda. Il lança un regard noir à l'écuyer pour lui interdire tout commentaire et, après avoir respiré un bon coup... il pénétra dans une chambre vide.

— Elle est allée au dolmen, déclara Taliesin avec un gros soupir. Vous avez une fois de plus compliqué les choses. Ça devient une habitude, chez vous. J'ignore comment la déesse a pu imaginer...

Robert saisit le gamin aux épaules.

— Elle n'a pas pris son cheval, j'espère !

— Non, elle est partie à pied.

Robert leva les yeux au ciel pour remercier Dieu de cette mince faveur.

— Je vais lui tordre le cou ! tonna-t-il en secouant son écuyer tout simplement parce qu'il l'avait sous la main.

La colère montait en lui et il ne tentait même pas de se dominer. C'était une juste indignation, celle d'un homme qui vient de se découvrir amoureux d'une femme insupportable mais sans laquelle il serait incapable de vivre.

Taliesin le regarda s'engager dans l'escalier et une lumière fugitive comme celle des étoiles filantes s'alluma dans ses yeux...

Puis disparut. Le garçon frotta ses épaules douloureuses — il en aurait des bleus pendant une bonne semaine ! Les filles de cuisine le plaindraient, elles voudraient l'embrasser pour le consoler...

A cette pensée, il éclata d'un rire profond... et vieux comme l'amour.

Elle connaissait ses colères maîtrisées, elle avait senti la violence de ses rages froides, mais jamais elle ne l'avait vu se laisser aller ainsi à vociférer et gesticuler. Sans le souvenir de Sybil dans ses bras, elle aurait éclaté de rire.

Il sauta de cheval pour s'élancer vers elle, crachant le feu comme le dragon dont il portait le nom.

— Bon Dieu, à quoi jouez-vous ?

Elle leva le menton et le gratifia du regard hautain qu'il détestait.

— Que faites-vous ici, Robert ? Ne seriez-vous pas mieux près de Sybil ? Elle s'ennuie certainement de vous...

Il serra les dents.

— Ce que je fais ici ? Et vous ? Vous allez mettre un enfant au monde et vous courez la lande comme une sauvageonne !

Arianna tenait absolument à faire encore un peu souffrir son époux avant de lui accorder son pardon.

— Qu'est-ce que cela peut vous faire, puisque c'est Sybil que vous aimez ?

Robert lâcha une série de jurons qui choquèrent même les oreilles averties d'Arianna.

— C'est vous que j'aime, espèce d'idiote ! *Je vous aime !*

— Vous dites ça maintenant...

— Oui, je le dis maintenant, répondit Robert, un peu plus calme. Je le dis maintenant... Je vous aime, petite sorcière.

— Ça ne compte pas.

— Comment ça, ça ne compte pas ? rugit-il de nouveau. Et pourquoi donc ?

— Parce que je vous ai obligé à prononcer ces mots. Ils ne viennent pas du cœur.

— Par le Ciel !

Il passa dans ses cheveux une main exaspérée, puis agita un doigt menaçant sous le nez de sa femme.

— Je sais ce que vous voulez. Eh bien, parfait, vous allez l'obtenir !

Il se débarrassa de sa tunique, de sa chemise, qu'il envoya voler en l'air, puis, appuyé à une pierre, il se déchaussa et dénoua sa ceinture.

Il allait se déshabiller ! Complètement !

Il n'envisageait tout de même pas de... Non, impossible !

— Robert, arrêtez !

Trop tard. Il était entièrement nu.

— Robert, que faites-vous ?

Il se laissa tomber à genoux devant elle et lui prit les mains.

— Vous me vouliez nu et à genoux, comme dans cette maudite chanson. Eh bien, voilà.

Sa voix s'était adoucie, et sur son visage se lisaient tous les sentiments qui l'animaient. Dans la courbure de sa bouche, dans la chaleur de son regard.

— Je t'aime, Arianna, ma femme, ma compagne. *Cariad*... Je t'aime, mon amour.

Elle fut si bouleversée par cette absurde et romantique déclaration qu'elle sentit les larmes lui piquer les yeux. Dieu, comme elle aimait cet homme !

Elle allait le lui dire, mais ce fut un cri qui lui échappa.

Robert la rattrapa comme elle se pliait en deux, et il l'allongea sur l'herbe.

— Arianna !

Elle se tenait le ventre à deux mains, déchirée par une violente douleur.

— Le bébé, Robert... Il vient !

— Seigneur !

Il se leva, se rassit, se leva de nouveau, puis s'accroupit près de sa femme.

— Bon. Pas de panique. Il n'y a aucune raison de s'affoler, dit-il d'un ton qui démentait ses paroles.

Après lui avoir tapoté la joue, il se précipita pour rassembler ses vêtements épars sur les pierres. C'était si cocasse qu'Arianna faillit de nouveau éclater de rire.

Il revint près d'elle les bras chargés de ses affaires et elle distingua l'effort qu'il faisait pour paraître calme alors qu'il était tout simplement terrifié.

— Il va falloir que je vous quitte juste quelques minutes, mon amour. Je vais aller chercher un chariot.

Il se montrait tellement gentil qu'elle détestait ce qu'elle allait devoir lui infliger, mais...

Une autre contraction la déchira et elle le saisit par le bras.

— Maintenant, Robert. Le bébé arrive.

Il écarquilla les yeux en fixant le ventre déformé par les pressions de l'enfant.

— Doux Jésus ! Bon sang, Arianna, je suis sûr que vous le faites exprès !

Il souleva son bliaut, hésita un instant, puis le remonta sur sa taille.

— Dieu nous vienne en aide ! Je vois déjà le crâne de ma fille !

— C'est un garçon, protesta Arianna entre deux halètements. Pas une fille.

— Elle est chauve comme un vieillard.

— Il, pas elle. Il a les cheveux noirs et de beaux yeux gris.

— Le reste arrive... je crois. Poussez !

Elle releva la tête.

— Poussez, pour l'amour du Ciel !

— Mais je pousse, sapristi !

— Alors plus fort, je ne m'en sortirai pas tout seul !

Elle avait l'impression de se vider totalement tant elle faisait d'efforts. Il regrettait d'avoir ainsi crié alors qu'elle mettait son enfant au monde !

— Je voudrais vous y voir, Normand, marmonna-t-elle, les dents serrées.

Le bébé sortit enfin d'un seul coup, et elle entendit un vagissement suivi d'un rire d'homme heureux.

Les yeux fixés sur le ciel infini, elle sourit.

La dernière fois, elle s'était sentie épuisée, après la naissance ; cette fois, elle était euphorique.

Robert tenait dans ses bras une petite chose toute rouge et ridée comme une vieille pomme et elle sentit un immense amour l'envahir.

Son époux se conduisit de façon fort efficace. Il coupa le cordon avec son poignard, nettoya le bébé avec sa chemise. Arianna pouffa, puis elle partit d'un vrai fou rire.

— Qu'y a-t-il de tellement drôle ? demanda Robert.

— Vous. Vous êtes une parfaite sage-femme ! Et vous êtes encore tout nu, Robert. Nu comme au jour de votre naissance.

Il posa l'enfant emmailloté sur la poitrine de sa maman, avec ce sourire qu'elle aimait tant.

— Aussi nu que mon fils, murmura-t-il.

Le sourire d'Arianna se transforma en brusque grimace.

— Robert... il se passe quelque chose...

— Ne vous inquiétez pas, dit-il, tout à fait sûr de lui. C'est la délivrance.

— Non, mon époux. Vous oubliez que je suis déjà passée par là. Je...

Elle s'interrompit sous un nouvel accès de douleur.

— Ça recommence. Je vais avoir un autre bébé.

Robert se pencha, revint vers elle.

— Vous avez raison ! s'écria-t-il d'un ton réjoui tout à fait crispant. Il y en a un autre. Poussez !

— Allez au diable, Normand, grinça-t-elle.

Mais elle obéit.

Cinq minutes plus tard, Arianna donnait une fille à son mari.

26

Les bébés s'épanouissaient.

Par un chaud après-midi d'août, le seigneur et sa dame disparurent dans leur chambre, et tous ceux qui les virent s'éclipser eurent un sourire. Un amour pareil, cela ne se voyait pas tous les jours !

Dans la chambre, Arianna jeta un coup d'œil par la fenêtre tandis que Robert leur servait deux coupes de vin. En bas, l'apiculteur traversait la cour, habillé de la tête aux pieds comme un lépreux, des tambours accrochés dans son dos. Il y aurait du miel le lendemain au petit déjeuner, pensa Arianna, tout heureuse car son mari adorait ça.

Elle se tournait pour le lui annoncer quand elle le vit incliner un petit sachet de cuir au-dessus de l'un des verres. Il dut sentir son regard car il referma aussitôt la main sur l'objet et la mit dans son dos.

Elle s'approcha.

— Que me cachez-vous ?

— Rien.

Il tournait sur lui-même afin qu'elle ne puisse atteindre le sachet, mais elle rusa et le saisit au poignet.

— Mais si, c'est quelque chose ! Et vous étiez en train d'en verser dans mon vin.

Elle tenta d'ouvrir les doigts de Robert.

— Vous essayez de m'empoisonner, Normand ?

Il céda enfin, à contrecœur.

— C'est un philtre, avoua-t-il, un peu penaud.

— Oh ! Un philtre... Me suis-je montrée trop exigeante, ces derniers temps, pour que vous ayez besoin d'assistance dans votre devoir conjugal ?

Pour sa plus grande joie, il s'empourpra très nettement.

— Simple curiosité, rien de plus. Taliesin m'a donné cette poudre la nuit de Lugansa, quand vous vous entêtiez encore à refuser de partager mon lit.

— Votre mémoire est défaillante, monseigneur. Si quelqu'un refusait quelque chose, ce n'était pas moi. Quant à votre écuyer, vous devriez lui apprendre à se mêler de ses affaires !

Il eut un brusque sourire.

— Avouez qu'il serait amusant d'essayer... Buvons-en tous les deux.

Il mélangea la poudre du bout du doigt avant de présenter le vin aux lèvres d'Arianna.

— Vous d'abord, dit-il d'une voix un peu troublée.

Arianna repoussa sa main pour mieux regarder le liquide. Elle s'attendait presque à voir de la lumière et une brume tourbillonnante, mais il n'y avait que du vin avec une légère écume brunâtre à la surface. Cependant, elle n'allait pas faire confiance à cet écuyer retors !

— C'est peut-être une potion magique très forte, objecta-t-elle.

— Elle est faite à base de racines, de graisse de hérisson et de foie de crapaud. Sans doute cela nous donnera-t-il seulement un petit coup de fouet... Peut-être même des nouvelles idées de perversions à la française, ajouta-t-il, taquin.

Il leva la coupe pour boire, mais elle prévint son geste.

— Non ! Robert, vous avez sûrement compris à présent que Taliesin n'est pas un banal écuyer. C'est un... magicien.

— Oui, il a des pouvoirs extraordinaires quand il s'agit de se dérober au travail et de provoquer des ennuis !

— Il est capable de susciter un orage par temps clair et de se trouver à deux endroits à la fois.

— Pour autant que je le sache, il n'est surtout jamais là où il devrait être !

— Mais son casque vient des Anciens, et il est magique...

Il la fit taire d'un baiser.

— Les magiciens n'existent pas, affirma-t-il.

— Si vous le dites...

Elle fixa un instant le sol, puis elle releva la tête.

— Toutefois, je commence à comprendre d'où vient le dicton gallois : « Rien n'est plus rare qu'une parole sage dans la bouche d'un Normand. »

Il éclata de rire.

— Avalez donc ça, au lieu d'insulter votre seigneur et maître.

Elle s'humecta les lèvres, regarda encore le vin, puis lui tendit la coupe.

— Vous d'abord.

Il avala deux grandes gorgées.

Elle l'observait attentivement, mais les statues de la chapelle étaient plus expressives que lui.

— Alors ?

Les yeux de Robert s'agrandirent légèrement.
— Ça picote.
— Ça picote ?
— Non, c'est plutôt comme si j'enflais. Je palpite, je durcis. Oui, c'est ça...
Il bondit sur elle et elle poussa un petit cri quand il la renversa sur le lit pour prendre sa bouche en un baiser fougueux qui ne tarda pas à se faire lent, sensuel, profond.
— Monseigneur !
Robert s'arracha à Arianna le temps de crier :
— Laisse-nous, Taliesin ! Cette fois, elle est consentante !
Une voix d'adolescent en train de muer lui répondit à travers la porte :
— C'est Rhodri, monseigneur. Un messager du roi vient d'arriver. Il est ici, avec moi.
Robert se leva aussitôt pour aller ouvrir et, tout en rajustant son bliaut, Arianna jeta un coup d'œil de biais au messager qui se tenait sur le seuil. Il portait un pagne pour tout vêtement et son corps avait été enduit d'huile afin qu'il coure plus vite. Il était si maigre qu'elle voyait son cœur battre sous ses côtes saillantes.
Le message était roulé dans un jonc creux. Robert en brisa le sceau, et Arianna le regarda lire, toute fière de lui avoir enseigné ce talent. Mais elle se rembrunit bien vite devant son expression.
Sans un mot, il lui tendit le parchemin qu'elle déplia d'une main tremblante.
Les mots lui sautèrent au visage et un cri étouffé lui échappa. Le roi Henry d'Angleterre rassemblait de nouveau une armée afin de conquérir le pays de Galles et briser enfin le prince Owain de Gwynedd. Il requérait la présence à ses côtés du Dragon Noir, son « meilleur et plus valeureux chevalier ». Pour se battre avec lui et anéantir les Gallois. Le peuple d'Arianna.
Ils étaient si heureux, depuis la naissance des bébés, depuis qu'ils s'étaient avoué leur amour ! Elle baignait dans un océan de joie, elle se sentait enfin en sécurité, chérie, comblée.

Et pourtant... Toujours au fond d'elle sè terrait la crainte que ce bonheur prît fin un jour. Elle ne pouvait espérer que la paix dure, que leurs peuples vivent éternellement en harmonie. Les Normands ne rêvaient que de puissance, de conquête, tandis que les Gallois, eux, rêvaient de liberté.

Or son mari était normand, le suzerain de son mari était normand, et Robert lui avait juré fidélité. Il l'aimait, elle ne pouvait en douter, et il aurait certainement tout fait pour elle, mais elle ne pouvait lui demander de trahir son honneur.

Le messager s'éclaircit la gorge.

— Le roi est à Berwyn, monseigneur, et il vous prie de l'y retrouver avec vos chevaliers.

— Descendez dans le hall, les serviteurs vous donneront de quoi vous restaurer.

L'homme s'inclina.

— Merci, monseigneur.

Arianna abandonna le parchemin roulé sur la table et alla à la fenêtre. Maudit soit Henry, cet avide suppôt de Satan ! Ne lui suffisait-il pas de posséder la moitié du monde chrétien, lui fallait-il en plus le pays de Galles ? Pourquoi ne pouvait-il les laisser élever leurs enfants tranquillement, et puis vieillir ensemble ?

Elle serra les poings, ferma les yeux bien fort. Mais quand elle les rouvrit, rien n'avait changé. Le soleil était toujours aussi chaud, elle entendait l'apiculteur frapper sur ses tambours pour imiter un orage afin de faire sortir les abeilles des ruches.

Un filet de transpiration coula entre ses seins. Elle étouffait, soudain !

Deux grandes mains se posèrent sur ses épaules.

— Henry est mon suzerain et mon roi. J'ai le devoir de me rendre à son appel.

Elle en était consciente, pourtant la colère s'empara d'elle.

— Je ne sais pas si je le supporterai, Robert. Imaginez que vous tuiez l'un des miens ? Je serais incapable de vivre avec l'assassin de mon père...

— Je ne le tuerai pas.

Elle se dégagea brutalement.

— Qu'en savez-vous ? Au milieu de la bataille, cela pourrait se produire à votre insu !

Le visage de Robert se ferma, ses yeux reprirent leur froideur, comme autrefois. Déjà... songea-t-elle, désespérée. Et puis elle se dit que ce serait peut-être son père qui tuerait Robert...

Comme il se dirigeait vers la porte, il heurta du pied un jouet qu'il ramassa, un petit mouton de chiffon à la tête peinte et aux jambes de bois.

Il le tint un moment entre ses mains, puis il leva vers Arianna un regard éperdu, presque paniqué.

— Je ne peux pas me battre, dit-il.

Elle demeura immobile à attendre... attendre.

Les doigts de Robert se crispèrent sur le jouet.

— Je me rendrai à sa convocation mais j'irai seul, sans armée. Et je ne lui prêterai pas mon bras pour cette maudite guerre.

— Il sera furieux, Robert. Il risque de vous accuser de haute trahison. Il...

— Non, mon amour. Aussi étrange que cela paraisse, il m'écoute souvent. Si je tente de le raisonner, peut-être arriverai-je à le convaincre d'abandonner cette conquête absurde. Et j'irai voir votre père aussi, avec un drapeau blanc, afin d'essayer d'établir quelque entente entre eux.

— Vous feriez ça pour moi ? murmura Arianna.

— Pour moi également, et pour nos enfants. Mais surtout pour Rhuddlan, car peu importe qui gagne, cette terre deviendra forcément une prime de guerre. Ceux qui souffriront sont ceux qui moissonnent nos champs, qui soignent notre bétail, qui construisent notre nouveau château. Oui, ceux-là souffriront le plus, or c'est mon peuple... notre peuple, qu'ils soient gallois ou anglais. Et il est de mon devoir de seigneur de les protéger.

Elle vint à lui et, très doucement, se laissa tomber à genoux, en fidèle vassale.

— Je vous aime tant...

Il la releva, caressa sa joue, la courbe de son cou.

— Je vous aimerai toujours, douce épouse, chaque heure, chaque instant de ma vie, à chacun de mes souffles. Toujours... toujours.

Elle esquissa un sourire tremblant.

— J'ignorais que vous fussiez poète, Normand.

— Monseigneur ! Emmenez-moi !

Ils sursautèrent.

Rhodri, qu'ils avaient complètement oublié, se tenait toujours sur le seuil.

— J'irai seul, petit, mais je te remercie de ta proposition.

— Il vous faut bien un écuyer pour porter votre lance et votre bouclier, insista le garçon. Emmenez-moi à la place de Taliesin. Je parlerai à mon père, je le persuaderai de vous faire confiance !

Arianna lut sur le jeune visage de son frère l'envie qu'il avait de prouver sa bravoure, d'être considéré comme un homme.

— Cela ne manque pas de bon sens, mon époux, intervint-elle.

Robert, qui bouclait son ceinturon, leva les yeux.

— Entendu... puisque ta sœur le permet.

— Je vais m'occuper de votre armure et de votre destrier ! s'écria le garçon avant de disparaître.

Robert s'approcha d'Arianna pour un baiser qui exprimait tout ce qu'ils ne pouvaient se dire.

— Promettez-moi de ne pas prendre de risques, murmura-t-elle enfin.

— Ne vous inquiétez pas, *cariad*, répondit-il en souriant. Je suis devenu très prudent, depuis que je vous ai épousée.

Il l'embrassa encore une fois. Il était à la porte quand elle le rappela :

— Robert...

Il se retourna et elle le dévora des yeux une dernière fois, au cas où... Au cas où... La peur l'étreignait, l'étouffait ! *Si je le perds... Si je le perds, je mourrai.*

— Mon cœur vous appartient, monseigneur. Je vous ai choisi et, quoi qu'il arrive, cela ne changera pas. Jamais.

Il ne dit rien ; il ne souriait plus, mais l'amour se lisait dans ses yeux.

— J'attendrai votre retour, Robert. Je vous attendrai le temps qu'il faudra.

Arianna se tenait sur les remparts, fouettée par le vent brûlant qui la rendait nerveuse.

C'était de là qu'elle avait vu Robert disparaître. Comme il était impressionnant, monté sur son énorme cheval de guerre, son étendard claquant sur le ciel bas ! Il se tenait au milieu du champ sans bouger, quand un éclair éblouissant avait zébré le ciel, suivi d'un retentissant coup de tonnerre. Le destrier s'était cabré, et Arianna avait revu soudain le chevalier noir de sa vision.

Elle n'avait plus pensé depuis longtemps au sombre cavalier qui chargeait, la lance brandie, ni même au chevalier tout auréolé d'or qui l'attendait au bas de la colline, les bras tendus. Le jour de son mariage, cette vision lui avait apporté joie et réconfort, mais à présent, elle la redoutait. Elle ne voulait même pas imaginer qu'il pût y avoir un deuxième amour dans sa vie. Elle appartenait à Robert corps et âme, jamais aucun autre homme n'existerait pour elle.

Il s'était à peine écoulé une heure depuis que Robert avait franchi la herse, et pourtant il lui manquait déjà.

Dans vingt-quatre heures, il aurait rejoint Henry. Lors de leurs rares rencontres, le roi anglais ne lui avait pas donné l'impression d'être un monarque influençable, mais Robert avait une forte personnalité, et toute son existence témoignait de sa volonté, de sa détermination.

Se penchant, elle aperçut Taliesin qui se dirigeait vers le champ de joutes, sa cape claquant au vent, son casque plus brillant que jamais. Elle allait l'appeler, lui demander où il allait quand il s'immobilisa, les bras levés vers le ciel.

Le vent tomba d'un coup.

Un immense silence s'abattit sur la terre.

On n'entendait plus que le bourdonnement des abeilles et, au loin, le chuchotement des vagues.

Un instant il resta simplement là, les bras levés, comme Moïse divisant les eaux de la mer Rouge, puis une lumière bleue l'entoura, striée d'argent. Feuilles et herbe tourbillonnèrent autour de ses pieds comme s'il se trouvait au milieu d'une tempête.

Arianna eut l'impression que des millions d'oiseaux battaient des ailes, puis elle le sentit... Le vent s'était levé de nouveau, chargé de feu.

A l'horizon, un nuage se formait, vite rejoint par d'autres, comme s'ils naissaient de la mer. Ils avalèrent le soleil, le ciel en roulant vers Arianna, assombrissant la terre, puis les premières gouttes s'écrasèrent sur les remparts.

Un orage! Taliesin fabriquait un orage.

Il était entouré de rouge, à présent, et son visage était lumineux; du bout de ses doigts jaillissaient des éclairs qui déchiraient le ciel, le tonnerre était assourdissant.

La pluie tombait avec une violence telle qu'Arianna tomba à genoux, repliée sur elle-même, effrayée et stupéfaite par la puissance de ce déchaînement.

Elle se couvrit les yeux des mains, se roula en boule contre le mur du chemin de ronde... et le monde devint un tourbillon de brouillard, de lumière, de flammes bleues...

Le brouillard sanglant s'étendit, puis se dissipa en lumière blanche. Des images jaillissaient, fugitives, comme les points noirs sur un dé qui roule. Le roi Henry, la bouche déformée par la rage, criait quelque chose qui avait un rapport avec des yeux. Le visage de Rhodri, exsangue de terreur, tenu par des soldats menaçants. Et Robert. Robert, un mauvais rictus aux lèvres, était en train de transpercer la main d'un homme.

Et puis, comme si le dé s'était arrêté, la dernière scène... un homme pendu à un gibet. La corde grinçait au rythme du balancement, l'air sentait la mort, la pourriture. Les corbeaux se rassemblaient: un, deux, dix, en un nuage noir et bruyant. Ils se posèrent sur le sol aride, sur le gibet, l'un d'eux se percha sur la tête du supplicié. Celui-ci tourna doucement pour se trouver face à elle.

Elle hurla.

L'image éclata comme un miroir brisé et le calme vint, blanc, glacial. Elle essaya de reprendre son souffle, mais l'air était trop froid, trop brillant et elle s'enfonça dans le néant...

Elle rouvrit les yeux le visage dans une flaque, contre la pierre mouillée. Elle était trempée jusqu'aux os et, gémissante, elle se redressa sur les genoux.

Aussitôt vint la nausée. Elle ferma les paupières mais l'image du pendu était encore là. Son visage... Elle avait hurlé, faisant disparaître la vision avant d'avoir vu son visage.

Pourtant elle savait, Dieu, elle savait ! Les visions ne mentaient jamais.

Robert.

Il était parti tenter d'instaurer la paix entre leurs deux peuples, et c'était sa propre mort qu'il allait rencontrer.

Elle devait l'avertir. Mais comment ? La réponse jaillit aussitôt. Taliesin ! Il était magicien, elle en était de plus en plus persuadée ; grâce à son don d'ubiquité, il préviendrait Robert. Il fallait qu'elle trouve Taliesin.

A l'aide du parapet, elle parvint enfin à se relever et elle scruta le champ gorgé d'eau. A l'horizon, le bleu du ciel se mêlait au turquoise de la mer, et quelques petits nuages de coton dérivaient au-dessus d'elle. Elle cligna des yeux dans le soleil.

L'orage avait disparu comme par enchantement.

Taliesin aussi.

L'étouffant soleil d'août perçait à travers les pins et Robert transpirait à grosses gouttes sous son armure sombre.

Il était d'autant moins à l'aise qu'il avait essuyé un énorme orage la veille et qu'il n'avait pas encore séché. *Je dois puer comme un vieux fromage*, se dit-il avec une grimace. Décidément, ces exercices n'étaient plus de son âge !

Rhodri chevauchait près de lui en silence, sans doute aussi mal en point qu'il en avait l'air, avec ses cheveux collés au crâne et les traces de poussière sur ses joues.

— Comment te sens-tu, mon garçon ? demanda Robert.

L'adolescent se redressa sur sa selle.

— Bien, monseigneur... (Il hésita puis questionna de but en blanc :) Monseigneur, aimez-vous ma sœur ?

— Oui, je l'aime.

— Pourquoi ?

— Pourquoi ? répéta Robert, surpris par la question.

— Je veux dire, pourquoi un homme préfère-t-il une femme à une autre ? Moi, elles me semblent toutes pareilles. En vérité, ajouta-t-il, elles ne m'intéressent guère. Des créatures geignardes, émotives, tout le temps en train de s'agiter, de s'inquiéter, de pleurnicher...

— Quand celle qui t'est destinée passera près de toi, tu la reconnaîtras. Bon sang, cela te sautera aux yeux, et tu n'y pourras rien. Alors autant rendre les armes tout de suite, tu t'épargneras bien des tourments.

Robert éclata de rire. Il avait eu du mal à l'accepter, mais Arianna l'avait conquis, elle l'avait même mis à genoux au sens propre du terme !

Les chevaux pataugeaient dans le sol spongieux.

Jamais Robert n'avait vu de tempête comme celle de la veille. Le vent déracinait des arbres énormes et le ciel déversait sur eux des trombes dignes du déluge de Noé.

Comme ils longeaient le pied d'une colline, son destrier dressa les oreilles et, au même moment, Robert entendit les hennissements des chevaux, le gémissement d'une corne de guerre, les hurlements des mourants.

Criant à Rhodri de le suivre, il mit sa monture au galop jusqu'à un sommet surplombant la gorge de la rivière Ceiriog.

Rhodri, à ses côtés, eut un sursaut horrifié devant le spectacle qu'ils découvrirent alors.

— Mon Dieu !

La Ceiriog avait débordé, inondant le campement de la vaste armée du roi. Lances brisées et boucliers gisaient sur la lande, chevaux et mules de bât se débattaient dans le marécage. Ce que la nature n'avait pas détruit, les Gallois s'en étaient chargés. Empêtrés dans leurs lourdes cottes de mailles, les Anglais avaient offert une piètre résistance aux redoutables Gallois et à leurs arcs meurtriers.

La rivière était rouge de sang.

La tente royale gisait dans la boue, la bannière de Henry pendait lamentablement d'une branche du chêne sous lequel le roi arpentait le sol, donnant de grands coups de pied rageurs dans les pierres, pestant de toute sa voix.

Moins de cinq minutes plus tard, ils atteignaient le campement.

Robert mit pied à terre et, suivi de Rhodri, il se dirigea vers le roi. De près, le spectacle était plus affreux encore, avec les morts entassés sur la rive comme des fagots, exhalant une forte odeur de décomposition. Beaucoup d'entre eux s'étaient simplement noyés.

Robert pensa avec découragement à l'espoir de paix qu'il avait donné à Arianna. Désormais, Henry refuserait d'entendre raison.

Le roi était entouré de ses nobles, qui se tenaient néanmoins à distance respectueuse de la méchante humeur de leur souverain. Hugh était là, en minable accoutrement, pour une fois. Sa cotte de mailles était ternie comme la sébile d'un mendiant, il était tête nue, sa chevelure si brillante d'habitude était emmêlée, la boue maculait son beau visage. Il ressemblait plus à un saltimbanque qu'à un comte !

Il aperçut son frère et l'appela, tandis que le roi se retournait, les poings sur les hanches, pour regarder Robert approcher. Le bord d'hermine de son pourpoint traînait dans la boue, il avait le visage cramoisi et sa poitrine se soulevait au rythme de sa fureur.

Il lança à Robert un regard propre à glacer le sang.

— Vous êtes en retard, Rhuddlan.

— Majesté... dit Robert en affrontant les yeux furibonds du roi jusqu'à ce que celui-ci baissât les paupières.

Il s'autorisa enfin à esquisser un sourire.

— On dirait que le pays de Galles n'est pas d'accord avec vos projets de conquête, sire.

C'était un risque calculé... L'impertinence de Robert pouvait fort bien désamorcer la colère du roi. Il n'en fut rien.

— Emparez-vous de lui ! hurla Henry.

Robert porta aussitôt la main à son arme, mais il s'aperçut, trop tard, que le roi avait désigné Rhodri, et non lui.

Les hommes d'Henry encerclaient déjà l'adolescent, et Robert crispa les doigts sur la garde de son épée en voyant un jeune chevalier tordre le bras de Rhodri qui serra les dents de douleur.

Robert se retourna vers son souverain.

— Est-il bien digne d'un roi de passer sa rage sur un simple écuyer ?

Henry leva le menton, piqué au vif par l'insulte implicite.

— Ce garçon n'est pas un simple écuyer, c'est le fils d'Owain, mon otage, et il paiera pour la perfidie de son père.

Robert se plaça entre lui et Rhodri.

— Il n'y est pour rien, sire. Il vit depuis deux ans avec moi et il m'a fort bien servi.

— Pour rien ! grinça le roi avec un mauvais sourire. Il était notre garantie de la bonne conduite de son père, or voyez ce qu'a fait Gwynedd !

Robert contemplait cet homme, son seigneur, celui à qui il avait juré loyauté depuis tant d'années. Celui qui se proclamait digne de gouverner toute l'Angleterre... et qui avait l'écume à la bouche comme un sanglier furieux.

— C'est vous qui avez pris l'initiative de briser la trêve et d'envahir le pays de Galles, déclara Robert d'une voix dure. Le prince Owain n'a fait que défendre sa terre.

L'énorme poitrine du roi se soulevait lourdement. Il plissa les yeux.

— Cette terre m'appartient de droit, et Owain va l'apprendre à ses dépens.

— En tout cas, vous ne pouvez rendre son fils responsable de la situation. Vous avez un garçon, vous aussi… aimeriez-vous qu'il pâtisse de vos crimes ?

Le roi, la tête en arrière, éclata d'un gros rire. L'un après l'autre, ses hommes l'imitèrent. Tous sauf Robert.

Le roi s'interrompit brusquement, tandis que les autres rires s'éteignaient peu à peu.

Dans le silence qui suivit, Henry déclara, sur le ton de la conversation :

— Prenez votre poignard, Chester, et arrachez les yeux de ce vaurien.

Hugh sursauta, se racla la gorge. Rhodri blêmit, se raidit, mais pas un son ne sortit de sa bouche.

— Chester ! tonna Henry.

Hugh s'humecta les lèvres.

— Moi, sire ?

Le roi s'approcha de lui à le toucher et hurla :

— J'ai dit : arrachez-lui les yeux !

Hugh recula d'un pas.

— Mais…

Fou de rage, Henry dégaina son propre poignard ; cependant, Robert avait été plus rapide. L'épée sortit en sifflant de son fourreau… et embrocha la main du roi contre l'arbre, derrière lui.

Henry lâcha le poignard avec un cri de chat que l'on étrangle.

Il y eut d'autres bruits de lames dégainées, mais la voix de Robert s'éleva, menaçante :

— Ne bougez pas… si vous tenez à ce que votre roi garde sa main.

La lame de Robert avait juste percé la peau entre le pouce et l'index, une blessure qui serait guérie en l'espace d'une ou deux semaines. Mais d'un simple mouvement du poignet, il pouvait aussi endommager à jamais de nombreux tendons.

— Rhodri, poursuivit-il du même ton calme, débarrasse ces messieurs de leurs armes et jette-les à la rivière. Ensuite, va chercher nos chevaux. Fais vite, mon garçon.

Henry avait les yeux exorbités et il jurait comme le dernier des charretiers.

— Vous ne l'emporterez pas au Paradis, Rhuddlan! grinça-t-il. Je vous ferai châtrer, énucléer, et vous implorerez ma pitié alors même que vous n'aurez plus de langue!

Robert ne répondit pas. D'ailleurs, il n'y avait rien à dire. En l'espace d'une seconde, de meilleur vassal du roi il était devenu son pire ennemi...

Rhodri arrivait avec les chevaux, extrêmement pâle, les épaules encore secouées de frissons, ses grands yeux verts hantés par la peur rétrospective.

Robert le laissa monter.

— A bientôt, Henry! lança-t-il avec un sourire de pure bravade.

D'un même mouvement, il arracha son épée et sauta en selle. Le destrier partit au triple galop.

Ils s'enfoncèrent dans la gorge. Des cris retentissaient derrière eux. Ils avaient deux bonnes minutes d'avance, le temps que les hommes de Henry se rendent compte que leur roi n'était pas gravement blessé et qu'ils se lancent à leur poursuite.

Une colline boisée s'élevait à leur gauche, et Robert y poussa son cheval.

Ils avaient parcouru une centaine de mètres en sous-bois quand des cavaliers surgirent des fourrés pour les encercler.

Deux douzaines d'arcs étaient bandés en direction de Robert, mais il était surtout inquiet de la longue lame pointée sur sa gorge, tenue par un homme au visage curieusement familier avec sa moustache châtaine, ses yeux clairs et son sourire ironique.

— Bienvenue au pays de Galles, Normand.

Robert était assis parmi les aiguilles et les pommes de pin, les mains liées dans le dos, appuyé à un arbre. L'homme qui l'avait accueilli se tenait près de lui.

— Je suis Cynan ap Owain.

Robert cligna des yeux dans le soleil.

— Vous ressemblez à votre père.

— Est-ce un compliment ou une insulte?

Avant que Robert pût répondre, Cynan reprit :

— Mon frère Rhodri m'a conté une bien belle histoire. A l'entendre, on vous prendrait pour un héros sorti tout droit d'une chanson de geste.

Comme Robert se taisait, il haussa un sourcil.

— Et modeste, en plus ?

Il s'accroupit pour trancher les liens qui attachaient les poignets de Robert.

— Vous avez sauvé les yeux de Rhodri, ce qui vaut autant que sa vie. Vous pourriez m'en vouloir de vous avoir ligoté ainsi, et Arianna me le reprochera amèrement ! A quoi ressemble le mariage avec ma petite sœur ? J'ai toujours pensé que l'homme qui l'épouserait devrait être un saint... ou alors un malin ! Lequel des deux êtes-vous ?

— Ça dépend des jours.

Cynan rit tandis que Robert se frottait les avant-bras, puis il l'aida à se mettre debout et les deux hommes allèrent retrouver les autres Gallois près des chevaux.

Rhodri s'avança avec le destrier de Robert.

— Monseigneur, ce que vous avez fait... jamais je ne pourrai...

— Boucle-la, Rhodri ! aboya Cynan. Cet homme ne tient pas à ce que tu pleures dans son casque, tu risquerais de le faire rouiller.

Rhodri rougit, embarrassé, et Robert lui sourit.

Presque aussitôt, il se rembrunit. Il songeait à la fureur du roi, à Arianna, seule avec leurs enfants au château, une cible facile...

Il se tourna vers Cynan qui s'apprêtait à monter à cheval.

— Arianna est à Rhuddlan, et Henry...

— Il n'ira nulle part pour l'instant, nous nous en sommes assurés, répondit Cynan. Toutefois, nous pourrions aussi bien nous retirer dans votre château. Je serais heureux de dormir à l'abri dans un hall bien chauffé, pour une fois.

Robert réfléchit un instant. Laisser les Gallois pénétrer chez lui serait inviter le loup dans la bergerie, mais il n'avait guère le choix. Il était du côté d'Owain de Gwynedd, dorénavant, pour le meilleur et pour le pire.

Il croisa le regard vert si semblable à celui d'Arianna. Cynan dut deviner sa réticence car il sourit.

— Je vous le répète : bienvenue au pays de Galles.

Ils émergèrent de la forêt à un endroit d'où ils pouvaient contempler le désastre infligé aux Anglais par la tempête et les Gallois. Quelques corps gisaient encore sur la rive, et on entendait de faibles gémissements.

Au cri d'un des hommes de Cynan, Robert se retourna pour voir un cavalier solitaire qui se dirigeait vers eux, traversant le champ de bataille. Il portait une cape rouge et ses longs cheveux châtains claquaient dans le vent.

Une chevelure châtaine aux reflets de soleil.

Du coin de l'œil, Robert vit l'un des Anglais blessés se relever péniblement, s'appuyer à un arbre et bander son arc. Le temps que Robert comprenne ce qui se passait, l'homme avait tiré.

La flèche siffla comme un serpent, et le cavalier se redressa, les bras levés, tandis qu'une tache rouge s'épanouissait sur sa poitrine ronde. Une femme...

Elle demeura ainsi figée une éternité, puis elle glissa de la selle alors que son cheval continuait à galoper.

— Arianna !

Cynan retint le destrier de Robert par les rênes.

— Il est trop tard, ami. Elle a été frappée en plein cœur.

Robert poussa un cri inhumain en tentant de se dégager.

— Si vous y allez, les hommes de Henry vous prendront, dit Cynan, la voix fêlée par sa propre peine.

— Arianna !

Robert parvint enfin à libérer sa monture, et il se lança ventre à terre vers sa femme.

Il lui sembla mettre un temps infini pour la rejoindre...

Enfin il sauta de cheval et s'agenouilla à ses côtés. Elle gisait à plat, le visage contre la terre. Les mains tremblantes, la peur au ventre. Il la retourna doucement.

Seigneur !

Sa poitrine était trempée de sang.

Elle leva sur lui des yeux assombris de douleur.

— Robert... j'ai mal.

Il effaça de son visage toute expression, toute cette agonie déchirante qui le torturait déjà à la certitude que son Arianna, sa belle et douce Arianna, allait mourir. C'était bien ce qu'il avait fait de plus difficile de sa vie que de la regarder avec cet air impassible qui l'avait si souvent blessée par le passé.

Le plus délicatement possible, il la redressa pour appuyer son dos contre lui.

— Tout ira bien, mon amour. Mais nous allons nous reposer un instant ici.

Il fut surpris lui-même que les mots franchissent le seuil de ses lèvres.

Elle soupira. Sa tunique était noire de sang, elle respirait mal.

Robert regarda, à l'autre bout de la clairière, l'homme qui l'avait tuée. Il s'était effondré contre le tronc de l'arbre, inanimé. Sans doute n'avait-il même pas su sur qui il tirait...

Pourquoi elle ? Ô Dieu, pourquoi elle ?

Elle bougea la main comme si elle voulait attirer son attention, et il saisit les petits doigts entre les siens. Ils étaient si froids !

— Il fallait que je vous prévienne... murmura-t-elle d'une voix à peine audible. J'avais peur qu'il soit trop tard...

Il serra tendrement sa main.

— Il n'était pas trop tard, assura-t-il, bien qu'il n'eût aucune idée de ce qu'elle tentait de lui dire.

Déjà le sol résonnait de galops, le vent portait des cris furieux. Les hommes de Henry l'avaient repéré et ils venaient le tuer.

Il repoussa les cheveux du visage d'Arianna qui essaya bravement de sourire.

— Vous... allez bien ?

— Je vais bien, mon amour.

— Robert... J'ai froid, je me sens toute drôle.

Elle fronça le nez.

— Est-ce que je... suis en train de mourir ?

Cette fois, il fut incapable de masquer sa douleur. Son cœur se brisait, saignait de l'intérieur, et il avait le goût de ce sang dans la bouche. Des larmes lui brouillèrent la vue.

Les yeux d'Arianna étaient presque noirs, à présent, pleins de larmes aussi.

— Oh, Robert... Je suis désolée.

Cela lui ressemblait bien de s'inquiéter pour lui... Mais sans elle, il n'avait plus envie de vivre, avait-il envie de lui crier.

Ses lèvres bougeaient et il se pencha davantage pour l'entendre.

— Embrassez-moi.

Il posa sa bouche sur la sienne et lui offrit son souffle comme s'il pouvait lui donner sa vie.

— *Cariad... Cariad...* Vous m'attendrez ?

— Toujours, répondit-elle contre ses lèvres.

Puis elle ferma les yeux et glissa dans un sommeil précurseur de mort.

Les hommes de Henry étaient à présent presque sur eux, et Robert fut heureux qu'elle ait perdu conscience. Les Anglais ne seraient pas tendres avec lui, et il ne voulait pas que sa mort soit le dernier spectacle qu'elle vît sur cette terre.

Il la tint serrée jusqu'à ce que des mains brutales le mettent sur ses pieds. Il cria une seule fois, lorsque le corps inerte d'Arianna roula sur le sol boueux. Ils l'attachèrent à une corde et le traînèrent jusqu'à la rivière où Henry attendait, la main droite enveloppée d'un linge trempé de sang.

— Debout ! ordonna le roi quand ils l'eurent jeté à ses pieds.

Quelqu'un le redressa par la corde qui lui liait les poignets.

— Donnez-moi son épée !

Henry prit l'arme de Robert et la planta à ses pieds,

dans le sol, où elle vibra un instant avant de s'immobiliser.

Mais Robert ne voyait rien. Rien que la jeune femme seule abandonnée dans l'herbe. *Et si elle se réveille ? Si elle ouvre une dernière fois les yeux et ne me voit pas ?*

— Traître ! cracha Henry.

Il souffleta Robert de la main gauche, lui ouvrant la joue de son gantelet de fer.

Robert tressaillit instinctivement à la douleur, mais sa raison savait à peine ce qui lui arrivait. Il était tout entier tourné vers son épouse qui gisait sur la lande.

Henry eut un vilain rictus.

— Dépouillez-le de ses éperons. Un chevalier félon ne mérite pas d'en porter !

Un homme trancha d'un coup d'épée les éperons de Robert, symbole de son état de chevalier. Il s'en aperçut à peine. Il n'avait pas quitté Arianna des yeux.

Quand on l'entraîna pour l'attacher à la roue du chariot qui l'emmènerait vers la prison, vers la mort réservée à Londres aux traîtres, il se retourna une ultime fois pour la regarder.

Juste à ce moment, quelqu'un sortit du bois en menant un cheval par la bride. Le soleil se refléta un instant sur une chevelure de feu. Au moins, se dit Robert, Taliesin veillerait à ce que le corps d'Arianna fût ramené chez eux.

27

Installé à une table de sa taverne favorite, Hamo, le chasseur de rats, sirotait sa troisième bière. Il aimait bien le cabaret du Crooked Staff, où la bière ne sentait pas le pipi de chat et où presque toutes les filles avaient encore quelques dents. Pourtant ce soir, ce n'étaient ni les catins ni la bière qui l'intéressaient.

Il était fasciné par une femme tassée sur un banc dans un coin devant une chope de bière à laquelle elle n'avait pas touché. Elle ne quittait pas la porte des yeux et chaque fois que quelqu'un entrait, elle se redressait pour mieux retomber ensuite, déçue.

Ce n'était pas une prostituée, cela il en était sûr. Non seulement elle portait une cape de bonne qualité, mais elle avait l'air naturellement distinguée. Il n'était pas rare que des gens de qualité se retrouvent dans des tavernes de ce genre, à Southwark ; des voyageurs qui arrivaient après le coucher du soleil et ne pouvaient franchir les portes de la ville de Londres.

Hamo venait de décider d'aller faire un brin de causette avec la fille quand la porte s'ouvrit de nouveau. Elle leva la tête... et un immense soulagement se lut sur son visage. Hamo se tourna pour voir entrer un jeune homme aux longues boucles cuivrées.

Comme ce dernier rejoignait la belle inconnue, Hamo voulut se dresser en travers de son chemin.

— Excusez-moi, dit le garçon d'une voix étrangement musicale, tout en l'écartant fermement.

Il avait des traits presque féminins et semblait bien proche encore de l'enfance, mais son regard avait une sorte de phosphorescence, comme la lueur d'une bougie à travers un coquillage. Et sa main reposait sur le manche d'un poignard qui avait peut-être bien servi récemment.

Hamo battit en retraite. Après tout, il n'y avait pas une donzelle qui valait que l'on perdît la vie pour elle !

Taliesin se laissa tomber à côté d'Arianna, soufflant sur une mèche qui avait glissé sur ses yeux.

— Quel horrible endroit ! dit-il, le nez froncé de dégoût devant les rangées de filous et de vauriens qui peuplaient la taverne. Personne ne vous a importunée, j'espère ? Cet individu...

— Il se contentait de me regarder.

Arianna but une gorgée de bière amère, fit la grimace.

— Qu'avez-vous appris ?

Le brouhaha était infernal, et elle en fut heureuse car ainsi Taliesin ne remarquerait pas que sa voix tremblait de peur et d'épuisement.

L'écuyer joua du bout du doigt avec une goutte sur la table, en évitant son regard.

— Mon seigneur n'est pas encore passé en jugement, et cela ne devrait pas se produire de sitôt. Henry craint qu'il ne demande le règlement du procès sur le pré.

Dans le code de la chevalerie, un homme avait en effet le droit de prouver son innocence en affrontant son accusateur sur le champ de bataille. Naturellement, le roi ne se battrait pas lui-même ; il déléguerait l'un de ses champions. Mais on racontait qu'aucun chevalier en Angleterre n'osait se mesurer au Dragon Noir.

— Ainsi, Henry a l'intention de le garder enfermé à vie dans la Tour de Londres ! soupira Arianna avec amertume. Que Dieu lui envoie toutes les plaies du monde !

Une catin passait devant Taliesin en ondulant des hanches, et le garçon la gratifia de son habituel sourire charmeur avant de revenir à Arianna.

— Comment vous sentez-vous, madame ?

— Très bien ! répondit-elle avec un faux entrain.

En vérité, elle n'en pouvait plus de ce voyage qui durait depuis deux semaines. D'autant qu'elle n'était pas encore tout à fait remise de sa blessure ; une guérison que le médecin de son père avait qualifiée de miraculeuse.

Il ignorait que Taliesin était un magicien, donc doué de pouvoirs de guérison. Après l'avoir amenée au château de son père, l'écuyer n'avait pas quitté son chevet durant des semaines et l'avait abreuvée de décoctions de sa fabrication. C'est grâce à lui qu'elle avait survécu.

Il se pencha vers elle pour l'observer avec plus d'attention.

— Si vous avez mal, madame, je peux vous donner...

— Non, non, merci. J'ai peut-être un peu faim...

Taliesin sortit de sa poche un petit paquet dans lequel elle trouva une tourte aux œufs et au fromage qu'il avait achetée dans une échoppe en venant.

Mais quand elle voulut en mordre une bouchée, elle fut prise d'une brusque nausée.

L'écuyer lui tendit un deuxième paquet.

— Tenez, c'est de l'anguille fumée.

Elle la repoussa aussi.

— Je n'ai sans doute pas faim, après tout.

— Vous avez surtout besoin de dormir, madame. Vous ne serez guère utile à votre époux si vous vous écroulez de fatigue ou si vous tombez malade.

Arianna frémit à la pensée de la chambre qui l'attendait à l'étage avec son odeur de sueur et ses paillasses infestées de puces.

— Je vais rester ici un moment, dit-elle.

Elle s'appuya au mur, ferma les yeux, et aussitôt l'image de Robert s'offrit à elle. Il souriait, de ce merveilleux sourire si rare, et elle s'interdit de l'imaginer enfermé dans un sinistre cachot de la Tour de Londres.

— Sait-il seulement que je suis en vie ? se demanda-t-elle à haute voix.

Le lendemain, ils se joignirent au cortège de vieilles charrettes tirées par des bœufs faméliques qui traversaient la Tamise sur un pont branlant.

— Regardez, madame, dit Taliesin en lui désignant une curieuse embarcation amarrée à une jetée décrépite. Ce bateau arrive tout droit d'Espagne. Que transporte-t-il, à votre avis ? D'après l'odeur, je parierais pour des figues.

Criant pour être entendu par-dessus le tintamarre, il commentait le paysage afin de lui faire oublier les têtes des traîtres fichées sur des lances au-dessus de la porte de la ville.

Arianna se garda bien de lever les yeux vers le hideux spectacle quand ils payèrent l'octroi et pénétrèrent dans Londres.

Vue de Southwark, la cité semblait dominée par les quatre tourelles blanches de la Tour dans laquelle croupissait Robert, mais une fois à l'intérieur, les deux jeunes gens se retrouvèrent dans un labyrinthe de rues étroites et tortueuses peuplées de porcs, de rats gros comme des chats et de camelots braillards. Arianna ne voyait même plus la Tour, et elle fut heureuse que Taliesin eût l'air de se repérer.

Elle le suivit dans une ruelle jonchée de têtes et de pattes de poulets, déchets des éventaires qui se succédaient le long des maisons. Cela sentait tellement mauvais qu'Arianna se couvrit le nez de sa manche. Soudain se dressa devant eux un énorme donjon rectangulaire dont les murs semblaient se perdre dans le ciel, percés seulement d'étroites meurtrières. Il était facile de comprendre pourquoi on disait que la Tour était la prison la plus redoutable d'Angleterre.

Ils n'eurent aucun mal à en franchir la porte, mais une fois à l'intérieur ils durent passer devant de multiples personnages officiels avant d'arriver au geôlier du roi.

Ce dernier leur lança un coup d'œil méprisant.

— Madame, mon seigneur, dit-il en s'inclinant devant eux avec une ironie évidente. Sans doute vous êtes-vous perdus ? Vous êtes à la Tour de Londres, ici, pas à la cathédrale Saint-Paul.

Arianna s'éclaircit la gorge.

— Je voudrais voir le seigneur de Rhuddlan.

L'homme pinça les lèvres.

— Impossible.

— P... pourquoi ? balbutia-t-elle.

— Ordre du roi.

Arianna sortit la petite bourse de cuir doublée de soie qu'elle portait à la ceinture, dissimulée sous sa cape.

— J'ai de l'argent...

Le geôlier se lécha les lèvres d'un air gourmand, puis il secoua la tête à regret.

— D'habitude, j'suis pas du genre à refuser un petit cadeau par-ci par-là, mais là, c'est ma vie que je risque.

Il se pencha, envoyant à Arianna une haleine chargée d'ail.

— Il a essayé de tuer le roi. Et il sera pendu, pour sûr ! On l'étripera, on lui coupera les...

— Ne vous inquiétez pas, intervint Taliesin en prenant Arianna par les épaules pour l'entraîner vers la sortie. Nous irons voir le roi à Westminster.

Dans un état second, elle se laissa mener jusqu'au fleuve où ils louèrent un bateau pour se rendre au palais. *Je vais à Westminster rencontrer le roi*, se répétait-elle. Et elle se traînerait à genoux, elle supplierait qu'on laissât la vie sauve à son mari. Mais d'abord, elle le savait, il lui faudrait mendier le droit de le voir.

La barque passait devant des maisons closes dont les escaliers de bois descendaient jusqu'à l'eau pour la convenance des marins qui venaient y dépenser leur solde.

Le passeur, tout fier, leur montrait les curiosités de la ville.

— Et voilà les gibets de Tyburn Hill, m'dame, dit-il, indiquant une petite colline où les corbeaux tournoyaient autour des potences qui se découpaient sur le ciel gris.

Un seul corps se balançait dans le vent, et Arianna, bien qu'elle sût qu'il ne pouvait s'agir de Robert, retint son souffle. Le corps tourna lentement... mais le visage était méconnaissable, entièrement dépecé par les oiseaux.

Les faubourgs sordides laissèrent bientôt la place à des manoirs entourés de parcs à l'abri de hauts murs, puis à des marais.

Et soudain, sur une plaine d'herbe grasse, ils virent les toits à pignons, ainsi que les deux hautes flèches du château de Westminster.

La barque s'arrêta au pied du mur du château, et les jeunes gens montèrent le long escalier de bois qui menait au grand hall. Là, un homme vint à leur rencontre.

C'était un noble, à en juger par la richesse de sa mise, et il s'inclina devant Arianna lorsqu'ils arrivèrent à sa hauteur.

— Si vous venez voir le roi, il n'est pas là. Il chasse sur ses terres du Cumberland.

— Quand rentre-t-il ? demanda Arianna, malade de frustration.

Le courtisan regarda rapidement autour de lui avant

de se pencher pour lui confier avec un clin d'œil complice :

— Eh bien, il chasse plus que le daim ou le sanglier, voyez-vous. Il en a surtout après la fille aînée de Cumberland...

Il s'éloigna en pouffant de rire, et Arianna le regarda s'éloigner, anéantie, tandis que les cloches sonnaient complies. Il ferait bientôt nuit, il fallait chercher un endroit où se restaurer, se reposer, mais respirer lui semblait déjà un effort surhumain. Elle était tellement lasse ! Toute son énergie s'était concentrée sur la visite à la Tour de Londres, puis la rencontre avec le roi...

— Que faisons-nous, à présent ? demanda-t-elle d'une voix vacillante.

Comme elle n'obtenait pas de réponse, elle se retourna. Taliesin avait disparu !

— Je n'en peux plus ! murmura-t-elle.

Des larmes amères lui brûlaient les yeux.

Pour la première fois, elle doutait de parvenir à gagner la liberté de Robert ; elle n'était même plus sûre de le revoir un jour.

Un cri lui fit faire volte-face.

Un homme était pétrifié en haut des marches, un homme dont la chevelure brillait comme le soleil malgré le crachin qui tombait sur la cour.

— Arianna !

Avec un soupir, Arianna se détourna de la fenêtre et se laissa tomber sur un tabouret près du brasier pour offrir ses mains aux braises rougeoyantes. Elle joua un instant avec son alliance.

Oh, Robert...

Combien de temps pourrait-elle encore résister au désespoir, aux larmes ?

Elle sursauta à l'entrée de Hugh de Chester, détendu et fort élégant dans son pourpoint vert et sa pelisse de fourrure. Il semblait remis du choc que lui avait causé la vue d'Arianna et arborait son habituel sourire ironique.

— Vous êtes un ravissant Lazare, Arianna, dit-il. Je

suppose que vos médecins ont des talents exceptionnels, au pays de Galles.

Arianna se leva pour exécuter une gracieuse révérence.

— Monseigneur...

Il eut un geste nonchalant en direction des mets intacts qui se trouvaient sur la table.

— Vous n'avez pas faim ?

— Non, je vous remercie. Monseigneur...

— Hugh, ma chère. Appelez-moi Hugh. Nous sommes de la même famille, après tout.

Il servit une coupe de vin qu'il tendit à la jeune femme. Son odeur douceâtre lui souleva le cœur, et elle reposa le verre.

— Vous avez promis de m'aider à obtenir une audience du roi.

Il se mordilla la lèvre.

— Eh bien, à vrai dire, je ne crois pas que ce serait une bonne chose. Henry voit rouge dès qu'on prononce le nom de mon frère... Mais que pensez-vous de ma demeure ?

— Elle est magnifique, répondit Arianna, bien qu'elle n'eût guère pris garde au décor depuis qu'il l'avait amenée chez lui, quelques heures auparavant.

— Je suis fort riche, vous savez, reprit Hugh de sa voix la plus charmeuse ; or, l'argent accomplit des miracles. Je pourrais, par exemple, m'arranger pour faire évader Robert de la Tour, si je le voulais.

Le cœur d'Arianna s'affola, mais elle s'efforça de rester impassible. Elle n'avait aucune confiance en Hugh. Elle ne pouvait oublier la flèche qu'il avait tirée dans la poitrine de son époux.

— Et vous feriez ça pour lui ?

Le comte s'approcha d'elle, son fameux sourire aux lèvres.

— Non, je le ferais pour vous. Pour moi aussi, bien sûr. Je n'agis jamais de façon désintéressée.

Il dessina du doigt la courbe de sa joue.

— Et il y a un prix à payer, poursuivit-il.

Arianna frémit.

— Un prix ?

— Ah, Arianna, douce Arianna, tout a un prix, sur terre...

Tout avait un prix, en effet... se répétait Hugh avec satisfaction tandis qu'il suivait le geôlier le long de l'escalier souterrain qui s'enfonçait sous la Tour. La pluie avait cessé durant la nuit, pourtant les murs ruisselaient d'humidité, ce qui était sans doute une bénédiction pour les prisonniers, car on ne leur donnait rien à boire.

Il n'avait eu aucun mal à se faire ouvrir les portes. Son nom seul y avait suffi. Il y avait tout de même quelque avantage à être le comte de Chester !

Ils suivirent un étroit couloir au plafond bas qui semblait conduire aux entrailles mêmes de la terre pour s'arrêter devant une porte de chêne munie d'un énorme cadenas.

Hugh sentit Arianna frissonner derrière lui, et il se demanda si c'était le froid ou cette impression d'être dans une tombe...

— Laissez-moi entrer le premier, dit-il d'une voix qui se répercuta contre les murs épais. Nous ne savons pas ce que nous allons trouver à l'intérieur.

— Je risque ma vie, geignait le geôlier. Le roi a dit...

— La ferme ! gronda Hugh. Ou ta vie ne vaudra même plus un crachat.

L'homme sortit enfin ses clés et déverrouilla le cadenas.

Hugh pénétra dans la cellule. C'était pénétrer dans l'antichambre de la mort. L'air était humide, atrocement froid, de la froideur terrifiante d'un lieu qui n'avait jamais vu le soleil. Hugh fit signe au gardien de lui passer la torche.

Robert gisait sur une paillasse pourrie posée contre un mur visqueux de boue noirâtre. Il ferma d'abord les yeux, ébloui par la lumière, et se protégea le visage de son bras. Puis, tandis que Hugh accrochait la torche à un piton, il se leva avec peine dans le grincement des chaînes qui lui entravaient les chevilles. Dans son visage hagard, couvert de barbe, le regard gris était étrangement résigné. Le regard d'un homme qui attend la fin, qui la souhaite.

— Robert... Mon frère.

Hugh fut surpris du son éraillé de sa propre voix, comme si c'était lui qui venait de passer un mois dans ce cachot.

— J'ai une surprise pour toi, reprit-il.

Robert le fixait en silence et, bien qu'il eût du mal à distinguer son expression, Hugh devina que c'était celle de quelqu'un qui avait perdu tout espoir.

Le comte eut un geste en direction de la porte, et le geôlier fit entrer Arianna.

La jeune femme ne put retenir un petit cri d'animal blessé, tandis que son mari, pétrifié, la contemplait comme s'il ne croyait pas à sa présence, comme s'il ne voulait pas y croire, de crainte d'être cruellement déçu.

Avec un sanglot étouffé, elle se jeta dans ses bras.

Il posa le front sur ses cheveux, puis il rejeta la tête en arrière, les yeux clos, les traits tirés d'une émotion indicible. Gêné pour lui, Hugh poussa le geôlier à l'extérieur et ferma la porte.

Les joues de Robert étaient trempées de larmes quand Arianna prit son visage entre ses mains pour l'embrasser. Il but à ses lèvres comme un mourant à qui l'on offre une gourde d'eau dans le désert.

Ensuite il la tint bien serrée contre lui.

— Arianna...

Ils restèrent longtemps ainsi enlacés, debout, à se bercer doucement l'un contre l'autre, puis Arianna recula un peu pour le regarder. Elle passa le doigt sur la trace de la blessure que lui avait infligée Henry à la joue.

— Je ne suis pas morte, dit-elle dans un sourire noyé de larmes, et ma cicatrice est bien plus vilaine que la vôtre.

— Mon Dieu...

Il caressait ses cheveux.

— Et vous n'avez pas non plus perdu votre terre, Robert. Père a repris Rhuddlan, et il garde le château pour vous. N'est-ce pas une merveilleuse nouvelle?

Robert hocha la tête, mais Hugh ne fut pas certain qu'il avait entendu, ou qu'il s'en souciât. Il ne cessait de toucher sa femme, comme pour s'assurer qu'elle était bien réelle.

— Et comment…

Sa voix se brisa.

— Comment vont les jumeaux ? demanda-t-il.

— Mère les a emmenés sur l'île de Man. Ils se portent à merveille, Robert.

— Tout ceci est fort émouvant, intervint Hugh qui, pour sa plus grande horreur, avait lui aussi la gorge serrée. Mais il nous faut parler sérieusement, et nous n'avons guère de temps. J'ai échafaudé un plan, grand frère. Demain soir, tu t'échapperas de cette prison.

Il y eut un bref silence. Enfin, Robert prononça un seul mot, celui que Hugh prévoyait :

— Pourquoi ?

— C'est très simple, à la vérité, répondit Hugh avec un nonchalant haussement d'épaules. Je veux passer une nuit avec ta femme, et elle a accepté de m'accorder l'usage de son corps ravissant en échange de ta liberté. Il est bien évident que ta présence n'est plus souhaitée en Angleterre, et tu devras passer le reste de ton existence dans ce sinistre pays de Galles… Mais c'est sans doute ce dont tu avais l'intention, de toute façon.

Il se tut, ravi de l'effet qu'avait produit son petit discours.

Vu son air choqué, Arianna n'imaginait pas qu'il lâcherait le morceau de cette façon. Quant à Robert… Il s'était figé dans la même attitude que lorsque, enfant, il s'attendait à recevoir une correction. Raide, rentré en lui-même, préparé aux coups, à la douleur.

Il repoussa sa femme, la tint à bout de bras.

— Vous avez accepté ce marché ?

— Robert…

Il la secoua légèrement.

— Vous avez accepté ?

Elle baissa la tête. Robert la lâcha, et Hugh sourit, tandis que le visage de son frère se durcissait. Quelle satisfaction de le tenir ainsi à sa merci ! Robert avait toujours été bien trop orgueilleux! Voilà qui, désormais, l'empêcherait de relever la tête avec sa morgue habituelle!

— Je vous l'interdis! martela Robert d'une voix tranchante.

Se redressant, Arianna affronta son regard sans broncher.

— Vous n'avez rien à voir là-dedans. C'est ma décision et je m'y tiendrai. Robert... ajouta-t-elle en posant la main sur son bras.

Il se dégagea d'une secousse dans un fracas de chaînes.

Elle resta immobile devant lui, les poings serrés, les joues ruisselantes de larmes.

— Bon sang, Robert, je veux vous avoir près de moi de nouveau, je veux que vous viviez! Et je ferais n'importe quoi, n'importe quoi...

— C'est une princesse que j'ai aimée, pas une prostituée!

Elle tressaillit comme s'il l'avait giflée puis, la tête bien droite, elle se tourna vers Hugh.

— Je suis prête à partir, maintenant, dit-elle en se dirigeant vers la porte.

Une lumière fugitive s'alluma dans les yeux de Robert, vite éteinte.

Hugh remit Arianna entre les mains du gardien, puis il rentra dans la cellule afin de reprendre la torche. Robert s'était affalé contre le mur, et Hugh comprit enfin que son frère devait être horriblement faible. La faim, le manque de lumière...

Il décrocha la torche qu'il brandit au-dessus de sa tête pour mieux voir le cachot, et il frissonna. C'était atroce. Le sol était recouvert d'une boue immonde et les murs visqueux n'étaient pas noirs mais d'une nuance verdâtre presque iridescente. La couleur de la pourriture. Il en eut la chair de poule. A peine rentré chez lui, il prendrait un long bain et il jetterait les vêtements qu'il portait.

— Hugh...

Il se retourna vers son frère.

— Ne lui fais pas ça, murmura Robert.

— Ce n'est pas à elle que je le fais, Robert, c'est à toi. Je te le dois. Depuis des années. Je veux que tu passes des nuits d'homme marié semblables aux miennes. Dorénavant, lorsque tu ouvriras les jolies cuisses de ta petite épouse, tu sauras que quelqu'un d'autre a connu ce plaisir.

Robert ferma les yeux.

— Veux-tu que je te supplie ?

Hugh eut un mauvais rire.

— J'avoue que la perspective de te voir à genoux devant moi est assez plaisante, mais j'aime encore mieux savoir que cette nuit, sur ta misérable paillasse, tu imagineras Arianna en train de prendre du plaisir dans mes bras.

Robert ouvrit lentement les yeux.

— Je te tuerai !

Hugh secoua ses boucles blondes.

— Non, tu ne me tueras pas, parce que je ne me battrai jamais avec toi. Et tu as trop le sens de l'honneur pour devenir un simple assassin.

Debout devant la porte, Hugh n'hésita qu'un bref instant avant d'entrer sans frapper.

Elle se tenait à la fenêtre et se retourna d'un bond, la main sur la gorge. Hugh vit qu'elle était nue sous le peignoir écarlate qu'il lui avait fait porter.

— Déshabillez-vous, ordonna-t-il.

Docile, elle dénoua la cordelière qui retenait le peignoir à la taille et le vêtement glissa à terre.

Hugh caressa la jeune femme du regard.

Le clair de lune la baignait d'une lumière argentée et tout était si calme qu'on entendait leurs respirations.

Elle était trop mince à son goût, la cicatrice de sa poitrine était encore rouge et gonflée, pourtant il y avait quelque chose d'extrêmement sensuel en elle. C'était une créature vibrante, épanouie. Elle devait crier et griffer au moment de la jouissance.

Le désir de Hugh s'accrut.

Il s'approcha doucement, tandis qu'elle le fixait, ses yeux d'un vert profond dénués d'expression.

Elle ne broncha pas quand il posa la main sur son cou mais il vit l'effort qu'elle s'imposait pour ne pas reculer. Son frère et elle étaient vraiment assortis, pensa-t-il sans pouvoir retenir un élan d'admiration. Le même courage, le même satané sens de l'honneur ! Il doutait que Sybil fût capable d'un tel sacrifice, même pour l'homme qu'elle prétendait aimer.

Il effleura ses seins à plusieurs reprises et sentit les petits boutons durcir, mais aucun plaisir ne se lisait sur le visage d'Arianna.

— Vous ne croyez pas que vous pourriez y trouver quelque satisfaction ? dit-il, vaguement irrité.

— Cela ne fait pas partie de notre marché, monseigneur.

Il alla se servir un verre de vin qu'il but sans la quitter des yeux. La lune s'était cachée, et sa peau avait à présent des reflets de miel à la lueur de la bougie. Seules deux petites taches roses sur ses pommettes trahissaient son embarras de se trouver nue devant lui.

— S'il vous déplaît à ce point, vous n'êtes pas obligée d'aller jusqu'au bout, vous savez. Vous pourriez tenter votre chance avec Henry — il a toujours eu un faible pour les jolis minois. Ou bien essayer de monnayer vous-même la liberté de votre époux. Robert ne semble pas très reconnaissant pour l'immense sacrifice que vous lui consentez !

— Robert est stupide, répondit-elle d'une voix basse, car je ne fais rien de grave. Je coucherais avec le diable, je me prostituerais dans la rue, je ferais l'amour avec tous les mâles d'Angleterre si cela pouvait lui sauver la vie.

— Et jamais il ne vous le pardonnerait !

Elle leva le menton.

— Peu importe, je le ferais quand même. Je *suis* en train de le faire !

Hugh posa le verre sur la table avec un petit bruit mat.

— Croyez-vous ? dit-il sèchement.

Il ramassa le déshabillé et le lui tendit.

Elle ne le prit pas mais sa respiration s'accéléra.

— Je vous en prie, ne dénoncez pas notre accord maintenant. Je vous en supplie... J'essaierai de faire semblant de prendre du plaisir, je...

Il éclata d'un rire amer. Même Sybil ne s'était jamais donné la peine de feindre.

— Inutile, ce n'est pas à cause de vous. J'ai réfléchi, voyez-vous, et je me suis aperçu qu'il y avait quelques failles dans mon raisonnement. Si vous couchez avec moi par amour pour Robert, cela ne me vengera pas du fait que ma femme dorme à mes côtés en rêvant de lui. Dans un cas comme dans l'autre, je n'aurai que ses restes.

Il y avait une autre raison, mais pour rien au monde il ne l'avouerait à haute voix. C'était Robert lui-même. Robert et son courage, Robert et son sens de la chevalerie. Robert dont le cynisme de façade cachait l'espoir insensé qu'il y avait quelque chose de vrai et de bon dans ce monde pourri... Robert qui avait toujours été celui que Hugh rêvait d'être. Bien souvent, au fil des ans, il l'avait haï, mais parfois aussi, il l'avait aimé comme personne.

Il secoua la tête, plein de dérision à son propre égard.

D'une main tremblante, Arianna lui prit le déshabillé qu'elle serra contre elle.

— Vous... vous avez toujours l'intention de l'aider à s'échapper ?

Hugh fit la moue.

— Je ne peux tout de même pas laisser mon frère connaître une fin infamante sur la colline des pendus, ce serait une tache sur le nom de notre père.

Il prit son verre, en examina le contenu, pensif.

— Je n'ai jamais compris pourquoi Robert se donnait tant de mal pour obtenir l'estime et l'affection de ce vieux serpent, dit-il avec un demi-sourire. C'était un être cruel et sans cœur.

Arianna tenait toujours son vêtement, les yeux agrandis de désespoir.

— Vous devriez vous couvrir, avant que je ne change d'avis...

Elle obéit et, quand ce fut fait, il vint déposer un baiser fraternel sur le bout de son nez.

— Restez ici cette nuit, proposa-t-il. Verrouillez la porte si vous préférez, mais soyez rassurée, votre vertu sera préservée en ce qui me concerne.

Il tourna les talons, s'arrêta à la porte.

Arianna n'avait pas bougé, les deux mains retenant les pans de son peignoir sur ses seins, la bouche entrouverte, de surprise ou de soulagement. Elle était tellement ravissante ! Un instant, il maudit cette manifestation intempestive de sa conscience... Mais il n'y avait pas que ça. Aussi jolie qu'elle fût, ce n'était pas Sybil...

Quelle ironie ! Il était là, beau comme un ange, plus riche que le Pape, et titré, pour l'amour du Ciel !... Il pouvait avoir n'importe quelle femme dans son lit sur un simple claquement de doigts. Même Sybil, malgré ses sentiments pour Robert, ne lui avait jamais rien refusé.

Sauf son cœur. Et c'était bien là que le bât blessait. Car si elle l'avait aimé, jamais il n'aurait eu le moindre désir pour une autre femme.

Si elle l'aimait juste un peu, il pourrait même lui pardonner Robert.

Il s'inclina, son sourire moqueur aux lèvres.

— Je suis décidément fort chevaleresque, ce soir, dit-il en prenant congé.

28

Le geôlier du roi poussa un énorme soupir. Le comte de Chester était déjà venu la veille. Et voilà qu'il revenait à présent, accompagné d'un prêtre, cette fois, et non d'une femme.

Que voulait-il encore ? Bon Dieu, que voulait-il ?

— Vous ne pouvez pas voir le prisonnier ! déclara-t-il dès que son élégant visiteur, tout sourires, fut arrivé à sa hauteur. C'est presque l'heure du couvre-feu.

— Mais je n'ai pas pu trouver de prêtre plus tôt, rétorqua le comte de Chester, visiblement désappointé. Or le prisonnier m'a dit hier qu'il souhaitait le réconfort de l'Eglise.

— Il peut bien souhaiter ce qu'il veut, il n'aura rien du tout. Je risque ma tête, moi, à laisser entrer tout le monde dans sa cellule comme dans un moulin !

Le comte se pencha vers lui dans un effluve de coûteux parfum.

— J'ai parlé au roi ce matin, dit-il sur le ton de la confidence. Sa Majesté ne veut pas qu'on refuse au prisonnier l'absolution divine. D'autant que notre homme est au bord de la confession.

Hugh adressa un clin d'œil complice au gardien.

— Une confession qui sera fort utile au roi au moment du procès. Vous me comprenez ?

Le geôlier se tourna vers le prêtre en soutane éculée. Il le connaissait bien — c'était le curé de la paroisse d'All Hallow, et il était également censé veiller sur les âmes des malheureux enfermés dans la Tour, même s'il semblait plus porté sur la chopine que préoccupé par le salut de ses ouailles.

— C'est bon, gémit-il. On va lui amener son satané prêtre...

Allongé sur son grabat dans l'épouvantable obscurité, Robert attendait. Avec sa volonté de fer, il s'interdisait de penser ; il attendait, voilà tout.

La porte grinça sur ses gonds et le geôlier, muni d'une torche, entra, suivi d'un gros homme en soutane douteuse.

— Voilà le prêtre que vous avez demandé. Mais que ça dure pas trop longtemps, surtout !

Il y eut un mouvement rapide derrière lui et il se retourna à demi... pour se trouver assommé par le manche d'un poignard.

— Salut, grand frère, dit Hugh dans un sourire éblouissant.

Il se pencha pour prendre les clés du geôlier inconscient et les lança à Robert.

— Que faites-vous ? piailla le prêtre.

— Moi, rien. C'est lui qui s'évade. Ôtez votre soutane, mon père.

Le prêtre leva la tête, rebelle.

— Non !

Hugh pointa sa lame acérée contre le ventre rebondi du curé.

— Dépêchez-vous, avant que je vous perce l'abdomen !

Avec force gémissements, le gros prêtre obtempéra. Il ne portait rien en dessous et sa chair tremblotait, blême et flasque. Robert saisit la soutane. Par le Ciel, il était si faible que même la lumière de la torche l'éblouissait !

Hugh ferma les chaînes autour des poignets grassouillets du prêtre en le menaçant de lui casser les dents s'il ne cessait de geindre, puis il regarda son frère de la tête aux pieds.

— J'aurais dû choisir un prêtre plus grand, dit-il, moqueur. Il manque une vingtaine de centimètres à cette soutane. Mais tu ne me demandes pas de nouvelles d'Arianna ? Tu ne veux pas savoir comment s'est passée notre nuit ?

— Je te tuerai, gronda Robert.

— Nous verrons ça plus tard. Pour l'instant, il nous faut sortir d'ici, et en vitesse.

— Vous ne pouvez pas me laisser là ! protesta le malheureux curé. Je vais geler !

— Alors, priez Dieu de vous réchauffer de Sa grâce ! lança Hugh dans un éclat de rire avant de pousser Robert dehors.

Ils traversaient la cour quand on sonna le couvre-feu. Presque aussitôt retentirent des cris d'alerte.

— Bon sang ! marmonna Hugh en accélérant l'allure sans toutefois attirer l'attention. Ce geôlier doit avoir la tête dure ! Nous allons devoir courir, une fois la porte franchie. Tu pourras ?

Robert lui lança un regard noir :

— Je suis encore capable de te battre à la course, petit frère.

Hugh sourit.

— C'est le moment de le montrer !

Les gardes, qui ne comprenaient pas bien la raison de toute cette agitation, commençaient à fermer les grilles, mais ils s'occupaient surtout des hommes qui se déversaient par les portes du hall, et les deux frères purent se glisser sous la herse pour se perdre dans le sombre dédale des ruelles londoniennes.

Après le couvre-feu, il n'y avait presque personne dans la cité. Les toits des maisons serrées les unes contre les autres se rejoignaient, bloquant la lumière de la lune, et les deux hommes avaient du mal à se repérer, mais l'obscurité était aussi leur alliée, car ils entendaient derrière eux claquements de sabots et cris furieux.

Robert n'en pouvait plus quand ils se réfugièrent dans l'ombre d'un porche d'église.

— Nous allons attendre ici, chuchota Hugh.

Ils avaient distancé leurs poursuivants, car le silence était presque total.

— Ton écuyer doit nous amener un chariot. Arianna affirme qu'il est digne de confiance, j'espère qu'elle ne se trompe pas.

Le sang de Robert bourdonnait à ses oreilles, son cœur battait à se rompre, et il était surpris lui-même de constater à quel point ces quelques semaines de cachot l'avaient affaibli. Il avait envie de demander si Arianna serait avec Taliesin, mais il s'en abstint.

Hugh, comme souvent, avait deviné ses pensées.

— Elle nous attend au vieux moulin abandonné sur la route de Chester.

Nous.

Un accès de jalousie aveugle étreignit Robert, l'étouffa. Il ferma les yeux, prit une profonde inspiration et vit le visage d'Arianna, si fier, plein de défi... et d'amour pour lui. Il connaissait sa femme, il savait qu'elle n'avait pas pris de plaisir dans le lit de Hugh.

Elle s'était laissé dégrader, humilier, briser, tout cela pour lui.

Il ouvrit les yeux, et à ce moment-là, quoiqu'il l'ignorât, Hugh fut bien proche de la mort.

Le comte se tenait le torse à deux mains.

— Seigneur, j'ai l'impression que mon cœur va éclater. Je vieillis !

Robert eut un bref sourire.

— Tu as toujours été fragile, petit frère.

— Et toi, tu as toujours été un ingrat ! Au cas où tu ne l'aurais pas remarqué, je viens de te sauver d'un sort peu enviable !

— En effet, et Henry n'en sera pas enchanté.

— Qu'il aille au diable ! Il devra bien se faire une raison. Les rois d'Angleterre ont toujours eu beaucoup plus besoin des comtes de Chester que nous n'avons eu besoin d'eux. Ah, voilà le chariot !

Des roues cerclées de fer cahotaient sur les pavés et bientôt s'éleva la voix irritée de Taliesin :

— Vous ne pouviez pas vous enfuir sans ameuter toute la ville ? La déesse me protège...

— Halte, au nom du roi !

Deux archers surgissaient au bout de l'allée, l'un d'eux brandissant une torche qui se refléta sur le casque doré de l'écuyer, aveuglant Robert. Il y eut un sifflement, puis Hugh poussa un cri avant de s'effondrer contre son frère.

Celui-ci vacilla sous son poids mais, bien qu'il ne vît toujours rien, il parvint à le hisser dans le fond du chariot tandis que Taliesin, d'un coup de fouet, le faisait démarrer. Robert y grimpa en marche.

Comme le véhicule traversait les ruelles sombres à tombeau ouvert, Robert chercha à tâtons la blessure de son frère. Il découvrit une tache de sang, mais pas de flèche. Toutefois, à la lumière intermittente de la lune, il s'aperçut qu'elle avait été brisée dans la fesse gauche de Hugh.

Taliesin semblait aller à l'aventure, choisissant les artères les plus sombres et les plus impraticables. Soudain il prit un virage serré et passa sous une arche de pierre en ruine pour pénétrer dans un abattoir désaffecté.

L'endroit empestait le sang, la pourriture. Un incendie avait détruit le toit, et on apercevait le ciel nocturne à travers les poutres carbonisées.

— Nous allons rester ici un moment, monseigneur, suggéra Taliesin, le temps que nos poursuivants se lassent.

Hugh s'agita, la tête sur les genoux de Robert.

— Bon sang, sur quoi suis-je étendu ?

— Des joncs.

— Ça sent plus mauvais que du fumier !

Il prit une profonde inspiration.

— Non, ça sent l'été, au contraire. L'herbe en été. Je t'épiais... Je vous épiais, Sybil et toi.

Il eut une grimace de douleur.

— Quelle blague ! Je suis en train de mourir d'une flèche qui t'était destinée.

— Pour l'amour du Ciel, Hugh, on ne meurt pas d'une flèche dans le postérieur !

Après un bref silence, Hugh reprit :

— Alors c'est là que... ? Quelle humiliation !

Robert s'efforça de retenir un petit rire sans y parvenir tout à fait.

— Désolé...

— J'en suis sûr. Tu as toujours été si... sacrément noble !

Sa respiration était rauque, saccadée.

— Je te déteste. Je t'ai détesté toute ma vie, reprit-il.

— C'est faux, et tu le sais.

Au loin, Robert entendit un bruit de course, des cris.

— Dieu que j'ai mal... gémit Hugh. Je meurs, c'est certain.

— Tâche de voir le bon côté des choses... petit frère. Ta cicatrice intriguera les femmes.

Hugh grimaça un sourire.

— Malgré tout, il vaudrait peut-être mieux que je meure. Comme je n'ai pas d'héritier, Chester reviendrait à Sybil, qui pourrait se choisir un époux plus accommodant que moi, un pauvre diable qui ne verrait aucune objection à partager son épouse avec le Dragon Noir.

— Je n'ai jamais couché avec Sybil depuis votre mariage, Hugh.

— Peut-être. Mais tu étais quand même dans mon lit chaque soir !

Taliesin surgit soudain devant eux.

— Les gardes du roi se dirigent vers nous, monseigneur. Un bateau vous attend sous le pont de Southwark, ainsi qu'un cheval sur l'autre rive. Mais vous allez devoir courir jusqu'au fleuve.

— Mon frère n'est pas en état.

Un rire amer accueillit sa phrase.

— Qu'est-ce que je disais ? soufflait Hugh. Noble. Noble et stupide !

Il saisit son frère par sa tunique.

— Ecoute, Robert... Au sujet d'Arianna et moi, nous...

Il ne put aller au bout de sa confession car il s'était évanoui.

Taliesin prit Robert par le bras.

— Le comte peut rester seul le temps que j'égare les hommes du roi, monseigneur. Ensuite je reviendrai le chercher. Même si on le trouvait, Henry s'époumonerait à pester contre lui pour vous avoir aidé à vous échapper, mais il ne peut se permettre de s'en faire un ennemi. Chester est trop puissant.

Robert regardait la silhouette inanimée de son frère. Il le haïssait pour ce qu'il avait fait à Arianna, pourtant il ne pouvait abandonner le Hugh avec qui il s'était bagarré, avec qui il avait joué et — oui ! — qu'il avait aimé quand ils étaient enfants.

— Mais vous, monseigneur, insistait Taliesin, au bord de la panique, vous devez vous sauver sur-le-champ. Donnez-moi la soutane, et je vais les éloigner. Tenez...

L'écuyer tendait son casque à Robert qui le prit... et le sentit presque vivant entre ses mains.

— Arianna est convaincue que vous êtes un magicien.

Le garçon eut un grand rire.

— Les femmes ! Elles ont de ces idées, parfois...

Un homme criait tout près, tandis que Robert continuait à tourner le casque dans ses mains.

— Oui, les idées qu'elles ont parfois...

Taliesin fit passer d'autorité la soutane par-dessus la tête de Robert.

— Vous ne laisserez pas votre orgueil vous empêcher d'aller la retrouver ! déclara-t-il du ton d'un monarque s'adressant à un de ses sujets.

Robert serra les dents sans répondre.

— Elle a agi seulement par amour, reprit Taliesin.

Ses yeux scintillaient dans l'obscurité, et Robert eut l'absurde impression que ce n'étaient pas des yeux mais des étoiles. Des étoiles qui brillaient pour l'éternité dans une nuit infinie.

Et Taliesin lui parlait, du fond de cette nuit, il chantait presque les mots.

— Par amour pour elle, vous avez renoncé à tout ce qui vous était le plus cher — votre titre, votre terre, et même cette fidélité au roi qui constituait votre honneur par le passé. Regrettez-vous ce sacrifice, monseigneur ?

— Non ! s'écria Robert de tout son cœur.

— Alors ne l'obligez pas à regretter le sien.

L'étrange lumière dans le regard de l'écuyer s'atténua tandis qu'il enfilait la soutane.

— C'est votre dernière épreuve, monseigneur, ne la ratez pas, dit-il, la voix un peu étouffée par la laine épaisse. Parce que cette fois, je ne serai plus là pour vous aider.

Il poussa un long soupir.

— Je dois vous avouer que ces dernières années ont été fort éprouvantes pour mes faibles épaules, avec votre fichu orgueil et l'entêtement de Lady Arianna. Il n'est pas étonnant que...

Robert le prit par lesdites épaules et le poussa vers l'arche de pierre.

— Taliesin, pour l'amour du Ciel, si tu envisages de faire diversion, cesse de bavarder et agis !

L'écuyer fit quelques pas, puis il revint en arrière,

s'empara du casque et le planta sur la tête de son maître.

— Au cas, improbable, où il serait vraiment magique, monseigneur, il vaut mieux que vous le portiez.

Il s'en alla à reculons, agitant la main.

— Que la déesse vous protège, monseigneur, murmura-t-il.

Robert sut alors qu'il ne verrait plus jamais son étrange écuyer.

Il partit en courant dans la direction opposée et, au bout d'un moment, il entendit les cris qui s'éloignaient de lui. La manœuvre de Taliesin avait porté ses fruits.

Il avait parcouru une centaine de mètres quand un brouillard blanc monta des caniveaux. Il s'épaississait à chaque pas, et bientôt Robert fut enveloppé d'une brume impénétrable, curieusement sèche, tiède.

Il ne voyait plus rien, pourtant il se dirigeait à l'odeur. Urine et teinture dans la rue des Tanneurs, sang et entrailles dans l'allée des Bouchers, acide dans la ruelle des Verriers. Dans celle des Orfèvres, il faillit se rompre le cou en se prenant les pieds dans une lourde chaîne destinée à empêcher les voleurs de s'enfuir.

Il était plongé dans un silence presque parfait jusqu'à ce que le clapotis des vagues contre le quai lui indiquât qu'il était arrivé au fleuve.

Le bateau était là, et le cheval attendait bien sur l'autre rive, comme l'avait annoncé Taliesin.

Quand il eut traversé la Tamise, il s'aperçut que de ce côté-là la nuit était claire. Il regarda Londres, au loin, s'attendant à voir la cité environnée de brouillard, mais la lune était haute et brillante au-dessus de la Tour.

Les étoiles emplissaient le ciel comme autant de diamants, et Robert prit une grande inspiration. Il était libre, aussi libre que les étoiles.

Il pouvait se rendre en France, jurer fidélité au roi Louis, gagner un nouveau titre, une nouvelle terre. Ou bien retourner vers le pays de Galles, vers son château, lié à un nouveau suzerain et à un vieux rêve.

Oui, il rentrerait chez lui, au pays de Galles, il retrouverait Arianna en s'efforçant d'oublier le prix qu'elle avait payé pour sa liberté. Mais le pourrait-il un jour ?

Elle se tenait au sommet de la colline, un bouquet de bruyère dans les bras. Le soleil brillait dans le ciel d'un bleu si intense qu'il faisait mal aux yeux, pourtant une douleur épouvantable lui étreignait le cœur. Elle l'avait perdu, Dieu, elle l'avait perdu.

Quelque chose bougea, au loin. Un cavalier qui venait à elle, étincelle d'espoir.

Le vent se leva tandis que le cavalier s'approchait au galop. Aveuglée par ses larmes, elle tendit les bras, et une bourrasque lui arracha les fleurs qui s'envolèrent dans un nuage mauve.

A mi-chemin de la pente il mit pied à terre, et le soleil se refléta sur sa tête dorée.

Arianna en éprouva une déception si violente qu'elle poussa un cri d'agonie, mais il porta les mains à sa tête et elle comprit qu'il s'agissait d'un casque, un casque doré. Il le jeta au sol, et cette fois sa chevelure apparut, d'un noir bleuté.

Il la regardait, tendu, hésitant, comme s'il avait peur d'avancer davantage, comme s'il n'était pas sûr d'elle, de son amour, et cette idée la fit sourire, car il était son mari, et son amour pour lui était immense, infini. Enfin, il fit un pas vers elle.

Avec un rire de joie pure, elle courut, courut vers lui, vers son seul amour, et elle se jeta dans ses bras, s'y blottit. Elle était enfin arrivée au port.

— Je t'aime, Arianna. Dieu, je t'aime !

Elle rejeta la tête en arrière pour voir le visage de son bien-aimé.

— J'avais dit que je vous attendrais.

— Oui.

— J'attendrai toujours, Robert.

— Oui, répéta-t-il.

Il la souleva de terre pour la faire tournoyer et le vent emporta jusqu'au ciel l'écho de leurs rires.

ÉPILOGUE

C'était une journée idéale pour voir l'île magique. Le ciel avait le bleu pur de la centaurée, pourtant une légère brume couvrait les marais et la mer.

La jeune fille était assise sur un rocher, les bras autour des genoux. Ce rocher avait autrefois fait partie du dolmen qui se dressait derrière elle, mais il s'en était détaché bien longtemps auparavant, frappé par la foudre.

La jeune fille venait souvent s'isoler ici pour réfléchir. Et pour fixer la mer, les jours de brume, dans l'espoir d'apercevoir l'île magique.

— Arianna ?

Elle se retourna d'un bond, surprise. Un vieil homme frêle se tenait devant elle, courbé sur un bâton de berger. Il avait le teint jaunâtre, parcheminé, et quelques rares mèches blanches ornaient son crâne. Jamais elle ne l'avait vu auparavant.

— Comment… comment connaissez-vous mon nom ?

Il avait un très beau sourire.

— Vous ressemblez à une Arianna que j'ai connue autrefois.

— Mon arrière-grand-mère, peut-être ! On m'a appelée Arianna en souvenir d'elle.

Elle était soudain tout excitée, car elle avait toujours été passionnée par l'aventure de ses arrière-grands-parents. Peut-être cet homme les avait-il connus ?

Elle tapota la pierre plate, à côté d'elle.

— Venez vous asseoir près de moi et dites-moi. Comment était votre Arianna ? Avez-vous des histoires à me raconter sur elle ?

Un rire profond, étonnant de force et de jeunesse, roula dans la poitrine étroite de l'homme.

— Oh, oui, j'en connais...

Il s'assit en soupirant.

— Arianna a vécu un immense amour.

La jeune fille soupira aussi, rêveuse.

— Oui. On rapporte que mon arrière-grand-mère était folle d'amour pour son époux, qui était un preux chevalier, ajouta-t-elle avec fierté. Il était anglais, mais il se querella avec son roi et devint fils de Gwynedd.

Elle désigna la forteresse qui dominait le fleuve.

— C'est lui qui a fait construire ce château. Croyez-vous que mon arrière-grand-mère pourrait être l'Arianna que vous avez connue ?

— C'était il y a bien, bien longtemps.

— Grand-mère dit qu'ils sont partis sur l'île magique. Pensez-vous que ce soit possible ? C'est un lieu sacré, comme l'île d'Avalon où repose le roi Arthur. Grand-mère dit aussi que sur cette île, Robert et Arianna sont jeunes et amoureux pour toujours. Et parfois, les jours brumeux, le brouillard se déchire et on aperçoit l'île qui flotte juste là, à l'horizon. Je ne l'ai jamais vue, moi. Et vous ?

— Oh, oui. Bien des fois.

— Vraiment ?

La jeune fille plissait les yeux en essayant de percer la brume.

— Oh, j'aimerais tant l'apercevoir une fois, rien qu'une fois !

— Il suffit d'y croire, et un jour cela se produira.

La jeune fille se concentra de toutes ses forces.

Le vieillard sortit d'une bourse à sa ceinture un petit bol cabossé, et la jeune fille se demanda si c'était de l'or tant il brillait. Le bord en était formé de perles qui semblaient véritables. L'objet était sans doute très ancien, aussi vieux que l'homme.

Il le lui tendit.

— Ceci vous appartient. Je l'ai gardé pour vous.

— Oh, je ne puis accepter, protesta la jeune fille.

— Mais je vous dis que ce n'est pas un cadeau, insista-t-il, un peu irrité.

Il s'interrompit, marmonna quelques mots qui ressemblaient à : « Pourquoi faut-il toujours que je tombe sur des entêtés ? » puis reprit :

— Je vous en prie. Je suis très âgé, je n'ai plus personne à qui faire des présents. En outre, ce bol appartenait à votre aïeule.

— Vous êtes sûr ?

Elle contemplait le bol, et elle le prit enfin avec un sourire intimidé.

Le vieux se racla la gorge.

— Euh... Vous ne nourrissez pas de préjugés, n'est-ce pas ?

— Des préjugés ?

— Par exemple, que diriez-vous si votre père vous annonçait que vous allez épouser un Ecossais ?

— Un Ecossais ?

Elle éclata de rire puis, devant le sérieux du vieillard, elle frissonna :

— Je préférerais me marier avec le diable !

Le vieil homme soupira et cette fois il grommela quelque chose comme : « Que la déesse me protège ! »

Il demeura un moment silencieux avant de demander tout à trac :

— Votre père a-t-il un barde ?

Elle trouva la question absurde. On était au pays de Galles !

— Oui, bien sûr.

— Est-il talentueux ?

— Sans doute. Il compose de belles chansons d'amour.

— Mais votre père en accepterait volontiers un autre, non ?

— Sans doute, répéta-t-elle.

De nouveau, le vieil homme se perdit dans ses pensées, puis, avec une agilité surprenante, il bondit sur ses pieds, et la jeune fille mit quelques secondes à comprendre qu'il s'en allait.

Elle le rappela.

— Attendez ! Je ne vous ai pas remercié pour... J'ignore même votre nom.

Il se retourna.

Un sourire juvénile éclairait son visage buriné et ses yeux noirs brillaient d'une lumière argentée, comme des rayons de lune.

— Je m'appelle Taliesin.

La jeune fille le regarda descendre vers la plage, puis elle revint au bol, si chaud entre ses mains, qui semblait palpiter d'une vie propre.

Comme elle plongeait dans les profondeurs dorées, elle crut voir un homme et une femme tournoyer au sommet d'une colline envahie de bruyère, un rire joyeux aux lèvres.

Un instant plus tard, ils avaient disparu.

C'était seulement le soleil qui avait chauffé le bol de métal, le reflet des nuages qui avait créé un semblant d'image, se dit-elle, amusée.

Elle se tourna vers la plage. Le vieillard aussi avait disparu.

Et puis elle la vit, là-bas, loin en mer... Le brouillard se déchira, et elle était là. L'île magique ! Le temps qu'elle reprenne son souffle, l'île s'était évanouie.

Mais elle fut sûre, absolument sûre, d'entendre, porté par le vent, le rire heureux d'un homme et d'une femme.

4850

Composition Nord Compo
Achevé d'imprimer en France (Manchecourt)
par Maury-Eurolivres
le 15 janvier 2005.
Dépôt légal janvier 2005. ISBN 2-290-34355-2

Éditions J'ai lu
84, rue de Grenelle, 75007 Paris
Diffusion France et étranger : Flammarion